主编简介

李林荣　北京第二外国语学院文学院教授，中国文艺评论基地执行主任，北京老舍文学院客座教授，中国鲁迅研究会理事，北京作协理事，中国作协会员。毕业于北京师范大学、复旦大学，文学博士。1990年代中期开始从事中国现当代文学史研究、鲁迅研究和当代文学评论。著有《嬗变的文体：社会历史景深中的中国现当代散文》《经典的祛魅：鲁迅文学世界及其历史情境新探》《疆域与维度：中国现当代文学的跨世纪转型》《犁与剑：鲁迅文体与思想再认识》《观潮与聚焦：中国文学新生态》《但取一瓢饮：写给作家朋友的书话》等，发表学术论文及各类文艺评论200余篇。

北京第二外国语学院中国文艺评论基地建设经费资助出版

当代文学：深察与纵览

李林荣◎主编

人民日报学术文库

人民日报出版社

图书在版编目（CIP）数据

当代文学：深察与纵览／李林荣主编．—北京：
人民日报出版社，2018.9
ISBN 978－7－5115－3757－7

Ⅰ.①当… Ⅱ.①李… Ⅲ.①中国文学—当代文学—
文学评论—文集 Ⅳ.①I206.7－53

中国版本图书馆 CIP 数据核字（2018）第 197622 号

书　　名：当代文学：深察与纵览
主　　编：李林荣

出 版 人：董　伟
责任编辑：宋　娜
装帧设计：中联学林

出版发行：人民日报出版社
社　　址：北京金台西路 2 号
邮政编码：100733
发行热线：（010）65369509　65369846　65363528　65369512
邮购热线：（010）65369530　65363527
编辑热线：（010）65369518
网　　址：www.peopledailypress.com
经　　销：新华书店
印　　刷：三河市华东印刷有限公司

开　　本：710mm×1000mm　1/16
字　　数：368 千字
印　　张：20.5
印　　次：2019 年 1 月第 1 版　　2019 年 1 月第 1 次印刷

书　　号：ISBN 978－7－5115－3757－7
定　　价：78.00 元

序　言　雏凤清于老凤声

白　烨

“首届全国当代文学研究青年论坛”结束之后，李林荣说要编选一部论文集。我知道这是好事，但多少有些怀疑。因为论坛上的发言要整理成文章，有一个过程。大家都是忙人，能不能把文章都整理出来，最终形成一部论集，还真不好说。因而，当 4 月底看到李林荣真的发来“首届青年论坛”论文选的电子版时，有些出乎我的意料。原有的疑惑不只变成了欣喜，甚至完全就是惊喜。

这里首先说一下这次“青年论坛”的缘起。

大概是在 2010 年于海南海口举办的中国当代文学研究会第 16 届学术年会时，因为参会的专家学者接近 500 人，大会发言只能安排 20—30 人，分了 5 个小组也平均每组 60—70 人，也不能确保人人都能发上言。也是在这届年会上，与会的青年学者开始增多，无论大会小会他们都很难有机会发言。针对这种情况，我们临机决定，增加一个以青年学者为主的晚场，让他们就自己感兴趣的话题，自由发言，畅所欲言，以此给他们提供一个交流的平台，也给年会增添一些青春的色彩。孰料，晚间的“青年论坛”举办得异常成功，远远超出原来的预想。围绕着当下文坛的前沿话题，青年学者们争先恐后地发言，而且带着年轻学者特有的活力与锐气，有时不同的看法还会发生碰撞和引起争论，使得气氛格外活跃而热烈。一些并不年轻的专家学者也来观会和听会，时不时地参与到讨论中来。结果，临时加场的“青年论坛”，反倒成为年会上的一个亮点。有了这次意外的收获，我们在 2012 年的徐州年会、2014 年的武汉年会、2016 年的西安年会上，都坚持利用一个晚上的时间，举办“青年论坛”。由此，“青年论坛”成为年会中的保留节目，效果不仅越来越好，而且影响也越来越大。

有了这样的一个基础和背景，研究会在商议2017年的工作计划时，就有了一个在更大范围里举办“青年论坛”的想法。此想法在研究会的常务理事会上提出后，得到大家的一致赞同。这个计划的具体实施，便是与北京第二外国语学院共同主办的“首届青年论坛”，广邀全国各个领域的青年文学学者前来参加。结果，在各主办方的积极努力之下，参会的青年学者不仅人数众多，而且都有备而来，使得为期两天的论坛，发言踊跃，讨论活跃，气氛热烈，收获颇丰。

我参会听会之后，感受很深，收获也很多，最为突出的印象是两个方面。

一是与会的青年专家学者来自不同方面，具有广泛的代表性。其中，有来自研究机构和全国高校的青年文学研究者，又有一些在文学写作中颇有成就的青年作家、网络小说作家，还有一些重要文学网站和网络文学公司的经营者、领导者。大家从不同的角度，观察现状，研讨问题，实际上构成不同板块文学从业者的相互对话与深度交流。这种文学研讨，会使与会者打开自己原有的视野，看到更多的风景，吸纳更多的信息，从而使自己置于一种比较宏观的格局之中，获得一种整体感与全局观。

二是由发言的情况看，与会者都有充分的准备，而且关注点与兴趣点也相当广泛。从研究对象看，小说、诗歌、散文、网络文学、海外华文文学，以及整体的文学态势与走向等，都有一定的涉猎；从研究的时段看，从当下的文学现状到四十年的文学发展，从新时期的文学起源到20世纪的文学经验，都有一定的研探。有些话题看似并不新鲜，但却带着青年学者特有的锐意与个性，有着与习见的看法不尽相同的新的观察与新的发现。如黄平、李振关于新时期文学起源的思想资源的寻索，杨晓帆关于高晓声的出国经历影响其创作更变的思考，金理关于近年小说创作中“失败青年”故事的探讨等等，都在个人的文学研思中溢渗出一种深沉的历史感。而李林荣、张涛、王德领等人在阐说“汉语文学”的民族国家认同问题时，对王德威的“华语语系文学”一些观点与看法提出了质疑，使得“青年论坛”发出了青年批评家应有的声音，也使得“论坛”在学术性的基础上，充溢着一种论辩性，乃至批评性。这无疑是十分难能可贵的。

李林荣精心编纂的这部论文集，记录和积累了“论坛”的主要成果，张扬了年轻学者的学术之声，这对于青年学者彼此之间的相互学习，以及人们更好地认识正在成长中的青年文学研究者，都是很有助益的。而不辞辛苦又格外出色地去完成这项工作的李林荣，也显然是功不可没的。

2018 年 5 月 31 日于北京朝内

目　录
CONTENTS

第三辑　解析新维度

第一辑　全局纵横观

新时期文学起源阶段的虚无*

——从“潘晓讨论”到“高加林难题”

黄 平

一、20 世纪 70 年代深处的“波动”

在北岛的回忆中,小说《波动》完成于“1974 年 11 月下旬某个清晨”①,当时的北岛还是北京六建的青年工人,因有一门摄影的手艺,被工地宣传组借调到摄影宣传组。在冲洗照片的暗室里,北岛写出了《波动》的初稿。

就目前所见零散的回忆,北岛的 20 世纪 70 年代依然处在 60 年代的延长线中——其所经历的“红卫兵运动”的溃败奠定了北岛在 70 年代的思想主题②。而在 70 年代的开端,林彪的叛逃加剧了这种溃败背后的荒诞,北岛回忆过传达“九一三事件”后的内心震动:“再次被‘文革’中反复出现的主题所困扰:中国向何处去?我们以往读书争论,有过怀疑有过动摇,但从未有过这种危机感——如临深渊,无路可退。彻夜未眠,如大梦初醒……时代,一个多么重的词,压得人喘不过气来。可我们曾在这时代的巅峰。一种被遗弃的感觉——我们突然成了时代的孤儿。就在那一刻,我听见来自内心的叫喊:我不相信——”③。

某种程度上,北岛写于 1973 年的《回答》与写于 1974 年的《波动》,都是这种否定情绪的结晶。60 年代到 70 年代的转换,再一次重复了“革命”与“虚无”的辩证运动,在革命的能量消耗殆尽的 70 年代,否定不再导向批判,而是导向虚无:

---

* 本文选自《反讽者说——当代文学的边缘作家与反讽传统》第一章,修订版刊于《文艺研究》2017 年第 9 期。

① 北岛:《断章》,北岛、李陀主编:《七十年代》,三联书店 2009 年版,第 37 页。

② 北岛和红卫兵运动的关系,参见拙文:《〈今天〉的起源:北岛与六十年代地下青年思潮》,《文艺争鸣》2017 年第 2 期。

③ 北岛:《断章》,北岛、李陀主编:《七十年代》,三联书店 2009 年版,第 229-230 页。

“虚无主义成为一种明确的不信,即不相信一个‘超越’感性之物和生成之物而设置起来的形而上的世界”①。《波动》中的一段对话,后来被研究者频频征引,以证虚无的降临:

> “请告诉我,”她掠开垂发,一字一字地说,“在你的生活中,有什么是值得相信的呢?”
>
> 我想了想。“比如,祖国。”
>
> “哼,陈词滥调。”
>
> “不,这不是个用滥了的政治名词,而是咱们共同的苦难,共同的生活方式,共同的文化遗产,共同的向往……这一切构成了不可分的命运,咱们对祖国是有责任的……”
>
> “责任?”她冷冷地打断我。“你说的是什么责任?是作为供品被人宰割之后奉献上去的责任呢,还是什么?”
>
> “需要的话,就是这种责任。”
>
> “算了吧,我倒想看看你坐在宽敞的客厅里是怎样谈论这个题目的。你有什么权力说‘咱们’?有什么权力?!”她越说越激动,满脸涨得通红,泪水溢满了眼眶。“谢谢,这个祖国不是我的!我没有祖国。没有……”她背过身去。②

这段话并不能完全作为虚无主义降临的确证,细读的话,萧凌运用阶级分析的框架,认为自己和“坐在宽敞的客厅里”的杨讯没有分享同一个“祖国”,这无疑受到“文革”中激进思潮的偏激影响,带着将一部分背叛革命的“官僚”视为新阶级的激动与愤怒。在《波动》中只要出现“祖国”的地方,萧凌都以一种对立的视角,清晰地区分出“咱们”中的“他们”,比如认为“祖国”是“他们需要一种廉价的良心来达到一种廉价的平衡”③;又如点破杨讯这个阶级与“祖国”的关联,“当你说到祖国的时候,我就在想,祖国是不是你们的终生保护人……”④在小说中萧凌知识分子父母因“文革”双双自杀,她参加造反派“造总近卫团”后目睹了无意义的残暴,下乡插队时又被一同插队的干部子弟欺骗感情,干部子弟旋即回城,留下

① 〔德〕海德格尔:《尼采》,商务印书馆2010年版,第755页。

② 北岛:《波动》,三联书店2015年版,第68-69页。

③ 同上,第75页。

④ 同上,第83-84页。

她和作为私生女的女儿;而杨讯作为来自北京的干部子弟,在萧凌看来"在每个路口都站着这样或那样的保护人"①。所以李陀在《〈波动〉序言》中分析上述这段引文:"批评如此尖锐,两个人之间的阶级鸿沟一下子被突显出来,似乎两个人脚下的土地被无情地撕开,原来的裂缝一下子变成了深渊。"②

值得注意的是,在萧凌这里,阶级的鸿沟不再导向批判,而是导向虚无,这是一种典型的"后革命"情绪。虚无主义真正的降临,不是批判"祖国"或其他对象无意义,而是取消了"意义"这个范畴本身。诚如萧凌的话,"意义,为什么非得有意义?没有意义的东西不是更长久一些吗?比如:石头,它的意义又在哪儿?"③这正如海德格尔对于虚无主义的分析,"恰恰是以往价值的'这个位置'消失了,而不仅仅是以往价值本身失效了"④。

虚无主义所导致的以往的价值体系的崩溃,不是局部性的瓦解,而是一种"总体性"的瓦解——即对于"总体性"这一"范畴"本身的取消。如尼采所谓,"没有什么'整体',人类此在的所有贬值、人类目标的所有贬值,不可能着眼于某种根本就不实存的东西而发生"⑤。对此海德格尔如此分析尼采的"上帝之死":"这个'基督教上帝'还是一个主导观念,代表着一般'超感性领域'以及对它的各种不同解说,代表着种种'理想'和'规范'、'原理'和'法则'、'目标'和'价值',它们被建立在存在者'之上',旨在'赋予'存在者整体一个目的、一种秩序,简而言之,'赋予'存在者整体一种'意义'。虚无主义是那种历史过程,在其中,占据统治地位的'超感性领域'失效了,变得空无所有。"⑥

这一总体性的瓦解,落实在具体的文本形式上,就是《波动》多视点的复式叙述。小说整齐地安排杨讯、萧凌、林东平、林媛媛、白华每隔一部分就担任角心人物,从这个人物的叙述视角出发展开第一人称叙述。在20世纪50—70年代小说中,占据绝对主导地位的是第三人称全知叙述,文本所依附的价值秩序是高度稳定的,小说的语调徐缓沉稳;而在《波动》中,已经没有任何一种价值秩序能够统摄杨讯、萧凌、林媛媛、白华这些显露出巨大阶层差异的青年的生活,唯一年长的老干部林东平曾经想做一个"模范官僚",但是在与腐败分子的交锋中败北,不仅自己占据了太多的财产,同时私德有亏,杨讯即是林东平的私生子。林东平只能推

① 北岛:《波动》,三联书店2015年版,第83页。
② 李陀:《〈波动〉序言》,《现代中文学刊》2012年第4期。
③ 北岛:《波动》,三联书店2015年版,第23页。
④ 〔德〕海德格尔:《尼采》,商务印书馆2010年版,第721页。
⑤ 〔德〕尼采:《权力意志》(下卷),孙周兴译,商务印书馆2007年版,第708页。
⑥ 〔德〕海德格尔:《尼采》,商务印书馆2010年版,第719页。

动情节向前发展,但他无力在价值层面上感召任何一个人物。杨讯、萧凌、林媛媛、白华的故事,由于不同的阶级出身与在“文革”中的不同命运,他们的故事像碎片一样彼此碰撞,无法真正地了解彼此,只能讲述不同的“我”的故事。

这种多视点的复式叙述背后,在各个携带叙述视角的角心人物之间,唯一共享的是弥漫于各个群体中的虚无。在流氓青年白华看来,“如今分大盗小盗,大贼小贼,不过使的法子不一样。大盗大贼们啥都要,连人的心都偷。我们不过他妈的卖了自己的心,换点儿他们的剩捞”①;而在“官二代”林媛媛看来,“依我看,你们那会儿要比我们轻松些,一切都明摆着,用不着含糊。可我们,要么干脆没出路,要么所有的出路都让你们安排好了,活着还有什么劲儿”②。对此李陀认为北岛写出了20世纪70年代真实的精神处境:“我相信读者一定会发现萧凌绝不只是一个活在纸上的文学形象,无论是萧凌式的自我放逐,无论是作为这种自我放逐的内在动力的虚无主义,在那个时代,特别是在‘文革’的后半期其实都是普遍存在的,经历过那些岁月的人,一定不会感到陌生。”③

伴随着“文革”到“新时期”的转换,作为“地下文学”的《波动》浮出水面,首先1979年6-10月在《今天》第4-6期连载,之后正式发表在《长江》文艺丛刊1981年第1期。当时《长江》文艺丛刊想配发评论,北岛借着去北大和“早晨文学社”交流的机会向黄子平约稿。黄子平回忆道,“北岛的来意非常明确。话题散开去又绕回来,老在说《今天》的诗歌最强,小说次之,评论就弱了。原来他读了《早晨》第四期上小楂的《最初的流星》和我的评论,说,武汉最新一期的《长江》,终于刊登了原先在《今天》连载的中篇小说《波动》,准备在下一期组织一组评论,请他在北京这边也邀点稿。子平你也来一篇?”④这篇稿子题为《星光,从黑暗和血泊中升起——读〈波动〉随想录》,因武汉方面对于《波动》的批判而最终没有发出,后来在1980年11月发表在《今天》文学研究会资料之二,署名老广。黄子平的眼光非常敏锐,他在当年已经意识到了《波动》叙述形式的历史性:“已经习惯了从一个主人公的视界去看生活。然而生活被粗暴地粉碎了,碎片刺痛了而且仍在刺痛着每一个人。世界在他们眼中分解、组合和变形。”⑤在此基础上黄子平准确地点出

① 北岛:《波动》,三联书店2015年版,第169页。

② 同上,第119页。

③ 李陀:《〈波动〉序言》,《现代中文学刊》2012年第4期。

④ 黄子平:《早晨,北大!》,《书屋》2009年第8期。

⑤ 黄子平:《星光,从黑暗和血泊中升起——读〈波动〉随想录》,《今天》文学研究会资料之二。本文转引自中国作家协会创作研究部编:《晚霞消失的时候》(新时期争鸣作品丛书系列),时代文艺出版社1994年12月第2版,第137页。

《波动》中的人物面临着价值体系的崩溃:“他脚下到处是浮动的石块。向来仿佛‘从外部’给个人生活提供某种稳定性的那些社会的、政治的、民族的、精神的藩篱,纷纷倒塌。”①尽管全文没有出现过“虚无”这个字眼,但黄子平的分析无疑呈现出《波动》中的人物虚无的处境,不过黄子平对穿越虚无抱有希望:“这使人意识到在一个混乱的世界里有其自己的责任和自己的自由。这个世界,连同它的荒谬和希望,连同它的暴力和邪恶,连同它的矛盾和未来,向当代人提出了这样多的挑战和追问,逼使他们不能不接受和答复这些挑战和追问。”②

和黄子平的热烈肯定不同,当《波动》在《长江》文学丛刊上公开发表后,以《文艺报》为代表的主流文艺界感到了不安。刘锡诚用笔名易言在《文艺报》1982年第4期发表《评〈波动〉及其它》,该文指出《波动》是虚无主义的:“这种沉郁、悲观的情调,恰恰是社会上泛滥起来的虚无主义思潮在文学创作上的反映。它产生于人们对长期的紧张的阶级斗争的厌倦和对革命理想的幻灭。”③有意味的是,刘锡诚据此进一步认为,《波动》是存在主义文学:“一种以存在主义为指导思想的文学流派,已经在社会上(主要是青年中)的存在主义思潮的影响下出现了。这些文学作品的一个共同特点是以现实是荒谬的、人是自由的这样的哲学思想为指导思想。”④刘锡诚一方面承认,“青年们处于精神蔵闷之中找不到出路,为一种被欺骗、被遗弃感所笼罩,对社会主义失去了信心,存在主义思潮就同他们的心情非常合拍”⑤;另一方面警惕这种思潮导向“盲目地、无限制地追求个性的自由发展”⑥。

刘锡诚的批评再一次提醒我们,新时期起源阶段的存在主义热,更准确的说法应该是虚无主义热。尽管存在主义与虚无主义在思想逻辑上紧密缠绕,但当年的青年们并不关心“存在”的哲学辨析,以“存在先于本质”为标志的“存在主义”之所以流行,正是因其表达了新时期青年这样一种精神处境:原有的价值体系瓦解,在虚无中感受到自我的存在与自由的可能。无论是肯定还是批评,正反双方都认为在虚无中孕育着一种新的东西,综合双方的话来讲,就是虚无正在孕育着“追求个性自由发展”的“当代人”。然而问题在于,诞生于“虚无”之中的“自我”,

---

① 黄子平:《星光,从黑暗和血泊中升起——读〈波动〉随想录》,《今天》文学研究会资料之二。本文转引自中国作家协会创作研究部编:《晚霞消失的时候》(新时期争鸣作品丛书系列),时代文艺出版社1994年12月第2版,第140页。

② 同上,第137页。

③ 易言:《评〈波动〉及其它》,《文艺报》1982年第4期。

④ 同上。

⑤ 同上。

⑥ 同上。

将是一种怎样的“自我”?

二、“潘晓讨论”:从“虚无”到“自我”

“潘晓讨论”清楚地展现了什么在虚无中孕育。1980 年第 5 期的《中国青年》上,刊登了日后轰动全国的署名“潘晓”的读者来信《人生的路呵,怎么越走越窄……》。《中国青年》编辑部在 1980 年初定下人生观讨论的选题,编辑马丽珍、马笑冬在调研时认识了北京第五羊毛衫厂青年女工黄晓菊和北京经济学院二年级学生潘祎这两位典型人物,最终混合二者的经历与观点塑造出“潘晓”,由马笑冬执笔写了这封读者来信。重返这场人生意义大讨论,潘晓的思想和萧凌颇为相似,都渗透着一种灰色的虚无,如同这封信开篇所言,“我今年 23 岁,应该说才刚刚走向生活,可人生的一切奥秘和吸引力对我已不复存在,我似乎已走到了它的尽头。回顾我走过来的路,是一段由紫红到灰白的历程;一段由希望到失望、绝望的历程”。① 潘晓的经历与萧凌都颇为相似,比如给予她们人生重重一击的,都是被一个干部子弟始乱终弃。

值得注意的是,潘晓之所以在当年引发激烈讨论,不仅仅在于她的虚无,更在于她从虚无中所提出的“自我”的观点:“主观为自己,客观为他人”。当年的这场争论,其围绕的核心正在于如何看待“自我”而不是“虚无”。《中国青年》在当年第 8 期发表了支持潘晓的武汉大学历史系本科三年级学生赵林来信《只有自我才是绝对的》,更为激进地提出“个人乃是世界的中心和基础”②。《中国青年》编辑部日后回忆说:“这篇文章编辑部本来已收到了一段时间,此前一直压着不敢发,结果发出来后果然起到了‘奇峰突起’的效果,赵林也因此几乎取代潘晓成了后期讨论的主角”③。

虚无并不是我们所想象的一片空无,虚无不是终点,而是一段历史过程。在新时期的起源阶段,降临在中国的虚无主义,孕育着对于“自我”的重视。从“虚无”到“自我”,本身有其思想逻辑上的勾连,海德格尔如此破题“虚无主义”:“虚无主义”一词经由屠格涅夫而流行开来,成为一个表示如下观点的名称,即:唯有在我们的感官感知中可获得的、亦即被我们亲身体验到的存在者,才是现实的和

---

① 潘晓:《人生的路呵,怎么越走越窄……》,《中国青年》1980 年第 5 期。

② 赵林:《只有自我才是绝对的》,《中国青年》1980 年第 8 期。

③ 彭明榜:《“潘晓讨论”始末》,选自彭波主编:《潘晓讨论——一代中国青年的思想初恋》,南开大学出版社 2000 年版,第 20 页。

存在着的,此外一切皆虚无。"①

依据海德格尔的分析,虚无者并不是完全排斥现实存在,而是将体验的真实性从形而上学的领域回收到自我的内部,因其虚无反而强化了自我。笔者同意海德格尔接下来的这段颇具洞见的分析,他认为尼采在反对笛卡尔的表象下,将笛卡尔以来的自我中心论推到了顶峰:"无论尼采多么鲜明地一再反对为现代形而上学奠定基础的笛卡尔哲学,他之所以反对,也只是因为笛卡尔还没有完全地、足够坚定地把人设定为 subjectum②。对尼采来说,关于作为 ego 即自我的 subjectum 的表象,也就是对 subjectum 的利己主义解释,还没有达到足够主体主义的程度。唯在超人学说(即关于人在存在者中间的无条件优先地位的学说)中,现代形而上学才达到对其本质的极端的和完全的规定。在这个学说中,笛卡尔才可以庆祝他的至高胜利。"③

新时期的"自我"正是孕育在虚无之中。笔者在《"自我"的诞生——再论新时期文学的起源》④一文中分析过"新时期"的"自我"的历史内容,而本文所分析的"自我",则是更为原初的哲学范畴意义上的合法性确认,是贯通于 20 世纪 70 年代与 80 年代的虚无主义的逻辑结果。在《波动》中萧凌已经为虚无主义留了一个缺口,她谈到过"我的宗教感是实用主义的"⑤,寄希望于有一个"神"来庇佑她和杨讯的爱情。刘锡诚在当年的批评中就指出过这一点:"杨讯企图用自己的爱来温暖她几乎变冷的心,曾一度使她产生了自信,恢复了人的情感,人的本质。她自己承认:'是你改变了我的生活。我也愿意相信幸福是属于咱们的。'"⑥而在新时期的起源阶段,疗愈虚无的方案是强化自我,"只有自我是绝对的",潘晓在来信的结尾,讲述了自己体会到的一个道理,这段话已经成为当代中国精神史里程碑式的段落:

> 我体会到这样一个道理:任何人不管是生存还是创造,都是主观为自我,客观为别人。就像太阳发光,首先是自己生存运动的必然现象,照耀万物,不过是它派生的一种客观意义而已。所以我想,只要每一个人都尽量去提高自

---

① 〔德〕海德格尔:《尼采》,商务印书馆 2010 年版,第 717 页。

② 一般主体。

③ 〔德〕海德格尔:《尼采》,商务印书馆 2010 年版,第 747 – 748 页。

④ 该文参见《当代作家评论》2016 年第 6 期。

⑤ 北岛:《波动》,三联书店 2015 年版,第 156 页。

⑥ 易言:《评〈波动〉及其它》,《文艺报》1982 年第 4 期。

我存在的价值,那么整个人类社会的向前发展也成为必然的了。①

潘晓来信所开启的这场人生意义的讨论,核心就在于这个论断:“主观为自己,客观为他人”。贺照田在其著名的潘晓研究中,始终希望将“主观为自己,客观为他人”回收到革命遗产的精神脉络之中,其论述的逻辑诚如凯伦·L. 卡尔在《虚无主义的平庸化》一书中援引尼采的看法,虚无主义是一种紧张状态,“一种存在于我们看重(或需要)的事物与世界表现出来的事物的不平衡状态”②。由此,贺照田认为潘晓的虚无反而确证了她对于意义感的强烈渴望,这种渴望是中国革命的精神遗产。而对于“主观为自我,客观为别人”,贺照田则认为,“当我们结合上下文,我们看到的是,赋予自我以基点意义的潘晓,本身却是在以投身革命为意义,并在对此革命正确的信仰和革命所激荡起的强烈氛围中获得他们充实感的历史中成长起来的一代人。”③贺照田的看法固然恳切而充满善意,但问题在于,中国革命的精神遗产始终是形而上的,除了对于意义的探求之外,完全被孕育自我的虚无主义逻辑所排斥。“主观为自己,客观为他人”已然溢出老的剧本,而是属于新时期的社会规划。

笔者想指出的是,与其说“主观为自己,客观为他人”残留着社会主义的精神旨趣,不如说更近似于亚当·斯密在《国富论》中将人性理解为“经济人”:“我们日常必要的那些好东西,几乎全是依照这个方法,从别人手里取得的。我们所需的事物不是出自屠宰业者、酿酒业者、面包业者的恩惠,而仅仅是出自他们自己的利益的顾虑,我们不要求助于他们的爱他心,只要求助于他们的自爱心。我们不要向他们说我们必需,只说他们有利”。④ 以往的研究者曾指出过潘晓的形象“类似理性经济人形象”,“‘潘晓来信’为80年代以后的个人主义话语进行证成,并不是(或不仅仅是)因为‘潘晓’是以个人独白的方式披露自己的经历,而是因为以这种个人经历叙事为基础所建立起来的理性经济人形象,成为80年代以后以算计和私有产权为核心的个人主义话语的原型形象。”⑤

在韦伯的《新教伦理与资本主义精神》之后,文化价值观与经济行为之间的关

---

① 潘晓:《人生的路呵,怎么越走越窄……》,《中国青年》1980年第5期。

② 〔美〕凯伦·L. 卡尔:《虚无主义的平庸化——20世纪对无意义感的回应》,张红军、原学梅译,社会科学文献出版社2016年版,第37页。

③ 贺照田:《从“潘晓讨论”看当代中国大陆虚无主义的历史与观念成因》,《开放时代》2010年第7期。

④ 〔英〕亚当·斯密:《国富论》,郭大力、王亚南译,译林出版社2011年版,第10页。

⑤ 王钦:《“潘晓来信”的叙事与修辞》,《现代中文学刊》2010年第5期。

系已经广为人知。如果说在新时期有类似于新教伦理的对应物的话,某种程度上就是源自70年代的虚无主义,这塑造出高度自我的经济人。对于当代中国而言,不是市场经济塑造出这种“经济人”的自我,而是与以往所想象的顺序相反,这种“经济人”的自我先于中国市场经济大规模的展开之前而出现。

“潘晓讨论”这场历史大戏某种程度上就是要引出这种人生观。现在已无法考证“主观为自己,客观为他人”这一说法是来自黄晓菊提供给编辑部的7000多字原稿,还是执笔人马笑冬的概括,抑或当时《中国青年》思想教育部主任郭楠柠的修订,但无论怎样这一说法得到了主流意识形态的认可。时任中央书记处书记的胡乔木在当年6月18日下午来到《中国青年》编辑部,长谈近三个小时,表态支持“潘晓讨论”。对于“主观为自己,客观为他人”,胡乔木表态说“一个人主观上为自己,客观上为别人,在法律上、经济上是允许的”,“‘主观为自己,客观为别人’不违反我们的规范”①。

作为一场被高度引导的讨论,“潘晓讨论”提出的初衷,是为了在社会的转型时刻重构人生意义以符合新时期的要求。诚如这场讨论的“编者按”:“今天,在我们的民族经历了如此大的灾难之后,在我们的国家急待振兴的重要关头,在科学的文明已经如此发展的当代,人生意义的课题,必然地、不可避免地在青年当中又重新被提出来了。”②经过近一年的讨论,《中国青年》在1981年第6期发表了总结性的文章《献给人生意义的思考者》,该文由郭楠柠、陈汉涛(编辑部文艺部副主任)执笔,先由中宣部部长王任重审阅,并由中宣部副部长王惠德、理论局局长洪禹约请邢贲思、汝信等五位专家与郭楠柠、陈汉涛座谈讨论三天,最终由王惠德审阅定稿③。这已经不仅仅是《中国青年》编辑部的态度,而在一定程度上代表着官方对于新的人生意义的看法。该文通过将人生观区分为极端利己的人生观、中层次的人生观、革命人生观,为中层次的人生观也即“主观为自己,客观为他人”开辟道路,以此论证个人利益的正当性,并将个人利益转化为“四化”的驱动力:“就是要正确调整国家、集体和个人的关系,也即公私关系,把国家、集体和个人三者的利益更好地结合起来,从而广泛地鼓励人们积极劳动,努力向上,增长才干,为社会主义多作贡献。”④对于当时这种历史逻辑,韩少功曾经有过回忆:“农民承包土

① 彭明榜:《“潘晓讨论”始末》,选自彭波主编:《潘晓讨论——一代中国青年的思想初恋》,南开大学出版社2000年版,第18-19页。

② 编者的话:《人生的意义究竟是什么》,《中国青年》1980年第5期。

③ 这篇文章的出炉经过,参见彭明榜:《“潘晓讨论”始末》,选自彭波主编:《潘晓讨论——一代中国青年的思想初恋》,南开大学出版社2000年版,第26页。

④ 本刊编辑部:《献给人生意义的思考者》,《中国青年》1981年第6期。

地,工人超产有奖,作家享受稿酬,都体现出当时对个人价值的重新肯定和重新利用。《中国青年》杂志开展由'潘晓'引起的大讨论,提出'主观为自我,客观为别人',可以看作这一潮流的自然结果。"①

这是新时期最成功的一次大讨论,郭楠柠回忆说,"从第5期到第12期,我们一共编发了110多位读者的110多篇稿件,近20万字。讨论期间《中国青年》的发行量上升到了390多万份。"②经历"文革"的幻灭而虚无的青年,被有效地询唤到现代化建设之中,这也正是这场讨论预设的目的所在,如同编辑部当时向胡乔木的汇报:"我们总的目的是把青年中的消极因素转化为积极因素,扎扎实实地把青年引向搞四化"。③

然而,"潘晓讨论"所提出的人生观包含着一处严重的断裂:倘若自我与他人的利益发生冲突怎么办?回到潘晓这封信的上下文,在提出"主观为自己,客观为他人"之前,潘晓受到深刻启示的是社会达尔文主义:"社会达尔文主义给了我深刻的启示。人毕竟都是人啊!谁也逃不脱它本身的规律,在利害攸关的时刻,谁都是按照人的本能进行选择,没有一个真正虔诚地服从那平日挂在嘴头上的崇高的道德和信念。人都是自私的,不可能有什么忘我高尚的人。"④正是因为从社会达尔文主义出发,潘晓以"生物进化"为例来诠释"主观为自己,客观为他人":"只要每一个人都尽量去提高自我存在的价值,那么整个人类社会的向前发展也成为必然的了。这大概是人的规律,也是生物进化的某种规律。"⑤

伴随着晚清民初百年来的现代之路,自严复翻译《天演论》后,社会达尔文主义不断浮现,尤其在社会激烈转型、原有道德失效的时刻。有意味的是,几乎与潘晓讨论同时,《人民日报》在1980年6月6日头版刊出《竞争是好事》,同样以自然界的优胜劣败来比附人类社会:"竞争、优胜劣败、淘汰,是宇宙间普遍的规律,是新陈代谢运动的一种形态,它贯穿于人类社会之中"⑥。这篇文章以及前后一系列"有竞争才能前进"的报道引发争论,6月12日《人民日报》刊发了一篇批评文章《对〈竞争是好事〉的一点意见》,该文批判《竞争是好事》社会达尔文主义倾向:"过去,有人把达尔文关于自然界的物竞天择、优胜劣败的学说用来解释社会现象

① 韩少功、王尧:《八十年代:个人的解放与茫然》,《当代》2003年第6期。转引自吕永林:《重温那个"个人"》,《上海文学》2008年第2期。

② 郭楠柠:《我亲历的"潘晓讨论"》,《炎黄春秋》2008年第12期。

③ 参见《胡乔木接见〈中国青年〉负责人》,选自彭波主编:《潘晓讨论——一代中国青年的思想初恋》,南开大学出版社2000年版,第288页。

④ 潘晓:《人生的路呵,怎么越走越窄……》,《中国青年》1980年第5期。

⑤ 同上。

⑥ 本报评论员:《竞争是好事》,《人民日报》1980年6月6日。

时，总是受到马克思主义者的批评，被称之为社会达尔文主义。今天宣传党的保护竞争的政策，一定要注意划清马克思主义和社会达尔文主义的界限。"①当天的《人民日报》为此配发了一条"社会达尔文主义"的名词解释予以批判："社会达尔文主义者把生存斗争看成是自然界的普遍规律，并且断言这个规律在人类社会中也起着作用，认为在人类社会中也只有'强者'和'适者'才能在生存斗争中生存下来，弱者就只有灭亡。社会达尔文主义把生物学规律机械地搬用于人类社会领域，抹杀社会发展具有自己的特殊的规律。"②对于"竞争"，尽管经历了这一番争议，但最终在当年上升为国家的政策方针，1980 年 10 月《国务院关于开展和保护社会主义竞争的暂行规定》得以通过。

社会达尔文主义是一套"强者生存"的生存竞争说，将社会视为没有道德制约的丛林。诚如《中国与达尔文》的作者浦嘉珉的看法："达尔文主义的可怕之处在于它的似乎无可辩驳的论证，即我们生活在一个超乎道德的血腥的世界里，自我保存是其中的唯一道德。"③潘晓的"主观为自己，客观为他人"如何不堕入社会达尔文主义的泥沼，也即从虚无中诞生的自我，其合理的边界在哪里？

三、"高加林难题"：经济人的边界

在近年来重新热起来的路遥研究中，"研究者已经注意到，《人生》的发表和评论应当被看作是 80 年代初'潘晓讨论'的后续事件"④。杨晓帆指出："路遥 1979 年动笔写《人生》，1980 年重写，1981 年写成，并无直接材料可以证明路遥关注过《中国青年》杂志始于 1980 年第 5 期关于'潘晓来信'连续七期的讨论，但从路遥的创作谈中，可以看到与'潘晓讨论'非常相似的意义表达。"⑤

高加林在潘晓的延长线上，《人生》虽然没有直接地回应"人生意义大讨论"，但却更为典型地展现了新时期对于"人生"的重构。高加林可以被视为新时期文学起源阶段最后的主人公，凝聚着新时期文学几乎一切的复杂性。以高加林的出

① 里文：《对〈竞争是好事〉的一点意见》，《人民日报》1980 年 6 月 12 日。

② 《社会达尔文主义》，《人民日报》1980 年 6 月 12 日。

③ 〔美〕浦嘉珉：《中国与达尔文》，钟永强译，江苏人民出版社 2008 年版，第 414 页。转引自许纪霖：《现代性的歧路：清末民初的社会达尔文主义思潮》，《史学月刊》2010 年第 2 期。

④ 杨晓帆：《"柳青的遗产"："交叉地带"的文学实践——路遥论》，中国人民大学 2013 级博士论文。杨晓帆谈到的相关研究有朱杰《人生"意义"的重建及其限制——"潘晓难题"的文学战线》（博士论文，上海大学，2010）、陈华积《高加林的"觉醒"与路遥的矛盾——兼论路遥与 80 年代的关系》（《现代中文学刊》2012 年第 3 期）。

⑤ 同上。

现为标志,新时期文学走完了自身的起源阶段。

对于《人生》的叙述起点,也即高加林“进城”念头的萌生,以往的研究都读得不够“具体”,大多集中在城乡差别、现代化询唤等。回到小说原文,高加林决心离开农村的原因,是大队支书高明楼的腐败,他将高加林民办教师的职位强行分配给自己的二儿子。有研究者认为高明楼的支书身份,“除了指向凌驾于群众之上的‘为我所用’的世俗权力之外,不再承担其本应具备的基层社会的政治引领与组织群众的功能,反倒在很大程度上沦为新一代‘乡霸’的护身符”①。然而对于高明楼所代表的特权分子,高加林已经没有任何有效的制约办法,小说开篇就细致地交待了高加林全家的痛苦与无奈。董丽敏对此有过分析:

> 高玉德并没有像当年的小二黑一样,将解决问题的希望放到上级部门去“讲理”,而是寄托在“老天爷”上,其间分明流露出了底层弱势群体的无力与无助以及对于关系网络的恐惧、对于基层政府是否有能力主持公道的不信任。这一态度暗示出,建立在不平等的权力关系基础上的弱肉强食的丛林规则,既取代了传统“熟人社会”运行的道德伦理规范,也取代了新中国试图建立的平等的干群关系,成为特空历史时期期农村基层社会运行的基本规则。②

笔者觉得这一分析十分重要,如果说高加林后来的人生体现出社会达尔文主义,也是内化了高明楼所代表的丛林法则。故而,高加林后来的出走,有十分切实的原因,他是被特权分子所逼走的:“要比高明楼他们强,非得离开高家村不可!这里很难比过他们!”③和乡村的愚昧、迷信、不讲卫生等相比,高家村利益格局的固化,才是高加林出走的最直接的原因,小说开篇介绍得很详细:“‘大能人’和‘二能人’一联亲,两家简直成了村里的主宰。全村只有他们两家圈围墙,盖门楼,一家在前村,一家在后村,虎踞龙盘,俨然是这川道里像样的大户人家。”④

当高加林在新时期面对这种固化的利益格局时,原来的革命话语以及话语背后的动员结构已然失效,他无法也无力冲击这一格局。“当阶级斗争话语失效时,个人所感知到的社会差别就只能被表达为“城/乡”之间在物质资源、文化资本上

① 董丽敏:《知识/劳动、青年与性别政治——重读〈人生〉》,《南开大学学报(哲学社会科学版)》2014 年第 6 期。

② 同上。

③ 路遥:《人生》,《收获》1982 年第 3 期。

④ 同上。

的巨大沟壑,而不再能被放回到阶级关系中去考察;相应的,个人出路也被局限到'进城'与'回乡'的独木桥上,而不再可能以意识形态斗争的方式重新定义有关社会差别的理解与价值判断。"①同时,也不能以阶级斗争话语来囊括社会主义的内在矛盾,如同蔡翔指出的,当乡村与城市的"分配"矛盾统统被纳入阶级斗争的模式,反而掩盖了真正的利益冲突②。

工农差别、城乡差别、脑力劳动和体力劳动的差别,作为社会主义内在矛盾的三大差别再一次摆在了高加林的面前。从"六二六指示""五七指示"等构想以来,我们是一直想找到有效的方式来克服三大差别,比如缩小工资差别、干部参加集体劳动、知识青年上山下乡、工农兵参加马克思主义理论队伍、"社来社去"的教育革命,合作医疗和赤脚医生等等,但三大差别始终存在。在"文革"的尾声,这类讨论尤其繁多,树立了大量的典型以教导学生扎根农村。这类文章承认城乡之间还是有不小的差别,但是依赖毛泽东同志的革命路线,个人可以克服"私欲",也即在意识层面克服三大差别,并为缩小三大差别而奋斗。

然而《人生》呈现出缩小乃至于克服三大差别的瓦解。研究者已经注意到高加林的情感结构和他的中学生身份密切相关,指出现代知识包括知识所形成的新的趣味、新的教养等等使得知识青年脱离乡村③。考虑到高加林在"文革"期间完成了中学教育,他真实的想法无疑是对于"教育革命"的讽刺:"他虽然从来也没鄙视过任何一个农民,但他自己从来都没有当农民的精神准备!不必隐瞒,他十几年拼命读书,就是为了不像他父亲一样一辈子当土地的主人(或者按他的另一种说法是奴隶)。"④这种"落后"的意识不唯高加林所独有,小说特谓安排了高加林进城淘粪的情节,一些市民对一身"臭味"的高加林的反应是,"这些乡巴佬,真讨厌!"⑤高加林在这样一个时刻罕见地运用了毛泽东式的语言,反驳对方身上也有一股"臭味",但这一套阶级话语已经无法支撑高加林的自我认知,他最终是"强忍着泪水"离开。

这再一次证明,"文革"那种仅仅凭借宣传系统在报刊上长篇累牍不断鼓吹,无法克服现实中的三大差别以及对应的歧视性逻辑。有的评论家在《人生》发表

① 杨晓帆:《"柳青的遗产":"交叉地带"的文学实践——路遥论》,中国人民大学2013级博士论文。

② 蔡翔:《革命/叙述:中国社会主义文学——文化想象(1949—1966)》,北京大学出版社2010年版,第379页。

③ 蔡翔发言,参见张书群整理:《"80年代"文学:历史对话的可能性——"路遥与'80年代'文学的展开"国际学术研讨会纪要》,《文艺争鸣》2011年第10期。

④ 路遥:《人生》,《收获》1982年第3期。

⑤ 同上。

当年意识到这部小说针对三大差别,但只是试图重弹老调,“社会应当尽可能地考虑到青年人的具体愿望,但社会不可能满足社会每个成员的要求。当个人愿望与社会分工发生矛盾时,青年应该愉快地服从社会分工,在规定的工作岗位上发挥自己的创造性才能。”①但三大差别不是“中性”的,而是深刻的政治经济结构的博弈,高加林的个人愿望不是和社会分工发生矛盾,而是和特权分子发生矛盾。同样,高加林也并非全然要脱离乡村,他在和巧珍热恋后曾经尝试扎根,以现代知识来改造乡村,搞一场以漂白粉净化水井的“卫生革命”,但完全不被村民所理解与接受。只有高明楼依赖权威出面解决,但这再一次强化了乡村中的等级结构,借助高明楼所完成的“革命”更为难堪,“卫生革命”反证了改造乡村之不可能。

在当时的高家村,尤其是高明楼始终抵制实行家庭联产承包责任制(也即高加林无法成为孙少安式的人物),高加林没有任何可能与乡村既得利益集团展开竞争。他唯一的出路是认同三大差别,并且在差别格局中占据有利于“个人利益”的位置。在这种“竞争”中,个人变成一个经济单位,或者用福柯的说法,变成一种“企业”形式,“经济人”也就是自身的企业家。而这种“企业”形式的普遍化所具备的功能在于,“增强了经济模式、供给与需求模式、投资-成本-利润模式,以便使之成为一种社会关系模式,一种自身生存模式,一种个人与自身、与时间、与周边、与将来、与团体、与家庭之间的关系形式”②。

一个富于历史意味的“巧合”是,当1979年的路遥开始尝试创作《人生》最早的初稿《你得到了什么?》时,福柯在1979年法兰西学院的课堂上分析“当前的自由主义”即新自由主义,他将传统自由主义与新自由主义做了比较,认为和传统自由主义相比,新自由主义的市场原则从“交换”转化为“竞争”③。福柯借助休谟等人的分析指出主体的变化,“契约的产生和显现并没有把利益主体替换为权利主体。在利益考量中,契约成为继续表现某种利益的一种形式和要素。此外,如果契约不再表现利益,什么也不能约束我继续服从契约。”④福柯进一步谈到,“因此对权利主体来说,利益主体是不可化约的。它不会被权利主体所吸收。它超出后者之范围,它围绕后者,是后者永久运转的条件”⑤。在《社会契约论》中,卢梭认

① 曹锦清:《一个孤独的奋斗者形象——谈〈人生〉中的高加林》,《文汇报》1982年10月7日。

② 〔法〕米歇尔·福柯:《生命政治的诞生》,莫伟民、赵伟译,上海人民出版社2011年版,第215页。

③ 同上,第101页。

④ 同上,第243页。

⑤ 〔法〕米歇尔·福柯:《生命政治的诞生》,莫伟民、赵伟译,上海人民出版社2011年版,第215页。

为社会契约产生了一个道德的与集体的共同体,以代替每个订约者的个人①。而在福柯看来,新自由主义的关键之处,就是社会与经济关系的倒置②。福柯指出,利益主体不同于权利主体这种带有自我否定性的、让渡部分自然权利的主体,利益主体不放弃任何利益,社会契约论式的契约主体,已经转为利己主义的、没有任何超越性的利益主体③。

高加林的"人生"选择,之所以在今天构成了我们所必须面对的"高加林难题",在于这种"经济人"的边界在哪里。作为《人生》核心情节的高加林与巧珍的"爱情",构成了经济人与共同体关系的表征。巧珍是乡村共同体至善至美的象征,善良、漂亮,不识字,无法进入现代世界。高加林之所以撕毁婚约,是因为他所选择的城市女友黄亚萍所联系的,是一系列由低到高的差别结构所构成的人生之路:高家村—县城—南京。在选择放弃巧珍的时刻,"他尽量得使他的心变得铁硬,并且咬牙切齿地警告自己:不要反顾!不要软弱!为了远大的前途,必须做出牺牲!"④在这一时刻,高加林将自身转化为"人力资本",成为"经济人"的典型样态:"利益第一次显现为一种意志形式"⑤。

"经济人"不仅摧毁他人,也在不断摧毁所属的共同体。在电影《人生》中,被严重伤害的巧珍,退回到乡村共同体的深处以求得庇护与安慰,要求婚礼完全采用旧式风俗。因此,在《人生》中高加林的"爱情"不是私己的,回应高加林毁约的不是巧珍,而是代表着乡村共同体美德的德顺爷。德顺爷斥责高加林"把良心卖了",希望把变成了"经济人"的高加林重新召唤回共同体之中:"你是咱土里长出来的一棵苗,你的根应该扎在咱的土里啊!你现在是个豆芽菜!根上一点土也没有了,轻飘飘的,不知你上天呀还是入地呀!"⑥但高加林的回应十分冷酷,这也是小说中特别有力量的一句话:"你们有你们的活法,我有我的活法!"⑦当共同体和利益发生冲突,"经济人"要和共同体重新立约,既然传统道德已经成为拖累,就重构道德,高加林由此重新定义了何谓"人生"——他的活法,基本上是社会达尔文主义在差别结构中的展开。诚如蔡翔在1983年对《人生》准确的观察:"个人主义

---

① 〔法〕卢梭:《社会契约论》,何兆武译,商务印书馆2009年版,第21页。
② 〔法〕米歇尔·福柯:《生命政治的诞生》,莫伟民、赵伟译,上海人民出版社2011年版,第214页。
③ 同上,第244页。
④ 路遥:《人生》,《收获》1982年第3期。
⑤ 〔法〕米歇尔·福柯:《政治生命的诞生》,莫伟民、赵伟译,上海人民出版社2011年版,第242页。
⑥ 路遥:《人生》,《收获》1982年第3期。
⑦ 同上。

的排他性得到了最大限度的表现,人生的含义终于被错误地曲解,社会变成了一座动物化的竞争场。"①

遗憾的是,路遥始终是一个不敢真正面对他的主人公的作家,他尝试以乡村共同体那软弱的道德来平息这场风暴。在高加林与巧珍热恋时,路遥就安排德顺爷在一个夏夜驾着驴车带两人进城,一路上讲述自己年轻时不计功利的纯粹爱情,这对于不安于乡村的高加林,无疑是一次爱情教育。但一行人进城后的现实,那淘粪时所面对的无处不在的歧视,更有力地教育了高加林。在小说结尾处高加林失魂落魄被打回原籍时,德顺爷再次出场,大致以社群主义式的互助分享的幸福观教导高加林:"幸福! 你小子不知道,我把我树上的果子摘了分给村里的娃娃们,我心里可有多……幸福!"②路遥安排高加林在德顺爷的教诲下"一双失去光彩的眼睛里重新飘荡起了两点火星"③,但路遥也知道这种写法不过是作家本人的一厢情愿,他在这结尾的一章特谓加了一个括号:并非结局。

不得不说,正如利益没有终点,"经济人"没有边界。高加林之所以止步,根本不是乡村共同体的作用,而是特权分子对于高加林的打压。在高加林与黄亚萍的恋爱关系中,受到伤害的一方是退缩到乡村共同体深处的巧珍,另一方是黄亚萍的前男友张克南。张克南父亲是县商业局局长,母亲是县药材公司副经理,也因为这层关系平庸的张克南由副食公司保安擢升为副食公司门市部主任。乡村共同体没有力量制约高加林的崛起,但是当高加林在与张克南的竞争中胜出时,张克南的母亲向纪检委的熟人告发高加林"走后门"。

就程序而论,对于高加林的惩罚当然有其正当性。但问题在于,当张克南的母亲表态"我一个国家干部,有责任维护党的纪律!"④她真正的意图是"一个乡巴佬欺负到老娘头上,老娘不报复他还轻饶他呀?"⑤这种将基层青年一再歧视为"乡巴佬"的立场,以及之前对于自己儿子的"走后门",显示出张克南母亲这样的"国家干部"内在的腐朽,在党性上犯了极其严重的错误。有意味的是,高加林担任劳动局局长的叔叔立刻向县委书记打电话表示自己完全不知道此事,要求组织部将高加林打回原籍。难以想象,高加林进城后不去拜访自己的亲叔叔,也难以想象这个叔叔对于同样在县委大院工作、来县城几个月了并大出风头的高加林一无所知,这种"清廉"不过是老练的官僚事到临头时的冷酷切割。同时,黄亚萍的

① 蔡翔:《高加林和刘巧珍——〈人生〉人物谈》,《上海文学》1983年第1期。
② 路遥:《人生》,《收获》1982年第3期。
③ 同上。
④ 同上。
⑤ 同上。

父亲似乎不感觉到自己的虚伪与分裂,在事发后一方面感叹没有树立黄亚萍"正确的人生观",另一方面告诉黄亚萍在南京的老战友已经安排好了张克南的工作。更不必说乡霸一般占据在高家村的大队书记高明楼了,高加林作为"经济人",就是在与这样的基层官员展开竞争。

意识到这一点的是老谋深算的高明楼,他劝导亲家也是巧珍的父亲刘立本,他们和高加林处于"能人"之间的竞争关系:"他会写,会画,会唱,会拉,性子又硬,心计又灵,一身的大丈夫气概!别看你我人称'大能人'、'二能人',将来村里真正的能人是他!"①就高加林的才华而言,尽管他依赖不正当的手段获得了县委通讯组的宣传干事,但就实质而非程序正义而论,这份工作是他的才华所匹配的。故而《人生》在发表后被一些评论家视为"反特权"的作品,比如李劼在《高加林论》中认为某些当权者的不公导致高加林"理所当然地产生了强烈的反抗意识"②。

有意味的是,"潘晓讨论"也有一个类似的前史:《中国青年》编辑部本来想发起的是对于"讲实惠"的讨论。据当事人马丽珍回忆,"那时领导干部的特殊化正是群众议论的一个热点,而讨论'讲实惠'问题很容易就会牵扯到领导干部的特殊化"③。正是由于不方便讨论领导干部的特殊化,《中国青年》才转而讨论潘晓的"主观为自己,客观为他人"。某种程度上,隐藏在干部队伍内部的经济人,是更为成熟也更为老练的"高加林"。从虚无中所诞生的这场酷烈的历史运动,是体制内外的"经济人"与"经济人"的竞争。

---

① 路遥:《人生》,《收获》1982 年第 3 期。

② 李劼:《高加林论》,《当代作家评论》1985 年第 1 期。

③ 彭明榜:《"潘晓讨论"始末》,选自彭波主编:《潘晓讨论——一代中国青年的思想初恋》,南开大学出版社 2000 年版,第 11 页。

四十年来思想资源的文学传播

杨　早

在讨论“四十年来中国文学的思想资源”时,我的专注点主要在于思想资源在社会中的传播与接受问题。

我自己于此的研究要上溯到清末民初。清末有一位人物不是特别有名,但是相当重要,他叫梁济,是梁漱溟的父亲。梁济就是一个所谓的小知识分子,他在思想层面上,几乎可以说是梁启超的追随者。民元之后,梁启超入京,他曾两次求见梁启超,都没能见到。直到梁济 1918 年自杀以后,梁启超才发表文章说,原来还有这样一个人存在,他都不知道。

梁济在清末跟他的亲友彭翼仲、杭辛斋等人一道发起了北方的启蒙运动,这场启蒙运动长期不在思想史研究范围之内,因为它的发起人并不是思想家,它的接受方主要也是底层,跟南方由思想家发起、主要接受方是学生和商人的启蒙运动架构不太一样。再后来,民国建立,大量的南方新式知识分子入京,就把北京启蒙运动的架构覆盖了,之后的民初报业兴盛期,后袁世凯时期的《甲寅》《新青年》直至新文化运动,都是南方启蒙运动架构的延续。

但真正衡量起来,以能否将启蒙内容传达到社会的中下层为标尺,清末北方的启蒙效果超越了南方。蔡元培、林白水他们在上海办《警钟日报》,曾经派人到北京调查,惊异地发现北京“担夫走卒居然有坐阶石读报者”,上海启蒙知识分子对北京同行的底层启蒙效果也是很羡叹的。①

从 1976 年开始的“新时期”,在晚清以来的思想史脉络中,是一场再启蒙运动。从 1976 年到现在,大约 40 年,中国文学的思想资源大概可以分为两个时段,一个时段是前 20 年,也就是从 1976 年到 1997 年;另一个时段是后 20 年,从 1997 年到 2017 年。

---

① 《警钟日报》1904 年 11 月 17 日。参见杨早:《京沪白话报:启蒙的两种路向》,《北京社会科学》2003 年第 3 期。

两个时段的区别当然很多,但观其大略,前20年的文学,基本上是一个“柱状结构”,所谓柱状结构,就是所有参与文学事业的人,基本上还是在一个相对明晰化的体制当中,生产和消费着我们的文学产品。甚至很多不是文学界的人士,也经常参与到这个柱状结构当中来。

我们如果回顾清末会发现,像梁启超这样的思想家,他们会自己操刀来写小说,向大众传播自己的观念①;到了“新时期20年”,写小说的思想家比较少,但还是很多思想界的人会对文学问题发言,因为文学问题当时处于相对中心的位置,文学本身承载着传播思想的功能。文学可以成为突破禁区的试验品,也可以成为启蒙大众的宣言书。思想界与民众拥有的共同目标,比如解放思想,比如打破“大锅饭”,比如伦理变革,文学都在中间起到了连接与聚焦的作用。那是一个全民文学阅读时代,也是一个单中心时代。

到了后20年,文学的社会形态变成了另外一种方式,一方面文学出现了“双中心”,以作家协会主持文学生产与评价,以杂志发表、评奖、权威出版为动力的文学体制仍然在发挥作用,但与此同时,商业,或者说资本,对文学的影响日益扩大。围绕作协和商业两个中心形成了两种文学体制,两种文学体制之间有交流,但基本处于并置的状态。

另一方面,很多人感觉到文学日益边缘化,但我认为这个“边缘化”要打上引号的,正如我在2007年的一篇论文中描述的那样:

> 上世纪末到本世纪初,中国文学格局变化可以用一“缩”一“胀”来描述。“缩”指的是传统意义上的“文学”在整个社会生活中的位置日益边缘化,文学已经很难借助自身的力量或业内人士的运作引发社会的关注,创造合理的收益;“胀”则指的是文学因素藉由大众传媒、出版、影视、广告等主流媒体的运作,外扩至社会生活的各个领域。传统意义“文学”的边缘化,与文学因素的急速外扩,很容易被解读成文学的转型,但事实上,这只是权力格局的变化、生产能力的消长,传统文学界内部形成的“作者写作 - 刊物发表 - 文学批评 - 读者接受”这一内循环链条并未改变,传统权力体制也并未发生根本性

---

① 而且梁启超将小说提高到了前所未有的高度:“欲新一国之民,不可不先新一国之小说。故欲新道德,必新小说;欲新宗教,必新小说;欲新政治,必新小说;欲新风俗,必新小说;欲新学艺,必新小说;乃至欲新人心、欲新人格,必新小说。何以故? 小说有不可思议之力支配人道故……故今日欲改良群治,必自小说界革命始;欲新民,必自新小说始。”饮冰:《论小说与群治之关系》,《新小说》1902年第1号。

的动摇,一切只是新的社会条件下的资源再分配与生产–消费机制重组。①

一般人感觉到的“文学边缘化”,就是传统意义上的文学形式,小说、诗歌、戏剧、美文,在社会生活中变得不那么重要,变得可有可无,社会生活乃至精神生活,都不再需要文学的全面参与。但是从“胀”的角度说,文学性其实无所不在,比如报刊的专栏文章,比如博客、微博、微信公众号、QQ空间,文字世界之外,像日益红火的电影、电视、网络视频、音频等,这些新介质中包含的文学性尚未得到充分的研究,换句话说,即使在新的时代,表达仍然不可能没有文学的参与,只不过一般人不会将这些元素显性地认知为“文学”而已。

以文学的思想资源来考量,前20年的主题,我概括为“思想资源的引进与转化”。正如孙郁先生指出的那样,新时期文学有两个重要的文学词汇,一个是“先锋”,一个是“寻根”。

先锋,意味着对西方的引进,对西方的文学作品,文学作品背后的文学理念,还有更背后的哲学理念或文化理念的引进,都涵盖其中。先锋派作家写的小说,现在重读,你会觉得大部分内容不像发生在中国,因此先锋写作实际上是一种模拟的方式在重复着西方的文学发展轨迹,这一点印证了民国时候郁达夫说过的一句话,他说“中国的新小说是欧洲小说的一个分支”,前几年诗歌界还讨论过所谓的“现代汉诗”,到底是不是中国诗?还是用汉语写的欧美诗?这种争议的背后,是大多数人都能体会到,从旧诗到新诗,从旧小说到新小说,跨度太大了,大到很难将旧诗与新诗,旧小说与新小说放在一起讨论。因此,先锋文学是对西方文学与文化非常激进、非常快速的引进和吞食,当时黄子平说过一句话“创新像一条疯狗,追得我们连撒尿的功夫都没有”,这个很形象说明了当时的情况。

先锋派在短短五六年时间内,把西方长达100多年的文学实践演练了一遍,各种流派都有,各种写法都有,比如说学福克纳的,学马尔克斯的,学卡夫卡的,各有师承。但这个浪潮没多久就遭遇了瓶颈,因为这种小说与中国的现实生活与现实心态过于疏离,像老作家汪曾祺在1940年代就受存在主义影响创作小说,但他在1980年代提倡“回到现实主义,回到民族传统”,“我写的是中国事,用的是中国话,就不能不接受中国传统,同时也就不能不带有现实主义色彩”,因此他断言:“我写不出卡夫卡的《变形记》那样痛苦的作品,我认为中国也不具备产生那样的作品的条件。”②先锋派作家在1990年代也开始了他们的集体转型,比如余华写

① 杨早:《新世纪文学:困境与生机》,《学术研究》2007年第11期。

② 《我的创作生涯》,《汪曾祺全集》第六卷,北京师范大学出版社1998年版,第495页。

出《活着》，开始向传统的叙事形式回归，这就是一个标志性的事件。

前20年的另一个潮流是“寻根”，寻根的基本出发点是从本国的文化传统中去吸收可供当下使用的资源，说白了，就是“中国传统文化的创造性转化”问题，寻根的问题在于当那些作家在“寻根”的时候，他们的学养跟不上，当时这批走红作家，从小接受的教育里，缺少传统文化教育这一块儿，自身所处的社会也没有这个氛围，因此当他们转向传统文化寻找资源的时候，传统文化对于他们就显得非常陌生化，变成了一个“他者”，因此寻根小说特别喜欢猎奇，特别喜欢捕捉神怪奇谈或历史传奇，这导致“寻根”本身变得支离破碎，所以“先锋”和“寻根”这两个运动应该说都不算成功，但是从这两种文学思潮可以看出，当时文学界对于思想资源的借用是一个什么状况，这种借用基本上跟整个社会对西方思想或传统文化的引入或转化是同步的。

1993年开始的“人文精神大讨论”，可能是知识界在当时的思想文化框架下的互动，体现出了达成共识的努力。虽然这个最后共识并没有达成，但至少是在一个大家都能接受的前提下，将人文社科界各个领域，文学、哲学、历史、社会学、政治学等等的学者集中起来讨论问题。现在回顾当时的讨论，虽然各学科都有点自说自话，但最后没有达成共识的重要原因，是“后现代”话语的介入，后现代话语的介入，当时的旗号是提倡“生活美学”，或者说“张扬日常生活”的姿态，实际上是在积极拥抱商业社会，为消费主义进行辩护。当时所有人都还预测不到十年以后我们将迎来一个怎么样的社会状态，但是后现代话语的介入，展示了知识界的分裂，他们在应对即将来到的消费社会，明显表现出了不同的姿态。

再后来当然就是“思想淡出，学术凸显”的问题，“思想淡出”与“学术凸显”跟整个社会的转型有关系，跟知识界体制发生巨大变化也有关系，换句话说，“思想淡出，学术凸显”最后的结果，是学院跟社会某种意义上的隔离，从那个时候开始，学院不再成为社会的重要思想资源，学院成为一个相对独立运行的体制，凸显的学术只是在学院内部有效，而社会本身又走向了另外一条道路，这种变化也基本构成了前20年与后20年的分界线。

除去其兴也勃其亡也忽的“先锋”与“寻根”，有一条相对主流，但因其主流在1990年反而不太引人注目的脉络，就是乡土文学。“乡土”能成为现代中国小说中最重要的表述对象之一，与中国传统社会的“乡土性”本质相关，恰如费孝通所言“中国社会的基层是乡土性的”①。生活经验的乡土性决定了相当多的现代作家在开始写作时便选择乡土生活作为素材，也很自然地以“乡土”“乡民”作为观

---

① 费孝通：《乡土中国　生育制度》，北京大学出版社1998年版，第6页。

察和反思整个中国传统社会历史和文化的基点。现代乡土小说的第一次勃兴,被大致认定为1920年代中期,鲁迅称之为"侨寓作家"的写作群体出现。

乡土文学是20世纪中国文学的一个最重要的传统,这个传统的形成,源于大家对于中国乡土社会本身困境的反思和焦虑。尤其是1949年以后形成一个巨大的覆盖性的传统,因为"新时期"之前的文学主流是现实主义,除了保留一部分浪漫主义,基本上别的主义都排除在外,因此现实主义和乡土文学的结合,变成了当代文学一个无与伦比的传统。而乡土文学在面对"如何解决中国农村的现实问题与精神问题"时,这40年也有一些不同的变化。

比如说1959年出版的《创业史》,这是十七年乡土文学的代表作,后起的路遥与陈忠实都可以算是作者柳青的弟子。《创业史》思想的一个显著特点,就是作者有着非常明晰的政治概念和政治结论,虽然不是作者独立的思考,而是他依照既有的政治结论和政治概念,与农村现实进行了对接。在这种对接当中,作者会碰到很大的问题,因为农村的现实并不像政治结论描述得这么清晰和确定。即使柳青与其他一些乡土作家都在努力地描述"配合政策的现实",但其中的裂隙仍然显而易见。这个裂隙恰恰是文学和思想的不同点,因为文学需要立足于现实生活来表达,而不能只是图解政治结论。不管怎么说,《创业史》给出"乡土怎么办"的答案是我们可以依赖这个开始,以及开始指向的未来,这是一个更好的制度,这个制度将改变乡村的命运,《创业史》反映出的这种美好期望的合理性,是来自于从清末以来迹近凋敝与分裂的中国农村现状的反思。

1976年之后出现的乡土作品,需要重新回答"如何解决中国农村的现实问题与精神问题"。比如高晓声的"陈奂生"系列,直接的反思就是:既然我们前面的路没能走成,我们就应该回到起点重新出发。起点是什么?当时的政策表达与文学表达一致,就是"包产到户",这就将农村问题推回到了1959年之前,回到那时的所有权属于国家、但是农民对名下的土地和产品拥有自由处分权的农村状况。这当然是献给新时期的一曲赞歌,但确实也是当时的作者们,以及阅读这些文学作品的人们,心目中一个共同的理想图景:回到1959年以前,回到合作化之前的状态。

到了1993年出版的、后来获得茅盾文学奖的作品《白鹿原》。这部小说当时获得了"史诗"的赞誉,作者也以此自许。现在回头看,《白鹿原》的思想某种意义上有超前性,它的超前性在于作者陈忠实作为一个党培养起来的干部与文学工作者,却在《白鹿原》里面把理想的乡村社会寄托在了传统的乡约制度和道统的结合上。《白鹿原》里有两个人不可或缺,一个是朱先生,朱先生是关学大儒,代表了道统的力量;一个是白嘉轩,代表了乡村的士绅力量。白嘉轩每逢碰到难关,总是唯朱先生马首是瞻,道统"正民俗,清教化"的道德作用,与乡约制度的管理作用相结合,才是理想的乡村社会。在《白鹿原》里,清末到民初这段时间里,我们看不到乡村内在改变的动力,从清末的革命,一直讲到1949年的新中国成立,几十年的翻云覆雨,一直都是外来的力量在改变白鹿原,革命党、军阀、日本人、国民党、共产党,用小说里的话说就是"翻鏊子"。那么,如果没有这些外力的侵入,白鹿原是不是就能在朱先生和白嘉轩的联合治理下,保持一个既富仁义、又享太平的理想状态?作者对几十年的时代巨变都保持某种距离,唯独对此前的乡村生活没有提出质疑,因此是否可以认为,《白鹿原》是把农村的理想图景上溯至传统农业社会的士绅共治状态?时代在前进,而乡土文学中的理想社会却在一步步后退,这是一种饶有意味的思想资源的变化。

现在我们面对的新问题是:不仅乡村正在消失,乡土文学也伴着乡村一起消失。2012年莫言获得诺贝尔奖以后,我写过一篇文章,叫《最后的莫言,最后的乡土》。我认为莫言的获诺奖,实际上为乡土文学画上了一个句号。长期以来公认的乡土文学的旗手们,像莫言、贾平凹、陈忠实、刘震云、阎连科,他们基本都已经进城了,都变成了城市居民,但他们比较少写城市,即使写也写不好,还是要向自己的乡村记忆索要资源,为什么?我认为是他们没有办法充分理解城市的权力结构——乡土文学的作家们很容易理解他们生长的乡村的权力结构,村长,支书,会计,生产队长,家族之间的利益争夺,等等。这个结构,并没有超越"乡约-道统"的传统权力结构,因此个人与群体的生活状态都可以清楚描述。但是当他们进入城市以后,城市的权力结构是非常隐形的,你住在一个小区里,你归居委会或街道管理,但你根本不知道他们都在干些什么事情,更不要说它们后面的区政府了,谁来收你家的垃圾,谁来供应你的食品和蔬菜,你作为一个居民,完全不可能认知清楚。当权力结构不再透明,居民也就变成了原子化的个人。因此作家很难描写中国城市,他们最多只能写到单位,但城市的权力结构,远远超越了他们的认知范围,乡土文学的架构与范式很难应用到城市社会中来。

这里我要着重指出,对于中国当代文学来说,1997年是一个标志性的年份。1997年,文学已经显现出了它的颓势,大众可能更关注邓小平去世,或香港回归这样的大事件。但是,从文学角度来说,1997年的标志性在于:当代文学的三位代表性人物都在那一年终结了自己的写作。

一位是汪曾祺,去世于1997年的5月16日。汪曾祺的重要性在于他延续了民国文学,完成了现代文学跟当代文学之间的打通,但也在某种意义上超越了这两者。当时有不少文学史著作都想将汪曾祺归类,但很难放置,不管是放在"乡土文学""市井小说"甚至"寻根文学",汪曾祺跟别的作家气质也不一样。

汪曾祺在1991年曾有言:“我认为本世纪的中国文学,翻来覆去,无非是两方面的问题:现实主义和现代主义;继承民族传统与接受西方影响。”①汪曾祺本人来自乡土,但他在1940年代的西南联大受过相当完整西方文学教育与哲学影响。汪曾祺1940年代的作品才华横溢,但还没有自己独特的思想表达,用他自己的话说,只是“一声苦笑”。而当他经历了巨大的政治变动与社会实验,再回头看乡土,汪曾祺在1980年代写出《受戒》《大淖记事》等作品时,他获得与鲁迅、沈从文一样的眼光,是一个接受了西方教育的人回头重新审视乡土,而他审视的又是半个世纪之前的乡村,这一点又与陈忠实、莫言相同。汪曾祺并没有描述乡土权力结构的野心,不采用鸿篇巨制,对乡土社会也不采取进步/落后的二元化批判姿态,而尝试去深入理解乡土社会的肌理与人情,恰恰是这种自觉的选择,以短篇小说和散文的方式,汪曾祺完成了对乡土社会的现代书写。汪曾祺写出了乡土社会面对外来威胁与改变的恐惧,写出了美好人性面对汹汹时代潮流的脆弱与坚持,但他也写出了乡土社会的狭隘与无力,写出了努力摆脱者的挣扎与不甘。从这一点来说,汪曾祺的意义被低估了。

还应该提到汪曾祺对现代汉语的改造。他的语言,是传统文章与新文学共同滋养的产物,摆脱了民国时期西化的艰涩与险怪,也洗掉了1949年之后叙事的制式与空泛。作协主席铁凝对汪曾祺有一个评价,说汪曾祺的作品“让年轻作家重拾对汉语的信心”。我觉得这个结论有道理。在1980、1990年代“西风最烈”之时,大部分当红作家都只承认自己从西方作家那里获得养分,而闭口不提中国传统文学的影响,也喜欢用一种译文的口气进行汉语原创。汪曾祺的文字,让人知道如何用白话写出可以直接中国传统,又带着西方文学基因的现代小说。

1997年的另一个标志性事件是4月11日王小波的去世。王小波代表另外一种传统,他接受西方文化特别是自由主义,并将这种资源重新和历史与现实实现了密切对接,关键是增补了中国文学里没有的东西。我们知道很多西方文学类型到了中国以后,很容易水土不服,比如说侦探小说、科幻小说,这两种类型到现在还是弱项,因为它们跟中国的现实难以对接。很少有一种不是来自中国传统的文学类型能够在中国取得较高的成就,而王小波做到了,他将狂欢传统引进了中国。“狂欢”之前并非不曾出现在中国文学当中,鲁迅的《故事新编》即有过这种闪光,但是中国文学整体是压抑的,就像中国社会整体是压抑的,狂欢的闪光没有办法变成火焰。如果说汪曾祺是在一片深沉阴郁之中努力挖掘人性的美善,那么王小

① 《〈汪曾祺自选集〉重印后记》,《漓江》1991年冬季号,转引自《汪曾祺全集》第五卷,北京师范大学出版社1998年版,第163页。

波挑战无边的黑暗,是狂欢式的消解。这种消解与王朔不同,王朔的消解是一种“躲避崇高”(王蒙),因此更多地表现为一种姿态,作品中的狂欢也仅止于语言的狂欢,而王小波作品中制造的黑色幽默,是将荒谬发挥到极致,同时尊重个体体验与常识。因为王小波的去世也是一个重要性的节点,虽然发表作品的时间并不长,但在后面的20年中发挥出惊人的影响力。

还有一个事件,是1997年1月王朔去了美国。王朔的重要性在“人文精神大讨论”里面已经得以凸显,他作为一个拒绝历史和拒绝崇高、拥抱俗世的符号而被高度赞扬或大加挞伐,虽然王朔自己内心也有很多不一样的层面,但在当时,他是被简单化、符号化地看待了。而王朔也确实是第一波把文学和商业结合起来,并且取得成功的作者,从《渴望》开始,到《海马歌舞厅》《编辑部的故事》,再到《我爱我家》,王朔参与度都非常高。王朔1997年的出走也是一个标志。他与中国的文学现实从此隔离。

1997年,在失去了汪曾祺、王小波和王朔之后,中国文学的现实开始走向另外一种格局,虽然八九十年代的余波尚存,之前获得盛名的作家仍然笔耕不辍,但他们在思想上与技术上都再没有显著的进步或变化。而新的作家,很难经由旧时的体制获得知识界与大众的双重认可。正如麦家在2008年获得茅盾文学奖后说的一句话“在2000年以前,江山其实已经定格了,现在我是要另立山头”①。1997年可以被认为中国20世纪文学的终结。

后20年的格局,还在发展之中,我这里没有时间展开来谈,但是后20年有一个特点很明显:思想传播的公共化,有很长一段时间处于停滞状态,换句话说,就是各说各的,思想界学术界讨论自己关注的点,而大众文化的焦点完全在另外的地方。

后20年有一位标志性的人物,就是韩寒。韩寒的核心能力不在于他的思想原创性,而在于他使用大众能够接受的语言传播某些思想,从而吸引大量的读者。当时是博客时代,两个“博客之王”,一个徐静蕾,一个韩寒,徐静蕾完全是明星式的表达,而韩寒不一样,他有一段时间集中发表思想时评,不管里面有多少漏洞与谬误,但是当时他的大众影响力无与伦比。有研究者曾用韩寒所说的“跪着写作”“站着写作”“坐下来正常写作”来隐喻公共写作的误区,认为“只有以平等的姿态,去了解你的读者是什么样的人,是什么样的生活状态,然后考虑用怎样的方式表达你的观点最能让他们接受,人同此心,情感共鸣,才能让你的文章破壁,触及

---

① 《新京报》2008年11月13日。

最广泛的人群,尤其是网络时代更是如此"①。

从传播的角度看,韩寒翻越了"学术之墙"与"媒体之墙",在知识界与大众之间,做了一个思想翻译的工作,这也导致思想界不少人将韩寒作为一个争夺对象,希望通过韩寒作为中介,去影响年轻人。所以那几年韩寒获得了大量的媒体荣誉,也引发了后来的倒寒运动。韩寒的兴起与隐没,正代表了这个时代思想界和公众之间的隔膜和互动。

最后再谈一点,网络小说。网络小说发展到现在,也是20年了。网络文学肇始的标志之一,榕树下文学网站,正好也是1997年成立的。从最初的榕树下"三驾马车"(宁财神、李寻欢、安妮宝贝),到现在网络小说成为影视IP的主要来源。这20年的一个重要特点,是文学消费的分众化导致网络小说的读者群集中在某一代际或亚文化群体,它与传统文学的关系是"双峰并峙,二水分流",在很长一段时间内,网络小说的生产、消费与讨论是在一封闭的亚文化群体中进行的。然而网络小说发展到现在,应该引起我们足够的重视。我提出一个概念,网络小说"重新发明了文学",就像乔布斯重新发明了手机一样。我通过将晚清通俗小说和网络小说进行比较,发现网络小说中的"小说"定义已经退回了晚清之前,就是梁启超把小说意义提高到"新民"之前。

网络小说的总体写作,提供娱乐,不提供教育与思想意义,终极目标是"爽",因为网络小说又被称为"爽文"。这是一种反"五四新文学"的文学理念。周作人在《新文学的源流》中分析中国文学的发展历程是"载道"与"言志"交互占据主流位置的过程。现在网络小说整个颠覆了这个过程,既不载道,也不言志,而只是一种流水线定制化的精神产品。1990年代王朔曾经表示过拒绝"作家"这个称号,而称自己是一个"码字工人",当时显得惊世骇俗,但在网络小说这里就是一种常识。

网络小说的另一个特异之处是它的体量。麦家曾经说"网络小说99.9%是垃圾",受到很多攻击,他解释说请大家仔细算一算,当时网络文学每天产生的字数是7000万字,99.9%是垃圾,就意味着还有0.01%,也就是7万字是精品。我们国家什么时候有过每天出产7万字精品的文学时代?没有过。现在网络小说每天创作字数已经超过1亿字,是中国门槛最低的行业之一,它的生产与消费,与此前柱状梯次的追求深度化的文学体制截然不同。

但是基于如此大的体量,网络小说充斥着大量"小白文"的同时,也展现着这

---

① 断桥:《破壁人——"韩三篇"风波》,《话题2012》,生活·读书·新知三联书店2013年版,第97页。

个时代的思想印痕。比如有一本“清穿”小说里,有大段的谣言传播过程的描述,一看就是来自孔飞力的《叫魂:1768 年中国妖术大恐慌》;又比如很多的明末穿越小说里,都会提出小冰河期对崇祯朝乃至明亡的影响;穿越小说还不可避免地带来历史与现实的制度、习俗、心态、价值观等的比对,在历史与现实的双重维度上反映着这个时代的思想传播效果,尽管它是碎片化的,但正与后 20 年的思想碎片化传播若符合节。要考察后 20 年文学的思想资源与思想传播状况,网络小说同样是绕不开的重要文本。

论20世纪女性写作叙述声音的艰难建构

高小弘

女性写作中的叙述声音分析,作为女性主义与结构主义叙事学在文本批评实践的结合,通过关注女性写作中作为女性的故事讲述者所建构的叙事策略,探讨女性写作特有的形式表达方式、文本结构规律和审美特色,使得"女性声音"落实在文本形式的细部,而不只是一个松散的、充满感性色彩的女性主义政治性的概括。同时,女性声音所包含的女性作为一个被压抑的群体所诉求的身份与权力,也暗示着女性叙述声音不仅只是具体的叙述行为,而是由于性别特有的"政治性",与社会历史、意识形态与象征寓意有着不可切断的重要关联。在一个以男性为中心构建话语权威的主流文学传统中,女性写作中的叙述声音,不应被简单看成是一种写作技巧,而是一个随时充满妥协、冲突与平衡的动态意义场域。在这个意义上,通过细致分析这一复杂的场域的微妙变化,我们不仅可以感知女性作家如何在文本内部想象性解决各种矛盾,而且还能将其与特定时代女性的真实处境、社会权力关系勾连起来。

当我们以叙述声音这一全新的视角,分析20世纪以来中国女性写作的时候,我们就会发现,伴随着长达一个世纪的中国社会转型,女性写作以其复杂的症候性书写为我们提供了一个了解女性/个人、女性/时代、女性/阶级以及女性/民族国家的独特空间。这不仅是指在各种社会权力关系的缠绕中,女性写作在构建叙述声音以确立自己的话语权威时体现出一定的艰难性,也是指女性写作所采用的叙述声音策略,在想象性解决性别问题的同时也在一定程度上形塑、传播甚至生产了现实中的性别政治。可以说,从叙述声音入手研究女性写作,不只作为一种研究视角,更作为一种研究思维的彻底转换,对于女性主义批评走出困境有着方法学上的重要意义。它可以推动女性主义批评从简单化的身份政治中摆脱出来,从而正视性别身份本身带给文本形式内容的复杂性。

本文根据女性主义叙事理论的领军人物苏珊·兰瑟所提出的叙述声音理论,将20世纪以来中国女性写作中的叙事声音分为三种,即作者型叙述声音、个人型叙述声音和集体型叙述声音,不仅分析一些典型性的文本叙述声音的具体处理方式,而且将这些叙述声音看作是特定时代的女性作者对于社会性别文化权力关系的具体回应,以此洞察女性作者怎样在想象中试图建构一种与生命体验相连的表达方式,并怎样以一种迂回而巧妙的策略建构话语权威,从而消解男性中心的价值观念与话语霸权。

一、隐含与外露:作者型叙述声音的困窘

作者型叙述声音,实际上是指一个异故事的叙述者。而苏珊·兰瑟之所以放弃使用“全知叙述”这样的说法,其实是想强调在女性写作中“这样的叙述声音产生或再生了作者权威的结构或功能性场景”①。在具有现代意义的女性写作发生之初,许多女作家都会不约而同选用作者型叙述声音来表达人性觉醒、个性解放、自由与爱的主题。这种叙述声音上的选择,首先就是因为作者型叙述声音可以超越于整个故事世界之上,可以自由出入故事时间、空间以及人物心理内外,因此拥有比较“优越”的话语权威。然而在即便大力鼓吹男女平等的五四时代,一个毋庸置疑的事实是,女性创作的文学作品中,作者型叙述声音所携带的“女性性别”越少或者干脆没有明确的性别标记,那么这样的作品就越容易获得以男性为主体的公众读者的尊敬与认同。因此,对于这些女性作家而言,如何在以男性为中心的叙事常规与社会习俗的前提下,能够保持一种异己性从而创建女性自己的叙述声音,就成为一个卓越的女性作家最先思考的事情。在五四时代,凌叔华是一个在驾驭作者型叙述声音方面首屈一指的女作家。无论是她刻画的旧式的大家闺秀、大家族的中老妇女还是经受西式文明之风吹拂的新女性,凌叔华小说中的叙述声音都是节制的、含而不露的,叙述者似乎心无旁骛地专注表述行为,全力以赴地叙述虚构人物的言辞和行为,而从不愿意面对受述者挺身而出,发表对于新旧妇女的生活与命运的自我看法。因此,她的小说中的叙述声音完全是以一种不动声色的客观甚至冷漠来叙述女性被命运捉弄的种种人生悲喜剧:不论是外部社会历史变迁带给深闺以及久居其中的旧式大小姐们的隔膜与伤害,还是沉浸在封建礼法中旧式少奶奶与老太太们不无尴尬与捉襟见肘的人生命运。有意思的是,叙述声音的过分冷静却意外地赋予叙述腔调一种戏谑、嘲讽甚至批评的色彩。正是这种高高在上的叙述姿态,使得我们穿过克制与含蓄的话语表面,确认凌叔华小说中真正回荡的是一种充满历史自信感的叙述声音。如果结合凌叔华的身世、教育背

① 〔美〕苏珊·兰瑟:《虚构的权威》,黄必康译,北京大学出版社 2002 年版,第 18 页。

景以及其所置身的年代,我们就会准确地辨认出这种历史自信的来源,那就是女性作家对于自己所分享的"五四"以来的以民主与文明为核心的价值观念的深信不疑。然而有意味的是,这种日后成为知识界普遍信奉的新主流意识形态,实际上更多涂抹了以知识分子男性精英为中心的"人"的色彩。一定意义上,正是这个大写的"人"形塑了凌叔华小说中性别缺席的叙述声音,这一声音对于已经被视为历史负值的旧式妇女有一种出于历史理性的冷峻与严厉。这种站在历史高度上的冷静叙述,由于成功分享了精英男性的话语权威,因此很容易被高度评价为同时代感伤化女性写作中的"一股清流"。然而细读文本,我们却发现凌叔华的性别属性在叙述声音中始终隐秘地保持着持续的在场,它经常会从历史严正的理性中逃逸出来,有意无意地显露出新女性对于旧女性同为女人的人生感怀,以及对于女性命运设身处地地理解与同情。不论是在《有福气的人》中描绘老太太圆满人生观崩塌后踉跄的步履,还是《绣枕》《吃茶》《吃茶之后》中少女那难言而又怅惘的女儿心事,都在精细、温婉地絮絮道来时弥漫着一种感同身受的悲悯与温情。凌叔华为了安置自我难以消弭的性别属性,虽然裂解了叙述声音应当保持的一贯与完整,但在另一方面,却成功赋予了文本"精神的复杂性",而这毫无疑问是历史对于女性写作的真正馈赠。

"新时期"的女性写作同样折射了这种历史的复杂性。作为对于"十七年文学"与"文革文学"的反拨,这一时期的女性写作开始努力建构与男性不同的叙述声音。然而另一方面,在新启蒙主义思潮中,女性与男性不同的性别属性并没有得到深度、细致的离析,女性独有的性别困境在叙事上也主要体现在恋爱与婚姻、家庭责任与工作重负的社会层面中,而女性更为隐秘的经验则沉潜在这一主流话语的覆盖之下,因此女性作者要披露不为主流意识形态规约的女性声音就需要更为曲折与迂回的策略。张辛欣的《我们这个年纪的梦》就是一个典型的例子。这篇小说讲述的是一个中年女人的白日梦,而现实生活成为这个梦的固持与幻灭的沉重背景与真实理由。但小说题名却是"我们"这个复合人称,不是女性与女性之间的同病相怜,而是试图包含有着下乡知青经历的一代人。虽然小说浓墨重彩地刻画了一个有着相同命运困境却能将日子充分诗化的中年男人作为"我"的精神同盟者,但无法改变故事的主体段落是一个女人的梦与现实。因此,题名中的"我们"既有一种将女性"小"故事置换为一代人"大"时代困境的期许,更包含着一个女性作者试图小心翼翼"改头换面"的复杂叙事用心。事实上,这篇小说采用的也不是"我们"这一复合人称来叙事,而是采用了"纯粹"的"女性"式的作者型叙述声音。这个叙述声音是充分性别化的,因为它不时流露出精细的女性感觉,那是对于日常生活细小情味情不自禁地欣赏。另外这一叙述声音里边掺杂了小说叙事中比较罕见的第二人称“你”，既是朝向故事外对于隐含读者的吁请，恳请读者参与到故事中来随时体谅、评判，也是深入到故事世界中对于女主人公的直呼，像朋友一样从旁直谏，要求她对自我生活反省、检视。然而，我们却看到，这种富有性别化与个性化色彩的叙述声音在成功地收获亲切随和的艺术感染力的同时却一定程度上失落了故事中的话语权威。因为，“抹去体验者，语句即获得了一种权威的非个性化基调，使得个人的表述带上了普遍共识的厚重感。由于抹去体验者，作者传达了这样的印象，即小说中的评判之语和感受之论都是人人同意的，个人的意见于是乎成为普遍的共识。”①这也是为什么很大一部分女性作家愿意采用那种没有性别色彩，没有形象更没有个性的叙述声音，因为这更接近未加标识的，大写的男性话语权威本身。张辛欣在这篇小说中为了补偿叙述声音的信服力，增强小说的思想和道德分量，特意采用了必要的策略为叙述声音平添外部的权威力量。那就是作者不惜占用很多篇幅以直接引用或者引述的方式插入了多则童话或神话。这些包含红帆船、拇指姑娘、七叶草乃至夸父逐日的童话或神话，不仅脍炙人口而且与现实对照起来能够辐射出更多的思想意味，它们表面上看来有统摄每个章节主题结构的作用，但实际上却有着更为重要的叙事用心，那就是“太过女性化”的叙述声音凭借童话传说这座标识着文学“父辈”的桥梁抵达“普世性”的话语权威。

与张辛欣在叙述声音中的迂回曲折不同，王安忆却是将作家型叙述声音的话语权威性发挥到极致的少数女作家之一。特别是在王安忆的众多以女性为主角的小说中，叙述声音曼妙委婉、深刻精辟，不论是《妙妙》中直抵小镇女孩意识深处的奇崛开篇，还是《我爱比尔》中周遭环境相应相合的少女心绪，都有一种峰回路转、跌宕回环的奇妙。特别是到了《长恨歌》，不论是对于市井物象的曲尽其妙，还是对于人事沧桑的引譬设喻，都构成了一个先声夺人、不同凡响的华丽序幕。可以说，王安忆将作者型叙述声音操演地如此精熟，甚至能成为她创作审美风格的一个典型部分。有趣的是，王安忆一再声称她不是女性主义者，这种对于“女性主义”的警惕远离不仅要标明一种价值立场，更预示着她笔下女性故事中带有性别意味的叙述声音的低沉乃至消失。在早期妙妙、阿三、米尼等那些带着生命的蛮劲一路“碎”下去的少女故事中，我们还能在“孤雁”“处女蛋”和宿命的意象中，清晰可辨地听到作者对于少女命运沉沦的慨叹。可是到了新世纪小说《月色撩人》中，少女提提被遗弃玩弄的悲剧在叙述声音中已经再也激不起任何情感的波澜，相反却被滔滔不绝的对于艺术、人生与命运抽象的议论而彻底取代。也许，我们

① 〔美〕苏珊·兰瑟：《虚构的权威》，黄必康译，北京大学出版社2002年版，第107页。

可以把王安忆这种追求宏大与严正的艺术企图,看作是女作家通过写作来积极参与时代文化论争、通向“人类”及“人性”写作的必由之路,然而在叙述声音上这一太过刻意的努力,何尝又不是女性作家为了避免“女性气质”、赢得更广泛的影响与认同而付出的一种叙事代价呢?

二、袒露与分裂:个人型叙述声音的尴尬

所谓个人型叙述声音就是指那些有意讲述自己故事的叙述者。在女性写作中,如果说作者型叙述声音能提供一个让女性写作者展现广博知识和睿智判断的宽广天地,而个人型叙述声音就只能解释作为人物的女性叙述者自身的经历,因此个人型叙述声音无法为了强化话语权威采取性别弱化甚至“无性别”的中性掩饰手段。在20世纪20年代末,丁玲的《莎菲女士的日记》就是一部大胆采用个人型叙述声音而显得摩登、前卫的作品。在一个避免把女性私人声音公开化的时代,这样一部以袒露女性隐秘情感为主要内容的私人日记体式小说,很容易生产出一些无法确认身份的、具有“偷听者”与“窥阴癖”为特征的公众读者,《莎菲女士的日记》的一纸风行也在于此。在莎菲那充分女性化、略带神经质的叙述声音里,读者可以听到一个青春少女毫无保留地对于自我、两性的看法,而这些纠缠着女人心机与复杂情绪的声音原本是传统历史最为秘而不宣的一部分,这种“解密”般充满魅惑的声音必然会牵动一种带有欣赏奇观式的审美期待。如果说任何一个女作家都希望自己的写作在读者中获得认同感与影响力,那么《莎菲女士的日记》中的个人型叙述声音为丁玲制造了两个随时可能沉落的陷阱:或者读者把以“我”自称的女主人公兼叙述者指认为真实作者,因而在想象中将女主人公的故事与作者的经历“硬性”牵连在一起;或者所塑造的女主人公逾越了当时女性气质与道德行为的社会通行观念,招致读者的反抗性阅读乃至强力抵制。这对丁玲而言一定是个前所未有的叙述困境,因为在她之前的现代中国女作家很少以个人叙述声音建构女性日记体,这既意味着没有现成的写作经验可以借鉴仿效,也意味着她没有办法预知读者反应与文本效果。然而丁玲还是努力以一种巧妙的策略来应对这种叙述困境。在莎菲看似青春漫溢的女性声音中,一直回旋着一种矛盾的主题,这个矛盾其实不是一个女人在两个性情不同的男人之间的选择,而是女性灵与肉、情与理、欲望与理想相互纠结的主题。如果说子君那一代解放的新女性还徘徊在“我是我自己”的循环论证的镜像中,莎菲则是以问题的方式照亮了“女性没有真相”的历史黑洞。

在传统的中国文学中,男性占据情欲主体的位置,女性的身体形象与多愁善

感被充分想象，而被客体化的女性，其真实的欲望肉身被彻底悬置。因此，《莎菲女士的日记》的意义首先就在于，丁玲能在莎菲的叙述声音里光明正大地宣称女性只是凭借感官愉悦就可以产生对于高颜值男性的身体渴求，虽然这一渴求在文本的结尾被女性叙述声音充分压抑、摒弃。也许我们要追究的是，叙述声音中这一原本带有历史新颖色彩的渴求何以在短暂的盛放之后迅速地归于寂灭，可以说，这其中的原因里藏匿着女性写作中建构个人型叙述声音的全部困境。其一，对女性身体渴求的大胆描写，由于为女性纯粹的肉身欲望正名而违背了传统文化中女性气质与女性道德，为了避免作品由于"道德不适"引发广大公众读者的反感，丁玲让莎菲的叙述声音一再沉陷在忏悔与罪恶感的泥沼中，并最终让其在艰苦卓绝的心灵搏斗中熄灭了欲望之火。其二，在莎菲的时代，"城市已从一片开明、进步、适于瑰丽理想生存的文化土壤，沦落为一片资本主义风习熏染下的色相市场。""在这一巨大的市场中，一切尊严、人格、价值都可以出卖。爱情正成为一种最畅销而最廉价的商品，读书、艺术、文化蒙上洗不去的市民味的俗媚，反叛了家长的女性要么成为新的玩偶：妻子、太太，要么就成为男性窥视者们眼中的性感明星和猎获对象。"①这也意味着，如果丁玲在叙述声音中过度为女性身体欲望张目，最为现实的结果也许根本不是独树一帜地喊出女性生命的真相，而是很快被曲解成迎合男性窥视欲望的标新立异，在试图颠覆封建流俗时却有可能掉入资本主义色相市场中的新陷阱里。丁玲采取的文本策略是在莎菲的叙述声音里放入对于刻板女性镜像的双重拒绝，既质疑以男性为中心的传统文化中"无欲化"道德完满的"天使"，也拒绝现代都市色相市场中耽于肉欲游戏人间的"魔鬼"。在这个意义上，莎菲的声音里流淌着一个新女性青春躁动的新音律，这个"新"不仅体现在对于传统女性气质的"女人味十足"的自我反省与审视，也包含着女性感官肉身的愉悦最终被厌弃平庸灵魂的灵性追求所取代。莎菲的叙述千折百回地记录了一个"新"女性发现肉身欲望与克服浅薄欲望的全部过程，这个叙述声音的远兜近转也恰恰真实记录了一个女作家在面对时代诘难与女性真相的全部困难所在。无独有偶，丁玲的另外一部小说《我在霞村的时候》在采用个人型叙述声音时也遇到了相似的叙述困境，叙述者"我"兼具革命者与女性身份，这一二重身份在讲述贞贞的故事时却面临情智之间无所适从的困境。故事里的贞贞为了给革命工作收集情报主动当了慰安妇，当"我"来到霞村的时候，正是贞贞带着严重的身心创伤回来的时候。"我"的叙述困难在于，作为一个女性对于贞贞的遭遇有种感同身受的悲悯，这不同于理性、旁观式的人道主义同情，而是女性之间基于相同性别体

① 孟悦、戴锦华：《浮出历史地表》，中国人民大学出版社 2004 年版，第 113 页。

验的惺惺相惜。但作为一个革命者,“我”又深知为了最终胜利在所不惜的革命功利性。也就是说,革命的功利理性为贞贞女性身体的被蹂躏赋予合法性,而身为革命者的“我”就不该过分多愁善感地哀悼贞贞女性肉身的悲剧。因此这篇小说就出现了叙述声音的两难:“我”是应当屈从革命理性无视贞贞遭遇的巨大悲剧性,还是听任感性表达一种姐妹间的痛惜与抚慰。事实上,在这两种互为悖论性的立场之间,小说中的女性个人叙述声音游移不定,女性真切的感情因革命理智而时时克制内敛,最后以贞贞去延安的光明结局想象性地解决了情理困境。

在20世纪中国女性写作史中,丁玲的这种个人叙述声音困境仍然在后辈女性作家作品中延续着。在消费主义兴盛的90年代,陈染与林白两位女作家的代表性作品《私人生活》《一个人的战争》,也因袒露女性私密的个人生活而在大众文化市场上洛阳纸贵,其原因就在于这两部作品不约而同地采用了个人型叙述声音,以一种虚构的回忆录式的文体讲述女性的生命成长历程,从而无意中“迎合”了大众的窥视欲望。与《莎菲女士的日记》不同,比起莎菲那单纯的、始终一贯的以“我”自称的叙述声音,这两部小说的中个人型叙述声音却不是纯粹的,首先就在于叙述人称“我”其实复合了两个不同的“我”,一个是历经世事、因而能超出故事时间之外对每件事情的价值意义进行评估与判断的成年的“我”,另外一个则是与故事时间同步,在事情的进展中迷惘成长的少女的“我”。其次,这两部小说间或夹杂着“我们”“你”“她”这样的叙述人称,特别是《一个人战争》中叙述人称变动的节奏更为频繁。这些叙述声音的“不纯粹性”,都体现出90年代女性写作在声音技巧层面的成熟。然而值得一提的是,陈染和林白在具体驾驭同类的题材时,面临着与“莎菲时代”的丁玲相似的写作困境,即“如果女性因为被认为不具备男性的知识水准,不了解‘这个世界’而必须限于写写女性自己,而且如果她们的确这样做了,那么她们也就会被贴上不守礼规、自恋独尊的标签,或会因为展示她们的美德或者缺陷而遭到非议。”①事实上,陈染和林白确实由于以袒露的声音叙述女性私人生活,被那些不习惯只“局限于写写女性自己”的评论家贴上了“自恋独尊”的标签。然而在这两个文本中,我们却清晰地看到为了区别“女性写女性”与“女性写自己”的差异,陈染与林白在叙述声音上的良苦用心。不论是在《私人生活》中倪拗拗与T先生无爱之欲的场景中,还是在《一个人的战争》中多米因自负、自恋被多次欺骗的情节里,个人型叙述声音都悄然发生了转换,叙述者不再是那个“我”,而是变成了超然于故事世界之外的全知叙述者。这样一种叙述声音的选择其实有着深远的叙事用心,通过全知叙述创造出了一种将女性作者与充任叙

① 〔美〕苏珊·兰瑟:《虚构的权威》,北京大学出版社2002年版,第21页。

述者的女主人公充分隔离的界限，以此巧妙地保持了不伦性爱的场景中公开化叙事的力度与保护女性作者隐私二者之间的平衡关系，使得叙事的逻辑不至于因为叙述声音的顾虑而随意中断。回顾二十世纪女性写作，我们发现，个人型叙述声音给女性写作带来的危机与挑战，既形象地证明了历史变迁中女性叙述声音困境的延续，也进一步为女性写作经验与技巧的不断丰富创造了难得的文本机遇。

三、想象中的整合：集体型叙述声音的困境

所谓集体叙述声音，在女性写作中指的是某个具有一定规模的群体成为叙述故事者。在具体的操作中，既有叙述者代某群体发言的“单言”形式，也有复数主语“我们”叙述的“共言”形式，还有群体中的个人轮流发言的“轮言”形式。在单一人称的叙述声音一统文坛的时候，集体型叙述声音确实是非常少见的叙述形式。按照苏珊·兰瑟的说法，“与作者型声音和个人型声音不同，集体型叙述看来基本上是边缘群体或受压制的群体的叙述现象。”①因此，在反封建伦理压制成为一个时代主流声音的时候，女性写作中就出现了集体型叙述声音。在冯沅君的《旅行》与《隔绝》中，出现了“我们”这样的复合人称做叙述主体，有意思的是，这个叙述声音虽然表面上意味着一个男人与一个女人共同发出的和谐一致的声音，并以此象喻了争取婚恋自由所形成的精神同盟，但在精神实质上采用的却不是“共言”形式，而是由女性声音全权代理的“单言”形式。在这个女性逃避包办婚姻、私自与爱人南下旅行、并被母亲幽禁的故事里，女性一厢情愿的“代言”，泄露了在面对强大的封建父权时女性迫切需要与爱人建立密切精神关联的脆弱与无助。但另一方面，却因为完全压抑了男性带有差异性的声音，在强求一致的叙事动机下，完全无视青年男女在恋爱中可能出现的因两性差异带来的矛盾冲突，也因此丧失了小说在主题内容方面进一步丰富的可能性。集体型叙述声音带来的“极简化”后果在《旅行》中的住宿场景中表现得尤为明显。当两个没有获得封建礼制许可的青年男女在住宿时，出现了戏剧化的一幕，虽然同居一室，但是为了成全女性的“纯洁”之爱，男性尊重女性的意愿而克制了身体的欲望。在以女性“我”为“我们”代言的心曲里，虽然也提到男性对欲望实现的“企慕”，但男性内心爱与性之间的挣扎以及男性对于女性所认同的“纯洁”是否存有不同的声音，这一切都在这个集体型的叙述声音中被无声的窒息了。而这种“窒息”让我们反过来会质询女性心中的“纯洁之爱”，在本质上不过是蹈袭她所反叛的“男女授受不

---

① 〔美〕苏珊·兰瑟：《虚构的权威》，北京大学出版社 2002 年版，第 23 页。

亲"的封建礼教窠臼。可以说,男性声音的被遗忘甚至被窒息,使得冯沅君小说中"新式恋爱"不仅缺失了戏剧化的矛盾,更丧失了经由两性对话辩驳才能推向深入的彼此精神认同,以及在此基础上对于"自由恋爱"的精髓的深刻理解。在这个意义上,"我们"陈述的是一个因自以为是而略带虚假的叙述声音,这一个自作主张的叙述声音将以自由恋爱来反叛礼教的理想仍然悬置在乌托邦的幻境里,而"我们"这个叙述声音里所试图聚合的"精神同盟"也不过是女性自传中带有"自恋"意味的理想化书写。有意思的是,与冯沅君几乎同一个时期的庐隐,虽然没有在小说中明确采用"我们"这一复合人称做叙述者,但其作为女性的个体叙述者却非常有效地代表了一个女性群体,所以庐隐的小说是一种典型的以"单言"构建的集体型叙述声音。在《海滨故人》《何处是归程》《或人的悲哀》等一系列作品中,不论是一个多么具体的叙述者,但我们听到的始终是一个女性群体的合唱。这个群体中的女性年龄、经历大体相同,因而人生困惑与理想追求也大致类似,所以她们其中一个人的所见所闻、所思所想足以代表她们整个群体。这种来自不同声部并最终汇合到一处的合唱背后有着一个性别群体的时代困境。作为第一代成功远离封建家庭、并受过文明教育的"新"女性,因时代机遇获得"新生"的她们却不断发出哀婉、绝望的声音,其原因就在于她们在享受自由恋爱的同时,却清醒地看到新式女人和旧式女人完全相同的宿命,即女人最后的归程不过是进入一个需要履行妻职与母职的家庭。有意思的是,庐隐笔下的集体型叙述声音在完成这种独属"小女儿"根本困境的表达时,却使用了大量"非女性"的关联"人类"的"大语言",探讨生命、死亡、永恒、孤独等注定无解而又困惑所有人的人生命题。庐隐小说中最具有悖谬意味的部分也许在于,原本创造了女性群体心声的集体型叙述声音却最终被偷梁换柱置换为"人类的声音",这种女性难以为继的叙述声音的转换本身就表明了女性的话语困境与写作困境:一方面,在庐隐时代,中国女作家还找不到像样的"女性"语言来表达女性困境与女性出路,所以写作语言很容易滑入当时流行一时看似中性的文化语言中,而且叙述声音中大量散播着同时代男性文化精英们的常用的语汇,这既可以理解为女性写作者希望将"小女儿"的问题延伸为"人类"问题的一种叙事野心,更可以理解为女性写作对于男性文化权威的有意借势。

无独有偶,20 世纪 80 年代初,张洁写的《方舟》也像庐隐一样以文字围建了一处"女儿国"。故事中的梁倩、曹荆华、柳泉通过轮流讲述自己的故事建构了集体型叙述声音。有意思的是,《方舟》仿佛是跨了半个世纪延续《海滨故人》的女人故事。如果说《海滨故人》中"女儿们"由于恐惧徘徊于婚姻围城之外,而《方舟》就是逃离出婚姻围城之后的徘徊。《方舟》在集体叙述声音处理上表现出一种风格化的特征。在梁倩、曹荆华、柳泉三位女主人公各具性格特色的限知型声音里，不时地混入未加标点符号进行区隔的全知叙述声音。因此读者在专注倾听故事里人物的喜怒悲欢时，会时不时意外发现来自故事外更具有评判性的权威声音，这种采用混淆全知叙述者声音与小说人物声音所建构的集体型叙述声音，成为凸显女性主义的姐妹情谊主题一个非常有效的策略。因为这种将两种叙述声音区别模糊化的处理方式，可以轻易地建构一个三位女主人公零散叙述声音共同关联的话语层面。在这个话语层面中，全知叙述者不仅在文本结构上有效地统筹了出生背景、生活经历完全不同的三位女主人公错综复杂的叙述视角，而且还巧妙地使得小说人物发出的声音成为隐含作者声音的延伸。通过这样一种声音策略，隐含作者需要强化的叙事主题通过全知叙述协调后散播于梁倩、曹荆华、柳泉的叙述声音中，进而使得身份各异的她们在叙述话语中重复使用同一语法结构、表达具有同一种普遍意识、并最终发出同一种风格的声音，从而最大程度强化了隐含作者试图构建的叙事主题：即题首处“你将格外地不幸，因为你是女人”，结尾处“为了女人，干杯！”这样一种叙述声音策略非常成功地帮助张洁在《方舟》建构了话语权威。但另一方面，《方舟》是三个女性在现实生活中无法找到出路的悲剧故事，全知叙述者帮助我们越过梁倩、曹荆华、柳泉各自的困境，看到的是整个女性群体性的生活悲剧。如果整个文本里回荡着的都是女性这种绝望的声音，这又何尝不是一种真正的声音困境呢？

在 20 世纪 90 年代，蒋韵的《栎树的囚徒》也是采用“轮言”的形式来构建集体型叙述声音。天菊、苏柳和贺莲东的声音交替反复，形成一个扇面形的结构。每一个女性分裂成两个“我”讲述自己的故事，既带着少女的不经世事，也带着成熟的饱经沧桑，这些不断变幻腔调的声音在故事的上空交叉响起，此起彼伏的叙述与经时间扭曲变形的回忆形成一系列遥相呼应、互相补充的意义网络，最终汇聚成了充满悲剧性的家族历史。女性集体型叙述声音的采用，让这部小说避免了纯粹聚焦于单一视点的叙事窠臼，在长篇的家族历史的讲述中，构成了一种风格新颖的维度，然而这种通过对于男性声音的剥夺建立的女性在场，使得原本丰富厚重的家族史叙事丧失了一种显而易见的“复杂性”。也许从另外一个角度来看，这些叙述声音策略正是叙述压力造成的结果，在一个试图颠覆以男性血缘为中心的家族历史故事时，也许只有彻底摒弃男性的声音，才能让家族里的女性酣畅淋漓地完成自我的讲述。

谛听 20 世纪女性写作的叙述声音，我们可以看到，在身不由已地经受性别社会习俗与性别文化常规的洗礼之后，许多女作家会在抗拒男性话语权力的同时不断向男话语权威借势，甚至表达出对于传统女性气质的彻底推崇，从而复制出她们原本心存质疑的声音。还有一些女作家，为了遮蔽性别立场，有意无意采用暧昧、模糊的叙述声音,使得作品出现了叙述的游移与分裂。可以说,20 世纪女性写作中叙述声音所携带的这种复杂性,可以帮助我们充分认知,正是包括性别制度在内的阶级、革命、消费等各种力量的缠绕与绞合,构成女性带有“真相性”的生存现实。而女性主义批评也只有深入到众语喧哗的“文学现场”,才能找到女性叙述声音乃至女性写作的所有秘密与全部困境的根源。

中日当代文学作品关于记忆的艺术表达探究*

张文颖

一

自从有了文学，文学与记忆便结下了不解之缘。从某种意义上说文学既是人类记忆的产物，也是人类记忆的重要组成部分。洪治纲曾说："写作作为人类精神活动的一种特殊形式，永远也无法剥离个人记忆和集体记忆的双重制约。"①中日近现代作家们集体表现出关注记忆的倾向就是一个明证，夏目漱石在作品《心》中借主人公"先生"留下了这样一句话，现在品味起来仍觉得十分沉重："記憶してください、私はこのように生きてきたのです。"（请记住，我是这样活过来的）。《心》是一部关于记忆的作品，记忆当中有美好的记忆，也有不敢触碰的记忆，不敢触碰的记忆就像一枚定时炸弹时刻发出危险的信号。主人公"先生"就是被记忆压垮了，还好他有敢于说出让他万分痛苦的记忆的勇气，以负责任的态度走完自己的一生；鲁迅作品《故乡》里让我们印象最深的是主人公对儿时的玩伴闰土的记忆，让我们感受到了记忆与现实的残酷。鲁迅作品中的经典人物都值得我们去记忆，鲁迅塑造这些人物就是希望他们永远被记住，借此来拯救将要死去的中国人的灵魂；大江健三郎的作品更是以记忆为核心，通过边缘记忆来对抗中心记忆；莫言的作品几乎都是对于过去记忆的复杂呈现，《红高粱》是对祖先的追忆，也是对当下不争气的自我的追认。《丰乳肥臀》是对母亲波澜万丈的人生的追忆，同时也是对永远无法断奶的中国人的深刻剖析。村上春树的文学，从处女作《且听风吟》开始基本上都是带着淡淡的感伤和自我调侃来讲述记忆，近年来其作品中关注历史记忆的文学作品越来越多。

---

* 本文为中国文联文艺评论中心"国外文艺评价机制调查研究"课题（项目编号：CLACA－2015－011）成果。

① 余华：《文学想象、记忆与经验》，复旦大学出版社 2011 年版，第 138 页。

关注记忆就是关注自己所处的时代,关注过去、现在和未来。近现代文学作品的大部分其实细想起来都与记忆有关,作家其实就是与记忆为伴的工匠,如何将记忆呈现得越精彩作品就越成功。值得一提的是诺贝尔文学奖获奖者石黑一雄的作品的核心主题就是关于个人和群体的记忆和忘却的。

从古到今,许多哲人思想家文学家都对“记忆”有所论及,柏拉图通过对人的生理和身体的表象来尝试解读记忆。他认为人的记忆充满着个人差别,同时也发现同一个体内部的记忆有清晰的记忆也有模糊的记忆存在。柏拉图将存储记忆的大脑比作鸟屋,里面关了各种各样的鸟,有喜欢成群结伴的,也有喜欢独处的。只要有意愿就可以随意从鸟屋里取出自己想要的鸟,但由于鸟过多,有时难免会犯错误拿错鸟。而将记忆与时间连在一起加以思考的是亚里士多德。他认为记忆是区分人和动物的重要标志。其他动物依靠表象和记忆来生活,而人除此以外还拥有经验这个武器,这是动物所不具备的。而人的经验来自记忆。而且人不仅有经验,在经验的基础上人拥有了学问和技术。

尼采继承了亚里士多德的关于记忆的力量是区分人与动物的重要标志的思想,他在《不合时宜的考察》第二篇中通过记忆和时间的观点说明了人和动物的区别。他以在牧场吃草的牛群为例说明家畜大脑当中没有时间观念,它们和幼小的孩子一样,只知道吃了睡睡了吃,处在一种没有时间概念的盲目的幸福之中。正因为它们拥有了忘却过去的特殊能力才会幸福地活着。当然尼采并不是否定动物没有记忆,而是说动物不是时间性的存在。而人恰恰相反,人是时间性的存在,当度过了孩提时代的享受忘却的幸福时光后,人类开始从忘却中被叫醒,而陷入过去记忆的牢笼,痛苦不堪。人不会忘却过去,记忆这种力量让人患上了无法忘却过去的顽疾。而尼采给人类开出的良方是非历史性存在方式和超历史性存在方式。非历史性存在方式是指要拥有无视妨碍自己行动的过去记忆的勇气;而超历史性存在方式是指改变对历史的解读方式,在过程中不去思考如何救济自我,即放弃所谓追求进步的想法,享受活在当下。

法国哲学家伯格森(1859—1941)将记忆分为第一次记忆和第二次记忆。第一次记忆不是指记忆的具体细节内容,而是记忆事件行为本身。例如,过去人生当中经历的事情。而第二次记忆是指不受时间限制的具体记忆内容。例如,我们儿时记住的唐诗宋词等,历经数年或数十年都不会被忘记。而成为习惯的第二次记忆渐渐地变成我们的技能,例如,骑自行车,掌握一门外语等。关于第一次记忆他认为是在无意识的过程中被保存下来的。

另外,创伤记忆是弗洛伊德十分关注的研究对象。以弗洛伊德为代表的精神分析学派发现在心理治疗过程中,童年的经历会影响人的一生,尤其是心理创伤型的记忆,很容易沉淀下来成为影响现在乃至以后生活的压抑记忆。创伤记忆在世界文学长河中被淋漓尽致地进行着各种各样的艺术化处理,同时也是文学研究十分关注的对象。

关于记忆,一般认为分为个人记忆和集体记忆两种形式。集体记忆(Collective Memory)是社会心理学研究的一种概念,最初由法国社会学家莫里斯·哈布瓦赫(Maurice Halbwachs)在 1925 年首次完整地提出,以跟个人记忆区分开。

集体记忆是社会心理学研究的一个对象。广义而言,集体记忆即是一个具有自己特定文化内聚性和同一性的群体对自己过去的记忆。这种群体可以是一个宗教集团、一个地域文化共同体,也可以是一个民族或是一个国家。这种记忆可是分散的、零碎的、口头的,也可以是集中的、官方的、文字的,可以是对最近一个事件的回忆,也可以是对远古祖先事迹的追溯。文化记忆、历史记忆、社会记忆都可以包含在内。文学作品中的许多文本基本上都是围绕着个人记忆和集体记忆展开的。

二

接下来通过具体文本来探究中日当代文学中丰富多彩的关于记忆的艺术表现。

1. 记忆缺失

记忆缺失是指暂时的或是最终的失去记忆,常常是缘于一次情感上的打击,甚至是创伤。记忆缺失又分为暂时失忆和永久失忆,亦可依遗忘类型分成两种形式:顺行性失忆症(Anterograde Amnesia)和逆行性失忆症(Retrograde Amnesia)。逆行性失忆症的患者失去了回忆及追溯既往资讯的能力。此疾病的严重程度因病例而有所差异,有些逆行性失忆症的患者仅失去一部分的记忆,有些则可能失去几十年的记忆;顺行性失忆症则是指短期记忆无法转变为长期记忆的现象,此类患者的记忆无法维持。张艺谋根据严歌苓作品《陆犯焉识》改拍的电影《归来》和根据日本著名作家小川洋子作品《博士热爱的算式》都是由记忆引发的故事。按上面的定义《归来》中描写的应该属于逆行性失忆症,而《博士热爱的算式》则应属于顺时性失忆症。

《归来》讲述了这样一个故事,陆焉识是出国留学回来的教授,毕业回国后的陆焉识因“文化大革命”而沦为劳改犯。他在劳改第十七年时逃跑去见妻子冯婉喻,此时他们的女儿是歌舞团芭蕾舞演员,马上有机会成为一部剧的女主角,当撞到逃跑回来找她们母女俩的父亲后,她竟然大义灭亲,将父母约好见面的时间和地点偷偷报告了公安,想借此得到她一心想要的女主角位置。可是就是因为在抓捕父亲过程中母亲受了极大的刺激,患上了严重的心因性失忆症。她经常会忘记身边的许多事,因此女儿在家里贴了许多纸条来提醒母亲,但由于母亲无法原谅女儿的背叛,坚决不让女儿回来跟自己一起住。从中可以推测出母亲得的是因心因性失忆,多年后父亲回到家中面对的是认不出他的妻子和对他爱怨纠结的女儿,这对苦命的夫妻再次面临人生重大考验。

父亲尝试了多种办法也无法唤醒妻子的记忆,母亲永远把他当作一个陌生人。每次找各种理由去妻子那里,两人都要从陌生人开始重新交往。后来他甘愿默默陪伴无法相认的妻子,一起走到老。通过父亲的努力原本破裂的父女母女关系又得以重新恢复,母亲又有了生活下去的希望,那就是去迎接父亲的归来。可让我们心痛的是每次在父亲的陪伴下去车站接丈夫的妻子每次都失望而归,但她依旧坚持去接,永远接下去。

"文革"记忆既包括个人记忆又包括集体记忆。在复杂记忆的交织下人们顽强地活着。

《博士热爱的算式》也讲述了一个关于记忆的故事。一次交通意外,令天才数学博士只剩下 80 分钟的记忆,时间一到,所有回忆自动归零,一切重新开始。他的生活离不开数字,他总会以数字代替语言,以独特的风格和别人交流。他身上到处都是以夹子夹着的纸条,用来填补那只有 80 分钟的记忆。这次,新雇来的保姆杏子是一个带着 10 岁的儿子的寡妇。她的到来给自己、孩子和博士带来了全新的生活。对杏子来说,每天去博士那上班都要从零开始与博士进行自我介绍。

"我"直到辞去博士家的家政妇每天早上在大门口都会跟博士重复着相同的关于数字的对话。对于只拥有 80 分钟记忆的博士而言,出现在大门口的"我"一直是第一次见面的家政妇。①

博士十分喜爱杏子的儿子,并称呼他作"根号",因为根号能容纳所有人和事,他让母子俩认识数学算式内美丽的世界。正因为只有短短 80 分钟的记忆,三人相处的每一刻都显得弥足珍贵。

博士有着痛苦的过去,博士在 10 年前的一次篝火晚会后因交通事故而失去了记忆,他的记忆只能持续 80 分钟。周而复始。事情已经过去 10 年了,但是在博士的记忆里,只记得 10 年前的事情。而那段和他的嫂子的刻骨铭心的不伦之恋却永远消失在记忆当中。根号和妈妈在和博士的不断接触中产生了深厚的友

---

① 〔日〕小川洋子:《博士の愛した数式》,新潮文庫 1996 年版,第 14 页(本论文中川上弘美和小川洋子作品的中文译文均为本人翻译)。

情。数字是他们交流的主要工具,通过数字他们相识相知,一道拥抱生活。在根号的记忆中和博士一起生活的那段时光令他终生难忘。

两个故事中记忆被无限放大,这时我们才意识到原来记忆对我们来说是那么的重要。《归来》中记忆成了一堵厚厚的墙阻断了他们夫妻俩相认,但这对苦命的夫妻的心是相连的,任何东西都无法阻拦他们。"文革"那段残酷岁月在电影中并没有被着重描写,受伤的记忆就是对那段时光最强烈的控诉和批判。而短短 80 分钟的连贯记忆其实拯救了《博士热爱的算式》中的博士,博士因为失去记忆,他可以无视痛苦的过去,永远拥有一颗年轻的心,永远可以以全新的姿态投入到生活当中,不管这个生活是不是支离破碎,因为他的心永远是纯净和完整的。

两部作品都是关于爱情的故事,都描述了一个悲恋故事。记忆在其中扮演了十分重要的角色。失忆让原本相爱的两个人近在咫尺却如远隔天涯。《博士热爱的算式》中博士在经历了那场交通事故后,失去了完整的记忆,而且记忆永远停留在了发生事故前一天。他的内心永远是年轻的,充满朝气的,可是岁月不留情,嫂子已经老去,她无法面对博士而只能躲起来,默默为他奉献。《归来》中的父亲和母亲这对苦命人也是一样,在经历了太多的苦难后没有等来苦尽甘来,反而近在咫尺却无法相认。失忆成为了对过去那段历史的无声的控诉。然而父亲没有灰心和绝望而是用另一种方式来赎罪和延续他们之间的爱。

2. 灾难记忆

在漫长的文学长河中关于战争、自然灾害的文学及影视文本有许多,例如《温故一九四二》《唐山大地震》《神灵 2011》等。其中冯小刚的电影《唐山大地震》(根据张翎的作品《余震》改编)和川上弘美的短篇《神灵 2011》都是与地震灾害有关且都通过个人化记忆来描述那场灾难。

川上弘美的《神灵 2011》,是 3・11 震灾后日本最早发表的反映福岛核事故的短篇小说。《神灵 2011》是对川上弘美对自己的旧作——《神灵》的改写。旧作《神灵》,通过幻想式的手法描写了对传统的人际交往、交流沟通方式的向往和现代人的冷漠。而改写后的《神灵 2011》重点书写了福岛核电站事故后,日常生活的改变和对不变的美好东西的再确认和向往。平淡的语言中暗藏着愤怒和悲伤。这部小说作为"后福岛时代"的文学作品极具实验性,开启了日本作家书写后福岛时代的先河。

该作品以主人公和熊散步过程中的所见所闻来描写被改变后的新的日常化生活。

初春,曾去河边看过野鸭,在热天带着盒饭去还是第一次。(《神灵 2011》)①

初春,曾为了看野鸭,穿着防辐射服去过河边。在热天穿着普通的服装,露着皮肤并带着盒饭过来是从“那件事”以来的第一次。(《神灵 2011》)

上面引用中的“那件事”指的是福岛核事故。由于核事故的发生这里人们的生活被彻底改变了。“那件事已经过了好几年了,这个地方一直不允许人进入,地面因地震而形成的裂缝依然清晰可见。”②

不变的是野鸭依旧来光顾、河里的鱼儿依旧悠闲自得;熊依旧和过去一样生活,爱与人打招呼、懂礼貌、充满亲和力。“熊平时应该很少洗澡,身上的放射量或许会很高,但既然已经选择在这里生活,这些事我根本不在意。”③

生活在这里的主人公我也是一样,与熊形成了纽带关系,和谐相处共度难关。

《唐山大地震》同样描写了地震对当地居民生活的改变,而这种改变是刻骨铭心的、带着血和泪的。原本是实实在在的家由于那 23 秒而突然轰塌。这种灾难式描述与《神灵 2011》中的平淡叙事形成了鲜明的对比。故事中姐姐遭遇了双重打击,失去了家人,同时母亲在关键时刻让先救人弟弟的话深深地伤害了她,让她认为母亲是世界上最冷酷无情的人。32 年后,又一场灾难的到来让姐弟俩重逢。留给姐姐的创伤记忆死灰复燃,大爱和亲情成了治愈创伤的良药。

故事中关于记忆的细节描写十分动人,电影开头部分的西红柿成了点睛之笔。两姐弟在睡觉前都想吃西红柿,而妈妈给了身体较弱的弟弟,并向姐姐保证第二天一定给她买。就这样,“西红柿”成了妈妈和女儿心中共同的伤痕,母女俩带着这个心结走过了 32 年,直到再一次见面。因此,在影片结尾处,姐姐在 32 年后重新回到家中,母亲那颤抖的手里端出来的是洗得干干净净的西红柿。

两次地震的完美对接也成了这部电影的一大亮点。经历过大劫难的人最清楚正在遭受痛苦的人最需要什么,他们由共同的灾难记忆牵领着走到了一起,共同为他人奉献自己的一点点光和热。人间大爱在这里被无限放大,情感纠结在这里变得十分渺小而不值得一提。

灾难给人们带来了永远无法抹去的伤痕记忆,生活环境的彻底改变让人们一时间无所适从。受过伤害的人们陪伴着这些记忆艰难地活着。而支撑他们的是

---

① 〔日〕川上弘美:《“神様 2011”あとがき》,《群像》2011 年 6 月,第 109 页。

② 同上,第 104 页。

③ 同上,第 108 页。

他人的陪伴和相互信赖。无论是灾难叙事还是平淡叙事,记忆的力量在这里都被发挥到了极致,熊的出现是一个暗示,暗示新的时代的到来。

在《神灵》《神灵 2011》两部作品的结尾,熊这样说道:今天真的非常快乐,感觉像是去了很远地方旅行回来。希望熊的神灵能够保佑你。

熊的神灵到底是什么,川上弘美在《神灵 2011》后记中这样写道:

> 万物皆有神并不是我打心底里有的信仰,冬日里为了节约用电而关掉空调的早上,透过窗户泼洒进来的阳关着实让人觉得暖和,人们不由得发出"这温暖阳光就是老天爷!"如此这般感慨。其实日本人早在古代就时常有过这样的感觉。①

因此可以推断出熊是作者对过去文化和记忆的向往,熊的神灵就是唤醒美好记忆的信仰。新的时代需要新的人际关系和对传统记忆的再确认。

3. 边缘记忆

借用程德陪评论莫言的文章标题,可以把大江健三郎和莫言的文学世界称之为"被记忆缠绕的世界"。② 故乡儿时的记忆成了两位作家文学创作的源泉。故乡本身也成了两位作家坚实的文学根据地。当然这个故乡并不是真正意义上实实在在存在的故乡。两位作家从初期的作品开始基于记忆与想像力编织出了绚丽多彩的奇特文学王国。借助这个文学王国开始了他们的"农村包围城市"战争。

大江健三郎代表作《万延元年的足球队》无疑是关于记忆主题的经典之作。主人公蜜三郎的弟弟鹰四将个人记忆与集体记忆交织在一起在故乡山谷村庄导演了一场现代版的暴动。

《万延元年的足球队》开篇用存在主义的手法描写了主人公蜜三郎的友人以一种怪诞、令人不安的方式自杀而亡。蜜三郎夫妻婚后生下的畸形儿给他们的生活投下阴影,各自陷入绝望境地。妻子终日酗酒,醉生梦死;丈夫时常做出怪异的举动,不能自拔(将自己关在自己玩的洞穴里拼命地用手指抠墙)。而蜜三郎的弟弟鹰四则将充沛的精力宣泄到一场场充满暴力的活动之中。他先是鼓动反对日美安全协定的学潮,学生运动失败后,又怂恿兄嫂来到祖辈生活的山谷山庄来居住。他们故乡的名字叫"根所"。在那里鹰四模仿一百年前的万延元年时期农民起义的方式,掀起现代版的"暴动",最后在暴动的高潮(山谷祖先崇拜祭奠活动)

① 〔日〕川上弘美:《"神様 2011"あとがき》,《群像》2011 年 6 月,第 113 页。

② 程德培:《被记忆缠绕的世界——莫言创作中的童年视角》,《上海文学》1986 年第 4 期。

之中开枪自杀。

该小说巧妙地将现实与虚构,现在与过去,城市与山村,东方文化与西方文化交织在一起,与畸形儿、暴动、通奸、乱伦和自杀交织在一起,描写出了怪诞离奇的现代人的生存困境。

为了实现自己的暴动计划,鹰四对自己家族的历史和关于被朝鲜人杀害的哥哥的记忆进行了看似随意性很强的解读。这和懦弱冷静的哥哥之间产生了严重的分歧。这里揭示出关于一个个具体事件的记忆由于立场和人生经历的不同而产生了不同的对历史的解读方式和结论。

例如,关于100年前家族中的曾祖父兄弟俩在当时的农民起义中各自扮演了怎样的角色,农民起义失败后曾祖父弟弟是变节屈服还是抗争到底成了一个核心问题。作品中哥哥蜜三郎介绍了当时主流的论断:

> 曾祖父杀了他弟弟平息了村里的大动乱,而且还吃了弟弟腿上的一片肉。他这样做是为了向藩里当官的证明自己与弟弟引起的动乱无关,鹰四用非常胆怯的声音反复讲着听来的这件事。
>
> 对那次事件我自己也知道得不很确切。特别是在战争期间,好像村里的大人们谁都避讳谈那件事,我们一家也尽量回避曾祖父们的丑闻。但是为了使弟弟从胆怯中回复过来,我还是悄悄地对他讲了我听到的另一种说法。曾祖父在动乱后帮助弟弟穿过森林向高知方向逃去了。弟弟渡海到东京改名换姓成了大人物。明治维新前后给曾祖父寄来几封信。曾祖父一直对这件事保持沉默,所以大家就编造了一个你听到那样的传闻。①

与此同时关于事件真相的探索脚步没有停止,最终历史和记忆的真相大白。鹰四主导的这场“想象力暴动”虽然看似滑稽,但家族祖先们在紧要关头没有选择逃避,而是勇敢地承担了自己应承担的那份责任,这一沉重的史实让蜜三郎终于意识到了自己的问题所在,开始由旁观者转向行动者,尝试走出自己设置的藩篱。

故事中有两对时间点需要被记住,1860年和1960年、1868年和1968年。1860年是根所家族领导暴动之年;1960年是安保运动之年,而1868是明治时代开启之年,1968是明治维新百年。当时日本政府主导下进行了声势浩大的纪念活动。大江健三郎在《记忆与想象力》一文中说:“对于这种随心所欲来记忆的人来说,当然时间越久远对他们越有利。对于昨天的记忆假如说了违背事实的话肯定

---

① 〔日〕大江健三郎:《万延元年的足球队》,邱雅芬译,作家出版社2006年版,第31页。

会遭到质疑,要想说服对方可不那么容易。与此相比,十年前的事根据自己的记忆随意去说可就容易得多。二十一年或者一百年那就更容易了。因此明治时代尤其是前半部的国民记忆被歪曲得十分厉害。……关于对过去的记忆的难点在战争方面体现得尤为突出,二十一年前的败战日本民众是受害者,但也是加害者,这一点要想被记忆下来是不容易的。"①

大江认为明治后的一百年间,日本留下了许多负面的遗产应该被后人记住,而不能被一些别有用心的人人为地遗忘。大江在《万延元年的足球队》这部作品中通过描述边缘记忆勇敢地向中心记忆发起了挑战。

莫言笔下写了许多关于边缘记忆的作品。何怀宏认为莫言描写的边缘记忆分成三种:一是亲身经历;二是亲而听到;三是传闻。② 而他最拿手的还是集中在他亲闻和亲历的历史时段,这主要是下层人物的活生生的历史,是各种各样充满生命力的乡民饱受摧残的历史。莫言投入了深深的情感抒写了乡民们如何面对那些给生命造成了巨大威胁的东西——战争、饥馑和激烈的政治运动。其作品鲜明地展示了普通中国人是如何应对这些威胁和灾难的,从而不仅展示出一种深深植于传统的顽强生命力,同时也展现出一种希冀精彩人生和丰富感情的普遍人性。个体化的记忆和经验成了作品的核心。

莫言的《生死疲劳》也是一部关于记忆和历史的作品。记忆和历史交织在一起,构筑成了小说的骨架。小说的叙述者,是土地改革时被枪毙的一个地主,他认为自己虽有财富,并无罪恶,因此在阴间里他为自己喊冤。在小说中他不断地经历着六道轮回,一世为驴、一世为牛、一世为猪、一世为狗、一世为猴、一世为人……每次转世为不同的动物,都未离开他的家族,离开这块土地。小说正是通过他的眼睛,准确说,是各种动物的眼睛来观察和体味农村的变革。主人公西门闹虽然他作为一个人已经死了但还是执拗地不肯喝孟婆汤并努力要在其后的多次畜界轮回中保持记忆,直到以一孱弱的"蓝千岁"的人身重返人间重述历史。作品是以记忆和现实相互交织的形式而展开的。"站在母驴后边那个满脸喜气的男人,是我的长工蓝脸。记忆中他还是个瘦弱的青年,想不到在我死后这短暂的两年里,竟出落成一个身材魁梧的壮汉。"③"哈哈,生下来了!"他大声喊叫着,俯下身来,伸出两只大手,将我扶持起来。我感到无比的羞耻和愤怒,努力吼叫着:"我

① 〔日〕大江健三郎:《大江健三郎同時代論集3》,岩波書店1981年版,第13页。

② 何怀宏:《活下去,但要被记住》,《东吴学术》2014年第6期。

③ 莫言:《生死疲劳》,作家出版社2006年版,第9页。

不是驴！我是人！我是西门闹!”①

《生死疲劳》这部作品中还融入了许多作家莫言的自传记忆,但它又在标明历史事件发生的确切年代等方面故意“造假”。而西门闹在畜生道轮回的动物视角,以及小说中不断插入的莫言的文学片段,通过这种多元化的不可靠叙述的方式不断制造着记忆之间的矛盾冲突、噪音和杂音。

莫言写“我”咬伤了洪泰岳后,继续在高密东北乡流窜作案,祸害农民的耕牛,并说很长一段时间里,老百姓都不敢拉“野屎”,生怕被拖肠而死。如前所述,这是他胡编乱造。事实的真相是,“我”一时迷糊咬残洪泰岳后,便连夜赶回了吴家嘴沙洲。几头母猪腻上来,“我”厌烦地把它们拱到了一边。“我”预感到这事情不会就此罢休,便去找刁小三商量对策。②

从《红高粱》开始的反主流边缘化叙事在《生死疲劳》这里达到了极致,边缘记忆取代了中心记忆;边缘历史取代了正史,让我们对那段历史,生活在那个时代的人们有了一层更深的记忆和了解。

通过以上分析可以看出以边缘记忆为核心的这两部作品都是与历史和地缘世界有着密切关系,地缘与历史记忆相融合,摆脱了正史的束缚,从而还原了野史的力量。另外记忆的复杂化、噪音化也是这两部作品的一大特点,它能唤起读者对历史和记忆的清醒认识。所谓事实可能并不存在,但追寻事实的脚步不能停下来。

四

文学作品离不开记忆,因为它要记录时代的变迁和人的内心世界。正如洪治纲所说:“文学之所以要面向历史,面向人类共同的集体记忆,不断地重述过去、追问存在,并不仅仅是因为任何一个个体的人,都是一种历史的存在和文化的存在,还因为文学本身作为人类重要的精神产物,同样承担了人类文化的建构功能,承担了人类精神史和心灵史的重铸功能。”③中国和日本的当代作家们都在不约而同地将记忆作为文学创作的内核,围绕记忆他们编织着精彩纷呈的文学世界,不断推出反映时代特点和时代精神的作品。

---

① 莫言:《生死疲劳》,作家出版社 2006 年版,第 12 页。

② 同上,第 350 页。

③ 余华:《文学:想象、记忆与经验》,复旦大学出版社 2011 年版,第 143 页。

新诗的音乐性及形式创造

师力斌

新诗百年，音乐性形式有了丰富的创造，如比格律更为复杂的音乐性建造，三联句，顿、韵脚的灵活运用，大量新的音乐性形式需要理论总结和肯定。

谈到新诗的音乐性，许多人马上会想到古典诗歌。新诗缺乏音乐性几成共识。2016 年的一则报道说，“著名文学评论家谢冕认为，音乐性是诗歌之所以成为诗歌的内在品质，或者说，音乐性也是诗歌的一个底线。包括新诗在内的所有诗歌都必须包含音乐性，但缺少音乐性是中国新诗的最大软肋。南开大学中华古典文化研究所所长、博士生导师叶嘉莹认为，诗歌和音乐关系密切，但现在的年轻人对古典诗歌的传统不大了解，写诗填词平仄都不对，也不讲格律”。认为“诗歌没有了音乐性，就与其他的文体没有区别了。而中国新诗缺少的恰恰是音乐性”，这是谢冕关于新诗音乐性的基本看法。当然，谢冕也不是一概否认新诗中的好作品，比如海子的《面朝大海春暖花开》、艾青的《我爱这土地》等，都是不乏节奏感的好作品。①

谢冕是新诗坚定的守护者、热情的旗手，但在新诗音乐性问题上，持保留态度，包含着深深的失望和渴望。他的观点代表了相当一部分人的看法。在理论界，主张新诗格律化、民歌化、半格律化的人不在少数。我认为，这是新诗最大的失误之一。新诗已经百年，是在理论上彻底割断与格律纠葛的时候了。

好诗不一定非要音乐性，音乐性不等于格律。好诗不能单纯依赖某一种形式或技巧。新月派的格律诗未见得多高明，反而有时拘束、牵强。与此相反，绝对的散文化，如于坚《零档案》、西川《小老儿》等实验性诗作，也不怎么引起阅读的兴趣。也就是说，刻意追求格律节奏和刻意悖逆格律节奏，效果都不理想。

格律论已经进入一个死胡同。以格律为核心，期待一种定型化的音乐性模

---

① 参见《谢冕、叶嘉莹等谈新诗音乐性：缺少音乐性是新诗的软肋》，《辽宁日报》2016 年 7 月 12 日。

式,其结果只能是走向新诗自由的对立面。张桃洲的《声音的意味》是目前国内研究新诗格律问题的代表性著作,对百年来的格律理论做了详尽扎实的梳理,富有启发性。张桃洲深刻地认识到新诗格律论的局限性。尽管他承认"新诗格律问题的探讨,显示了迄今为止关于新诗与现代汉语之关系的最具深度的思考,它具有严密、系统的理论传承性。格律被视为新诗重返文学中心、重温古典'辉煌'的一条切实可靠的途径",但他同时也认识到,"从现有的表述来看,诗人和学者们"的"精致分析","易于滑入'唯格律是问'和繁琐的纯技艺操作的窠臼"①,"新诗要想完全靠语言外在的音响效果来促成诗意的产生已不大可能"②,"现代汉语的这些特点,一定程度上制约了某种'固定'格律的确立"③。也就是说,张桃洲通过对百年新诗格律论的梳理讨论,否定了一劳永逸的、"定型化"的格律形式存在的可能。他进而提出新诗格律内在化的观点。所谓内在化,是指一种"诗的转换"过程,即诗人根据现代汉语特点,对其(特别是各种日常语言)进行剔除锤炼,根据内在情绪的律动,形成既贴合情绪,又符合现代汉语特性的形式。这种形式"不是靠外在的音响引人注目,而是以其内在的律感(节奏)而撼动魂魄"。张桃洲举了三个内在化格律的例子④:

从屋顶传过屋顶,风
这样大岁月这样悠久
我们不能够听见,我们不能够听见
——穆旦《在寒冷的腊月的夜里》

要开作一枝白色花——
因为我要这样宣告,我们无罪,然后我们凋谢
——阿垅《无题》

在白头的日子我看见岸边的水手削制桨叶了
如在温习他们黄金般的吆喝
——昌耀《冰河期》

---

① 张桃洲:《声音的意味:20 世纪新诗格律探索》,人民文学出版社 2014 年版,第 9 页。
② 同上,第 7 页。
③ 同上,第 11 页。
④ 同上,第 8 页。

我能够感受到这些诗的节奏和韵律感,但是,与其说这是内在化的格律,不如说是新的音乐性形式。张桃洲已经意识到新诗格律论的局限性,他提出的"音响效果""声音的意味""内在化格律""内在情绪的律动"等概念,都已经触及新诗音乐性理论变革的边界,但他最终还是退回到格律论框架。

在保守的理论视野下,大量好诗的音乐性建树,无法得到及时的理论肯定和总结,这是需要讨论的地方。

一、音乐性不等于格律:《槐花》的音乐性创造

先来看一首诗,桑克的《槐花》:

1

不管多么脏,一个人的灵魂
也总会有那么一丁点儿干净的地方
像这座我重新返回的京城
它混乱的腥臭的体味中也有这淡淡的
几乎不能分辨的槐花的芳香。
最难得的,它不是来自回忆
而是来自被命运的长相反复折磨而
变得挑剔的我的眼睛。

2

指甲盖大小的槐花在我的头顶
像夜晚繁星。
她柔软的枝条在我身边,遥望着
那清瘦的少年怎样在她的怀抱里安眠
怎样醒来,怎样找不到身边的亲人;
又是怎样的软弱地痛哭,又是怎样
躲到棉胎的黑暗中构思虚拟的欢乐人生。
当韶光尽去,他才明白那竟是幸福。

3

那竟是幸福……

他重复着自己伤感的结束语。
仿佛他从另一个尘世旅行归来,戴着草帽
还有满身尘土,还有模糊的照片
他和山水的合影,他和寺庙的合影
他和坟墓的合影,他和年轻的姑娘的合影
他和一个时代的合影:
电线杆林立,妖风四起,坏话……啊,槐花满地。

4

我曾想象——如果我是一个瞎子
我不会在大街上吟咏自度的哀歌。
或许会变成巨大的鼻孔,搜集那些散落的
越来越干瘪的槐花的唏嘘。
我闻得见她,她活着让我伤心。
即使干净的小刀重新在眼前跳起孔雀舞
即使她透过楼板,没入楼上的房间。
我在她灵活的双关语中也能抓住她俏皮的小辫子。

这首诗使我念念不忘,想在某个场合朗诵,就像朗诵杜甫的诗歌一样。它切入当下生活的质感,它捕捉时代的总体性视野,它有节制的但又不可遏制的汹涌的抒情,它语言的精炼和准确、形象的生动、亲切的人生感悟、高度的概括力,它在日常生活中不着痕迹地带入的历史感,它的融批判与淡淡的忧伤于一炉的温柔敦厚,还有它的高低起伏的节奏感……众多新诗的美德在这首诗里都体现出来。这是一首理想的新诗,而最让我陶醉的,是这首诗的音乐性。相信再固执的人,读到第二遍、第三遍,也会感觉到它的旋律和节奏,也就是它的音乐性。既不是新月派的格律,也不是十四行,还不是《乡愁》那样明显的押韵,为什么有如此强烈的音乐性?这首诗逼迫我重新思考新诗的音乐性问题。

传统意义上的音乐性基本一韵到底。从新月派到新中国成立后的民歌体,不外古典和民歌两途。20 世纪 50 至 60 年代的大部分诗歌都是如此。谢冕、孙玉石、洪子诚主编的一套大型诗丛曾说:“在 60 年代初两三年的短暂时间里,民歌的影响自然广泛存在,对古典诗歌(尤其是辞赋小令)在体制、句式、韵律和境界的模仿,也成为部分诗人的写作风尚。上述的种种变化,在张志民的《西行剪影》、严阵的《江南曲》、李瑛的《红柳集》、沙白的《杏花. 春雨 · 江南》等诗集中得到体现。”①70 年代末期依然。雷抒雁纪念张志新的著名诗歌《小草在歌唱》是典型的外在节奏，从头至尾押 ang 韵，大多为十字以下短句，七八字句为主。类似的形式，能体现节奏明朗、情绪激昂、语调高亢的音乐效果，曾经风行一时。80 年代，舒婷的《致橡树》继承了 70 年代的抒情节奏和方式。很多代表性的朦胧诗同样如此，如北岛的《回答》。食指从 60 年代到后来的作品，基本都是这个路子。

在这种观念束缚下，新诗音乐性走进了死胡同。要么散文化的自由，要么格律、半格律，中间部分该怎么认定？谢冕在谈论这个问题时用了“音乐性”一词，没有用“格律”，包含理论用意。音乐性和格律两个概念有很大区别。音乐性的内涵远大于格律。音乐性是灵活的，格律是模式化的；音乐性是包容性的，格律是排斥性的。如果用格律标准，田间的《假使我们不去打仗》、贺敬之的《放声歌唱》、桑克的《槐花》都不算音乐性。如果用音乐性标准，那么，鼓点节奏可以是音乐性，楼梯式短促咏叹可以是音乐性，《槐花》的长短变化、高低起伏更是音乐性。格律有严格的模板，如字数限制、韵脚限制、节的整齐，这些规矩把人们的思维束缚了、僵化了。格律限制自由，音乐性包容自由。

桑克《槐花》的音乐性正是这样的典型，是多样音乐性手段的灵活运用。它不是完全押韵，也不是僵硬的句末押韵，更不像许多民歌体一根筋似的一韵到底，而是宽韵、换韵灵活运用。第一节表面上完全散文化，但“脏”“芳”“香”三个韵字，将韵味传达出来。第二节又换至另一个韵，“顶”“星”“生”。事实上，第二节的节奏感不是由字韵产生的，而是由排比产生的，五个“怎样”的连用传达了节奏感。第三节又如法炮制，连用五个“他和”，和第二节的五个“怎样”对称，产生了一种节与节之间的复沓效果，呈现了旋律感。最后一节依然散文句式，长短不一，但长短变化中自有节奏，加之几个长句尾词“瞎子”“哀歌”“散落的”“唏嘘”“伤心”“小辫子”的近韵，同样延续了原有的韵律感。长短句式变化中的节奏感，是这首诗的音乐性方面的重要技术。全诗起句是个短句，“不管多么脏”，紧接着是四个长句，第六句安排一个短句“最难得的”，在连续快速冲刺的长句中制造了缓步而行的喘息，这样，第一节在快速之中有放松的缓行，很明显的节奏感就产生了。第二节的节奏反了一下，先一个长句子，接一个短句子，使一、二节之间产生小小的变化，不致呆板僵硬，有点类似于李白、杜甫歌行体中加入的感叹词。这一节几乎是一长配一短，节奏感更加明显，有一种独白式自言自语的况味，一疾一徐，你来

① 谢冕、孙玉石、洪子诚：《百年中国新诗史略》，见《中国新诗总系》导言集，北京大学出版社 2010 年版，第 198 页。

我往。第三节开头又是一个短句,与第一节隔水相望,这是整体上的构思,也是情绪的回旋。到“电线杆林立,妖风四起,坏话……啊,槐花满地”,由前边的长句子迅速转入四字一句的短句,急促,急切,急不可耐,千言万语化作一句感叹,情绪与形式高度一致,节奏感更加强烈。最后一节又以长句子为主干,回到悠长回旋的调子,令人回味,并在整体上和第一节相呼应,产生了完整的韵律感。

现在,是该跳出格律和自由二元模式的时候了。新诗已经在崭新的地方与音乐会师,而我们依然停留在格律的老地方苦苦等待。新月派走格律的老路,戴着镣铐跳舞,使新诗的思想自由和活力受到极大限制。北岛的创作中仅《回答》等少数疑似格律诗,绝大部分是自由诗,更准确地说是介于自由与格律之间的中间派诗歌。21 世纪以来,大量流传较广的好诗,也都离格律诗很远,更不用说颇受网上观众热捧的各种口语诗了。口语诗纵有千般罪过,但在思想自由方面抓住了诗歌根本。中间派诗歌好的原因在哪儿?他们都没有走格律老路,但绝不能说没有音乐性——有的突出旋律感,有的注重韵律,有的强调节奏,有的关注起伏,有的则用心于长短变化。这些音乐性元素,并没有在新诗理论中获得合法性。

下面再举一些桑克《槐花》式的中间派新诗的音乐性例子。

张定浩《我喜爱一切不彻底的事物》可以看作桑克的《槐花》的通俗版:

我喜爱一切不彻底的事物。
细雨中的日光,春天的冷,
秋千摇碎大风,
堤岸上河水荡漾。
总是第二乐章
在半开的房间里盘桓;
有些水果不会腐烂,它们干枯成
轻盈的纪念品。

我喜爱一切不彻底的事物。
琥珀里的时间,微暗的火,
一生都在半途而废,
一生都怀抱热望。
夹竹桃掉落在青草上,
是刚刚醒来的风车;
静止多年的水,

轻轻晃动成冰。

我喜爱你忽然捂住我喋喋不休的口
教我沉默。

非常容易感受到,“我喜爱”作为主旋律句式在该诗发挥无可替代的作用,整体对称是其音乐性的着眼点,“细雨中的日光,春天的冷,秋千摇碎大风”这种宋词般的局部节奏,也表达得恰到好处。

张执浩的《高原上的野花》也尝到了主旋律句的甜头,但看“我愿意”这三个字的位置排列与变化,即可体会新诗的音乐性用心:

我愿意为任何人生养如此众多的小美女
我愿意将我的祖国搬迁到
这里,在这里,我愿意
做一个永不愤世嫉俗的人
像那条来历不明的小溪
我愿意终日涕泪横流,以此表达
我愿意,我真的愿意
做一个披头散发的老父亲

孙文波的《城市,城市》情感丰富,节奏起伏回旋,跟桑克的《槐花》有同工之妙:

沉重的推土机推倒了这个城市最后一座
清朝时代的建筑。灰尘在废墟上飘动。
古老的夕阳。血样的玫瑰。像
我曾经知道的那样。我听见微弱的
声音在天空中回响:“消失消失。扩充扩充。”
长长的尾音,就如同一条龙划过天空。

用不着寻找任何苍白的古董来证明。
也不用古老的灵魂来比较。那些镀铬的门柱,
褐色的玻璃,带着精神的另外的追求;

是在什么样的理性中向上耸立?
偶然地让我们看到欲望的快乐;只是,
快乐。当它们敞开,犹如蛤蚌张开的壳。

啊!我们,随着它的节奏,运动。
肉体的身上伸出机械的脚。喉咙,
吐出重音节的烟雾;在大街上竞赛马力,
只有当血液里的汽油成分消耗完,
才会停止。那时候,肉体才会
重新是肉体的保姆。上帝才会露出他的面容。

但他并不把我们带走。宽阔无边的
建筑已阻止了他。这层嶂叠峦的建筑是
伟大的迷宫:不怜悯、不宽恕。
假如我们还存在幻象,那是假的。
当打夯机用它的巨锤使大地颤动,
它扎入的不是别的地方,只能是我们的心脏。

郑敏的《世纪的脚步》,是老诗人2000年写的一首诗,隐藏着一个世纪的诗歌形式追求,这就是自由的思想和明显的节奏感的综合运用。世纪老诗人运用了多种音乐性手法,顿的长短搭配,“远去,留下”句式的隔节对称,“去”“迹”“恶”等大致相近的韵的使用。

上面所引的诗都不是格律诗或半格律诗,但都有明显的音乐性。粗略看,基本上就是散文化的自由诗,但仔细阅读会感受到强烈的音乐性效果。这类诗在新诗百年中所占的比重相当大。傅天琳从未被视为格律派诗人,但她的《我们》包含了明显的音乐性,旋律感是由四组相同句式和两组变式产生的。以句式重复产生音乐性,是新诗音乐性的一个重要方法,在大量好诗中得到运用。昌耀的韵律感靠长句子,有明显的节奏。他的绝笔《一十一枝红玫瑰》两行一节,每行19字以内,大多为每行16字,大致押韵,大致均齐。人之将死,其言也善,其情也真。一个痛苦万分的癌症病人,临死写诗依然讲究音乐性,与其说是有意为之,毋宁说是高手偶得。

应当承认,我们普遍认识到的音乐性是押韵加均齐,可以称之为汪国真式。汪国真式是新诗最多的一种音乐性形式,也是运用最广、技术最为成熟的音乐性。

徐志摩、闻一多、戴望舒、冯至、卞之琳、何其芳、郭小川、北岛、食指、舒婷、江河，都是这方面的强手。新诗虽已百年，新诗音乐性的欣赏却相当滞后，桑克《槐花》那样优秀的抒情诗，常常被我们忽视，更遑论理论上的肯定。

二、余光中的三联句

余光中虽以《乡愁》名世，但并不以格律诗著称。他的大多数诗是自由诗。然而，自由诗并不影响他追求音乐性。三联句是其音乐性创造的重要形式，是古典诗歌格律在新诗中的创造性转化，既继承了古典诗歌格律的优秀基因，也避免了格律带来的僵硬死板，在保持新诗自由的前提下，促进了音乐性的融合。

江萌的《论三联句》是一篇很有启发性的文章。该文认为余光中创造了一种新诗的对仗，那就是三联句。所谓三联句，就是三句，比律诗原有的两句多一句，不同之处在于，其对仗处不在第二句，而在第三句才完成，时间上又延长了一拍。这个新的节奏就是余光中的创造，韵律感依然，但节奏更舒缓、更绵长、更悠远。

看你的唇，看你的眼睛
把下午看成永恒

“前两句要等第三句的出现才有了完全的意义，较深的意义。第三句虽也只是‘看’，却不是平列的第三条‘看’。它从‘唇’，从‘眼睛’跳到新的层次，转向无形，走入时间，和超越时间。

飞来蜻蜓，飞去蜻蜓
飞来你。”①

江萌写道：“通常情形下，第三句是较舒较畅的长句，字数多于第一、二句。这里例外，只一个‘你’字来代替被预期的一组字。由于这反规律，‘你’字仿佛是用高压机压缩起来的，或者载重过多了的，而产生了特殊的分量、力量。”

不仅是对仗，江萌还发现了余光中三联句的韵律和节奏。他说，三联句“重复或部分重复的两个诗句造成半偏的情形：在语意上，造成‘悬案’的感觉；在音律上则造成显明的节奏。‘汴水流，泗水流’‘思悠悠，恨悠悠’。我们可以打着拍子歌

---

① 余光中：《余光中集》第二卷，百花文艺出版社 2004 年版，第 77－78 页。

唱。”“但是,乐曲只有海波击岸,周而复始的节奏是不够的,于是有待于第三句带来旋律。第三句较长,较舒缓,抑扬跌宕,和第一、二句的明板击节成为对照。在语意上,我们曾说三联句的一个特性是‘跳级性’,从一、二两句到第三句有一‘层次’的跃进。表现在音乐方面,即是从‘节奏’转为旋律。”

他举例说,《莲的联想》中的几个句子:

月在江南,月在漠北,月在太白
的杯底。

这是同字句在首的例子。三个“月”虽不落脚在韵脚,却仍发生节拍的效果。有趣而值得指出的是,第三句同样以“月在”起首,接承第一、二句的节拍,而诗人有意在“白”字上换行,使第三句也截成四言,在“北”“白”更暗暗相韵,读到“的杯底”时,才发现这是一个模拟节奏,把前半装扮为节奏的旋律。

古代隔烟,未来隔雾,现代
窄狭的现代能不能收容我们?

云里看过,雨里看过
隔一湾浅浅的淡水,看过

再回头看他的《乡愁》《乡愁四韵》等作,就能体会到其中的技巧之丰富,之来源,是其创造性的呈现,而非沿袭格律的证明。

类似的句子比比皆是:

落在易水,落在吴江
落在我少年的梦想里
也落在宋,也落在唐
也落在岳飞的墓上
——《枫和雪》

佛在唐,佛在敦煌
诺,佛就坐在那娑罗树下
——《圆通寺》

写我的名字在水上？不！
写它在云上
不，刻它在世纪的额上
——《狂诗人》

我的瞳眸
是江湖而至小
我的诗呢

是江湖而至渺
你的小名，水仙啊
则是那笛声
——《水仙乡》

灯有古巫的召魂术
隐约向可疑的阴影
一召老杜
再召髯苏，三召楚大夫
一壶苦茶独斟着三更
憧憧是触肘的诗魂
——《夜读》

余光中的《腊梅》是叙述性的，显然为《乡愁四韵》的艺术准备，后者更简洁、概括，也更紧凑、精练，节奏感和韵律感更强。将《腊梅》与《乡愁四韵》做对比（《在冷战的年代》也是一首艺术准备的诗），就可知道新诗的艺术技巧与构思、与炼字、与节奏旋律等音乐性，综合性的艺术手段是多么重要了。特别是这一句：

想古中国多像一株腊梅
那气味，近时不觉
远时，远时才加倍地清香

再看余光中的《江湖上》：

一双眼,能燃烧到几岁?
一张嘴,吻多少次酒杯?
一头发,能抵抗几把梳子?

余光中谙熟三联句的秘籍,但并不依赖,他能根据不同主题、思想、情绪,灵活运用多种音乐性方式。《等你在雨中》或许是最能展现他音乐性综合技法的作品之一:

等你,在雨中,在造虹的雨中
蝉声沉落,蛙声升起
一池的红莲如红焰,在雨中

你来不来都一样,竟感觉
每朵莲都像你
尤其隔着黄昏,隔着这样的细雨

永恒,刹那,刹那,永恒
等你,在时间之外,在时间之外,等你,
在刹那,在永恒

如果你的手在我的手里,此刻
如果你的清芬
在我的鼻孔,我会说,小情人

诺,这只手应该采莲,在吴宫
这只手应该
摇一柄桂浆,在木兰舟中

一颗星悬在科学馆的飞檐
耳坠子一般的悬着
瑞士表说都七点了　忽然你走来

步雨后的红莲，翩翩，你走来
像一首小令
从一则爱情的典故里你走来

从姜白石的词里，有韵地，你走来

三句一节相对工整又富于变化的结构形式；“等你，等你，你走来，你走来，永恒，刹那，刹那，永恒”，这些词复沓、回环且变化莫测的节奏；隔行用韵，如“雨中，清芬，舟中，吴宫”，都是这首诗的音乐性特点。这首诗建立了现代新诗的一个模型，即缓缓流淌、步步深入、回环往复、起伏跌宕、一唱三叹的音乐模型，像一部小型的小提琴交响乐。对顿的娴熟运用也是本诗一大亮点。“等你，永恒，刹那，黄昏，细雨，红莲，翩翩，小令”等二字顿，“在雨中，竟感觉，在刹那，在永恒，科学馆，在吴宫，小情人，我会说，有韵地，你走来”等三字顿，“蝉声沉落，蛙声升起，隔着黄昏，隔着细雨，你的清芬，我的鼻孔，一柄桂浆，木兰舟中”等四字顿，以及这些顿的变幻组合，如八仙过海，各显其能。可以说，这首诗从词到句，到节，到整首，从押韵到节奏，从节奏到旋律，从长短变化到转行分行，丰富的音乐性手法，将环境与人，现在、历史与永恒，个我与大宇宙之间的关系，空间和时间，诸多元素完美融合，构成一个音乐流淌、淡雅清芬的立体音响世界。

三、新诗音乐性举例

纵观百年新诗，好诗往往有创新的音乐性，与原来人们熟悉的格律相去甚远。好诗的音乐性是对押韵、换韵、邻韵、宽韵（这些概念都借自王力《汉语诗律学》）隔句用韵、复沓、排比、跨行对仗、隔节对称、句式长短节奏、字顿（逗）等多方面音乐性元素的综合性运用。这些新的音乐性可以在诵读中明显感到，但不是严格的格律，不是简单的对仗、押韵。这些新的音乐性正是新诗的骄傲。

娜夜的《在这苍茫的人世上》以“什么”句式为主干，辅之以“碎”“贝”两个末字韵，产生了强烈的节奏感：

寒冷点燃什么
什么就是篝火

脆弱抓住什么

什么就破碎

女人宽恕什么
什么就是孩子

孩子的错误可以原谅
孩子可以再错

我爱什么——在这苍茫的人世啊
什么就是我的宝贝

大解的《百年之后》,是一首超越爱情的爱情诗:

百年之后　当我们退出生活
躲在匣子里　并排着　依偎着
像新婚一样躺在一起
是多么安宁

百年之后　我们的儿子和女儿
也都死了　我们的朋友和仇人
也平息了恩怨
干净的云彩下面走动着新人

一想到这些　我的心
就像春风一样温暖　轻松
一切都有了结果　我们不再担心
生活中的变故和伤害

聚散都已过去　缘分已定
百年之后我们就是灰尘
时间宽恕了我们　让我们安息
又一再地催促万物重复我们的命运

一位网友评论此诗:

> 大解的这首诗,无疑是至情至性之作——情不漫漶飞扬而含蓄内敛;性不放纵矫奢而沉静涵容;貌似一己之亲爱,实则胸怀草木天下,在其短短16行诗句间,万物皆寂然无意而又潸然有情——
>
> 一个'退'字、一个'躲'字,既有凄然又有坦然,所承载的力量可谓重若千钧","'并排着依偎着/像新婚一样躺在一起/是多么安宁',这样的细节多么朴素温暖而又触目惊心!"
>
> 笔法松弛而结构谨严,形制精短却意味绵长,在浩如烟海、良莠不齐的中国现代诗作品中,堪称精品。①

这位网友的解读非常准确,把该诗在字词、细节、情绪、结构章法方面的优点都指出来了,但仍感觉不尽意,原因何在? 他忽略了该诗明显的音乐性、节奏感、旋律感。

这个案例可以视为批评理论界对于新诗音乐性盲视的经典个案。理论上的裹足不前和思想上的保守僵化,造成了新诗音乐性批评的滞后。一旦谈论音乐性,必先是古典格律论,再解放一点是新格律论、民歌论,其核心思维仍然是古典格律论模式,千方百计、绞尽脑汁想找出一种类似于七律、五绝一类的新诗音乐性模板,以为新诗批评之用,也以对抗大众中的古典格律情绪,最终为新诗的成就剪彩。这种用心特别可敬,努力了近一百年,但是效果实在不佳。在业已出现的优秀诗歌当中,那些无法用固定格律模板框套的自由诗所占比例很大。说它们是格律诗吧,不像《死水》《乡愁》《回答》,说它们是完全散文化的自由诗吧,似乎又不尽然,还有点隐隐约约的节奏感、抑扬感、旋律感之类的东西。我觉得关键之点在于,新诗理论到了解放思想的时候了,到了用音乐性范畴代替格律范畴的时候了,到了具体诗歌具体分析的时候了。必须承认,新诗音乐性的创造已经超越了古典诗歌格律的范畴,其手法技术远为丰富,无法用简单的格律来框套。

宋渠、宋炜的《流年清澈》婉转低回,全诗 an 音的运用,创造了整体的旋律感,三字顿与二字顿的交替使用、长短搭配,与心情的起伏低昂相配合,优雅哀伤,将诗人深入时代的精神之旅充分表达出来,显示了新诗语言的能量。

---

① 见新浪博客"编剧导演鲁克":《好诗精鉴(九):大解〈百年之后〉》,http://blog.sina.com.cn/s/blog_4ca57e6601009sss.html。

西川对音乐性很讲究。他的《夕光中的蝙蝠》是以四行为一节的相对整齐的半格律诗,有不大严格的韵。《远方》也是如此。有代表性的是《广场上的落日》,除去主题和意义上的意蕴之外,形式相对工整,四行一节,一唱三叹,复沓的运用,少见的感叹词的加入,长短句的搭配使用,都服务于强烈的音乐性。

谢湘南《蟑螂》的节奏感,更多地体现在一句之中,即林庚所谓的半逗律,排比、重复、换韵、句中的半逗,都是节奏感的来源。对仗的局部使用增强了节奏感:"我在卧室里放圆舞曲,你在厨房里跳华尔兹","我繁殖文字而悲哀,你咀嚼隐喻而身亡。"

四、位置灵活的韵脚

韵脚不全在句末,也出现在句中,这是新诗音乐性的又一特点。转行和强行分行的广泛运用,增加了韵脚的隐秘性。肖开愚的《塔》是一首写性的好诗,音乐性为之加分不少:

一分钟的风刮来三分钟雨,
随后四分钟放晴,他和她
奔跑着穿过朦胧的柳荫大道,
忽然停下,一会儿,又缓慢前行。

他们在旁边的低地上挖掘,
开动新式钻探机向黑暗的,但也许
是被迫黑暗的深处挺进,钻头嗡鸣着
穿过蠕动的岩层;可能,有一个子宫。

他们俩已经走到防波堤的尽头。
一具注射器耸立在前面的山顶。
"塔是一个委婉的名称,"他说,
"实际是想让天空繁殖一些儿女。"

"我们的暴力就是把深深的
给深深地刺破,给顶峰再加高,
就像一些女人给男人戴帽子"

她开始相信他是一个梦游者。

风久久地刮，雨越下越大。
他带着梦，她带着疑惑，走掉了。
钻井的人群像蝙蝠贴在墙壁上。
塔骄傲地坚持着孤独的性。

这首诗不是一韵到底，但有明显的韵脚 eng，如“（放）晴”“（前）行”“（嗡）鸣（着）”“（岩）层”“山（顶）”“（名）称”“梦”“性”，晴、层、称、梦这四个韵字是句中韵，如果要放在句末，则原诗需要变成如下形式：

一分钟的风刮来三分钟雨，
随后四分钟放晴，
他和她奔跑着穿过朦胧的柳荫大道，
忽然停下，一会儿，又缓慢前行。

他们在旁边的低地上挖掘，
开动新式钻探机向黑暗的，但也许是被迫黑暗的深处挺进，
钻头嗡鸣着穿过蠕动的岩层，
可能，有一个子宫。

他们俩已经走到防波堤的尽头。
一具注射器耸立在前面的山顶。
他说，“塔是一个委婉的名称，”
“实际是想让天空繁殖一些儿女。”

“我们的暴力就是把深深的给深深地刺破，
给顶峰再加高，
就像一些女人给男人戴帽子。”
她开始相信他是一个梦游者。

风久久地刮，雨越下越大。
她带着疑惑，走掉了。他带着梦，

钻井的人群像蝙蝠贴在墙壁上。
塔骄傲地坚持着孤独的性。

句子变动后,韵脚显露出来,但原均齐的节奏感被打乱了,长短句搭配产生的节奏感在三个长句处消失。这个时候,本诗出现了多种可能性:一,保持原面貌,牺牲韵脚的明显性,保全全诗句式的均齐;二,牺牲全诗的均齐,迁就韵脚;三,再进行改动,使句式和韵脚均得以保全。我们采用第三方案尝试下:

三分钟雨刮来(自)一分钟的风,
随后四分钟放晴,
他和她奔跑着穿过柳荫大道的朦胧,
忽然停下,一会儿,又缓慢前行。

他们在旁边的低地上挖掘,
开动新式钻探机向黑暗的,但也许是被迫黑暗的深处挺进,
钻头嗡鸣着穿过蠕动的岩层,
可能,有一个子宫。

他们俩已经走到防波堤的尽头。
一具注射器耸立在前面的山顶。
他说,“塔是一个委婉的名称,”
“实际是想让天空繁殖一些儿女。”

“我们的暴力就是把深深的给深深地刺破,
给顶峰再加高,
就像一些女人给男人戴帽子”
她开始相信他是一个(在)梦游者。

风久久地刮,雨越下越大。
她带着疑惑,走掉了。他带着梦,
钻井的人群像蝙蝠贴在墙壁上。
塔骄傲地坚持着孤独的性。

方括号内的字删掉，圆括号内的字增加，就会基本上变成一首末字押韵的诗，与我们熟悉的汪国真式离得近了一步。“穿过柳荫大道的朦胧”或许比原诗更富诗意，但未必全部都好，比如，“也许是被迫黑暗”句所表达的重要思想就被取消了，而这句诗的地位是非常重要的。“我们的暴力就是把深深的给刺破”，也没有原句“把深深的给深深的刺破”那样更精确、更巧妙和更富有诗意，因此，原诗牺牲了音乐性，照顾了自由。由此可见新诗的取舍和难度。

此例表明，押韵有押韵的长处，也有弊端。如果牺牲思想，单纯了为了押韵而无限拉长句子，直到韵脚出现方才罢手，实在有些勉为其难。黑大春的《圆明园酒鬼》就是一例，试看第一节：

1

这一年我永远不能遗忘
这一年我多么怀念刚刚逝去的老娘
每当我看见井旁的水瓢我就不禁想起她那酒葫芦似的乳房
每当扶着路旁的大树醉醺醺地走在回家的路上我就不禁这样想
我还是一个刚刚学步的婴儿的时候一定就是这样紧紧抓着她的臂膀
如今我已经长大成人却依然摇摇晃晃地走在人生的路上而她再也不能来到我的身旁

五、顿的运用

音顿说是现代诗音乐性理论中较有创造性的地方。音顿在新诗中的运用打破了古典格律的字韵限制。不仅句末字可以产生韵感，句末词也可以产生韵感，两字、三字、多字，都可以。

如果从韵脚来讲，郑愁予的《错误》不是押韵的格律诗。但是，在朗读中可以感到明显的节奏，原因在于它的四字顿：

我打江南走过
那等在季节里的容颜如莲花的开落
东风不来，三月的柳絮不飞
你的心如小小的寂寞的城
恰若青石的街道向晚
跫音不响，三月的春帷不揭

你的心是小小的/窗扉紧掩
我哒哒的马蹄是美丽的错误
我不是归人是个过客……

二字顿、三字顿、四字顿、多字顿,用得好都可能产生音乐性。现代汉语的三字词、四字词、五字词很常见,不可能再像古典诗歌那样基本由单音字或双音字组成,更不可能为了句子工整人为地压缩,而牺牲口语自然、生动的特点。这也是当下口语诗流行的一个重要原因。比如,常见的三字词:蝴蝶兰、蒲公英、活雷锋、死老头、计算机、避雷针、新浪网、笔记本、高速路、快餐店、麦当劳、绿帽子、定心丸、跑龙套、敲门砖、替罪羊、高大上、课外班、微电影;四字词:影子银行、股市风险、养老保险、卡迪拉克、生日派对、婚纱摄影、自由民主、法治社会、新闻联播、人民日报、阿里巴巴、美国总统、舆论环境、博士学位;五字词:小米黑科技、美白润肤霜。

姜涛的《慢跑者》有意识地尝试三字顿的用法,诗中的"工程师、高压塔、旧电池、邮电局、家具店、绊脚石、排污河、供热厂"等词,构成一个市民的日常生活环境。"他跑过邮电局,又经过家具店/其间被一辆红夏利阻隔",连用三个三字顿,显然产生了某种节奏感。

四字词顿加"的"字,是一个意义整体,依然可以看作四字顿。请看刘春《命运》:

她的脸,让我想起/坡上的草莓
当风吹过,/嫩绿的衣衫/掀起/桃色的隐私

体会一下下面一首现代诗名作中四字顿产生的节奏感:

常常是夜深人静,倍感凄清,
辗转反侧,好梦难成,
于是披衣下床,摊开禁书,
点起了公元初年的一盏油灯
——绿原《重读圣经》

网友"瀚墨－515"曾以余光中《戏李白》为例来说明新诗转行所产生的不同节奏:

你曾是黄河之水天上来
阴山动
龙门开
而今黄河反从你的句中来
惊涛与豪笑
万里滔滔入海
那轰动匡卢的大瀑布
无中生有
不止不休
可是你倾侧的小酒壶?
黄河西来,大江东去
此外五千年都已沉寂
有一条黄河,你已够热闹的了
大江,就让给苏家那乡弟吧
天下二分
都归了蜀人
你踞龙门
他领赤壁

余光中的这首《戏李白》却有着不同的风格,一个"戏"字,道出了调侃的意味。用了大量的三字句、四字句和长句的相互配置。在长句中,隐藏了大量的七字句,暗合律绝的节奏。比如:"黄河之水天上来""反从你的句中来""轰动匡卢(的)大瀑布""五千年都已沉寂""让给苏家那乡弟(吧)"等。这些构成了古风的阅读节奏,其他的句子又有着词的韵味,长长短短,欢快通畅。如果我们改动一下,那么作者需要的节奏就变了:

你曾是
黄河之水
天上来
……

这样整个速度都发生了变化,离调侃的书写目的就有了距离。①

这位网友的七字句、四字句、三字句,就是我所说的七字顿、四字顿、三字顿。这个例子生动地说明字顿不同的搭配,其节奏效果是不同的。

优秀的诗歌常常有复杂的因素,而题材、主题、内容、情感、思想等,贡献率很大,比如当年的田间的《假使我们不去打仗》、贺敬之的《回延安》、余光中的《乡愁》、雷抒雁的《小草的歌》、叶文福的《将军你不能那样做》、北岛的《回答》、舒婷的《致橡树》、西川的《广场上的落日》、谷禾的《宋红丽》、刘红的《名字》、侯马的《苍蝇》、杨克的《人民》、李师江的《一生》、杨键的《母爱》等,但不可否认,音乐性在这些作品中并非可有可无。

六、小结:何其芳主张及其改造

何其芳在 1958 年曾主张,"批判地吸取我国过去的格律诗和外国可以借鉴的格律诗的合理因素,包括民歌的合理因素在内,按照我们的现代口语的特点来创造性地建立新的格律诗,体裁和样式将是无比地丰富,无比地多样化的。"②将何其芳的主张稍稍改造一下,就是新诗音乐性的前途:批判地吸取我国过去的格律诗和外国可以借鉴的格律诗的合理因素,包括民歌的合理因素在内,按照我们的现代口语的特点来创造性地建立新的诗歌音乐性,体裁和样式将是无比地丰富,无比地多样化的。将"格律"改造为"音乐性",我认为是个变革。

从百年新诗的音乐性探索,可以归纳出音乐性的四个层次:节奏、格律、韵律、旋律。以田间、贺敬之为代表的鼓点诗和楼梯诗,有强烈的鼓点式节奏,虽不押韵,但以短句和二字顿、三字顿为主打,产生高亢、响亮、明快、急促的节奏感,是闻一多所谓的鼓手诗人,可为第一层次。当下一些口语诗可划入此类。以徐志摩、闻一多为代表的新月派诗歌,可视为格律层次,这个类型的诗人注重诗歌外形直观的均齐、字行的大致相近,以及末字的押韵。20 世纪 50—70 年代流行的民歌体,大致可划入这个层次,其典型就是汪国真式的诗。格律类型的音乐性技术最接近古典格律诗,韵脚明了,容易操作,效果明显,但很难出新,有时候思想自由会受到新格律的束缚,也容易滑入模式化和平庸。第三层次的音乐性,即韵律诗,以

---

① 瀚墨 - 515:《诗歌建行的一些想法》,参见新浪博客"姬和脖 gnRu 的博客",http://blog. sina. com. cn/s/blog_49d764d60100d4j5. html

② 何其芳:《关于新诗的"百花齐放"问题》,《处女地》1958 年 7 月号,转引自张桃洲:《声音的意味:20 世纪新诗格律探索》,人民文学出版社 2014 年版,第 62 页。

余光中、北岛、西川等为代表的自由诗,形式上比新格律诗自由,句子长短有变,二字顿、三字顿、四字顿交错组合,末字未必全部押韵,但隔句韵、隔节对称等技法的使用,增加总体上的节奏感,节与节之间造成起伏,产生鲜明的节奏和韵律。第四个层次以桑克的《槐花》、孙文波的《城市,城市》为代表,句式、结构复杂,复沓、排比、重复、押韵、隔韵、邻韵、宽韵、换韵、隔节对称、长短句式交错、多字顿和少字顿的灵活搭配,局部变化与整体协调,多方面技术恰当地融合在一起,产生一种协奏曲、交响乐般的音乐效果。

(本文写作过程中,胡少卿、周志刚、肖学周、杨文丰诸位专家提出了宝贵修改意见,特此致谢)

西方十四行诗传统对中国新诗创作的影响

——以屠岸和西川的十四行诗为例

赵 元

一

十四行诗起源于意大利中世纪的宫廷,它最显著的形式特征是,位于第 9 行行首的“转”(turn/*volta*)将一首十四行诗分成前八后六的不对称格局。此外,从一开始,十四行诗就有一种倾向,即诗的最后两行往往构成一个独立的单位——尽管这一点并不总能够在韵式上得到印证。十四行诗的形式根植于毕达哥拉斯和柏拉图一派的理念论,这是一种理想主义的意识形态。一些学者基于毕达哥拉斯—柏拉图一脉的数字理论对 3、4、6、8、12 等与十四行诗密切相关的数字所具有的象征意义和所能构成的和谐比例关系进行了探讨。①

最早的十四行诗的内容与它的形式是相应的,其中描写的爱情也是理想主义的,不食人间烟火的。现存最早的一批十四行诗是西西里国王腓特烈二世的宫廷诗人在 1220 年至 1250 年创作的,共计 31 首,其中 25 首的作者是贾科莫。在他的这 25 首十四行诗中,24 首写对一位贵族夫人的爱,剩余 1 首的主题是友情(可以把它视为广义的爱)。

从其诞生之初直到文艺复兴时期结束为止,欧洲绝大多数的十四行诗都以爱情为主题。贾科莫十四行诗中的爱情,包括后来彼特拉克十四行诗中的爱情,从本质上说都属于后世所谓的“典雅爱情”(Courtly Love)。这种爱情不以婚姻为目的,因为被爱者是地位高于爱者的有夫之妇。在爱者眼中,这样一位夫人是美与

---

① 相关讨论参见 Paul Oppenheimer, *The Birth of the Modern Mind*: *Self*, *Consciousness*, *and the Invention of the Sonnet*, New York: Oxford UP, 1989,以及 S. K. Heninger, Jr. , *The Subtext of Form in the English Renaissance*: *Proportion Poetical*, Pennsylvania: Pennsylvania State UP, 1994.

德的化身;凭借不求回报的单相思,爱者可将自己提升到更高的境界。有意思的是,爱者/诗人从不提及他的爱慕对象的丈夫,他的情敌是别的和他一样的爱慕者。"典雅爱情"是理想化的精神之爱与通奸的古怪结合体。而英国诗人斯宾塞的情况有所不同,他在十四行诗集《爱情小唱》中赞美和追求的对象是他后来的妻子,正如刘易斯所说,斯宾塞代表了"典雅爱情的历史的最后阶段"。(Lewis, 1936:338)

莎士比亚的十四行诗集更是打破了爱情十四行诗的传统。首先,其中的大部分诗是写给一个男性朋友的,而所用的语言却往往是十四行诗中常见的那种表达男子对贵妇人爱慕之情的语言。其次,第127至152首是写给一位既无貌又无德的"黑夫人"(Dark Lady)的。写一个远非完美的爱慕对象,这在整个十四行诗的历史上是头一遭。把这位"黑夫人"与但丁的贝亚特丽斯、彼特拉克的劳拉或其他十四行诗人的冷美人们放在一起,就可看出她们的差别有多大了。最显而易见、也是大多数论者认同的解释是,莎士比亚在诗中描写的情景和感情来自他自己的生活;他的十四行诗是现实主义的,而非理想主义的。莎士比亚在十四行诗里戏仿和讽刺了十四行诗中常见的所谓彼特拉克式比喻(Petrarchan conceit),如第21和第130首。

弥尔顿大大拓宽了英国十四行诗的题材,尽管这些主题都能在意大利的十四行诗中找到原型。在韵式上,弥尔顿严格遵守意大利式十四行诗的规范,但由于使用了大量的跨行,前八行与后六行之间的停顿常常被打破,加上拉丁化句法的运用,他的十四行诗给人凝滞、沉重的感觉。

到了浪漫主义时期,十四行诗的题材得到进一步拓展。这一时期也是十四行诗理论的发展时期。19世纪下半叶是十四行组诗再度繁荣的时期。伊丽莎白·布朗宁的《葡萄牙十四行诗》、乔治·梅瑞狄斯的《现代爱情》、丹蒂·加布里埃尔·罗塞蒂的《生命之屋》、克里斯蒂娜·罗塞蒂的《无名夫人》是这一时期十四行组诗的代表作。

20世纪的英语十四行诗在结构、韵式、诗行长度等方面的革新层出不穷。20世纪60年代兴起的女权主义运动使得女性诗人创作的爱情十四行诗受到前所未有的关注。20世纪的黑人诗歌(例如哈莱姆文艺复兴运动中好几位诗人的作品)中也有不少十四行诗,大多是写抗议和赞颂的主题,可以看作是弥尔顿传统的余绪。同性恋诗人在20世纪后期为爱情十四行诗传统注入了新的活力。

十四行诗引入中国是在20世纪20年代初。到了20年代末,中国的新诗人开始自觉地按照西方十四行诗的形式要求来进行汉语十四行诗的创作。十四行诗这一外来诗体之所以能被闻一多、孙大雨、朱湘、徐志摩、卞之琳、冯至、"九叶派"

诗人、屠岸等诸多中国新诗的代表人物自觉运用,继而形成中国十四行诗的传统,除了“五四”以来的诗人广泛借鉴外国诗歌形式的大背景之外,还有一个重要原因,那就是中国自古的诗歌传统本就具备吸收十四行诗的潜质。

闻一多既是中国最早创作十四行诗的诗人之一,也是最早的十四行诗理论家。他认为十四行诗(他译为“商籁体”)的行数与韵式并不是最重要的:

> 最严格的商籁体,应以前八行为一段,后六行为一段;八行中又以每四行为一小段,六行中或以每三行为一小段,或以前四行为一小段,末二行为一小段。总计全篇的四小段……第一段起,第二承,第三转,第四合……大概“起”“承”容易办,“转”“合”最难,一篇精神往往得靠一转一合。总之,一首理想的商籁体,应该是个三百六十度的圆形,最忌的是一条直线。(转引自钱光培:359)

闻一多发现,意大利式和英国式十四行诗形异而实同,其结构的实质与中国古代写诗作文的章法不谋而合。卞之琳和屠岸都指出,十四行诗与中国近体诗中的律诗颇为相似。二者在形式上都短而紧凑,对格律的要求都很严格。“从思想结构来看,十四行诗的四个诗节和律诗的四联都讲究‘起承转合’的艺术规律,这是二者最根本的相似点。”(转引自钱光培:370)此外,文艺复兴时期的十四行诗和唐朝的律诗在流行程度和社会地位上大致也是相当的。郭沫若和陈明远曾有意识地把律诗译成白话文的十四行诗(许霆:361—62,376—77)。

郑敏写于20世纪90年代的十四行组诗《诗人与死》副标题叫作“组诗十九首”,名称与东汉的《古诗十九首》只有一字之差(准确地说,只相差一个声母)。有学者研究后发现,《诗人与死》与《古诗十九首》在形式和内容方面有颇多相似之处(Haft:6)。

中国的十四行诗是新与旧的融合体。十四行诗是西方的旧诗体,但对中国的新诗人而言它是新的,而这外来的新诗体又与本国的旧诗有共通之处。与西方现当代写十四行诗的诗人一样,中国的新诗人也热衷于十四行诗形式的创新和内容的拓宽,但他们同时也在以一种独特的方式延续着中国古典诗歌的传统。

二

文学理论家乔纳森·卡勒在近著《抒情诗理论》一书里把抒情诗视为一种“修辞话语”(epideictic discourse)。“epideictic”一词源于古希腊语 *epideiktikon*,根据古代修辞理论,这种文体用于节日、仪式等公共场合的演说,旨在赞颂、指责、劝说和表达价值观。十四行诗作为抒情诗的一种,其赞颂的功能表现得极为明显。

里尔克《致奥尔弗斯的十四行诗》第 7 首开头写道:“赞美,只有赞美！一个受命赞美者/他像矿砂一样诞生于/岩石的沉默……”

奥登在十四行组诗《在战争时期》的第 13 首开头也写道:

当然要赞颂:让歌声一次又一次地升腾
为生命而歌,当它在陶罐与笑颜中盛开,
为植物的忍耐美德,为动物的优美姿态;
有些人曾过得很幸福;曾经诞生过伟人。

爱情、友情是传统十四行诗赞颂的对象,后来则包涵一切值得赞美的人事物。虽然也能找到旨在指责或讽刺的十四行诗,但更多数量的作品都以赞颂为目的。以中国当代十四行诗为例,其中有赞颂诗人和文学家的,如屠岸的《长岛》(1980)赞惠特曼,《爱汶河畔斯特拉福镇》(1984)赞莎士比亚;邵燕祥的《吊汨罗》(1979)赞屈原;顾子欣的《雨中谒仙台鲁迅纪念像》(1991)赞鲁迅。有赞颂自然景物的,如屠岸的《海浪的渗透》(1981)、《白芙蓉》(1981)、《野樱桃》(1983)、《日光岩》(1993);吴钧陶的《长城》《珊瑚》《鹰》《蜜蜂》《萤火虫》《大熊猫》等。

就中国传统抒情诗来看,歌颂和赞扬也是它的主要修辞功能。在这一点上,中西方抒情诗可以说是完全一致的。具体不展开,以下仅以屠岸的十四行诗《爱汶河畔斯特拉福镇》为例做一番分析。该诗以莎士比亚式十四行诗的形式赞颂莎士比亚。

爱汶河畔斯特拉福镇

你是动荡和宁静,光斑和丛影;
教河浪和云霓漫过你跳跃的心搏;
你是休止和行进,欢乐和悲悯;
让野花幻作你满腮的泪珠和笑涡。

你的木屋和剧院在绿叶里隐藏,
影影绰绰,为什么不停留片时?
笔直的克洛普顿桥是你的脊梁,

迎面来,招手去,就这样稍纵即逝!

你呀,来得太迅猛,去得太仓促,
我渴求把你诞生的巨人认清。
这就是他的品格?他的风度?
是的。心上的一瞬间已成为永恒。

在我的梦里你曾是千百次真实,
今天我见到你却是梦里的故事。

1984 年 10 月

【附记】1984 年 10 月 27 日上午,我们乘一辆大型面包车自牛津起程向伯明翰进发,中途绕道到莎士比亚故乡爱汶河畔斯特拉福镇(Stratford-on-Avon),车过镇中心横跨爱汶河的克洛普顿桥,绕过班克洛夫花园里莎士比亚的雕像,在皇家莎士比亚剧院门口停下。我感到非常高兴,毕竟来到了几十年梦寐以求前来访问的莎翁故乡,访问了峙立在爱汶河畔的皇家莎士比亚剧院,访问了莎翁的诞生地木屋,访问了莎翁夫人哈撒威女士的老家茅屋……但遗憾的是这次访问太匆忙了,也没有逢上戏剧节在这里观看哪怕仅只一场莎翁的戏剧。

这首十四行诗运用了西方传统抒情诗的间接言说方式。抒情诗是对读者言说的,但直接对读者言说的例子非常罕见。抒情诗往往是通过呼唤其他人、事、物来实现对读者的间接言说。卡勒将抒情诗的这种独特言说方式称为“三角形的言说”(triangulated address)。他指出,被呼唤的东西越不寻常,诗的仪式感越强,但这并不意味着年代越久远的抒情诗仪式感越强。屠岸的这首现代十四行诗便具有强烈的仪式感,因为诗中被呼唤的对象——或者说受言者(addressee)——既不是读者,也不是莎士比亚其人,而是非人的爱汶河畔斯特拉福镇。在西方现当代的诗歌中不乏这样的例子,如意大利诗人邓南遮(Gabriele D'Annunzio)之呼唤鱼雷艇,法国诗人阿波里耐(Guillaume Apollinaire)之呼唤埃菲尔铁塔,以及英国诗人奥登在《新年问候》(A New Year Greeting)一诗中直呼“酵母菌、细菌、病毒、好氧菌以及厌氧菌”。

结尾处的对句(couplet)巧妙地将现实般的梦境与梦境般的现实交织在一起,起到了警句的效果。以警句结尾是莎士比亚十四行诗的一大特点。此外,这个对

句也让我们想起弥尔顿的一首思念亡妻的著名十四行诗,这首诗突显了梦境与现实的反差:

我仿佛看见我已故配偶的灵魂
前来,像阿尔刻提斯出自坟墓,
天帝的骄子从死神手中解救出,
交给她欣喜的丈夫,虽苍白而眩晕。
我妻,一如洗去了产后的污渍,
为古老律法的净化仪式所挽救,
一如我相信在天国还能够再度
无拘无束地完全看清的样子,
浑身素裹,像她的心灵般洁白。
她纱巾遮面,但在我想象的眼界
她闪着挚爱、甜美、善良的光辉,
那么清明,面带着无比的欢悦。
可是啊,正当她俯身要抱我之时,
我醒了,她跑了,白天带回我的夜。
(傅浩译)

此诗作于弥尔顿完全失明之后。诗人梦见了心爱的亡妻,在梦里他目睹亡妻沐浴在上帝的荣光之中,亡妻的外貌和内在品德都臻于完美,非凡人所能及(第7—12行)。可是,梦中的美好终是虚幻,梦境在即将到达高潮之际突然化为乌有(以第13行的"但是"为标志),诗人清醒过来,他终要面对残酷的现实。全诗终结于"夜"这个带有悲观意味的词上,对于失明的诗人来说,白天不啻黑夜。

三

理想与现实的对峙是西方十四行诗传统中的一个重要主题。在本文第一部分中我们提到过,十四行诗诞生于理想主义的意识形态之中,其形式和内容都带有显著的理想主义色彩。传统十四行诗诗人鄙视肉体之爱,推崇神圣之爱。十四行诗里所描写的爱情往往是理想化的,与现实相去甚远。这种情况直到莎士比亚才有了根本性的改变。莎士比亚的十四行诗创作既是对十四行诗传统的继承,也是对十四行诗传统的改写,而与此同时,他的改写造就了十四行诗的新的传统。

可以说,莎士比亚是十四行诗旧传统的破坏者,是十四行诗新传统的创立者。

莎士比亚十四行诗里的“黑夫人”既缺乏美貌,又缺乏美德,但是诗人仍然喜爱她。如第130首里所描述的:

我的情人的眼睛绝不像太阳;
红珊瑚远远胜过她嘴唇的红色:
如果发是丝,铁丝就生在她头上;
如果雪算白,她胸膛就一味暗褐。
我见过玫瑰如缎,红里透白,
但她的双颊,赛不过这种玫瑰;
有时候,我的情人吐出气息来,
也不如几种熏香更教人沉醉。
我挺爱听她说话;但我很清楚
音乐会奏出更加悦耳的和音;
我注视我的情人在地上举步,
同时我承认没见到女神在行进;
可是,天作证,我认为我情人比那些
被瞎比一通的美人儿更加超绝。

(屠岸译)

诗人的情人不是在天空行进的女神,而是“在地上举步”。莎士比亚将十四行诗中的赞颂对象从天上拉回到地面。莎士比亚的十四行诗标志着当时西方的意识形态处于从理想主义向现实主义的过渡时期。对于后世的诗人来说,是拥抱天空还是拥抱大地,当然是个人的选择,不过从中能够清楚地看出诗人的世界观和价值取向。

在西方现代大诗人中,叶芝致力于将现实转化为艺术之美,他认为实际的情感和事件过于直白,甚至丑陋,必须化为诗歌中的美才耐读。因此,一次流血的起义在叶芝的诗里可以转化为“一种可怕的美”(《一九一六年复活节》)。叶芝讨厌毫无秩序和美感的现代世界。

艾略特也有逃避现实的倾向,他追求的是一个“静止点”(《四个四重奏》)。艾略特和许多基督教人士一样,对于肉体是反感和排斥的。直到晚年,在感受到婚姻的温暖与幸福之后,艾略特才在献给他妻子的诗里写到身体的节奏和气味:“支配我们安详的睡眠时间的节奏,/身体带着彼此气息的//爱人那协调一致的呼吸”这位个人生活颇为不幸的诗人终于在晚年尝到了幸福感,这是令人欣慰和值得高兴的事情;不过纯粹从诗歌的角度来看,这首诗实在算不上高明,尤其和他早先的诗作相比。顺带提一句,艾略特对十四行诗这种形式是不屑一顾的。在1917年的《关于自由诗的思考》一文中预言,“我们需要的只是一个讽刺诗人的来临……以证明英雄偶句体尚未丧失其一丝毫的锋芒……至于十四行诗,我就不那么肯定了。”(Eliot:36)

奥登虽然与艾略特同属一个教派,但奥登侧重的是人对同类的爱——“像爱你自己那样爱你的邻居”,即爱人如己。对奥登来说,“邻居”意味着生活在这个世界上的所有其他人类,无论何种种族、国籍或信仰。奥登的诗歌重视现实世界的种种关系和问题。

以下我们来细读中国当代诗人西川的一首十四行诗,看看在面临拥抱天空抑或大地的抉择时,他的选择是怎样的。

暴风雨十四行

我将不再拒绝痛苦,既然
拒绝痛苦也就是拒绝幸福
我已爱上了这些湿漉漉的鸽子
它们在低空盘旋,心情沉重

黄昏接近了大树的翅膀
这劫后的村庄要隐姓埋名
暴风雨呵,请把天堂的大门打开
因为地上的大门都已密封

我的灯就像所有的灯一样
孤独,宁静,仿佛在幻想着
一片遗忘了雷电的晴空

我就将启程,捂着耳朵
走上暴风雨中的漫长大道
而我的灯将无辜地亮到黎明

西川的十四行诗追随由莎士比亚开创的传统,但同时也是在继承中国古典诗歌的传统。中国历代大诗人无不心怀天下苍生。可以说,中国古代没有纯粹的诗人,往往既是诗人又是政府官员,“穷则独善其身,达则兼济天下”是他们的普遍原则。从西川的这首十四行诗里看,诗人立足大地,重视现实,有担当,但不放弃理想和希望(“灯”的意象)。我认为这是最为可取的世界观和价值观,这样的诗才是耐读的,能够产生共鸣的。

小说中国·历史想象·文学谱系

——试论王德威的“文学政治学”

张 涛

一

王德威在他的文章、著述中,不断地批评从梁启超到“五四”以来的文人学者,都欲借小说的“不可思议之力”来实现变革社会、强国富民的诉求。批评他们赋予小说难以承载的“历史使命”,造成了现代中国小说(文学)独沽“感时忧国”精神一味,而大大忽略了或全然不顾在“感时忧国”之外的“涕泪飘零”、嬉笑怒骂和“鬼魅叙事”,从而大大地窄化了现代中国文学发展的多重可能性。尽管王德威在批评“五四”先贤欲借“无用”之小说达图强之“大道”,而其自己亦未能逃脱这一赋予现代中国小说“不堪忍受之重”的陷阱。虽然王德威借用小说之名,不是为了富国强民,但其欲借小说来想象、虚构现代中国历史的宏图伟志,丝毫不亚于他批评的那些先贤前辈。王德威曾经说过:“文学与历史的互动一向是我所专注的治学方向。”①在王德威看来:“小说夹处各种历史大叙述的缝隙,铭刻历史不该遗忘的与原该记得的,琐屑的与尘俗的。英雄美人原来还是得从穿衣吃饭作起,市井恩怨其实何曾小于感时忧国?梁启超与鲁迅一辈曾希望借小说‘不可思议之力’拯救中国。我却以为小说之为小说,正是因为它不能,也不必担当救中国的大任。小说不建构中国,小说虚构中国。而这中国如何虚构,却与中国现实的如何实践,

① 王德威:《历史与怪兽:历史,暴力,叙事·序论》,(台湾)城邦(麦田)出版社2004年版,第5页。

息息相关。"①在王德威的论述中,无论是文学,还是历史,就其相同点而言,它们都是一种叙述形式,都是一种话语方式。王德威所要探讨的问题,是同样作为叙述形式和话语方式的文学与历史,两者到底是一种什么样的关系?文学是对历史亦步亦趋的反映描述,还是超然于历史之外的想象玄思?除此之外更为关键重要的,是"小说中国"或"历史小说"与文学、历史之间又有着怎样的关系?其实,王德威所要探讨的文学与历史之间的辩证关系,从亚里士多德开始就已经受到西方思想家和批评家的瞩目了。亚里士多德认为:"诗人的职责不在于描述已发生的事,而在于描述可能发生的事,即按照可然律或必然律可能发生的事。历史家与诗人的差别不在于一用散文,一用韵文;希罗多德的著作可以改成为韵文,但仍是一种历史,有没有韵律都是一样;两者的差别在于一叙述已发生的事,一描述可能发生的事。因此,写诗这种活动比历史更富于哲学意味,更被严肃地对待;因为诗所描写的事带有普遍性,历史则叙述个别的事。"②文学叙述世界的可能性,历史叙述世界的已然性。可能性是否就比已然性带有"普遍性""真实性",在此我们不做辩争。仅就文学与历史的关系、历史小说与文学、历史之间的关系而言,它的复杂程度早已远远超过了"可能性"与"必然性"所能涵盖的内容了。王德威通过梳理中西方学者关于文学与历史关系的论述,提出了自己对于"历史小说"的看法。在他看来,历史小说介于"历史"与"文学"之间,同时也兼有两者各自的一些特点:

> 只要历史小说仍属于小说叙述的"一种",我们就必须赋予它较史学更大的自由,能更自由地重组、归结甚至戏剧化地增扩主题内容。但我们也可回过来强调历史小说并不同于其他类型的小说。历史小说的逼真写实感主要肇因历史的不可逆性,其先决条件就是把重点放在"独特的"与"可能的"人物与/或事件上。换言之,亚里士多德式的"诗的或然性"与"历史的必然性"在历史小说中形成了一种纠结复杂的辩证过程,而这种辩证过程是读者可以

---

① 王德威:《想像中国的方法:历史·小说·叙事·序:小说中国》,《想像中国的方法:历史·小说·叙事》,生活·读书·新知三联书店 1998 年版,第 2 页。在王德威看来,"小说中国"主要有三层含义,上文所引为第三层含义,其余两层的含义分别是:第一,小说是现代中国最重要的一种文类。过去一个世纪以来,小说记录了中国现代化种种可涕可笑的现象,而小说本身的质变,也成为中国现代化的表征之一;第二,小说中国更是强调小说之类的虚构模式,往往是我们想像、叙述'中国'的开端。"见同书,第 1 页。

② 〔古希腊〕亚里士多德:《诗学》,《诗学·诗艺》,罗念生译,人民文学出版社 1962 年版,第 3 页。

不断加以调整的。①

从王德威的文字中,我们可以看到,他对历史小说的分析,仍然未能脱离亚里士多德有关“诗的或然性”与“历史的必然性”的论述,只不过是他将文学与历史之间的关系处理得更复杂了一些。除此之外,王德威对历史小说的分析中,有一点似乎更值得我们重视,即他将读者这一重要因素引入到了文学与历史的复杂辩证关系中来。这让本已复杂的两者之间的关系,似乎更加繁复了。本来历史小说该在文学与历史之间保有一个“均衡点”,但因为“仁者见仁,智者见智”的读者因素的介入,历史小说再也难以保持原有的“均衡点”了。历史小说到底该倾向于历史,还是该靠近于文学,更多地取决于读者的态度了。在此,我们该对王德威所说的“读者”,做一个泛化的理解。阅读文学作品的是读者,从事文学创作的是读者,进行文学批评的批评家、编撰文学史的文学史家,乃至在特殊国情下,文学政策的制定者和文学创作的管理者,都可列入读者的范围之内。当王德威在谈论“小说中国”这一概念时,无疑他是将它当作“历史小说”来看待的。而在他心目中的“小说中国”,与文学、历史又有怎样的一种关系呢?作为一个“读者”,王德威使用“小说中国”时,又是如他自己所言是怎样调整“小说”中国在文学与历史之间的辩证关系呢?从王德威下面的这段话中,我们似乎能看出一些端倪来:

> 由涕泪飘零到嬉笑怒骂,小说的流变与“中国之命运”看似无甚攸关,却没有若合符节之处。在泪与笑之间,小说曾负载着革命与建国等使命,也绝不轻忽风花雪月、饮食男女的重要。小说的天敌兼容并蓄,众声喧哗。比起历史政治论述中的中国,小说所反映的中国或许更真切实在些。②

从王德威的话中,我们似乎看到他更看重的是小说的“兼容并蓄”,既有关乎苍生黎民的家国大事,也有升斗小民的日常生活。但是,如若我们仔细端详一番就会发现,王德威看重的是小说中国与现实中国的“若合符节”之处。在这里,王德威将“小说中国”“历史中国”与“现实中国”并置在一处。在“小说中国”与“现实中国”之间,在“历史中国”与“现实中国”之间,哪一种话语方式叙述下的“中

① 王德威:《想像中国的方法:历史·小说·叙事》,生活·读书·新知三联书店 1998 年版,第 311 页。

② 王德威:《想像中国的方法:历史·小说·叙事》,生活·读书·新知三联书店 1998 年版,第 1 页。

国”,更符合“现实中国”,更能“真实”地反映“现实中国”的千姿百态、千回百转。对于王德威而言,他无疑是认为“小说中国”更能“真实”地反映“现实中国”,更符合“现实中国”的真情实景。“小说中国”除了能够“真实”反映“现实中国”之外,还可以揭橥“现实中国”的种种不义与不公,以求在“小说中国”中给千万读者一个正义的裁决。在此,又涉及了王德威有关“小说中国”这个命题的又一个面向,即“诗学正义”或“文学正义”。所谓“诗学正义”或“文学正义”,主要是指如果在现实社会中,公平正义无法通过正常的法律程序获得,作家就只能借助文学的形式,在文本世界中矫正现实世界的不义不公,给受到不公不义待遇者一个正义的裁断,为含冤受屈者为其昭雪平反,让涂炭生灵者罪有应得。然而,这也只是“诗学正义”在本文世界中的一厢情愿罢了。在现实世界中,“诗学正义”往往是虚弱无力的,它是一种“虚张的正义”。这也正如鲁迅所言的那样:“中国现在的社会状况,只有实地的革命战争,一首诗吓不走孙传芳,一炮就把孙传芳轰走了。”①“批判的武器”代替不了“武器的批判”。尽管王德威对“小说中国”寄予厚望,但是,“小说中国”中的“诗学正义”依旧难以匡正“现实中国”的不公不义。再退一步言,“小说中国”中的“诗学正义”,有时不仅不能匡正时弊,而且连它所“虚构的正义”也不得不屈服于强大的“现实中国”。所以,王德威在分析了《三侠五义》和《老残游记》后,才会对“诗学正义”这一“虚张的正义”,在“现实中国”面前的无奈无力,唏嘘不已:

> 白玉堂挥舞宝剑,践行自身侠士的天职,而老残却是一名解除武装的“文侠”,惟以笔墨捍卫个人与社会的实体。白玉堂最终丧生铜网阵,未能破解这一巨型装置的阴谋设计;而老残写下数量甚丰的药方与指控之后,却仍求在现已回天乏术的体制中,找寻求存之道。种种药方与控告一旦遭遇到中国的痼疾与病变,便纯属枉然。②

二

即便是“诗学正义”不过是一场“虚张的正义”,但现代中国作家仍对于“小说中国”念兹在兹持有极大的热忱与希望。在这个意义上,王德威对于“小说中国”也寄予了厚望,“谈到国魂的召唤、国体的凝聚、国格的塑造,乃至国史的编纂,我

---

① 鲁迅:《革命时代的文学》,《鲁迅全集》第3卷,人民文学出版社2005年版,第442页。

② 王德威:《中国现代小说十讲》,复旦大学出版社2003年版,第26页。

们不能不说小说叙述之必要,想像之必要,小说(虚构!)之必要。"①他深知这"虚张的正义"的孱弱与无力,但他更在意这"小说中国"对于"终极真理"的强烈渴望,在意这"虚张的正义"所记录下的"现实中国"的历史与暴力。② 有了这样的执着的信念之后,王德威在他的论述中,一再地用"小说中国"去揭橥、去质疑"历史中国"的诸多不"真实"之处,用现代小说家执念于对"终极真理"的探索以及在这一过程中所遇到的来自"现实中国"的种种屏障与阻碍,来反衬"现实中国"中的黑暗力量,同时也记录下现代中国作家在"小说中国"与"现实中国"的辩证冲突中,所留存下的精神轨迹与心灵创伤:

> 假如革命诗学的底线,在于冲破迷障,彰显终极真理,那么对五四以及后五四时代的中国作家而言,书写就意味着一种渴望,渴望那真理彰显时刻的到来。吊诡的是,书写也可以是一种延宕,因为在预期革命到来的同时,书写也铭刻了"当下"("present")一切腐朽现象的盘桓不去,虽然这"当下"早就应该褪入过去,成为历史的一部分。至此,五四之后的大家如鲁迅或茅盾等人以批判现实为名的作品尽管流行,仍然呈现一种负面的辩证。这也就是说,作家写得越多,越是暴露了现实当下的不义不公,也越是暗示了革命尚未成功,终极理性、正义仍然付之阙如。书写因此只能是一种自我否定的动作——一种对"真理并非如此"的命名式。③

在上段引文中,王德威用"五四"和"后五四"的时间区分,来评说"革命诗学"所遇到的各种遭际。在此,"五四"的时间指向非常明确,倒是"后五四"的概括有些玄妙可言。"后五四"时代,从单纯的时间上看,是指"五四"落潮以来一直到延续到今天的时间之流。但是,如果我们从这"后五四"时代所蕴含的"时间政治学"来看,就会发现"后五四"时代,经历了两个政权的更迭。中国共产党统一大陆,国民党退至台湾。而王德威所说的鲁迅、茅盾等人的现实主义书写呈现出了

① 王德威:《想像中国的方法:历史·小说·叙事》,生活·读书·新知三联书店1998年版,第1页。

② 王德威曾经对"历史暴力"有个界定,他认为:"历史暴力,不仅指的是天灾人祸,如战乱、革命、饥荒、疾病等,所带来的惨烈后果,也指的是现代化进程中种种意识形态与心理机制——国族的、阶级的、身体的——所加诸中国人的图腾与禁忌。这些图腾与禁忌既奉现代之名,在技术层面上往往能更有效率的,也更'合理'的,制约我们的言行。因此所带来的身心伤害,较传统社会只有过之而无不及。"见王德威:《历史与怪兽:历史,暴力,叙事·序论》,(台湾)城邦(麦田)出版社2004年版,第5页。

③ 王德威:《一九四九:伤痕书写与国家文学》,三联书店(香港)有限公司2008年版,第22页。

一种“负面的辩证”,也蕴涵了王德威对于党派政治以及中国历史变动的一己之见。“负面的辩证”一方面见证了现代中国作家追求“终极真理”的执念与勇气,另一方面王德威也借“负面的辩证”表达了自己的政治立场。只是这里的政治表达比较含蓄,在其他的文章中,王德威对于这种“文学政治学”所体现出来的文学、历史与政治之间的互动与辩证,有着更为直接的说法:“所有这四个向度都指向了以‘五四’为典范的中国现代文学传统,并暴露出其束缚:一种以摹仿为指归的写实主义典律,一种将利比多(libido)原欲意识转向狂热意识形态的冲动,一种写作与革命的结合,还有一种以牺牲个人的梦与幻想为代价的、对历史与真理的强求。”①王德威曾写有《从“头”谈起——鲁迅、沈从文与砍头》一文,更是将这种“文学政治学”发挥得淋漓尽致。王德威认为,在促发鲁迅“弃医从文”的“幻灯片”事件中,鲁迅在斥责那些围观的麻木的看客时,他自身也是难脱“看客”的身份。鲁迅之所以会在“砍头”中看到国人病态的魂灵,就在于“他对砍头与断头意象所显示的焦虑,无非更凸出其对整合的生命道统及其符号体系之憧憬”②。鲁迅的这种焦虑,其实就是一种不从容,它是来自于鲁迅视文学为“为人生而艺术”的“功利主义”文学观。同样是面对砍头,王德威认为,沈从文的表现则比鲁迅从容平静得多。这种从容平静,不仅不能说明沈从文较之鲁迅更麻木,反而倒是更能显出沈从文“极敬谨沉潜的人道关怀……这不只因为万头攒动、争看人头落地的奇观,道尽了中国人的麻木冷酷,也更因为那场景所暗示的荒谬气息,带出了一切礼仪及生命的崩颓与断裂”。③ 在王德威看来,与鲁迅的由“砍头”所表现出来的“写实”的批判不同,沈从文由“砍头”生发出来的却是“批判的抒情”④。在提出了鲁迅的“写实”的批判与沈从文的“批判的抒情”之后,王德威将两位作家的

---

① 王德威:《被压抑的现代性——晚清小说新论》,宋伟杰译,北京大学出版社 2005 年版,第 389 页。

② 王德威:《从“头”谈起——鲁迅、沈从文与砍头》,《想像中国的方法:历史·小说·叙事》,生活·读书·新知三联书店 1998 年版,第 138 – 139 页。

③ 王德威:《想像中国的方法:历史·小说·叙事》,生活·读书·新知三联书店 1998 年版,第 142 页。

④ 王德威认为:“当抒情语调运用于‘人吃人’的场景,或者当司法的不公与残暴被融入日常生活中时,沈从文的叙事必将驱使我们质疑……此种制度的道德后果。但这并非沈从文艺术的全部魅力所在。我所要强调的是,沈从文的修辞策略使紧迫和不紧迫的主题在同一叙事层面上隐现自如,甚至造就一种参差的和谐。在沈从文的抒情策略中,丑陋的事物既不被抹去,也不仅仅用来作为现实的反衬,而仿佛是被连根移植了,因此启动一种梦寐般的拟境。他小说中最该‘有意义’的部分(如砍头)写得若无其事,而最‘没有意义’的部分反而显得饶有寓意。”见王德威:《批判的抒情:沈从文的现实主义》,《中国现代小说十讲》,复旦大学出版社 2003 年版,第 150 页。

人生经历、创作风格、政治立场与思想意识"糅合"起来，进行了一番"抒情的批判"：

> 鲁迅在身体断裂、意义流失的黑暗夹缝间，竟然发展出一不由自主的迷恋，一种与理性背道而驰的恣肆快感。奇诡曲折，令人三叹。
>
> 沈从文书写砍头的故事，或许是藉着叙述的力量，化解他不说也罢的生命创痛；但更重要的，因由叙述绵延不尽的寓言格式，他将破裂的、分割的众生百相，组合起来。在意识形态狂飙的二三十年代，我们失落的终极信仰和生命寄托"也许永远不回来了，也许明天回来"（沈从文《边城》结语）但对沈而言，处在或长或短的等待状态里，哪怕是虚构的希望也还得有。生命还得过，命还得活，"故事"也还没有到头。故事就是延续生命的基石。①

在王德威这段炫丽的文字中，我们可以看到他笔下的鲁迅成了一个借着他人的（也包括他自己）身体与精神的创伤，来肆意地放纵、迷恋自己的心灵焦虑的"非理性"者。而王德威对于沈从文的论述着实足够"抒情"。沈从文既节制了对于创痛的迷恋，又用意涵不尽的寓言道尽了民族国家、黎民苍生的"众生相"。更重要的是，沈从文用种种生命的寓言，抗拒着狂飙突进的意识形态（王德威没有明言这种"意识形态"意指何为？但是，我们也可以看得出来，狂飙突进，既指"左翼"的意识形态，更指"左翼"的激进主义政治实践）而鲁迅却没有能够抵抗住革命潮流的冲蚀，卷入了意识形态汹涌的漩涡之中。首先，我们认为王德威以见识"砍头"经历为切入点，比较鲁迅与沈从文文学观念与精神心理结构，有其"新意"之处，但是也有其牵强附会之处，难怪有学者称之为"胡搅蛮缠的比较"。② 借着这样的比较，王德威一面诉说着鲁迅与沈从文在文学上的放肆与节制，迷恋与自省，焦虑与从容之别，在这种"参差对照"的比较中，两位作家的高低优劣也溢于言表了；另一面王德威借着鲁迅与沈从文的比照，说的还是文学与历史、政治之间的复杂纠缠。在他看来，鲁迅与沈从文代表了不同的文学道路，在这种迥异的选择中，蕴含着文

① 王德威：《从"头"谈起——鲁迅、沈从文与砍头》，《想像中国的方法：历史·小说·叙事》，生活·读书·新知三联书店 1998 年版，第 145 页。

② 王彬彬：《胡搅蛮缠的比较——驳王德威〈从"头"谈起〉》，《南方文坛》2005 年第 2 期。王彬彬在该文中也还指出，沈从文的创作也并不全如王德威所说的那样与远离政治，持有一种文学的非功利主义。"沈从文不仅在小说《新与旧》中以象征的手法抨击了'新生活运动'，在《尽责》《论读经》《长河》等散文作品中，也讽刺了'新生活运动'。把沈从文说成与现实政治毫无瓜葛的唯美主义者，正如把鲁迅说成一个纯粹的急功近利者一样，都是离真相颇远的。"

学、历史、政治间的辩证关系。面对鲁迅与沈从文所代表的两种不同的文学道路,王德威又将何去何从,如何评说呢?他又是用他独特的言说模式,含蓄地透露着他的“文学政治学”:

> 五四以后的作家多数接受了鲁迅的砍头情结,由文学“反映”人生,力抒忧国忧民的义愤。他们把鲁迅视为新一代文学的头头。沈从文另辟蹊径,把人生“当作”文学,为他没头的故事找寻接头。因此他最吊诡的贡献,是把五四文学第一“巨头”——鲁迅的言谈叙事法则,一股脑儿地砍将下来。他的文采想像,为现代小说另起了一个源头,而他对文学文字寓意的无悔追逐,不由得我们不点头。①

三

据李扬说,王德威是中文世界中第一个译介福柯的人,他翻译了福柯的《知识的考掘》(现在大陆通常翻译为《知识考古学》)。从王德威的文章著述中,我们可以看到他受到福柯的“考古学”和“系谱学”的影响很大。福柯的考古学与系谱学理论,既有相似之处,又有不同之处。它们的共同之处在于“其一,二者都试图在真实的复杂性中把握历史事件,两种方法都试图打断历史连续性的巨大链条,倡导非连续性;其二,二者都试图从一种微观的角度重新考察社会领域”。两者的主要区别就在于“考古学仅仅将自己的考察对象局限在话语本身,系谱学则将话语与权力的运作联系起来,更多地强调话语的物质条件”②。王德威在他的文学批评中,将“考古学”与“系谱学”的方法,比较完美地结合起来了。在他才华横溢的论说中,着力关注因时代风云变幻,所导致的文学创作上的“非连续性”“断裂性”。在谈到现代中国作家师法欧洲 19 世纪写实主义遇到的悖论时,王德威说:“得力于欧洲 19 世纪写实模式,‘五四’主流作家的确表现出了与现代以前完全不同的话语,而且为小说家开启了新的视野。讽刺的是,一旦取得通往他们心目中的现代(还是仅仅是西方?)之钥,他们反而被自己的新发现所桎梏,再也创造不出自己的东西。借用西方,不但不曾解放他们,反而阻碍他们向现代跨进一步。”③

---

① 王德威:《从“头”谈起——鲁迅、沈从文与砍头》,《想像中国的方法:历史·小说·叙事》,生活·读书·新知三联书店 1998 年版,第 145 - 146 页。

② 智河:《福柯系谱学探微》,《国外社会科学》1997 年第 1 期。

③ 王德威:《被压抑的现代性——晚清小说新论》,宋伟杰译,北京大学出版社 2005 年版,第 389 页,第 41 页。

五四一代的作家，激烈地反传统，欲与历史彻底告别，他们开始以“世界眼光”师法西方。这是大时代所带来的变动、非连续性。王德威运用“考古学”的方法，在在关注中国现当代文学中的“断裂”与“非连续性”。王德威从福柯的“系谱学”中，得到的最大的教益，恐怕就是他尝试在文学批评中打通近代文学、现代文学与当代文学之间的时空界限，将这些文学作品、文坛现象联通起来，构成带有某种共性特征的“文学谱系”：他从鲁迅的《狂人日记》谈到朱天文的《荒人手记》①；从老舍的喜剧作品起，一直分析到台湾作家王文兴、王祯和、李乔的创作，梳理出了中国现代小说中的“笑谑倾向”②；从分析张爱玲到施叔青、李昂、西西、钟晓阳、苏伟贞的作品，王德威窥见了几位女作家的现代“鬼”话③；此外，还有从沈从文、宋泽莱、莫言、李永平的作品中，寻找出了他们的“原乡神话”；从潘金莲、赛金花、尹雪艳看中国小说的“红颜祸水”形象的演变……凡此种种，王德威借用“系谱学”的视野，努力尝试打通古今中外文学的发展流变脉络，将作家作品进行“谱系化”“类型化”的区分。经过他的“系谱化”的分析，我们看到是从近代到现当代作家身上存留着的，不曾被时代的洪流所湮没的共同文学议题和相似的精神血脉。再加之王

① “《狂人日记》以短短五千字，预言了多少现代作家的创作命运……到了 90 年代，狂人退位，荒人现身。细细读来，写日记的狂人与写手记的荒人，竟有不可思议的对应性。同样陷身孤绝无望的写作情境，狂人写出了感时忧国的呼声，荒人却要传达禁色之爱的呻吟；同样写社会的伪善与不义，狂人写出了礼教吃人的血腥意象，荒人却注定独自啃噬同志们因爱而死的苦果。”见王德威：《从〈狂人日记〉到〈荒人手记〉——朱天文论》，《当代小说二十家》，生活·读书·新知三联书店 2006 年版，第 3 页。

② 在王德威看来，喜剧和闹剧作为一种文类，总会对既有的体制发出挑战。所以，他在文中将老舍放弃“笑谑”和台湾作家从“笑谑”再出发，做了一番比较论说：“半个世纪前，当老舍放弃狂笑而支持涕泪。他其实是选择了比较‘懦弱’的方法来面对社会/政治问题。激烈的笑不仅是攻击，还要达成一种幻想中的胜利和幻想本身的胜利；而我们大可说这四位台湾作家是由当年老舍和他的同类作家罢手之处再出发。当‘伤痕文学’——一种专事‘涕泪飘零’效果的写实主义运动——在两岸消退之际，台湾的读者和作者正在‘学着’跟前文讨论的喜剧/闹剧作品一起笑。这一对比是政府对创作自由的不同政策所造成的吗？这只是显示文学心理的分歧吗？”见王德威：《从老舍到王祯和——现代中国小说的笑谑倾向》，《想像中国的方法：历史·小说·叙事》，生活·读书·新知三联书店 1998 年版，第 210－211 页。

③ 在王德威看来，“五四”新文学的女作家虽然不少，但是“讲到叙事言谈的法则，则重心仍落在以男作家为主的那套‘为人生而艺术’的写实文学上。……独有张爱玲于上海孤岛期间的系列作品，‘弃暗投明’，不事微言大义，而专以洋场百态、琐屑人情取胜，且顾盼之间，愈发有种世纪末的绚丽从容。……鬼故事因成为试探伦理、情欲、禁忌、疏放意识形态魔魇的重要借口，质疑‘写实’文学疆界的一个‘美丽而苍凉的手势。’”见王德威：《女作家的现代“鬼”话——从张爱玲到苏伟贞》，《想像中国的方法：历史·小说·叙事》，生活·读书·新知三联书店 1998 年版，第 217 页。

德威绚丽酣畅的文风,读起他的"谱系化"研究,更是荡气回肠、迷离玄幻。

王德威借用"系谱化"的方法,分析建构了现代中国作家的"文学谱系"和文学类型。他还借此方法,窥探出文学叙述(小说中国)与权力话语,在时代变换、政权更迭(话语的物质基础发生了变化)的过程中,如何在惩罚与顺从、规训与反抗中如何小心游走、精彩博弈的过程。如果与前文提到的"文学政治学"相对,王德威借用"系谱学"方法剖析因"物质基础"的变动而带来的文学话语与权力话语关系的重组,则可称之为"物质政治学"。其实,王德威分析现代中国作家的"文学谱系"所内含的一个意指,就是分析这种因"物质政治学"的变动,给作家的人生、创作带来的错综复杂的影响。

从这些分析中,我们可以看到"系谱学"在王德威的学术思想中,绝对不是一个单一的"方法论"问题,它更牵涉了一个"价值论"的问题。"系谱学"的视角体现了王德威于话语本身具有的"权力"性质的认识,同时也体现了文学话语作为一种权力与社会、政治权力之间的辩证关系。然而,就是在这种"系谱学"的学术镜像中,王德威可能会把文学与、历史、政治之间的辩证关系复杂化了。当他试图将近代、现代乃至当代的一些作家,绘制成一个"文学谱系"的时候,也可能会大大地夸大了他们之间的"血脉相连"①,"比如周蕾发明的'原始激情'以及王君自铸的'老灵魂'、'拾骨者',就被反复运用于有关台湾作家朱天心、舞鹤、黄锦树、李永平等人的论述,这尽管显示了这几位作家的联系,但也抹平了差异,最后只提取了理论预设的某些共性"。② 在王德威的"文学谱系"之中,由于其试图打通中外古今作家间的"隔膜",便运用丰富的文学史和文学理论的知识,在他选定的一些作家身上"架构"联通中外古今作家文化血脉的"文学谱系"。在他的这种文学批评建构中,会存在着一种"不对称性",即"丰富的文学史知识与相对单薄的论述对象之间"的不对称,正是这种不对称的存在,就可能造成王德威对于一些作家、文本的"过渡诠释",从而造成他对"文学史谱系错认"③。

---

① 王德威在读完王安忆的《长恨歌》后,曾给王安忆写有一封信,询问王安忆她写《长恨歌》"是不是跟张爱玲有一些对话的意图?"但是,王安忆的回信让王德威很受"震动","她很强烈地说明,一方面虽然了解到张爱玲的影响,但事实上,自己也有话要说。并且当时她点明了像《长恨歌》这样的作品,事实上代表了她和张爱玲非常不同的人生观的一个判断。这是让我个人非常感动的,觉得自己也低估了许多作家在创作时候的苦心。"见王德威:《"祖师奶奶"的功过》,许子东、梁秉钧、刘绍铭编:《再读张爱玲》,山东画报出版社2004年版,第346页。

② 郜元宝:《"重画"世界华语文学版图?——评王德威〈当代小说二十家〉》,《文艺争鸣》2007年第4期。

③ 同上。

“华语语系”作为一种方法

——“华语语系文学”与中国当代文学史研究

王德领

在中国现当代文学研究领域,海外学者的研究总是能够起到开拓研究视野,开创研究新领域的作用,甚至引领国内研究界的学术风尚。早在20世纪70年代末,夏志清先生的《中国现代小说史》译成中文后出版繁体字版,对于“文化大革命”结束之后大陆的现代文学研究影响甚巨,一度引领大陆学界尽早摆脱政治意识形态崇拜的阴影,掀起“重写文学史”的热潮,所引发的文学史观念上的“裂变”至今余波未平。

20世纪90年代以来,美国研究中国现当代文学的海外学者出版的一些成果,开始形成新的景观和学术增长点。像李欧梵的现代性研究、上海都市文化研究,王德威的晚清文学研究、中国现代小说研究,刘禾对跨语际书写的研究,孟悦对“红色经典”的研究,唐小兵对中国现代文学作品进行的再解读,等等,在批评视角、话语模式甚至写作风格等方面,都给大陆学界一种久违的新鲜感,一种深刻的启迪。

值得注意的是,近十年来,海外学者对中国文学研究的冲击力度,已大不如20世纪八九十年代。这一方面说明,国内的文学研究在研究视野、理论维度、研究方法等方面有了长足的进步,另一方面,随着中国在国际舞台强势崛起,在经历了莫言获得诺贝尔文学奖等具有标志性的文化事件之后,中国文学获得了前所未有的自信,因而文学研究者在面对西方学者时有了更多的底气,更大的话语权。

由史书美、王德威等美国学者提出“华语语系文学”(Sinophone Literature)这一概念迄今也有十余年了。20世纪80年代以来,国内学界对海外学者的中国文学研究基本上持充分肯定的态度,但是,对于华语语系文学这一概念,却一直有不同的声音。

有的学者对“华语语系文学”的命名提出商榷,指出“语系”一词的提法“不甚妥当","在学术上不专业,在意识上有分拆、对抗的主张。"①

有的学者则认为"华语语系文学"体现了一种"后殖民"思维,有些名不符实。赵稀方先生认为,"华语语系文学"的理论资源是后殖民理论,受到了阿希克洛夫特等人所著的后殖民文学的开山之作《逆写帝国》的影响。"以后殖民文学为样本的'华语语系文学'的论述,有一个较大的问题,即中文文学并非殖民地文学";"身处海外的华语文学可能的确面对的是殖民主义问题,但这种殖民主义恰恰不是中国,而是海外帝国主义。"②

还有的学者认为,这一命名带有"非常明显的意识形态痕迹"。刘俊认为,"史书美对英语学界长期用'离散'、'离散中国人'和'离散文学'来指称中国境外的华人以及他们用汉语创作的作品表示不满,故而要'创造'出'华语语系(文学)'以对抗/摆脱'离散'、'离散中国人'和'离散文学'。""史书美的政治立场和文化态度,在她的学术论述中留下了非常明显的意识形态痕迹,使得她经由对'华语语系'的定义,完成了对'离散中国人'的拆解,实现了对'本质主义'的'中国中心'的反抗与解构,并建构起排除'中国大陆主流文学'的'华语语系文学'。"③

在我看来,史书美、王德威所提倡的"华语语系文学",尽管有着"后殖民""意识形态痕迹",但是给人以耳目一新的感觉,确实为我们重新审视"海外华文文学"这一习焉不察的文学现象提供了一种新的视角与学术生长点,并且为大陆的中国当代文学史书写提供了别样的切入视角。

史书美在一篇文章中非常自信地说:"华语语系作为一个概念,为一种不屈服于国家主义和帝国主义压力的批判性立场提供了可能,也为一种多元协商的、多维的批评提供了可能。这样的话,华语语系就可以作为一种方法。"④史书美是在认识论的高度上探讨"华语语系"的,这使得这一探讨具有了可操持的方法论。本文就不揣浅陋,就"华语语系""作为一种方法",讨论它对于目前中国当代文学史写作的启示与意义。

---

① 黄维梁:《学科正名论:"华语语系文学"与"汉语新文学"》,《福建论坛》(人文社会科学版)2013 年第 1 期。

② 赵稀方:《从后殖民理论到华语语系文学》,《北方论丛》2015 年第 2 期。

③ 刘俊:《"华语语系文学"的生成、发展与批判——以史书美、王德威为中心》,《文艺研究》2015 年第 11 期。

④ 〔美〕史书美:《反离散:华语语系作为文化生产的场域》,赵娟译,《华文文学》2011 年第 6 期(总第 107 期)。

“另外的文学史模型”?

一般我们所说的中国当代文学,约定俗成指的是大陆文学。对于除了大陆以外的其他中文文学,则命名非常不确定,依照名称出现的时间顺序,大致有“中文文学”“台港文学”“台港澳文学”“台港澳暨海外华文文学”“海外华文文学”“华文文学”“世界华文文学”等称谓。而对于同样的文学现象,在英语学界则有“离散”“离散文学”等指称。“华语语系文学”这一命名,第一次将这些称谓统摄在一起。不仅如此,“华语语系文学”由于和“英语语系文学”“法语语系文学”等的命名紧密联系在一起,提升了华文文学的国际地位,将华文文学融入全球化时代的国际学术话语链条中,并展开东西方文学的对话与交往。

而在当代文学研究界,大陆文学与大陆之外的华文文学是有着鲜明的等级秩序的,中国当代文学史这个学科,研究对象是中国大陆文学,大陆以外的华文文学被排斥在外,这实际上是一种忽视,或者说是无视。在目前通行的中国当代文学史教科书里,几乎难以见到海外华文文学的踪迹,即便是有,也只是增加一个叙述章节,简单地并置在一起,与整个文学史的叙述非常不协调。

兹举目前最为通行的两本文学史为例。陈思和在他主编的《中国当代文学史教程》附录中说,中国当代文学“与同时期的台湾、香港文学形成了几个完全不一样的文学区域,严格地说,它只是当代中国的一部分(大陆地区)文学”。“我看到有些当代文学史象征性地加上一两个章节讲一下台湾、香港文学,以为这样一来就全面了,其实这样做并不能准确表达和描述中国当代文学的现状。”①在这里,陈思和只是敏锐地意识到大陆和台湾、香港文学本质上的不同,同为“中国文学”,如何弥合二者的裂隙与差异,陈思和将这一问题悬置了起来,未予置评。

洪子诚先生的《中国当代文学史》被公认为最具学术含量的文学史。在该书的前言里,洪子诚很聪明地对“中国当代文学”做了一个限定,从而“合理规避”掉了大陆之外的华文文学:“‘中国当代文学’首先指的是1949年以来的中国文学。其次,是指发生在特定的‘社会主义’历史语境中的文学,因而它限定在‘中国大陆’这一区域之中;台湾、香港等地区的文学与中国大陆文学,在文学史研究中如何‘整合’,如何不是简单地并置,需要提出另外的文学史模型来予以解决”②。洪子诚先生对“中国当代文学”的看法,是颇有代表性的。大陆之外的华文文学,基

---

① 陈思和:《中国当代文学史教程》(第二版),复旦大学出版社2012年7月版,第434页。

② 洪子诚:《中国当代文学史》(修订版),北京大学出版社2014年8月版,第3页。

本上被中国当代文学的学者“忽略”了。其原因正如洪子诚先生坦言,目前的文学史框架难以将大陆之外的华文文学“整合”进来,大陆之外的华文文学与大陆文学之间的关系并不是简单的“并置”关系,大陆学界需要提出“另外的文学史模型”来解决这一问题。这个“另外的文学史模型”是什么,洪子诚先生并未展开论述。

陈思和、洪子诚的两本文学史,无一例外地没有纳入大陆以外的华文文学,尽管两位都为此进行了辩解,但也暴露了大陆学界现有的“文学史模型”对这一问题的无能为力。

王德威敏锐地意识到,“我们与其将华语语系文学视为又一整合中国与海外文学的名词,不如将其视为一个辩证的起点。而辩证必须落实到文学的创作和阅读的过程上。就像任何语言的交会一样,华语语系文学所呈现的是个变动的网络,充满对话也充满误解,可能彼此唱和也可能毫无交集,但无论如何,原来以国家文学为重点的文学史研究,应该因此产生重新思考的必要。”①

史书美认为,以往的文学研究,“‘中国文学’或‘华文文学’的观念实质上将中国文学置于霸权原型之地位,各种不同的‘中国文学’类型依照它们与中国文学的关系而得到分类和编排。……在这种建构之中,‘世界’是中国(中国本土领域)之外那些特定地域——那些因为坚持以各种华语书面语写作而关联于中国的地域——的集合。”②

问题是,“华语语系文学”这一概念,是否能够为我们提供“另一种文学史模型”,从而破除中国当代文学史写作的“大陆中心主义”,或者说是“中国中心主义”?它的“后殖民”色彩,对大陆汉族文学中心主义的解构姿态,以及鲜明的意识形态色彩,所秉持的“差异”“混杂”“多元文化”的理念,是否能够担当起建构一个“另外的文学史模型”的重任?

遮蔽与去蔽:少数民族文学与汉族文学

史书美认为,“华语语系文学”“也可以重新被阐发为一种认识论”,即那些本质主义的文化或者国族概念将被摒弃,“取而代之的是一些重新严密阐释过的概念,例如地方化、多样性、差异、克里奥尔化、混杂性、双语制、多元文化原则。”③

---

① 王德威:《华语语系文学:边界想象与越界建构》,《中山大学学报》2006 年第 5 期。

② 〔美〕史书美:《反离散:华语语系作为文化生产的场域》,赵娟译,《华文文学》2011 年第 6 期。

③ 同上。

去中心化，混杂，差异，多样，多元，这是史书美讨论华语语系文学的关键词。“华语语系文学在本质上是多语言的。”史书美举了台湾与香港的例子。“在台湾的华语语系文学中，那些由南岛语系的原住民作家创作的作品常常将各种原住民语言跟汉族植入的汉语混杂在一起，呈现为相互对抗与协商的样态。不同的是，台湾作家实验性地以一种新发明的河洛语书面语来写作，就像香港作家尝试着发明一种广东话书面语，以标明香港华语语系文学与中国文学的差别所在。”①

这给我们的中国当代文学史的写作提供了一种启示。需要进行反思的是，中国当代文学史的编撰，追求的是大一统的叙事，在某种程度上是汉族文学史，很少考虑到族裔、性别等因素。汉族中心主义往往遮蔽了其他民族的文学史叙述，没有呈现众声喧哗的文学生态场域。譬如张承志，作为一个回族作家，他在20世纪80年代初期的创作，像《黑骏马》《北方的河》等作品，从题材到内容是充分汉族化的，带有80年代特有的理想主义气质。而到了20世纪90年代，他经历了一个族裔觉醒的过程，更多地回到了自己所属的民族，他的《心灵史》，是一部讲述伊斯兰教的一支哲合忍耶的凄美壮阔的历史的大书。全书的结构也充满了宗教仪式感，采用哲合忍耶内部的秘密抄本的格式，分为七门，即七个章节，每一门叙述一代圣徒。它一共叙述了七代圣徒，从它创造者到第七代，从无教到复兴，几起几落，一共是七代。全书详细写了哲合忍耶与清廷对抗的悲壮历史。《心灵史》之后，他朝向了整个伊斯兰世界，跨越了族群和国别的限制。对于张承志，尽管他采用的是汉语书面语写作，我们的文学史叙述，应该凸显他作为回族作家的一面，挖掘其中所隐含的对同质化的反叛，着眼于跨文化间的差异、多样、多元等因素，呈现其中所蕴含的自由与钳制、信仰与亵渎、圣洁与卑污、舒展与扭曲等难以尽述的种种复杂性，揭示出文本背后的丰富和丰富的痛苦。

我还想谈一下西藏文学。我们所熟悉的藏族作家阿来、扎西达娃，他们用汉语创作的小说《尘埃落定》《西藏，隐秘岁月》等作品，代表了西藏文学的出色成就。从藏文到汉文的转化，考虑到这种独特的“二元文化感受性”②，是语言的，也是历史文化的，更是政治、意识形态的，一定有许多隐秘的对话隐匿在其间，等待我们去挖掘和发现。我想举一个我所熟悉的已故藏族作家加央西热的例子。加央西热是西藏作协主席，又是诗人、纪实文学作家。他所创作的记录藏北牧民用牦牛驮盐生涯的作品《西藏最后的驮队》获得了鲁迅文学奖。他兼有作家和官员

---

① 〔美〕史书美:《反离散:华语语系作为文化生产的场域》，赵娟译，《华文文学》2011年第6期。

② 同上。

两种身份,在汉语和藏语之间切换。《西藏最后的驮队》采用的是经过藏语转换之后的汉语,行文中加了许多注释,提示存在着语义的障碍。这是一种带有藏语特点的略显陌生化的汉语,朴素、真切、直接、虔诚,具有宗教仪式感。是的,他所挚爱的家乡藏北高原的一切,想进入中国的话语场,似乎只有通过书面汉语的方式才可以真正实现。加央西热对异族旁观者所描述的西藏不以为然,他把旁观者称为"异域作家",认为自己才是"内部人"。他生前在一篇《来自内部人的发言》的文章中,强调了本土作家与异域作家之间的差异:"我们本土作家是植根于藏民族文化沃土之上,游历于民族的血液和灵魂之中的,拥有深厚的生活积累和文化资源,而这种深入是异域作家难以达到的。像马丽华等一些非本土的纪实散文作家,他们花费了比我们多得多的时间在西藏乡下采风,随着对西藏民俗风情了解的深入,他们对藏文化感到了一种无奈:'我们明明知道,这种进入的有限性,一种以感情也无法突破的隔膜和疏离。'"①"有限性""隔膜""疏离""差异",这是汉族作家马丽华面对藏族文化的感受,这说明,如同巴别塔,族裔的障碍是不可跨越的,试图将"变乱的语言"统一成大一统的话语的努力终将徒劳。

我们目前的文学史对于少数民族文学的叙述过于格式化,只是停留在对标准汉语书面语进行解读的层次。少数民族作家的"感受性受到政治—文化中国以及将'中国性'视为汉族中心、汉族主导的同质化建构之隐晦的影响和调整"②。史书美的"华语语系"作为一种方法,启示我们的文学史写作需进行去蔽的工作,将遮蔽的部分打开,倾听少数民族文学中那些"以对抗性的、二元辩证的或其他多种方式存在着的"隐秘的"跨认识论的对话(cross-epistemological conversations)"③,从而构建起一个众声喧哗的当代文学史。

"经典缺席"的"华语语系文学"

"华语语系文学"这一概念的提出也有十余年了,在台湾与香港以及其他华人聚集地引起了热议,但是在大陆则应者寥寥,只是最近两三年才有一些学者撰文讨论。任何一个文学概念,必须落实到文学创作上,否则就是空洞的、无效的。可惜的是,对这一概念进行讨论者不少,真正踏踏实实运用"华语语系"的理论进行

① 加央西热:《来自内部人的发言》,《出版参考》2004 年第 12 期。

② 〔美〕史书美:《反离散:华语语系作为文化生产的场域》,赵娟译,《华文文学》2011 年第 6 期。

③ 同上。

文学现象剖析者寥寥。就我有限的了解,中文论文主要有王德威的《华夷风起:马来西亚与华语语系文学》①《文学地理与国族想象:台湾的鲁迅,南洋的张爱玲》②《华语语系的人文视野与新加坡经验:十大关键词》③、刘俊的《“世界华文文学”/“华语语系文学”视野下的“新华文学”——以〈备忘录——新加坡华文小说读本〉为中心》④,以及散见于研究专著《反离散》⑤《华语语系研究:批判性的读本》⑥和石静远、王德威合编的《全球化的中国文学:批判性的文选》⑦等中的若干论文。

为什么对具体文学现象的探讨如此少?我认为,这与海外华文文学经典文本较少有直接关系。与中国大陆文学相比,香港、台湾文学有一些值得一提的经典作家与经典文本,但是究竟难以与体量庞大的大陆文学匹敌。但是港台之外的华文文学呢?其成就确实是难以恭维。判断一个区域的文学成就的大小,一是看有无经典文本,二是看有无经典作家。当然,经典是一个动态的范畴,文学性的高低是一个见仁见智的问题。在这个文化研究吞噬一切、美学标准分崩离析的时代,谈论经典显得不合时宜。但是,我想说的是,既然我们所谈论的是文学,注定绕不开审美的问题。大张旗鼓地讨论经典作家和经典文本稀缺、文学性平庸的一个区域文学,并把它置于凌驾于主体中文文学的地位,这本身不有些荒诞吗?无论倡议“华语语系文学”的学者怎么说,都有争夺话语权之嫌。

早在1992年,黄锦树就一针见血地指出马华文学“经典缺席”,难成气候⑧,掀起轩然大波,赞成者有之,激烈讨伐者有之。时至今天,这一判断依然是准确的。如此看来,史书美所提倡的“华语语系”的概念基本上将大陆文学排斥在外,确实是不明智的。没有大陆文学的“华语语系文学”,只能是整个中文文学这棵大树上的一个枝丫而已,只能处在一个边缘的位置。从这个意义上说,倒是王德威先生比较明智,他所认为的“华语语系文学”,概念的内涵和外延已然扩大,成为“整合”大陆文学与大陆之外的华文文学的一个有效的名词。这样一来,“华语语

① 《世界华文文学论坛》2016年第1期。

② 《扬子江评论》2013年第3期。

③ 《华文文学》2014年第3期。

④ 《暨南学报》(哲学社会科学版)2016年第12期。

⑤ 〔美〕史书美:《反离散——华语语系研究论》,台北联经出版公司2017年6月版。

⑥ Sinophone Studies: *A Critical Reader*, edited by Shu - mei Shih, Chien - hsin Tsai and Brain Bernards, New York: Columbia University Press, 2013.

⑦ *Global Chinese Literature*: *Critical Essays*, edited by David Der - wei Wang/Jing Tsu , Brill press,2010.

⑧ 黄锦树:《马华文学“经典缺席”》,见张永修、张光达、林春美主编《辣味马华文学》,(吉隆坡)雪兰莪中华大会堂,2002年版。

系文学”就有了恢宏的气象,在这个大的框架内讨论包括中国在内的中文文学,就不会面对史书美排斥“大陆文学”所带来的“经典缺席”的尴尬。

程光炜先生在一篇文章中谈到海外学者的中国文学研究时,指出“一些学者很少使用文学史材料,他们判断问题和研究现象,主要依据的是当前时尚的理论。他们推导问题时,不是凭借材料的根据,而是通过理论的预设和大胆的假定,这样一来,有时得出的结论就很难有说服力,而且也较为浮泛”①。程光炜先生的这一判断,我认为也适用于对“华语语系文学”的评述。我们需要理论创新,更需要论从史出,扎扎实实的实证研究。

进入 21 世纪以来,海外学者对中国文学的研究,不再像夏志清等前辈学者那样踏踏实实从文本和史料出发,而是脱实向虚,频频依附于各种时髦的理论,泛政治化,泛意识形态化,泛文本化,文学成为注脚。这样带有炫技的、表演性很强的研究,很难说是学术的进步。

---

① 程光炜、孟远:《海外学者冲击波——关于海外学者中国现当代文学研究的讨论》,《海南师范学院学报》2004 年第 3 期。

当代汉语文学的语言、民族和国家认同

——再论"华语语系"与世界华文文学

李林荣

对于十余年前史书美、王德威分别从英语和汉语学术圈里揭橥的 Sinophone Literatrure、华语语系文学之论,我在 2017 年发表的一篇题为《透视"华语语系文学"》的小文①中,已做过言不尽意的粗略分析,但相关的思考尚远未求得彻解。为此,随后半年来,一直持续扩展文献阅读,尤其是海外学术文献和近年中外学者在民族理论研究方面的新出论著,最近觉得总算在纷纭众说中又厘清了一层头绪。谨陈浅见如下,期待识者指正。

一

从今天已然经过十来年间的多番问难、辩白而形成的问题场域来看,Sinophone Literatrure 或华语语系文学的系列申论中,最值得重视的并非"文学",而是乍看起来好像只是缀在"文学"前面做形容词的"sionophone"和"华语语系"。无论是在史书美最初的立论背景和设问指向上,还是在其后这十几年里中国台港地区、东南亚和美国的中国学和东亚研究的中青年才俊们围绕华语语系展开的种种评论和争议中,文学都并不是真正必须在场的实际标靶,而仅是便捷适用的一个话题触媒。假如语境方便,这个触媒从文本换成视觉影像、从小说、散文、诗和戏剧换成电视、电影以至网络媒体上的各类非文学信息,都未尝不可。

隐含在华语语系论述中的实质问题,是超文学也超文本的当代全球化和本土化两大潮流奔突汇合下的中国人、中华民族、中国文化和中国政治的多重认同如何与时俱进而又面向现实、面向世界作出调整和更新。文学之所以会被引入这一

① 该文刊于 2017 年 7 月 12 日《文艺报》第二版,刊发时配了副题《在被"祛中心""反宰制"中启动理论自新》。

宏大的议题范畴,除了为避免政治色彩和现实指涉过于突出,更主要的是因为文学与民族、国家的文化与政治认同中最具符号表征意味的语言直接相关。完整地讲,华语语系这个貌似于理不通的新名词,是在以它外表上的别扭和牵强,紧紧地纠缠着、牵扯着当前国际政治体系和文化格局中汉语、中华民族和中国的国家认同问题。换一个说法,华语语系意在概括和指认当今世界所有以汉语为母语的人共同面临的民族、国家和语言认同困惑。它的构词机理虽经不住推敲,但它有意无意地为汉语人口的主体赋以复数性质的作用,进而为中华民族、中国人、华裔、华侨、文化中国、政治地理形态的中国添注新义项和新关联的作用,是切实且鲜明的。仔细想想,这一连串错综交织、相互盘绕的问题,离开语言这个贯通表里的、既呈现为象又直击着义的症结或枢纽,很可能真还找不到第二个能够牵一发而动全身、纲举而后目张的一揽子把握的抓手。华语语系,更精准地说,sinophone,确实是一个充分而必要、适时而得力的提出问题和追索问题底细的角度和入口。

依照其原生于法语中的本义,sinophone 具备两个可并存、兼容的义项:说汉语的(人),在至少有两种语言通行的地区说汉语的(人)。① 在当今包括中国全境在内的整个世界上,多语并行几成普遍现象。因而,即便是在祖国说汉语的人,也大可称为并归入 sinophone 之列。反过来讲,今天的汉语已经不可阻挡、无法回避地进入了只能在与其他语种混响并行于一个空间的状态和形式存在的时代。简言之,也就是如今 Chinese 必须且只能 sinophone。Sinophone 已成为 Chinese 的新常态。所以,谈论 sinophone,即成为谈论今天的 Chinese 的唯一有效方式。

就这个意义来看,以往许多人所指的史书美的 Sinophone 坚决将中国排除在外,而王德威的 Sinophone,则偏偏要以“深入虎穴”②、直捣中军帐彻底反收编的豪横气,把中国包括在“外”,其实都是一层虚浮的表象。史、王在华语语系的理论旗幡下,真正要进犯、扰动的头号大营,同样都是中国。史书美从新清史研究领地上活剥来的“内亚国家”、对内殖民和语言文化殖民一套说法,王德威在几种华语语系文学读本中特地将国内作品与外国华裔、华侨的汉语作品归置为同主题下交相参照的互文文本,其理据和思路,显然都出于 sinophone 的本尊和正根俱在中国境

---

① 参阅法国国家文字与词汇资源中心(CNRTL)的在线词汇库和维基百科英文版网页对“sinophone”的注录信息:http://www.cnrtl.fr/definition/sinophone, https://en.wikipedia.org/wiki/Sinophone。

② 引语出自王德威:《“世界中”的中国文学》,《南洋学报》第 71 卷,新加坡八方文化创作室 2017 年 11 月出版。在此文中,作者将他所主张的把华语语系文学研究的范围从海外扩大到中国本土的学理思路,形容为“深入虎穴”,并认为这样能够促成“标准”的中国声音和中国文学不断受到挑战而解构的结果。

内这同一条认知逻辑的辙印上。

二

语言之所以成为一个种族或民族的标志，直接的缘由在西方可以追溯到德国近代语言民族主义的兴起和流行，在当代中国，则与 1950 年代初全国普查确定少数民族时采用并遵循了源于斯大林著作中的民族定义有关。共同的语言，在斯大林给出的民族定义中，被视为体现民族作为特殊的稳定社会共同体所必备的五大基本特征之一，而且还位列共同地域、共同经济生活以及表现于共同文化上的共同心理素质这其余四个特征之先，既是首要前提，也是突出辨识。

据费孝通先生披露，在他亲身参与这次民族调查的过程中，贵州一个人口约二十万的自称拥有非汉语语言的“穿青”群体，就是因为结合移民迁徙等相关历史背景，甄别出其自认为非汉语的民族语言实际上是元末明初江西一带汉人的方言，而被确认为并非少数民族、仍属汉族。只不过在文化、经济和社会地位上，由于他们在当地最初以军籍落户、沦为底层苦力劳工，长期遭受后来移居到此的汉族绅商和当地民族原有的权贵豪强阶层的剥削、压迫和歧视，结果导致在当地的社会舆论和风俗习见以至他们本身思想意识里，他们都逐渐都被归成了异于一般汉族的另类人群。① 这个实例中，共同语言完全压倒了共同地域、共同经济生活以及表现于共同文化上的共同心理素质，成了民族标志的关键细节和民族特征的先决因素。

对于如此推重语言在标志或维系民族独特性方面的理念认识和政策措施，远在现代德国的社会意识和国家政策从语言民族主义转向人种民族主义和种族主义之际的欧洲学界，近在目前马戎等学者尝试重估、重建中国当代民族政策的理论探讨中，都已有直接而深入的省察和批判。但整体宏观意义上的批判或修正，终究并不足以代替或改变个体微观层面的经验实感。在这一点上，斯大林关于民族特征的论断里着力强调的“共同体”一语，倒是切中了“民族”这一概念的核心。作为一个衍生于或受激、增殖于 17 世纪一系列国际条约（主要是标志欧洲“三十年战争”结束的签订于 1648 年 10 月 24 日的威斯特伐利亚和约）的政治化概念，②

---

① 参阅费孝通：《关于我国民族的识别问题》，《中国社会科学》1980 年第 1 期。

② 关于“民族”概念在欧洲各国语言中的语词形态趋于稳定和开始通用的时间，有观点认为是在 1830 年前后。参阅〔英〕伯里（Bury, J. P. T）编：《新编剑桥世界近代史》第 10 卷，中国社会科学院世界历史研究所组译，中国社会科学出版社 1999 年 1 月版，第 287 – 288 页。

“民族”从一开始就深含了追求和捍卫均势、多元、自主的群体生存理想的社会语义学基因和政治实践能量,经介入或落实到个体社会成员的认识和感受,其根本的支点和重心,必然集中在对生存共同体的寻求和确认上。以时下似已被用滥了的说法来表示,这种心态的取向所指就是群体认同。而群体认同的生成,在个人精神世界里,一个最基本也最自然的开端,就正是从民族意识的自觉和与此紧相伴随的民族群体归属感的萌发开端的。而恰在促成这种自觉和萌发的契机或触点上,又不能不显示出因人而异、因时因地而宜的复杂性。

基于此,或许可以说,斯大林的民族定义推重共同语言,史书美和王德威的华语语系论述选择从语言入手探究中国文化认同的当代转型和国际挑战,实质上都有相同或近似的认识根据和思想渊源:在他们各自不同的人生经验中,语言曾经作为最鲜明、最强劲的因素影响和支配了他们民族意识的生成。正是凭着对共同语言的识别、依赖和持守,他们在群体生存价值的深层意识中把握并确认了自己的根系所在、归宿所存。或者更进一层讲,若非靠着语言的线索做导引,他们的文化寻根就无从展开也无法完成。

三

身为从山东移民到韩国,却在当地中文学校完成中小学教育,并且在家庭内部一直保持读汉语书刊和说故乡方言习惯的华侨,史书美自韩赴台再赴美留学、定居之前,与其父母及祖父母一代都一直保留中国国籍(尽管是如王德威所说的“中华民国”的遗民之籍)。① 王德威则是1949年两岸隔绝前夕国民党赴台两百万军民——也即今天台湾所谓“外省人”抵台落户后的子女一代,虽未降生在大陆的吉林故乡,但生息之处仍是中国之地,文化、语言的先天传承和后天营养,皆地道中国本土成色。② 同史书美相仿,王德威也是赴美留学而后定居入籍美国,才发生了身心两面、国籍(连同政治认同)与文化双重身份的转变:由中国人变为外国人、由祖国之主变为祖国之客、由终日在家人和国人面前运用母语而变为长时间在外国以外语为第一语言而以母语为第二语言或辅助语言。当这个仿佛从镜

---

① 参阅单德兴:《华语语系研究及其他:史书美访谈录》,《中山人文学报》第40期(高雄中山大学文学院2016年1月印行)。

② 参阅齐邦媛:《巨流河》,台北天下远见出版公司2009年7月版,第522-527页;张毅:《〈女性口述历史〉:走南闯北　道德一生》,原载2005年11月7日台北《联合报》,古今评论网 http://www.education.ntu.edu.tw/school/history/News/2005/Oct-Dec/news20051120_3.htm。

前走进镜中、从天平的一端忽而跳到另一端的似反转又似折叠般的身份、角色和情境的急剧变换发生过后，如果他们还要对自己早年或少时在文化、政治、精神领域以及公共的和私人两重生活场景中的身份、角色和感受，进行重温、回味或审视反思，那么他们所能依循的视线和聚焦的视点，就只剩下瞄准自己的母语这唯一一条途径了。

对于母语汉语，自小即以华侨身份生活在外国外语环境中的史书美，与在台湾出生、成长、受教育的王德威，感受和体验的方式和深广度自然又大不一样。这不是主观上的差别，而是客观的歧异。史书美的汉语感受从朝鲜语的包围、浸润中产生，如夹缝、裂隙中觅得一线微光，艰难、倔强，满含着祖与父两代人和个人小家庭秉烛夜行、汪洋荡舟似的微弱、执着和凄凉。同时，刻意地疏离、悖逆于身边“小生境”的父辈、祖辈的个人坚守，对于子与孙一辈人，也未尝不带有一种父权或男权性质的约束甚至压制。相形起来，王德威自幼及长对汉语及汉语文化所承载的民族文化传统的感受和体知，很顺理成章——也很容易想见，要比史书美轻松愉快、理直气壮得多，也自信豪迈得多。

但无论是史书美在冷战时期的韩国，还是王德威在两岸隔绝状态下的中国台湾，那都是汉语在中国大陆与在台湾及至外国，正经历着语象、语态和语用多层面深刻分化的时代。这也就意味着王德威对汉语的自信认知和工具性的掌握，以及史书美对汉语的侨民情结（既认同又疏离，既熟悉又陌生，既为其主又为其客）和学术性掌握，各有各的特点，但都和祖国大陆的汉语生态有明显区别。即便是史书美、王德威的同龄同业者，只要是生活、成长在祖国大陆，在对于汉语的感受和认知上，也必有与史与王难取同调、难生共感之处。这同样不是主观所致，而是客观使然。

也正因此，当史、王二位在大陆全面开放之后，一旦有机会直接了解、感受大陆的语言文化生态，细察其各层面状况和整体氛围，就很容易发现他们所具备的汉语经验，实际上是一种汉语主体之外的支流，至多也不过是汉语谱系中的一个片断而远非全部。且不论这种发现是否表述的足够精确。先单就发现汉语的现存状态是众声喧哗、多元并行、复调甚至杂调竞起这一点论，史与王这样的发现者就是适得其所、适当其任的。因为显而易见，假使一直厮守在汉语大本营的中心地盘上，对汉语的感受和认知必流于单薄狭隘，纵然遇到远来或新出的杂色或异调，也极可能由于过于自负而将对方看轻看淡，以至索性忽略不计。重视和正视异于己者，唯有本身即位处边缘和外围、很难产生以中心自任的傲岸心态的人，才会做得最自然。

四

华语语系/sinophone 的原意——在至少有两种语言的环境中讲汉语,最恰切不过地概括了史书美、王德威的那种既自信被母语所包括、又自卑或自知仅仅是被母语包括“在外”而非“在内”的近乡却情怯似的复杂感受。换个角度看,聚合或板结为整饬、单调一体的大陆汉语,也只有经华侨、华裔身份的汉语使用者或掌握者,即 sinophone 这一群体的心理认知镜像,才能显露出其自身的历史化和建构主义的特殊性,整个汉语的丰富多样形态和创变生产潜质也才由此展示出宏阔的时空区隔和细腻的现实纹脉。丰富的汉语,或汉语的丰富性,虽是历史建构的结果、界划和关联在多重人文地理空间里的客观现实,但唯有置身在语迹、语音和语义、语用都高度混杂的社会文化情境中的人,才可能对此做出及时到位的明辨。

就这个意义而言,史书美、王德威在华语语系研究的旗号下所做的所谓“反宰制”“反收编”的努力,固然无论是衡之以我们惯熟的观念,还是证之以他们本人在某些特定场合的亲口表白,都确属“去中国”之举。但这样的思想企图和理论举动,终究是一种妄念妄行。因为实质上他们最多能达到的目标或根本上所能取得的效果,只不过是对“中国”和汉语的丰富内涵和多样形态的具体描述、个案见证和细部阐释。中国和汉语的同一性、关联性,不单是包括英语在内的多种西方语言中的一个语象或词源问题,更是汉语在漫长的中华文明共同体形成、发展过程中,尤其是在近现代中国接纳并创造性地转化了外来的民族国家理念,进而由此成功跻身于当代国际政治体系的晚近这段道路上,不断加强它作为政治、文化共同体和多民族国家通行语的地位、作用和性质,同时在其内部经由书面语与口语、雅言(官话)和方言(土语)的显著分化而使它从整体上消尽了归属于某一民族、某一地方、某一社群的狭隘属性的历史结果。

这一点,恰如英国历史学家、人类学家麦克法兰在申述 14 世纪英语成为英格兰国语,并从语法与词汇两个层面都发挥了凝聚和沟通社会各阶级的全民语言功能时,特别指出的那样:“英语是一种全国通用语言。虽然各地的方言有很大差别,但是英伦小岛南部的人都说同一种语言(威尔士的部分地区除外),如同他们实施同一种法律。”“这是 19 世纪下半叶以前英格兰与所有欧陆国家的一大差异,却是蕞尔小国英格兰与泱泱大国中国的共同特点,因为汉语历来也是中国统一的一把宝匙。”①史书美、王德威的驳难之论锋芒所指的文学语言世界里的汉语,或

① 引自清华大学国学研究院主编、〔英〕麦克法兰(Alan Macfarlane)主讲:《现代世界的诞生》,世纪出版集团上海人民出版社 2013 年 8 月版,第 240 页。

发挥着国语文学的语言介质和语码符号功能的书面化和文人知识分子化的汉语，正是和麦克法兰所称的英格兰国语同类性质的全国通用语和跨阶级的全民语言。

这种通用通行于全国全民的语言形式，并没有剥夺或压制方言，更不以消灭或取代口头的方言土语为目的。因为归根结底，这种通用语和共同语的生发点或功能诉求从始到终都是为了建构、确立、维系各地各族及各阶级之间和之上的超地方、超区域和超族群、超阶级认同和跨越地域、族群及阶级界限的稳定关联的。在语用功能和社会价值的立足基础上，全国通用语和全民共同语，都与方言土语处于不同层面、不同维度。如果非要说二者有交互关联和交互影响，那么，这种关联和影响也是增益、生产性的。方言土语支持了通用语、共同语的生成，为后者充当了合成、提炼和持续更新的原材料。通用语、共同语则扩展、延伸、提升了方言土语的影响范围和传播效能。

比麦克法兰的祖国英格兰的国语定型得早得多，并且也不同于英语的国语化是从落实在语音即“说”的层次，汉语的通用和公共化，一开始就与政治、法律、教育的制度统一融合并行，而且正由此形成了一直为官僚和文人合体的集团所掌握和推动、在书写文化和书面表达中传承起效的另一种状态、另一种面貌。像英伦小岛上的威尔士那样的例外，在中国，则出在古来以羁縻、藩属的方式与汉族聚居地区结合为政治共同体的其他各族所居的边疆各地。

掀开中国文学和文化现代化进程序幕的新文化运动和文学革命，及之前的诗、文、小说各界文体革命，之所以都以语体、形式的改良或革新为突破口，且或微或著每每能够取得一定成效，除了人事细节的具体原委和偶然因素，深层的缘由更在于秦汉时期语言与政教礼法实现了一概整合为以书面表述形式做轴心的共同系统。这一系统不仅不随朝代鼎革而断绝，反而历久弥新持续巩固深化，最终造成从书面语体这一层面可以牵一发而动全身的社会文化机制。

新文化运动和文学革命的真正进步，或相对于这一庞大、陈旧机制的特殊突破和独到贡献，实际上并不在表象和口号上显见在外的白话逆袭或平民大众上位，而是更为重要也更见崭新和更具深远意义的一点：从政治家手中或政治权力的层面夺得了撬动这一语言与政治、教育、法律及社会文化连体共生机制的特权，把元政治甚至非政治的知识、学术和思想力量引入了这一机制的动力枢纽部位。

五

古老的语言经过言语与文字的分离，言语一支流入继续伴生和标识生存聚落的区域性差异和地方性特色的旧途，文字一支则随着国家、民族先后在观念与现实两个层面的兴起以及二合一的并铸,而绑结、附着到了把人类社群构造为庞大整体的机制中。汉语的言文分离史,以及从文言到白话的书面语体变革,正是这一普遍文明进程的一个具体印证。换句话说,即使书面化的汉语通行体例对地方性、民族性①(按照北大社会学教授马戎近年主张的观点,目前通行的国家政策所确认的如费孝通先生概括过的中华民族多元一体格局内的各个民族,实际上更确切也更合乎当今国际政治体系概念惯例的称法,应为"族群"即英语词 ethnic groups 或 ethnicity,而非"民族"和与之对应的英语词 nation)的独特表达形成了某种压制或束缚,这种压制和束缚也是同等地表现和存在于包括多种方言在内的汉语的口语形态和其他各民族语言与作为国家通行语文形式的汉语书面表达体例之间的。

语言世界里的通行语文对地方口语的支配和约束,在族群或民族的层面上并没有质的差别。一位从非普通话的环境中成长起来的汉语作家在克服或仰仗自己家乡方言土语文化的特色资源的局限或优势,向汉语通行体的文学天地里进发的时候,他感受到的阻滞力和推动力,与一位拥有非汉语的民族母语的作家,是同样性质的。这里并没有因民族不同而不同的特别机制。反过来说,汉语之所以成为民族国家通用语体,其基本形态是书面化的,这一通用化、书面化同时也是标准化的过程,并非一次完成,而是动态迁延,随着包括文学创作和文学接受在内的全民语言实践而处在时时更新递变的动态过程中。在此过程中,每一个介入者,都同时是通用标准的被动遵守者和主动修正者。从文学的角度讲,作为民族国家通行语的汉语书面体例的确立和发展存续过程,本身就成之于各民族作家和各民族的汉语写作者携各自母语或乡言土语的原材料合力建设、共同熔铸的集体劳动。

这正如藏族作家阿来在回顾自己长期的汉语习作经历时所说,他常会把藏语的口头或文字表达习惯"翻译"成书面化的汉语文学修辞形式。这种"翻译"没有使他觉得不自由,反而让他左右逢源,感到比汉族作家多了一层仰仗、多了一重凭借。② 其实,坚持居住在方言土语的环境中,自己也不放弃说方言土语的汉族作家,像贾平凹、张炜、甚至金宇澄,以至刻意寻求、维持类似状态的回族作家张承志,也都会有与阿来所说的这种从跨语际"翻译"的思维习惯中获益得力的体验完全相同的方便和优势。

---

① 参阅费孝通:《中华民族的多元一体格局》,《北京大学学报》(哲学社会科学版)1989 年第 4 期;马戎:《如何认识"民族"和"中华民族"——回顾 1939 年关于"中华民族是一个"的讨论》,《中南民族大学学报》(人文社会科学版)2012 年第 5 期。

② 参阅阿来:《母语与汉语》,《民族文学》2017 年第 8 期"卷首语"。

脱离在地方性和族群(即前政治或非政治意义上的“民族”)区域性层面之上的民族国家通用语,无论在西方(主要是欧洲)还是在东亚,都是知识精英和政治精英构建民族国家的重要成果。尤其是在近现代社会被动转型之际,迫于政治革新迟缓、思想文化僵滞双重重压的中国知识-政治精英,几乎是在舍此别无他途,只能做最后一搏或冒险突围之举的心态和思路上,选择了向西欧学习,从建立现代国语的切入点入手,图谋整个国家向现代国际体系中的民族国家范型转变、发展。在中国的现代化进程之初,以汉语书面语体的更新为基本形式的现代国语的先行建立,一方面借了文学革命的平台和通道,另一方面又牢牢绑定于政治现代化的社会工程。其操盘手是知识-政治精英,其实施形式因而也只能是知识-政治精英在实际掌握国家、社会治理权力之前,最便用也最基本的书面话语。

这意味着:作为国语的汉语书面话语,或文学、书写形态的中文,既是知识分子话语的一部分,又是未完成的动态演进和趋于全面丰富、有待充实扩展的一种设计中、过渡中、培育中的国民话语。恰恰由于这一性质,国语或通用语形式的中文,与其说是一种针对口语方言或民族语言的压迫机制,倒不如说它更像是一种容受口语方言和民族语言的差异并对这一差异积极进行通约、化解的机制。正因为后一面的实际存在和实际作用,现代民族国家的建构才一如古代中央集权大国的建立那样,将“书同文”与“车同轨”之类的制度和“行同伦”之类的律法,一道并举、并行为立国要务。

六

本着以上所述的事实和道理,反观华语语系论者对汉语或中文一概处以帝国、殖民、宰制、中心、政治等强势霸权罪责罪名的说法,就容易觉察出不分青红皂白、眉毛胡子一把抓的一股莽撞和粗疏。中文内部的复杂状况和同为汉语也有文化渊源、社会形态及现实功能都完全不同的异质异貌的分支存在,并且这种存在具有与各民族语言在中国多民族多语言格局内的差异并存类似的成因和效应。所有这些包含了诸多实实在在的真问题的真情况,都在所谓本土中文或政治中国的汉语被视为铁板一块并想当然地予以本质化、整体化的草率认识中,彻底遮蔽了起来。

这种遮蔽使 sinophone 一词指称和标示出的真问题也变得模糊失焦、浮泛空洞。尽管实际上 sinophone 凸显的使用汉语的人群跨国界生存和驻地或越境表达,确已成为一个日趋普遍的活跃现象。这现象与汉语在口头和书面分别仅与国内的区域、地方独特性和全国全民族共同体意识紧密相关的一段历史以至很大程度上仍属当下现状的情形,已经拉开了不容忽视更不能抹杀的明显距离。两相错位之间,通用的现代中文书面语,正处于原有的通用范围在地理空间、政治疆域和文化土壤各方面都被突破和拓宽的新态势。相形于它原有的从接纳、融汇国内各地方言、各族语言和各阶层话语而来的通用性和共同性,现在更多样、更广阔地理空间和语言文化背景中的汉语书面写作实践,正展开极具挑战性的再生产式的增益损减并进的修整和重塑。

民族国家标识意义上的中文,由此也正朝向国际化存在和世界性表达、全球化交往的超国家语体,逐渐转化、逐渐延展。民族国家语文的性质和形态,仍将存续并且加强壮大,但它的土壤将保持在国境之内。与此同时,相关但未必同步、更不必同调同质的各国汉语文学及汉语表达,也将各自滋长繁盛。它们吸收当地华裔、华侨、华族在多语种文化政治环境中的身心生活经验,并且仅仅为探察、回应、反映、表现这种经验而存在和发展。

一个世界语文形态的汉语文学,和一个在全球范围内的国与国、区域与区域的语用差异基础上丰富、整合、化约出来的超民族国家意义上的汉语写作和汉语接受的传统,正在观念和现实的世界里破土而出、清晰呈现。它不会替代国别文学,也夺不走中国文学走出国门传播于异域所焕发的风采。甚至它也不一定是中国文学在海外异邦的一块飞地。它的根脉深系于汉语本身,它的活力和生机得自汉语作为人类精神表征和思维工具的众多体系和古老传统之一的悠远、深邃之处。它如今在世界各地的布种生根、抽枝长叶、开花结果,证明的是汉语的古老血脉和深沉灵魂在当代世界人类各处家园、各处生存境遇中的搏动、敏感和因应力。

对于这一点的认真关注和仔细研究,将给为汉语肌体和魂魄的成型、发展做过贡献的中华民族的每一分子,带来语言归属或母语意义上的自尊和自豪。这虽然不是国家意义上的光荣,却也并非与国家截然无关。① 世界华文文学和华语语系文学旗下的两队人马,在这一点上,同样都需要站得更高、看得更深,祛除更多的名相之障,把握更真切的问题,才能找到共同的前进方向。

---

① 对此,秉承其师周策纵先生1988年提出的主张,坚持“双重传统”和“多元文学中心”的世界华文文学观的王润华,曾从辨析传承与影响、语言艺术与意识形态的角度,表述过这样的观点:“‘去中国化’不适合用在世界华文文学,中华文学永远都会继承、发扬光大与转变中国传统文学。华文文学的多元文学传统,是语言艺术与本土经验的自然结合,不是意识形态。”(引自翁弦尉:《多元文学中心与华语语系:王润华教授回顾“世界华文文学”》,《蕉风》第507期,马来西亚南方大学学院出版社2014年3月版)关于这一问题,其实同样无法在理论上做贸然的整体打包、定于一尊的粗糙处理,还有待在正视和承认世界各国华文作家作品存在迥然有异的各种不同类型和具体表现的前提下,展开深入结合文学创作与接受实际的多方探讨,才能求得较为全面的确解。

第二辑　个案深纹路

老舍后期中短篇小说创作中的重复与哀怨

林 玮

1938 年是老舍中短篇小说创作的分水岭。从 1921 年《她的失败》发表起至 1938 年老舍发表最后一篇中短篇小说《一封家信》,老舍共创作了 70 篇中短篇小说。1938 年起老舍便开始忙于筹备中华全国文艺界抗敌协会的相关事宜,创作重心便转向了杂文、诗歌、话剧等具有一定号召及宣传作用的文学体裁,直至 1943 年才又重新开始发表小说作品。但鼓词等通俗文艺"旧瓶装新酒"的创作方式对老舍来说其实并不得心应手。小说创作的搁置、创作通俗文艺的瓶颈、作品数量的下降、讽刺剧《残雾》引发的争议都使老舍感到无奈、痛苦。① 1942 年年底,老舍发表带有承上启下意味的《述志》一文,再重申战时发挥文学宣传作用的必要性的同时,也表明了自己一辈子作一位"写家"的恒心与抱负。这之后不久,老舍的中篇小说《不成问题的问题》便开始在《大公报》上连载。老舍又重新开始了小说创作。《贫血集》是这一阶段唯一的一本短篇小说集,里面仅有《恋》《八太爷》《不成问题的问题》《小木头人》《一筒炮台烟》五篇短篇小说。"其人贫血,其作品亦难健旺也"②,故以"贫血"作为小说集的名称。此后,老舍的创作重心重新回到了长篇小说上,不再创作中短篇小说。1945 年,长篇小说《民主世界》仅刊载了三章便没了下文,留下未完成的残篇。1946 年,老舍与曹禺一同访美,在访美期间完成了《四世同堂》③的第三部和长篇小说《鼓书艺人》的创作。其中,《民主世界》与《正红旗下》都是未完成的残篇,有长篇小说之名,但按小说现有篇幅来看,也可归入中篇小说的范畴。④

---

① 老舍:《老舍全集 14 散文 · 杂文》,人民文学出版社 2013 年版,第 242 - 247 页。

② 老舍:《老舍全集 8 小说》,人民文学出版社 2013 年版,第 3 页。

③ 舒乙:《老舍先生》,中国青年出版社 2015 年版,第 141 页。

④ 在人民文学出版社 1999 年与 2013 年出版的《老舍全集》中,《民主世界》《正红旗下》以及其他未完成的长篇小说也并没有和其他已完成的长篇小说收录在一起,而是与中短篇小说一同收录在第 7 卷与第 8 卷。

1949 年新中国成立后,老舍回到祖国。在回国前,老舍曾表露过自己回国后“不谈政治、不开会、不演讲”的“三不主义”。① 但在新的政治 - 文学一体化的文学场中,这样的“三不主义”很难实现。回国后,老舍迅速接受了自己在文学场中新的定位,担任北京市文联主席一职,对《在延安文艺座谈会上的讲话》中制定的新的文艺路线表示赞同。在《我热爱新北京》《毛泽东给了我新的文艺生命》等文章中,老舍热烈歌颂新中国的变化和新的文艺政策。在写于这一时期的《〈骆驼祥子〉后记》《〈老舍短篇小说选〉后记》中,老舍也多次反思、检讨自己之前的作品中有思想不正确的地方。不仅如此,老舍还对《骆驼祥子》进行了删改,删除了最后对祥子堕落的描述并摘除了有关革命者的情节。《四世同堂》的第三部《饥荒》的后十三章在连载过程中被老舍删去,底稿也不见踪影。在文学创作上,老舍再一次搁置了自己擅长的小说创作,转而创作鼓词、相声、快板等通俗曲艺作品,并且开始大量创作话剧。这是老舍第二次选择搁置小说创作,转而创作通俗文艺作品,也是老舍第二次放下自己的悲观和哀怨,在文学创作中表现出乐观与激昂。和第一次的转变相比,此时的老舍表现出了更大的决心和热情。但这一次的乐观、积极终究没能长久地维持下去。首先,是老舍创作的受挫。1953 年创作的《春华秋实》前后修改了十余次,其中数次都是完全否定旧稿,重新创作。同年以抗美援朝为题材创作的长篇小说《无名高地有了名》既没有达到老舍自己的艺术标准,文艺界对这小说的反应也比较冷淡。接着,在之后的创作谈中,老舍重新肯定了讽刺暴露的手法,强调文学作品中悲剧的必要性。② 同一时期创作的经典剧作《茶馆》的情感基调也与之前热烈歌颂新时代的态度大相径庭,其中为旧时代抛洒纸钱的悲凉氛围更是有违当时“正确”的文艺方针。并且,在《茶馆》遭批判不得不停演后,老舍也拒绝亲自删改剧本,将加政治“红线”的工作交给专门成立的小组。这些言论与行为使老舍在 1960 年险些被批斗。但对此毫不知情的老舍却开始重新思考并肯定了文学的艺术价值。1961 年,老舍开始创作《正红旗下》,书写自己的历史以及满族旗人的命运。但由于政治形势的紧张,《正红旗下》中所表现内容及情感并不符合当时提倡的阶级分析论,老舍不得不暂停这部自己酝酿多年的小说。此后,老舍便陷入了创作的低潮期,在创作谈中也常常流露出进退维谷的意味。1966 年 8 月,老舍在被批斗后选择提前结束人生的旅途。在人生最后的十七年中,老舍文学创作的巅峰便是《茶馆》与未完成的《正红旗下》。但前者首

① 王本朝编:《老舍研究》,重庆大学出版社 2013 年版,第 35 页。

② 1956 年,老舍在《文艺报》上发表了创作谈《谈讽刺》。一年后,他又在《人民日报》上发表了《论悲剧》一文,表示即便在新中国,悲剧也不应被打入冷宫。

演49场便停演,1963年加了政治"红线"后的《茶馆》也只演了53场,直至1979年才再度与观众见面。后者则在了第十章戛然而止,永远地停留在了未完成的状态。老舍人生悲凉的结局与倾注心血却未完成的残篇,是老舍矛盾和悲观态度的最极致的体现,其中也流露着他最后哀怨的叹息。

一、"重复"与"未完成"

老舍最后一个阶段的中短篇小说整体上最大的特点便是带有收束和总结的意味。这一阶段创作的中短篇与前两个阶段老舍的小说作品有很高的相似性,它们的主题、情节模式都给人似曾相识的感觉。就连未完成的残篇也与上一阶段的残篇有很大的相似性。其中,残篇《民主世界》《正红旗下》无论是内容主题还是未完成的原因都与上一阶段的残篇相重合。与长篇小说相比,短篇小说更容易呈现单一的情节模式,不同作品中相似的情节模式也更容易被发觉。这些小说中似曾相识的"重复"凸显了老舍小说不同篇章中相似的情节模式和那些不变的主题、情境、姿态。重复书写意味着作家对同一主题的关切,而情节模式的相似则透露出作家对这一主题的认知与观点。

未完成的《民主世界》只有短短三章。小说描写的对象,是一群唯利是图、同恶相济的人,也是一群被老舍称为"鬼与狐"的人。这篇小说中出现的情节模式,是老舍文学作品中最常见的一种。这一模式用老舍自己的话开过便是:"衣冠到处尊禽兽,利禄无方输马牛"。①

老舍的虚构类作品中几乎都出现过这种情节模式在这些作品中,这些"白日鬼"联合起来可以使不良的风气腐蚀社会的每一个角落,是道德失序的罪魁祸首,并且往往能轻而易举地腐蚀民众,压榨他们,也可以轻而易举地使知识分子的理性与启蒙精神变成笑话。他们贪污、腐败、相互贿赂,裙带关系和通晓"人情世故"使他们在各种场合旗开得胜,获得权利、金钱和名望。他们既是一个整体,但彼此为了利益又会相互撕扯,争得头破血流,毫不留情。正义、道德甚至法律也无法制裁他们,能使他们败落的只有彼此间的弱肉强食。他们是一类人,也代表中一种习气和氛围。《老张的哲学》中的老张,《赵子曰》中的欧阳天风、阎议员,《离婚》中的小赵,《猫城记》中的猫人们,《文博士》中文博士和他的狐朋狗友们,《四世同堂》中的冠晓荷、大赤包和胖菊子都是这一模式的"表演者"。在创作的不同阶段,老舍对这类人物的刻画方式会有所不同,但他们的行为模式和境遇却从未改变。

---

① 老舍:《老舍全集13曲艺·诗文》,人民文学出版社2013年版,第560页。

与此相对的,是另一种悲剧模式:一切向上的追求和努力都终究是徒劳。小说《恋》表现了规规矩矩,不为赚钱只是纯粹喜爱收藏的庄先生为了收藏一步步失掉良心最终沦为汉奸的过程。小说结尾处的一句"恋什么就死在什么上"①很容易使人联想到另外两篇小说——《骆驼祥子》和《兔》。这三篇小说的主要情节模式都可以概括为:有所追求的人会被自己的向往之物拖入世俗的泥潭。小说在开篇总是强调人物起初的品行的端正。《兔》中的小陈要强又聪明,为人腼腆,没有坏心;祥子身强力壮,好吃苦,没有其他车夫的坏习气,仿佛在地狱也能做个好鬼;《恋》中的小绅士庄先生为人热心、体面,是个好人。并且这三个人都各有所"恋":庄先生喜欢收藏,小陈为戏剧着迷,祥子拥有一辆自己的车。庄先生与小陈追求的艺术,祥子追求的也并不是车的物质意义,而是希望能过上自己的车和生活都握在自己手里的日子——获得自己命运的控制权。但他们往往在追求自己所"恋"之物的过程中自甘沉沦。庄先生开始执着于"专家"的头衔,不惜购买一些没有艺术价值的收藏品,最后成了汉奸;小陈,下海做了"兔子",二十四五岁就带着烟瘾和一把骨头离世;体面、老实的祥子则变成了一个唯利是图的人。人物一旦有所追求,就会不自觉地为了自己的追求顺应失序的社会秩序。他们在追求自己向往之物的过程也是他们在不知不觉中被同化的过程。最终他们会变得和社会中的其他人一样,浑浑噩噩地活着,丧失了原本的自我,也违背了应有的伦理道德。这种情节模式意在体现社会道德的失序和它强大的同化作用。在一个唯利是图的环境中,希望会引发欲望,欲望又会推着人不由自主地向更深的深渊走去。

对社会现状有一定的认知,自觉地以理性与道德作为人生追求的知识分子也难逃这种悲剧模式。这一阶段的短篇小说《一筒炮台烟》与《不成问题的问题》表现的便是知识分子的境遇。《一筒炮台烟》和《不成问题的问题》中的主人公都是理性得有些不近人情的知识分子。他们同样真诚、认真,不善应酬,宁愿受苦也不妥协、敷衍,相信凭借自己的努力可以对抗其他不良风气——这也是老舍心目中理想的知识分子形象。首先,他们会遭受事业的冲击。其次,他们都希望妻子能成为自己落实理想的助手,但婚姻家庭往往是他们最终的软肋。他们的信念使他们处处碰壁,难以得到应有的地位,因此也无法用自己所学去改造社会。职场和家庭是消磨他们意志的两大因素。他们无法实现自己原有的志向,也无法被自己的家人理解,只能独自矛盾、忧郁、苦闷。最终,他们会在世俗生活的消磨中开始无奈地敷衍,变成思多行少的"哈姆雷特",在更深的忧郁与苦闷中徘徊。

---

① 老舍:《老舍全集 8 小说》,人民文学出版社 2013 年版,第 15 页。

另一篇未完成的自传体长篇《正红旗下》则表现了时代更迭中旗人及其传统的衰微。在小说作品中,老舍总是以相似的情节模式表现这一主题——以人物作为中国传统文化的载体,表现中国传统文化西方文明入侵的过程中逐渐难以招架,最终无可奈何地退场。对于旧文化与旧传统,老舍虽然强调文化检讨,但在虚构的情节中,老舍总是重在表现传统文化的不合时宜而不是它的落后。《康八爷》中王二铁侠肝义胆的胆气与刚强,老字号的职业操守,《黑白李》中黑李的谦和、礼让,沙子龙的武者气魄都是值得肯定,但却有些不合时宜的特质。老舍小说中最生动的形象,也往往是迂但不乏善意行为的老一辈国民。使旧传统变得不合时宜的,是外部世界的变动与动荡。《断魂枪》在开篇便交代了“不传”的背景——非正义的炮声与侵略;《康八爷》中,最终击碎英雄梦的,是日本人侵略的刺刀;战胜老字号的,是商业的恶意竞争与不择手段的牟利。老舍在表现一个时代的逝去时,总是强调这种逝去并不是文化自发的更新换代,而是特殊的外部环境的需要。因此,这种情节模式在表现“东方的大梦没法子不醒了”的同时,带着深深的惋惜。

除了情节模式的重复,《民主世界》与《正红旗下》的未完成也是老舍文学创作中重复出现的现象。1937 年老舍开始创作的自传体长篇小说《小人物自传》和 1938 年创作的长篇小说《蜕》最终也都没有完成。“未完成”不仅指小说文本创作的未完成,也是指小说情节后续发展的未知。从留下的残篇来看,《民主世界》与《蜕》,《正红旗下》与《小人物自传》表现的主题都比较相似。前者重在表现一个“鬼气森森”的社会,后者则都是老舍以小说的方式书写自己的历史。不管具体的原因是何,“未完成”都是写作无法继续下去的结果。面对同一主题,老舍两次都没有能够写出完整的情节,这意味着老舍在表现这一主题时缺乏远景视野。在《民主世界》与《蜕》中,老舍无法构想出令人信服的“蜕变”过程;在《小人物自传》和《正红旗下》中,老舍无法构想令自己满意的个人(民族)历史与新时代的衔接方式。这些残篇停留在了“过去”与“现在”,中断于通往“未来”的途中。不仅这些残篇如此,老舍的小说创作也都有这样的特征——小说中缺乏对未来走向的构想。这一特征在中短篇小说中体现得尤为明显,因为中短篇小说本就侧重于对时代横截面的表现。老舍的中短篇小说或是在“无事”的氛围中结束,或是以人物的死亡或堕落收尾。这与开放式的结局不同。开放式的结局意味着小说的结局有多种可能性,而作者拒绝用单一的结局扼杀其他可能性。缺乏远景视野则意味着作者渴望寻求到出路,却无法构想出既合乎现实又能让自己满意的未来的可能性,对于未来缺乏可靠的设想。前者表现了作者对于多种可能性的开放态度,后者则流露出因难以构想出远景的具体形态的悲凉。结合老舍的创作经历及创作成果来看,老舍明显属于后者。老舍的中短篇小说总是聚焦当下、回溯过去,对于未来则缺乏远景构思。因此,不论是未完成的残篇,还是其他已完成的中短篇小说创作,读者在作品都感受不到"希望"的因素,感受到的,只有对当下的无奈和对未来的悲观茫然。

二、"重复"的悲观与矛盾的根源

在谈起康拉德时,老舍认为"nothing"常常成为康拉德小说的主题,"不管人有多么大的志愿与生力,不管行为好坏,一旦走入这个魔咒的势力圈中,便很难逃出"。① 这个魔咒其实正是作家为小说设置的情节模式。

以上归纳情节模式中,都体现了老舍矛盾、悲观态度。在散文与创作谈中,老舍也曾多次谈到自己的悲观,认为自己的悲观源于领悟到了人生的矛盾。② 在老舍的文学创作中(包括小说、散文、杂文、诗歌、戏剧)也确实能感受到多种矛盾相互纠缠带来的张力。从之前概括的几种情节模式中可以看出,老舍对矛盾态度的两个主要方面:新与旧的矛盾、追寻与怀疑的矛盾。

1."过去"与"当下"的矛盾

老舍对旧传统的批判是自觉的。在小说中,他总是将矛头指向民族性格,将根本原因归结于文化。但每当小说表现旧传统的式微的主题时,小说的情节总是重点表现旧传统的优点与新旧更替的无奈。

这是因为,老舍所指责与批判的,也恰恰是他最熟悉也最留恋的。老舍文学作品最鲜明的特色的便是他笔下那个充满生活气息,贴近生活的。北京的各种世俗传统是老舍灵感的源泉,也赋予了老舍"俗白"的文学风格。在作品中,老舍对种种传统习俗的记录都是饱含深情的。在批判旗人文化的同时,《正红旗下》中也有对祭灶、洗三礼等传统习俗细致的描绘。老舍也曾专门写过两篇散文,不遗巨细地介绍了养鸽子的种种门道。在字里行间中,可以感受到他对传统文化深厚的感情。但文化的概念太过宽广,如千层糕一般有多个层面,囊括多种因素。老舍又往往将文化视为所有问题的根源加以批判。其次,老舍也意识到,旧传统的式微不仅意味着匠人技艺与商业传统的失传,也意味着很多人要成为时代的弃儿和被历史车轮碾压的渺小个体。而这部分人人又往往是像《老字号》中的店员、《四世同堂》中的祁天佑、老吴泰掌柜王利发这样最普通小民。他们虽然勤恳工作,努力想要挽回局面,却依然会每况愈下,最终失去支撑生活的经济来源。老舍也经

① 樊骏:《认识老舍(下)》,《文学评论》1996 年第 6 期。

② 老舍:《老舍全集 16 文论》,人民文学出版社 2013 年版,第 47 页。

历过为衣食所迫的疾苦生活。因此，对于这些人，老舍流露出的不仅仅是同情，还有感同身受的悲凉与无奈。对于这些人来说，历史的确是时时在牺牲着人命，历史的新光明也的确是来自地狱。最后，老舍也敏锐地观察到了社会转型与动荡期的道德失序。在旧传统与新时代之间的缝隙中，产生了无数畸形的产物。蓝小山、病鸭、《开市大吉》中的骗子医生、刘麻子、小刘麻子等都是这种畸形的产物。他们趁着旧秩序式微之际打着“文明”“民主”等新口号为非作歹。老舍小说中各种“白日鬼”的刻画便是对这种现象的讽刺。在老舍的小说中，无论所表现的现实多么可怖，总有一个声音在提醒读者正确的道德秩序。满族人格外注重道德尊严与伦理秩序，身为满人的老舍也不例外。① 旧有的文化造就了国民“出窝老”的性格，但“新事物”又使社会变得混沌、失序。旧也好，新也罢，都无法成为信念的支柱，失去了信念的寄托便只能在新旧之间敷衍和悲观。《正红旗下》的写作与搁笔则是这种矛盾最极致的体现。已经以积极的姿态迈入新时代的老舍在颂扬新时代的同时，依旧难以抚平心中想要回溯、书写个人和本民族历史的冲动。甚至在意识到了自己想要书写的记忆与时代的氛围、需要不符时，老舍也不愿按照阶级分析的方式书写自己记忆中的人与事，而是选择搁笔，让自己酝酿半生的作品没有了下文。但与此同时，老舍作为一位“写家”，老舍也依旧想要被时代所需要。老舍的绝笔《陈各庄上养猪多》和最后的残篇《正红旗下》是老舍在“过去”和“当下”间徘徊、挣扎最后的，也是最极致、最悲凉的体现。

2. “寻求”与“怀疑”的矛盾

对传统文化的批判是为了建设能培养优秀国民的新文化，对现实中黑暗、腐朽的揭露正是为了引起疗救的注意。在“不传”之后，还要面临如何使现状有所改变的问题。这一问题又为老舍带来了新的矛盾。一方面，老舍想要找到改良的“药方”，但另一方面他又以冷静、怀疑的姿态质疑和否定。

“理性”与“科学”是老舍最初找到的药方。虽然老舍没有参与到五四与新文化运动中去，但他对于启蒙观念是自觉认同的。格外重视道德、伦理秩序的老舍对“自由”“民主”等观念有所怀疑（短篇小说《昼寝的风潮》与《民主世界》便讽刺了这些观念在世俗生活中的扭曲）。相比之下，他更认同以“理性”“科学”的方式启蒙大众。在《二马》中，叙事者发出疾呼，呼吁国人应当睁眼看世界。同时，叙事者也强调，英国的发达是发展科技的结果。同时，老舍在小说中塑造了一系列的知识分子正面形象，如《二马》中的李子荣、《铁牛与病鸭》中的铁牛、《一筒炮台

① 关纪新：《老舍，一位文化巨子的伦理站位》，《兰州大学学报》（社会科学版）2009 年第 2 期。

烟》中的阚进一、《不成问题的问题》中的尤大兴等。他们追求科学,以理性作为生活原则,并且希望以自己的知识造福社会。在这些小说中,叙事者对这类人物都有较高的评价,这些人物也体现了老舍启蒙设想。"对与民族命运的真切关怀,对于群众病态心理的深入理解,特别是对于文学创作的思想启蒙任务的自觉认同,使作品具有深刻的思想内涵与持久的思想价值。"①

但另一方面,老舍对科学、理性在现实中的作用也有所质疑。老舍的小说注重表现抽象问题在琐碎生活中的样态,而上述的理想型人物形象往往过于太过单薄,显得与现实生活格格不入,无法脚踏实地地生活。这些人物理性有余但往往显得生硬、死板,甚至在叙事者对他们的描述中隐隐透出一丝反讽感。《不成问题的问题》与《一筒炮台烟》中的尤大兴与阚进一因为过于理性而显得有些不近人情。他们像是漂浮在现实生活之上,根本无法介入到生活中,显得生硬、苍白又无力。其次,老舍小说中并不常出现知识分子启蒙成功的情节。在老舍的小说中:在世俗生活中起主导作用的永远是非理性的因素。世俗秩序与理性对立,并且非理性的力量总是能战胜理性。老舍的小说中,无论是人情世故,还是魑魅魍魉,都与科学和理性相对立。知识分子在世俗生活中,不是遭遇挫败便是被消磨,成为启蒙的殉道者。最后,老舍偶尔也会质疑科学、理性的推动作用。写于1936年的《新爱弥儿》也讲述了以科学的方式教育的爱弥儿只活了八岁四个月十二天就死去的故事。这位新爱弥儿从小就被灌输科学知识,以完全理性的方式生活。但这个被"理性之光"照耀的孩子却最终早夭,没能实现"理性教育"的完美构想。20世纪初,老舍旅英期间,正是人们对科学、理性有所怀疑的时期。② 并且,在科学、理性之外,老舍最为关心的是民族的文化与民族的内在灵魂的提升。但这一过程本就是一个复杂而艰难的过程,在短时间也无法仅靠理性毫无波折地达成的目标。综上所述,老舍虽然通过叙述者和人物之口在小说中表达了自己对于启蒙的自觉认同,但小说的情节走向又往往表现出理性、科学等观念的疑惧与否定。小说虽然表现了启蒙的主题,但情节却往往带有悲剧色彩。一面思索如何才能使现实有所改观,一面又对自己的设想的出路有所怀疑,这种认同与疑惧之间的矛盾,又会使人对未来产生消极与悲观的情绪。这种矛盾的悲观情绪在老舍作品中常出现的悲观、多虑而少行动的哈姆雷特式人物身上得到了最极致的体现——《二马》中的马威、《新韩穆烈特》中的田德烈、《四世同堂》中的祁瑞宣,这类人物从始至终都未从老舍的文学世界中离席。

---

① 樊骏:《认识老舍(上)》,《文学评论》1996年第5期。

② 老舍:《老舍全集16文论》,人民文学出版社2013年版,第113页。

在《谈幽默》中,老舍认为自己的幽默和悲观是紧密相连的:幽默源于在事物中发现了欠缺与可笑之处,但若是仔细琢磨这些欠缺便会陷入悲观。① 从中可以发现,悲观源自矛盾,矛盾源于在事物中看到了"缝子",而这背后的根本因素则是老舍在民族未来出路时的完美主义倾向。从老舍的矛盾中,可以看出,对于民族的未来,隐隐之中他所渴求的(也是使他不再矛盾的)是一个没有"缝子",没有欠缺,也没有牺牲的解决之道。最悲观的人往往也是最极致的完美主义者,但这种对完美的期求并不是与现实脱节的表现。老舍的成长经历使他惯于以身处其中的方式去审视社会,他深知任何细微的"欠缺"与"缝子"都会埋下悲剧的种子。但老舍毕竟不是一个浪漫主义者或理想主义者,而是格外重视现实层面的问题。老舍在 1922 年选择受洗成为基督徒也并不是祈求死后的救赎,而看重基督教的诸种精神能为现实社会带来的积极力量——"今日上帝之灵,仍蓄于世人心中,继续进行,驱世界际于真善之际,提高斯世,而非别有洞天也"。② 因此,善于发现世事"缝子"的他也发现了他所期许的未来的乌托邦属性。事实上,任何形而上的理念落实到现实中的实践时,都会产生不同程度的变形和或多或少的"缝子"。情感上的不断追求与理智上的不断否定形成了一个莫比乌斯环一般徘徊于两端、难以终止与无出路的循环。无休止的矛盾会给人的内心带来极大的损耗,每一次循环都加重老舍作品中悲观的色调。新中国成立后,老舍似乎再一次找到了自己坚信的"药方"。"这种人与人的关系的发展,使我绝对相信我们的明天一定是更幸福的"。③ 但这一次,老舍也没能对这"幸福的明天"毫无质疑地信奉太久。《茶馆》中流露的哀怨和对讽刺手法、悲剧艺术的提倡已经有悖于最初歌颂的姿态了。而文学—政治高度一体化的时代已经不允许老舍像过去那样去揭露这其中的缝子,表达自己的怀疑。既不能一心相信,也不愿在新时代被孤立和抛弃;不愿违心地沉默,但自保心理又提醒他凡事不得不处处谨慎小心。老舍人生最后的"寻求"与"怀疑"给他带来了最浓厚的哀怨。

因此,他的作品在不同阶段虽然有所"重复",但作品呈现的氛围,带给读者的感受都各不相同。1935 年,老舍曾说《猫城记》是一部失败的作品,而失败的原因在于自己因失望而大肆讽刺。在多年后创作的《民主世界》中,不仅他所懊悔的讽刺不仅有增无减,而且《猫城记》中的悲戚和哀叹也因不可靠的叙事大大减弱。因此,在中短篇小说创作的最后一个阶段,老舍小说中呈现的悲观与哀怨,早就不同

---

① 老舍:《老舍全集 16 文论》,人民文学出版社 2013 年版,第 201 - 206 页。

② 同上,第 477 页。

③ 老舍:《老舍全集 18 文论 · 工作报告 · 译文》,人民文学出版社 2013 年版,第 32 页。

于早期创作中略带油滑的不满、牢骚,而是一种压抑、沉重的悲观和虚空。在一次次的"重复"中,老舍不仅没能从原本所懊悔的状态中拔出双脚,反而越来越在其中不能自拔,如向下的螺旋般不断地回到原点,也不断地下沉。在抗战时期和新中国成立后,这一循环曾两次短暂地停留在了乐观的一面。但在短暂的乐观和坚信后,老舍又跌入了更加悲观的深渊。这个循环最终停留在了老舍人生的最后一刻,而此时的老舍早已全然放弃了任何被救赎的可能——对于基督徒来说,自杀意味着彻底拒绝了主的拯救。

夭折的《预言》修订版及其背后的文事*

——以1952年1月9日何其芳致巴金信札考释为中心

袁洪权

1949年7月之后,何其芳(1912.2.5—1977.7.24)在人民共和国文学体制(1949—1978)中的地位,与他作为20世纪中国文学史上重要的文学家和文艺理论家之间的"内在矛盾"①,形成了他身上独特的一种文化现象,"当我的生活或我的思想发生了很大的变化,而且是一种向前迈进的变化的时候,我写的所谓散文或杂文却好像在艺术上并没有什么进步,而且有时甚至还有些退步的样子"②。这种文化现象曾被冠名为"何其芳现象",但这样的归纳还是有些简单化,它遮蔽了现象背后的复杂性,也遮蔽了作为观察视点的延安边区文艺工作者的何其芳在共和国文学、甚至在20世纪中国文学中的复杂性,还遮蔽了文学体制背后制约机制本身的复杂性。20世纪90年代,文学史家樊骏先生就已注意到何其芳的复杂性,他曾说:

> 从不同的看法可见,何其芳是一个值得研究的问题,至今还有很多难点、疑点有待于我们解决。因为他的创作、理论著作、文学活动、文学业绩已经远远地离开了我们,我们比前人有更多更好的条件,站在更新的历史高度来认识和评价这个问题,不一定要取得一致的结论,甚至也不可能取得一致的看

---

* 本文系教育部青年基金项目"人民共和国初期文艺界的'内部清理'"(11YJC751112)、四川省教育厅重点项目"共和国初期文学话语的重新建构"(16SD1109)和西南科技大学繁荣哲学社会科学团队资助计划"二十世纪四五十年代的中国文学、历史和文化"(13SXT016)的阶段性成果。

① 郝明工:《何其芳与共和国文学运动》,《重庆师范大学学报》(哲学社会科学版)2004年第5期。

② 何其芳:《散文选集·序》,人民文学出版社1957年版,第2页。

法,但是通过对上述问题进行科学的理论概括可以更准确地评价何其芳。①

在中华人民共和国初期(1949—1952)的文学语境里,作为从延安解放区走出来的作家(文艺工作者),何其芳有他独特的价值存在。1949 年 7 月,何其芳以解放区文艺工作者的身份参加中华全国文学艺术工作者代表大会(简称“文代会”),随后进入了新中国文艺体制的核心层②,尽管他在马列学院(今中央党校的前身)做文化教员,但他确实是共和国文艺体制内建设的重要成员③。1953 年 2 月,何其芳调入新成立的北京大学文学研究所,组织、参与了 1953 年之后的共和国文学批判运动。但是,在何其芳内心深处,是否有着隐秘的苦衷而不足为外人道,只在亲密的朋友、亲人之间才能隐隐倾诉呢?

一、1952 年 1 月 9 日何其芳致巴金信引出的问题

最近,在阅读上海巴金文学研究会编的《写给巴金》时,看到何其芳致巴金的四通信札,笔者发现了这条线索。比如:1950 年 2 月 8 日何其芳给巴金的信札中,他有这样的文字流露:“你说的那篇文章,实在是《文艺报》硬逼出来的,写得枯燥无味。”④“那篇文章”,正是 1949 年 10 月 23 日何其芳对“可不可以写小资产阶级”论争的总结性写作,文章题名为《一个文艺创作问题的论争》,刊载于《文艺报》第 1 卷第 4 期。《文艺报》编辑部加了“编者按”:“关于写工农兵与写小资产阶级的问题,目前在各地都有一些讨论和意见。何其芳同志对发生在上海《文汇报》上的这一争论,提出了他自己的分析与见解,我们发表此文供大家研究讨论。”⑤何其芳此文发表之后,这场争论戛然而止。这种戛然而止的结果,却在中

---

① 樊骏:《何其芳,一个仍然值得研究的对象——1997 年 10 月 6 日在何其芳逝世 20 周年纪念会上的发言》,《现代中文学刊》2011 年第 2 期。

② 何其芳进入了中华全国文学艺术工作者代表大会主席团名单,中华全国文学艺术界联合会全国委员、编辑部核心成员(丁玲、曹禺和何其芳),中华全国文学工作者协会全国委员、常务委员。中华全国文学艺术工作者代表大会宣传处编:《中华全国文学艺术工作者代表大会纪念文集》,新华书店 1950 年版,第 559 页,第 579 - 581 页。

③ 他还曾经积极地给《人民文学》杂志组稿,1950 年 2 月 8 日给巴金信有这样的内容:“《人民文学》缺稿,希望你为它常写一点什么,并代约上海的朋友们也支持一下。”这从侧面也可以看到何其芳独特的身份。

④ 上海巴金文学研究会编:《写给巴金》,大象出版社 2008 年版,第 148 页。

⑤ 何其芳:《一个文艺创作问题的争论》,《文艺报》第 1 卷第 4 期,1949 年 11 月 10 日。

国当代文学史的叙述中被文学史家们过分渲染①。如果不知道文章写作背后的复杂细节，就对其来头大加批评，这对何其芳也是极不公平的，这篇文章容易被误导。何其芳参与新中国初期的意识形态建构的背后，其实也有他的被动性顺从。而在给文艺论文集《西苑集》写序时，他的这种心态仍旧没有消失，反而变得更加强烈：

> 按照我的设想，一个真正从事理论批评工作的人，应该像创作家写诗、写小说、写戏剧那样写得兴会淋漓；然而我这些论文却既无什么独创的见解，又无文章之美可言，我写的时候只是努力把我要说的话说得比较清楚比较正确，因而大半都是写完以后，就感到兴味索然。我的理论基础太差；对于文章又缺乏经常的系统的研究；而且许多文章都是在匆促的时间内写成，酝酿和润色的工夫也不够——这些，都是我的限制……②

何其芳对"说教式"的论文写作，从心底有一种反感情绪，但他又不得不参与其中。甚至 1953 年 7 月 27 日在给好友杨吉甫写的信札中，仍旧透露出他的这种反感："我印的书没有寄你，是因为对它们都不大满意，就更懒得把它们包起来寄出了。以后如果再有新的集子，一定寄给你，省得你去买它。不过什么时候才可以再有东西印，就很难说了。研究性质的文章一年是写不出几篇的。另外，还想写点诗，只是苦于没有时间去酝酿推敲。"③从中可以看出，一方面，何其芳的内心深处一直隐藏着他对文学创作（特别是诗歌）的热情，而另一方面，他对自己文学创作的荒废则是忧心忡忡的。在为《西苑集》写序时，他一再强调要"集中业余时间去从事创作""想暂时停止发表议论，挤出时间去写一点作品出来"④，这正是他这种两难心境的自然流露。

笔者在阅读《何其芳全集》第 8 卷中的书信时，也发现何其芳的这一两难心境，集中体现在他 1952 年 1 月 9 日给巴金的信札，这里先全信抄录如下：

> 芾甘兄：
>
> 有一点小事情想麻烦你一下。

---

① 张钟、洪子诚、佘树森、赵祖谟、汪景寿、计璧瑞编著：《中国当代文学概观》（修订本），北京大学出版社 2002 年版，第 4 页。

② 何其芳：《西苑集 · 序》，人民文学出版社 1952 年版，第 1－2 页。

③ 何其芳：《何其芳全集》第 8 卷，河北人民出版社 2000 年版，第 56 页。

④ 何其芳：《西苑集 · 序》，人民文学出版社 1952 年版，第 1－2 页。

有时还有人向我要《预言》看。因此,我最近抽空把它改编了一下。主要是删去了那些有悲观色彩的东西。我一共删去了十四首,还留下了二十首。按原来的版式计算,一共还有五十四面(不包括目录)。这实在是一个很薄的小册子。现在想和你商量一下,是否文化生活出版社还愿意重印它?如愿意重印,请通知我,即当寄上。如果你觉得无重印的必要,或者估计无销路,书店有顾虑,都望不客气地告诉我。重印这个小册子,实在也近于翻古董了。改编的动机实在起于有人向我要,而现在书摊上找不到。另外,我抗战以前写的东西全部不足存,这二十首诗或者勉强可以留作一点纪念,这也是一个促成我改编它的想法。

再谈。

你和蕴珍女士都好!

回信仍寄马列学院。

其芳

一九五二年一月九日①

"蕴珍女士"即巴金的夫人,原名陈蕴珍,笔名萧珊(1917—1972)。何其芳致巴金的这通信札,涉及他对早期的诗歌创作集《预言》②的评论,也涉及他对自己文学创作生涯的总结性评价。我们先把话题转向《预言》这部诗集。据查,《预言》最初由文化生活出版社 1945 年 2 月印行初版本,1946 年 11 月出版再版本,1949 年 1 月出版第三版③,三种版本均列为"文季丛书之十九",前后文字并没有大的改动。之后很长时间里,《预言》这部诗集没有再版。1957 年 9 月,上海的新文艺出版社推出新版诗集《预言》,内收诗歌 34 首,与之前的文化生活出版社版本入选诗歌的数量是一致的,但诗歌目录有所调整,这就是用《昔年》代替了《墙》④。应该说,《何其芳全集》这样的版本介绍,是极不完善的,至少我们看到何其芳把文化生活出版社版的《季候病》用《秋天(一)》的题目取代,《秋天》则用《秋天(二)》的题目取代。但是,在 1949 年 1 月至 1957 年 9 月之间,何其芳对自己的这部诗集

① 何其芳:《何其芳全集》第 8 卷,河北人民出版社 2000 年版,第 3 页。

② 何其芳 1949 年前出版的诗集,包含《汉园集》(合集)《刻意集》《预言》《夜歌》。虽然《预言》的出版时间晚至 1945 年,但其中的诗歌创作却是 1937 年之前的作品。

③ 当前很多涉及何其芳研究的书籍,均把第三版的出版时间定为 1949 年 3 月,其实是错误的,真正的出版时间为 1949 年 1 月。

④ 何其芳:《预言》,新文艺出版社 1957 年版。

有独特的牵挂。1950 年 3 月 2 日在给巴金的信中,何其芳对自己的文学创作进行回顾时曾这样说道,"《画梦录》和《刻意集》实在对今天的读者没有什么益处,希望不必再单独印了。(如你上次说的作为资料,文学丛刊一集一集地印,当然我也不反对。)《预言》似乎悲观消极的色彩还没有前两本书厉害,如还有人要看,我想倒是也可以再印的(当然,如果根本没有人买,也就算了。)再印时请通知我一声,我也校勘一下。"①中华人民共和国的初期岁月里,巴金拟重印"文学丛刊"丛书②,何其芳的《画梦录》《刻意集》都在这个序列中,但他对《画梦录》《刻意集》里体现出的思想倾向(特别是其中的"悲观消极的色彩")是有着明显的体会和认识,故决定这两册书不再单独印行。何其芳认为,如果巴金以"作为资料"的方式"一集一集地印",他不打算反对此事。但对诗集《预言》,何其芳却表达了内心的牵挂,至少有想重印它的冲动,但《预言》并没有在"文学丛刊"的序列中。以什么方式重印《预言》不得不成为作者(何其芳)和编者(巴金)思考的问题。何其芳之所以看中《预言》,是因为在他看来,抗战前还可以作为"纪念"的诗作,无疑都在诗集《预言》之中。

二、夭折的《预言》"修订版"及其删诗篇目梳考

为什么何其芳对诗集《预言》留存着"纪念"的情感呢?我们还得从《画梦录》和《刻意集》的出版说起,此处先做简单介绍。

《画梦录》是何其芳早期散文集,1936 年 7 月由文化生活出版社出版,列入巴金主编的"文学丛刊"第 2 集第 16 册,收录文章 16 篇,包括:《墓》《秋海棠》《雨前》《黄昏》《独语》《梦后》《岩》《炉边夜话》《伐木》《画梦录》《哀歌》《货郎》《魔术草》《楼》《弦》《静静的日午》。《刻意集》也是何其芳的重要作品集,1938 年 10 月由文化生活出版社出版,列入巴金主编的"文学丛刊"第 5 集第 16 册,卷四为诗歌卷,收录诗歌 18 首,包括:《脚步》《慨叹》《欢乐》《昔年》《雨天》《梦歌》《爱情篇》《祝福》《赠人》《圆月夜》《梦》《短歌两章》《夜景(二)》《墙》《砌虫》《扇》《枕与其钥匙》《风沙日》。不过,在《画梦录》之前,何其芳与卞之琳、李广田出版了诗

① 何其芳:《致巴金(1950 年 3 月 2 日)》,《写给巴金》,大象出版社 2008 年版,第 149 页。

② 作为"文学丛刊"系列丛书,目前我发现只有师陀的《大马戏团》重印,时间为 1950 年 12 月,其他书籍没有重印。据周立民先生说,"巴金离开文化生活出版社前后,文学丛刊还是按照正常的市场需求在印行,巴金离开一段后,因为与吴朗西的矛盾,文化生活出版社基本上不会再安排重印了,大部分作者都是跟着巴金的"。此处感谢周立民老师的提示,特向他致谢。

歌合集《汉园集》,其中何其芳的诗歌列入《燕泥集》,内收诗歌16首,包括:《预言》《季候病》《罗衫怨》《秋天》《花环》《关山月》《休洗红》《夏夜》《柏林》《岁暮怀人(一)》《岁暮怀人(二)》《风沙日》《失眠夜》《夜景》《古城》《初夏》。在这些诗歌篇目的梳理中,我们惊奇地发现:何其芳最终在1945年2月定本《预言》诗集中,卷一、卷二主要来自《刻意集》和《汉园集》中的"燕泥集",居然高达25首,占了初版本的诗歌总数的百分之七十八(超过四分之三)。从诗歌篇目的选择来看,《预言》应该是何其芳诗歌创作的"自选集"①,其意义对诗人而言的确是不言而喻的。

《何其芳全集》2000年5月出版时,全集编订者对《预言》的版本有这样的交代文字:"本书是作者早期诗歌创作的汇集,收入1931至1937年间所创作的短诗三十四首,文化生活出版社1945年2月出版,为该社'文学丛书'之十九。这些诗歌中,有十六首曾编入《汉园集》(文学研究会创作丛书之一,卞之琳编,商务印书馆1936年3月出版,为何其芳、李广田、卞之琳三人诗歌合集,何其芳部分为《燕泥集》),有十八首曾编入作者自己的《刻意集》。1957年9月新文艺出版社出第二版时,抽去《墙》,补入《昔年》,仍为三十四首。现以新文艺出版社版为底本,并把《墙》也收入,共三十五首。"②按照1957年9月出版的诗集《预言》来梳理,有关版本的这个判断是没有问题的。如果不读1952年1月9日何其芳致巴金的这通信札,我们不可能知道他曾经为《预言》大加修订形成过新的版本③(因没有出版,本文姑且把它称之为"夭折版")。笔者曾向《写给巴金》的信件整理者、上海巴金纪念馆的周立民先生请教,问他在整理此信时是否发现何其芳的修订目录,他明确告知:这份目录单估计巴金当年交给了文化生活出版社,只能在出版社的相关档案文献中查找。不过,何其芳在信札中还是透露了他对《预言》诗集篇目的修改原则:"主要是删去了那些有悲观色彩的东西"。这是一条重要的参考依据。

这里,我们先对新中国成立前文化生活出版社出版的诗集《预言》进行篇目分类,看看其中的哪些诗歌具有悲观色彩。何其芳在给巴金的信札中明确指出,依据诗歌中是否体现出"悲剧色彩的东西",他删去了14首诗,因为这14首诗透露出不健康的色彩。但是,《预言》中的34首诗,哪些体现出悲剧色彩呢?笔者对《预言》诗集里的诗篇进行仔细阅读,按其是否体现出悲剧色彩的情感列表如下:

---

① 从《预言》入选的第一首诗来看,这是何其芳从事创作15年的一次诗歌总结。不过,明显可以看出的是,1938年进入延安之后的诗歌创作,诗人并没有纳入其中。

② 何其芳:《何其芳全集》第1卷,河北人民出版社2000年版,第2页。

③ 虽然仅仅是目录的暗示性流露,但其价值不容忽视,它涉及我们如何看待何其芳修改旧作的问题,更涉及延安文人的共和国命运的话题。

1949 年前《预言》诗集的篇目、创作时间及其诗歌感情流露、版面对应位置一览表

序号	篇名	创作时间[①]	分卷情况	诗歌情感是否悲观[②]	所占页面	对应页码所在位置
1	《预言》	1931. 秋天	卷一（1931－1933）	☆	4	第 3－6 页
2	《季候病》[③]	1932. 6. 23		☆	2	第 7－8 页
3	《脚步》	1932. 5. 1		☆	2	第 9－10 页
4	《慨叹》	1932. 6. 25		★	2	第 11－12 页
5	《欢乐》	1932. 6. 27		★	2	第 13－14 页
6	《雨天》	1932. 8. 18		★	2	第 15－16 页
7	《罗衫》	1932. 9. 15		☆	2	第 17－18 页
8	《秋天》	1932. 9. 19		☆	2	第 19－20 页
9	《花环》	1932. 9. 19		★	2	第 21－22 页
10	《爱情》	1932. 9. 23		☆	3	第 23－25 页
11	《祝福》	1932. 11. 2		☆	2	第 26－27 页
12	《月下》	1932. 10. 11		☆	1	第 28 页
13	《休洗红》	1932. 10. 26		★	2	第 29－30 页
14	《夏夜》	1932. 11. 1		☆	2	第 31－32 页
15	《赠人》	1932. 11. 22		★	2	第 33－34 页
16	《再赠》	1932		☆	2	第 35－36 页
17	《圆月夜》	1933. 春天		☆	3	第 37－39 页
18	《柏林》	1933. 秋天		★	2	第 43－44 页
19	《岁暮怀人（一）》	1933. 12. 3		★	3	第 45－47 页
20	《岁暮怀人（二）》	1933. 12. 7		☆	2	第 51－52 页
21	《梦后》	1934. 2. 2		★	3	第 53－55 页
22	《病中》	1934. 3. 13		☆	2	第 56－57 页
23	《夜景（一）》	1934. 3. 28		★	3	第 58－60 页
24	《夜景（二）》	1934. 4. 16		☆	2	第 61－62 页
25	《失眠夜》	1934. 4. 28		★	4	第 63－66 页

续表

序号	篇名	创作时间	分卷情况	诗歌情感是否悲观	所占页面	对应页码所在位置
26	《古城》	1934. 4. 14	卷一(1931 - 1933)	☆	2	第 67 - 68 页
27	《墙》	1934. 8. 15		☆	3	第 48 - 50 页
28	《扇》	1934. 10. 11		☆	1	第 69 页
29	《风沙日》	1935 年春		★	4	第 70 - 73 页
30	《送葬》	1936. 11. 8		☆	3	第 77 - 79 页
31	《于犹烈先生》	1936. 11. 10		☆	2	第 80 - 81 页
32	《声音》	1936. 11. 12		★	3	第 82 - 84 页
33	《醉吧》	1936. 12. 11		★	3	第 85 - 87 页
34	《云》	1937 年春		☆	3	第 88 - 90 页

说明:在对何其芳《预言》诗集的诗歌感情因素的分析中,我还把这部诗集的篇目发给西南科技大学中文系 2015 级、2014 级的部分同学进行文本细读,由他们没有先入之见的阅读来对诗歌中是否有“悲观色彩的东西”进行归类,最终罗列出此表,特此对参加读诗的所有同学表达谢意。

①所有诗歌的创作时间,依据《何其芳著作系年》。易明善、陆文璧、潘显一编:《何其芳研究专集》,四川文艺出版社 1986 年版,第 647 - 655 页。

②此处的标注,黑体★指诗歌有悲观色彩,白体☆指诗歌没有悲观色彩,特此说明。

③《季候病》的题目后来在 1957 年版《预言》中更名为《秋天(一)》,《何其芳全集(1)》也按照 1957 年版进行处理,确实有误导的影响。

表中所列的诗歌用★标注的,在今天的读者们看来,普遍具有“悲观色彩”,占据的页面为 37 面,这个统计数字与何其芳信札中透露的“三十六面”的数字最接近①。何其芳在信札中说到,“我一共删了十四首诗”,“按原来的版式计算,一共还有五十四面”。今天,重新阅读何其芳给巴金的这通信札,尽管我们无法真正推测出当年诗人到底删掉了哪 14 首,但不管怎么说,在何其芳看来,“这实在是一个很薄的小册子”。试想:一部诗集从薄薄的 90 面删减到 54 面,这让诗集的厚度确

① 或许是我对诗歌中的悲观色彩判断有误,导致这一版面的总和加起来与何其芳给巴金的信透露的是不一致的。或者本来就是何其芳先生当年自己的统计出了问题。

实有点尴尬。何其芳已经意识到这个问题,所以能否再次推出修订版的《预言》诗集,他并无真正的把握。不过,由于巴金在1950年8月25日辞去了文化生活出版社总编辑职务①,正式离开了文化生活出版社,《预言》修订版的出版也走向了夭折,最终的删诗秘密、具体删改细节得以隐藏。这个夭折的修订版《预言》的篇目情况到底是怎么样的,只能留待今后文化生活出版社的档案材料解密后来回答了。

尽管我们看不到夭折版《预言》的诗歌篇目,但它却给我们探讨何其芳这一删削诗篇的文学行为提供了便利的观察。在人民共和国初期,何其芳面对自己的旧作时,也有不得不加以修改的隐衷。这种修改的行为背后,让人隐隐感觉到文艺体制对作家的潜在影响力。从何其芳对诗集《预言》篇目的修改来看,思想内容的颓废性、思想情感的悲观色彩等观念,显然是必须进行剔除的杂质(或杂色)。这种删削的背后,是个人性情感空间、个人性思考范围的隐退。由夭折版《预言》的篇目删削,我们还可以看出:此段时间里,何其芳也对《夜歌》进行了文字的修正,也是一种个人的自我行为与国家意识形态进行契合性建构的"默契配合"。而夭折版《预言》的修改行为,与1957年新文艺出版社出版《预言》时保持原貌之间,正可以看出文化体制对像何其芳这样的延安作家的一种"制度性保护"。夭折版《预言》是诗人的主动删改行为,但新政权恐怕还没有要求何其芳这样做,毕竟当时的文化生活出版社还是私营出版业。1957年6月,经历文艺界的"反右运动"之后,何其芳作为延安文人的榜样性价值又一次得以塑造,他的作品的修改压力,降到了历史的最低要求。而此时的新文艺出版社②,早已纳入体制内成为上海及华东地区重要的文学出版社。新文艺出版社的一部分资产,正来源于之前的文化生活出版社。夭折版《预言》与新文艺版《预言》之间,以这样一条隐秘的线串连了起来。而新文艺版《预言》以最小的修改面目呈现出来,这显然暗合了新政权在"反右运动"前夕的意识形态建构中对何其芳的塑形。

三、信件背后的文事勾勒:马列学院时期何其芳的创作及其心态

或许,何其芳内心有自己的失落。作为延安走出来的知识分子,在政治待遇

---

① 唐金海、张晓云:《巴金年谱》,四川文艺出版社1989年版,第730页。

② 其实,新文艺出版社的一部分就有吴朗西主持的"文化生活出版社",1955年并入。从某种意义上说,《预言》在新文艺出版社出版,应该和之前何其芳修订的《预言》有一定的"关系"。

和行政职务的安排上,新政权的人事布局,并没有让何其芳能够像其他的延安文人那样显得很风光,他内心深处有自己的孤寂情绪。中华人民共和国建立之后,何其芳作为典型的延安知识分子,并没有像周扬等人那样安排到文艺界来做领导工作,而是在幕后做默默无闻的工作。他被安排到马列学院(中央党校的前身)工作,彼时马列学院的位置在颐和园对面,按当时的城市建构来看已经处于京郊(毗邻清华大学和原燕京大学)。一直以来,何其芳新中国成立前后在马列学院的工作情况,作家本人透露非常少,相关资料的收集和整理难度也很大。特别是1952年马列学院教员周文的自杀①,让这一段历史更加让人无法猜透。不过,马列学院这段生活经历,对何其芳文学观念的冲击(或修正)有很大的影响,他甚至认为这个工作安排限制了他的诗歌创作。1951年3月至5月致好友沙汀的信札中,他有如下的文字流露:

3月6日:“我现在这个学校教国文。差不多天天改卷子。晚上有时精力还好,就写一点已经开了头的一个反映老解放区农村工作问题的长篇小说。我从重庆撤退后,曾下乡参加了十个月的土改,觉得有许多印象和问题应该写出来。但真正动手来写,却又感到生活不够,而且时断时续,情绪不连贯,大概是不会写得怎样好的。”……“我做了十个月的农村工作,觉得兴趣极高。可惜后来因组织上要调回,不可能再做下去。”②

3月26日:“我们学校在城外,周、徐两位都很难见到。……我们仍是供给制,发了津贴后仍常常是很快就花光。不过住在城外,进城的时候非常少,身边经常没有钱也并不感到不方便。给组缃兄的信已转去。我们学校离他们学校倒只有二三里路,但彼此都忙,也不常见面。”③

5月2日:“我们学校在离城二十多里的乡下。茅盾先生、周扬同志我都很少见面。……未进北京城时我就建议搞一个研究室,由几个人专门研究文艺现状和历史,但一直搞不起来。可以研究的人都主要干别的事情了。如我,现在天天看国文卷子,而且是社会科学的卷子。如文井,现在做《东北日报》副总编辑。”④

---

① 周文曾被当作“自杀”的典型代表。至于周文是否“自杀”,有待档案文献材料的公布,周文子女否认“自杀”的这种观点。周七康:《周文生平简表》,《周文纪念集》,上海文艺出版社2002年版,第324页。

② 何其芳:《致沙汀》,《何其芳全集》第8卷,河北人民出版社2000年版,第7页。

③ 同上,第9页。

④ 何其芳:《致沙汀》,《何其芳全集》第8卷,河北人民出版社2000年版,第10-11页。

在这三通给沙汀的信札中,何其芳一直强调当时的马列学院的地理位置是颇有深意的。组织的安排与作家的真实想法之间,确实存在很大的距离。茅盾、周扬的“忙”,与何其芳信札中透露出的“闲”,形成了鲜明的对比。何其芳对他离开新中国文艺界中心颇有失落的情感流露,特别是他对在马列学院改国文卷子的细节,至少我们可以看出:从心底何其芳是有抵触的情绪的。

1951 年 12 月 2 日修订完毕《夜歌》后,他在《重印题记》中这样写到:“很想歌颂新中国的各方面的生活,并用比较新鲜一点的形式来写。很可惜我目前的工作不允许我经常到处走动,不允许我广泛地深入地接触工农兵群众,又不愿使自己的歌颂流于空泛,我就只有暂时还是不写诗。但我相信,以后我仍然有接触新中国的各种生动的现实生活的机会,仍然有可能写出比这个集子好一点的作品出来。”①接着在 1952 年 1 月 19 日,他在为结集的论文集《西苑集》写序时,曾重复表达这个意思:

> 为《关于现实主义》作序的时候,我不但对其中的某些内容作了说明,并且把我对当前的文艺工作的意见也写了进去。我是有一点用意的。我是想这样发表了我的意见以后,暂时停止写这类文字,集中业余时间去从事创作。
>
> 现在把这些文章编成集子,是再一次地有这样的用意:想暂时停止发表议论,挤出时间去写一点作品出来。一个从事创作的人,有时是必须也写论文;然而就我来说,却是把创作荒废得太久了。我现在是多么渴望能够写出一些热情的作品,有思想的作品,可以让我不是带着惭愧的心情来献给读者的作品呵!

在给老友杨吉甫的信中,他也有类似的意思表达:“我想学写长篇小说。只开了个头就中断了。去年一年等于完全没有继续写。这是因为除了教书改卷子而外,业余的时间写了一些零篇文章,就再也没有时间精力弄创作了。零篇文章其实也写得不多,一个月还平均不到一篇。写得满意的也没有什么,所以未寄你看。我还是最喜欢弄创作。想写出比较满意的创作后再给你看。”②骨子里,何其芳仍旧是个诗人、作家。在马列学院做文化教员的那段时间里,他思考了有关诗歌的

---

① 何其芳:《夜歌和白天的歌·重印题记》,人民文学出版社 1952 年版,第 2 页。

② 何其芳:《致杨吉甫(1952 年 1 月 3 日)》,《何其芳全集》第 8 卷,河北人民出版社 2000 年版,第 53 页。

一些问题,"直到近来,我才对新诗的形式问题有了一个初步的确定看法。我觉得首要的事情还是我们需要广泛地深入地生活,从工农兵群众那里去取得原料;形式的问题虽然也应该认真探讨和实验,但并不是很难解决的。"①

何其芳在动手修订诗集《预言》的篇目前,他的诗集《夜歌》已经紧张地修订完成。修订后更名为《夜歌和白天的歌》,由人民文学出版社1952年5月出版,印数为5000册,1953年2月印刷第三版,印数总计达到18000册。在为修订版《夜歌和白天的歌》写作的《重印后记》中,何其芳这样说到:

> 在内容方面,我就第二版的本子删去了十篇诗,并对其他好几篇作了局部的删改。我是想尽量去掉这个集子里面原有的那些消极的不健康的成分。然而,由于这个集子原来是我在整风运动以前的作品的结集,它的根本弱点是无法完全改掉的。因此,我把第一版的《后记》仍然附在后面,以供读者参考。只是为了适应这次改编后的内容,我对它也作了一点删节。②

这里何其芳说到《夜歌》"由于这个集子原来是我在整风运动以前的作品的结集,它的根本弱点是无法完全改掉的",这应该是对自己1942年5月之前的所有文学创作的总体评价。它应该包括了《画梦录》《汉园集》之《燕泥集》《刻意集》和《预言》等诗集表露出的问题。人民文学出版社接纳何其芳修订后的《夜歌》(出版时更名为《夜晚和白天的歌》),这从侧面说明了新政权在意识形态建构中,对何其芳这部诗集的特别留意。

其实,1945年5月《夜歌》由诗文学社出版发行时,何其芳在《后记》中这样说道:

> 我的第一个诗集即工作社预告的《预言》。那是1931年到1937年写的。其中一部分编入《汉园集》,一部分曾一度收入《刻意集》而三版时又删去了,还有一部分则是抗战前不久,我思想上开始有些改变时的作品。把那些古老的东西编成一个集子已经是四年以前的事了,那时的动机也不过一是为了自己保存陈迹,二是为了爱好我的作品者了解我的思想发展,总之没有什么更充分的理由。后来工作社打算印,而且不久以前已经在桂林付排了,打好了

① 何其芳:《致杨吉甫(1952年1月3日)》,《何其芳全集》第8卷,河北人民出版社2000年版,第53页。

② 何其芳:《夜歌和白天的歌·重印题记》,人民文学出版社1952年版,第1页。

纸型。但是,战时的变化是很多的,现在当然无法出世了。这也没有什么,于人于己都不是值得惋惜的事。但将来若万一又有机会印出来,我想给它另外取个名字,叫作《云》。因为那些诗差不多都是飘在空中的东西,也因为《云》是那里面的最后一篇。在那篇诗里面,我说我曾经自以为是波德莱尔散文诗中那个说着"我爱云,我爱那飘忽的云"的远方人,但后来由于看见了农村和都市的不平,看见了农民的没有土地,我却下了这样的决定:从此我要叽叽喳喳发议论:/我情愿有一个茅草的屋顶,/不爱云,不爱月亮,也不爱星星。①

《云》的确是一个拟出版的诗集,方敬对此有详细交代,"其芳想把书名改为《云》,而且还请卞之琳写了一篇短序。1945 年我在贵阳编《大刚报》文艺副刊《阵地》曾将之琳写的序在副刊上发表过。"②1952 年 5 月重版《夜歌》时,何其芳把诗集的名字更改为《夜歌和白天的歌》,或许与之前的这种"构想"有密切的关系,其内在思想脉络也是契合的。在《初版后记》中,一些关键性的字句在 1952 年后的出版过程中消失得无影无踪③。此时,在给巴金写信的过程中,他把当年认定的"飘在空中的东西"做了删除,这当然是可以理解的。尽管何其芳被认为是已经改造好的知识分子典型,但一些敏感的话语他不得不删除。

不过,诗人本色还是时时袭击着何其芳的内心。现存 1949 年至 1952 年的诗歌只有两首,即《我们最伟大的节日》和《回答》,它们都创作于何其芳在马列学院做文化教员的时期。对《我们最伟大的节日》,何其芳有这样的说明:

一九四九年,在参加中国人民政治协商会议的第一届全体会议之前,艾青同志鼓励我在会议中写一首诗。这样我就有意识地企图写一点什么。第一次的会议上,毛泽东主席以洪亮的声音宣布了中华人民共和国的成立,并且预言了我们在未来的建设中的胜利。他的短短的开幕词是那样鼓舞人。接着我听到了一阵突然来临的暴风雨的声音,雷的声音,雨点打在会场的屋顶上的声音。这样就好像有了一点"灵感"。晚上回到旅社,我就写了《我们的最伟大的节日》的第一节。以后在会议期间,我继续写了一些。但写了第四节,我就再也写不下去了。一直到会议闭幕以后,参加了十月一日天安门

---

① 何其芳:《夜歌·后记》,诗文学社 1945 年版,第 174 – 175 页。

② 方敬、何频伽:《何其芳散记》,四川教育出版社 1990 年版,第 50 页。

③ 《何其芳全集》第 1 卷收录《夜歌》的"初版后记",并没有以 1945 年初版本为"底本",而是以 1952 年的《夜歌和白天的歌》为"底本",遮蔽了初版本的历史语境、出版时代。

前的庆祝大会,看到了一些动人的景象,才把最后三节写成了。①

从何其芳的创作叙述中,这里呈现出一个细节问题:《我们最伟大的节日》这首诗并不是诗人的一气呵成,而是有时间的中断。这首诗何其芳有他的自我反思,"我自己是不满意的。它情绪不饱满,形象性不强,有些片段又写得不精炼"②。《我们最伟大的节日》很快进入新中国初期的意识形态宣传和建构之中③,新政权体制的意识形态建构满意,读者也很满意,但诗人自己却并不满意,他的内心深处对这首诗并不喜欢,这说明:在诗歌理念的坚守中,何其芳和当时政治规范下的诗歌观念还是有很大的差异。那么,诗人内心里到底喜欢什么样的诗歌呢?其实,《我们最伟大的节日》属于新中国成立初期重要的颂歌体,不过,他从领袖的歌颂转化为对人民的歌颂④。何其芳积极参加到新政权的歌颂体浪潮中,但诗人的本色却让他对这种情绪有警惕性。从创作时间来看,《回答》更接近何其芳真实的思想心态,因为这首诗的创作时间的起点,正是 1952 年 1 月,跟何其芳致巴金的那通信札写作的时间最接近。

查万年历我们发现:1912 年 2 月 5 日出生的何其芳,按照中国传统农历来推断,他出生于辛亥年(1911 年)腊月十八日,而 1952 年 1 月 14 日,正是农历辛卯年腊月十八日。也就是说,写作《回答》之时的何其芳,是一个年届四十的中年诗人。从这个意义上来说,《回答》可以看成是何其芳的"四十自述诗"⑤,诗歌中有句诗也暗合了他的这种心态:"鬓间的白发警告着我四十岁的来到"。我们的关注点主要集中在诗歌的前五节上⑥,重点放在第四节和第五节,这里先摘抄诗歌的内容:

---

① 何其芳:《写诗的经过》,《关于写诗和读诗》,作家出版社 1956 年版,第 114 页。

② 何其芳:《写诗的经过》,《关于写诗和读诗》,作家出版社 1956 年版,第 114 页。

③ 此诗很快被选编入《学习新爱国主义》一书中,与毛泽东的"长征诗"、"长征词"、《沁园春》,郭沫若的《突飞猛进一年》,艾青的《我想念我的祖国》,魏巍的《谁是最可爱的人》等文章同列。中国人民大学创建初期的重要政治作用,或许可以解释这篇文章入选的"意义"。中国人民大学校团委编:《学习新爱国主义》,中国人民大学校团委编印,1951 年。

④ 侯桂新先生在《当代颂歌的诞生》中对"颂歌"话题有精当的分析,但他忽略了何其芳《我们最伟大的节日》这首诗的独特意义,因为这首诗发表的刊物比较特别,它是《人民文学》杂志。侯先生注意到聂绀弩和胡风,确实有代表性,但何其芳的价值显然也不容忽视。侯桂新:《当代颂歌的诞生》,《现代中文学刊》2014 年第 6 期。

⑤ 袁洪权:《尴尬的四十自述与体制内文学的处置张力——何其芳〈回答〉再解读》,《现代中文学刊》2017 年第 5 期。

⑥ 何其芳在诗歌的末尾有这样的落款时间,"一九五二年一月写成前五节,一九五四年劳动节前夕续完。"结合着信札的内容,我们把重点放在 1952 年 1 月完成诗歌前五节,结合着诗歌内容分析何其芳的文化心态。

一个人劳动的时间并没有多少,/鬓间的白发警告着我四十岁的来到。/我身边落下了树叶一样多的日子,/为什么我结出的果实这样稀少?/难道生长在祖国的肥沃的土地上,/我不也是除了风霜的吹打,/还接受过许多雨露,许多阳光?//

你愿我永远留在人间,不要让/灰暗的老年和死神降临到我的身上。/你说你痴心地倾听着我的歌声,/彻夜失眠,又从它得到力量。/人怎样能够超出自然的限制?/我又用什么来回答你的爱好,/你的鼓励?呵,人是平凡的,/但人又可以升得很高很高!//①

之前的解读中,笔者曾留意到这两节内容具有的特殊意义,并从诗歌内部的"文本断裂"、何其芳的"修复行为",以及此时并没有让何其芳检讨的相关史实,对文本进行了细致分析②。但因没有看到相关的背景材料,阐释的角度和深度显然不够。重新进入《回答》的前五节,我们发现:"四十自述"是这首诗建构的主要意图。不知何其芳读过他的老师胡适的《四十自述》没有,目前在材料的梳理中并没有直接的线索呈现。但不管怎么说,何其芳明显地对40岁有一种内心的敏感。与胡适写作《四十自述》的那种自信相比,何其芳的自卑心理、反思态度颇为明显。

我们回到《回答》第四节、第五节这两节的诗歌内容上。1952年1月,即将步入不惑之年,何其芳回首过去的日子,尽管"身边落下了树叶一样多的日子",但留给诗人和这个时代的果实(诗歌)却并不多。他对自己产生了"怀疑",甚至不断反问自己:"难道生长在祖国的肥沃的土地上,/我不也是除了风霜的吹打,/还接受过许多雨露,许多阳光?//""肥沃的土地""风霜的吹打""雨露""阳光"这些词,何其芳都赋予深刻的诗意,这些都是经典诗歌生长的必备条件。在何其芳看来,他都经历过、具备了这些必备条件,也就是说有写出经典诗歌的自然条件,但为什么他却不能创作出经典的诗歌呢?或者说,他为什么创作出那么少的经典诗歌呢?到第五节中,何其芳明显地指出自己的诗人气质存在问题,它经受着"灰暗的老年""死神""自然"的限制。从诗歌的内在脉络来看,第一节至第五节本来就是一个整体,它符合何其芳此时的政治身份和此时的文化心态。

在这个时间点上,何其芳还给自己的好友、老乡、著名作家艾芜写了一通很长的信札,这就是收录在《何其芳全集》第8卷中1951年12月29日的那通信。经

---

① 何其芳:《回答》,《何其芳全集》第6卷,河北人民出版社2000年版,第5页。

② 袁洪权:《文本断裂·个人修复·不检讨行为——重读何其芳的〈回答〉》,《现代中文学刊》2012年第4期。

由仔细辨读,我们发现:何其芳花费那么大的篇幅①去规劝艾芜修订《文学手册》,是有深意的。艾芜的《文学手册》寄赠给何其芳,阅读之后何其芳感觉有话要说:

> 缺点主要是有关思想和方向方面的问题讲得太少,太不明确。这我想是由于写作时间和发表地点的限制。现在再版,是应该多花点时间增订一下,把马列主义的文艺理论、毛主席的文艺理论中的一些根本原则扼要地通俗地写进去。应说明文学是意识形态,在阶级社会里是有阶级性的,不管自觉或不自觉,都是阶级斗争的工具。应说明今天的文学工作者应站在人民大众的立场,以反映工农兵为他们的作品的主要内容。因此从事文学工作的人必须参加工农兵群众,学习马列主义……②

何其芳接着在信札中详细指出《文学手册》哪些地方要进行修改,包括“全书的体例”“第一篇第八第九节”“第二篇”,甚至对阅读中某些具体页码存在的问题,都提出了明确的修改意见。尽管在信末何其芳说“这些意见不一定都对,仅提供你参考而已”③,但这种居高临下的所谓畅谈,使艾芜面临很大的压力,不得不对《文学手册》进行修订④。何其芳用近四千字的长信来告诉艾芜如何修改,把细节性的地方都考虑到了,这一方面说明他对艾芜的苦口婆心,一方面也看出他在意识形态建构中的认识。从他对艾芜的规劝来反观《回答》,我们可以理解何其芳为什么在 1952 年 1 月中旬写毕前五节之后,他中断了这首诗的创作。而 1953 年 2 月进入北京大学中国文学研究所之后,何其芳 1954 年劳动节前夕仍旧坚持写完这首诗。两种不同的政治境遇和身份塑造,刚好切合了这首诗前五节和后四节的内容:前五节代表的是处于马列学院时期何其芳的真实心态,后四节代表的是处于中国文学研究所这一时期的真实心态。也就是说,马列学院时期和中国文学研究所时期,何其芳的心境是有明显的差异的。

---

① 何其芳在信末说,“怕信过重,就写到这里为止吧”。这通信接近三千八百字,确实是一通重量不轻的“信件”。

② 何其芳:《致艾芜》,《何其芳全集》第 8 卷,第 16 页。

③ 同上,第 22 页。

④ 尽管这个修订本没有出版,但据研究者龚明德先生说,他曾见过这个有艾芜笔迹的修订手稿。龚明德:《艾芜〈文学手册〉的版本》,《昨日书香》,东南大学出版社 2002 年版,第 225 - 226 页。

结束语

在延安文学向共和国初期文学转变的过程中,何其芳是一个很好的观察视角。以往我们在对文学史进行总结时,总是简单化地得出结论,把“何其芳现象”的复杂性及其背后的东西忽略掉。夭折的《预言》修订版背后,我们看到何其芳在共和国初期岁月主动的“删诗行为”。这正应验了赵思运先生的话,“虽然何其芳的精神文化人格已经极大地被体制化了,他的文学活动和文学批评在很大程度上成为官方意志的载体,成为某种喉舌和传声筒。但是,我们还应该深入一个问题:政治或者政策往往可以通过暴风骤雨的方式解决一些问题,而人的精神基因和文化人格的形成与发展、变异却是一个缓慢的过程,难道真的可以在朝夕之间就会来一个一百八十度的大转弯吗?”①本文并不着意于何其芳精神基因、文化人格的探讨,而是在修订版《预言》集(甚至包括夭折版《预言》集)的背后,挖掘新中国成立初期延安文人的命运。

1949 年 10 月新中国成立以后,何其芳也想进行诗歌创作,体现他的诗人本色,但马列学院烦琐的教学工作安排和工作环境,压抑了他的诗歌创作激情,他一再表述自己没有时间和精力。至 1952 年 1 月何其芳进入四十不惑,他创作的诗歌仅有二首(或许称为“一首半”更有说服力),分别为《我们最伟大的节日》、写毕前五节的《回答》。《我们最伟大的节日》虽然在读者中产生了很大的轰动,但在诗人的内心深处,他却觉得这首诗显示出艺术上的粗糙,“它情绪不饱满,形象性不强,有些片段又写得不精炼”②。也就是说,他对自己写作像《我们最伟大的节日》这样的诗歌并不满意,结合着此时文艺界的写作动向、思想改造的动向可以看出,何其芳回味着《预言》时代的单纯,他希望自己的这部成名诗集能够再度面世,而读者喜欢的正是他的这部个人性抒情性极强的作品。这让诗人气质的何其芳很是激动,在 1952 年 1 月 9 日给巴金的信中透露得如此详细。《回答》这首诗明显地带有“四十自述”的痕迹,1952 年 1 月中旬创作的前五节,与 1954 年劳动节前夕创作的后四节,正是何其芳在共和国文学体制中身份意识的改变的一次流露,前五节表达了诗人对现实生活的颓废性,而后四节刚好表达了诗人积极融入时代、争取在时代中有所体现的某种努力。前五节当然是最重要的,因为他刚好与何其芳的《预言》情结密切联系起来。这种《预言》情结,在共和国初期不仅仅是

① 赵思运:《何其芳人格解码》,河北大学出版社 2010 年版,第 165 页。

② 何其芳:《写诗的经过》,《关于写诗和读诗》,作家出版社 1956 年版,第 113 – 114 页。

何其芳的体现,也是与延安文学建构有着广泛联系的老解放区作家的共同命运,包括像艾青对长篇叙事诗《吴满有》①、卞之琳对诗集《雕虫纪历》《慰劳信集》、丁玲对长篇小说《桑干河上》中将“吴满有”改为“刘玉厚”②等细节性的删(除)修(改)行为在内,值得当代文学研究者做微观而深入的学术观察。

---

① “艾青《吴满有》是因为所写的人物发生了问题,我曾问过艾青同志,他不主张讲。”王瑶:《致叔度》,《王瑶全集》第8卷,河北教育出版社2001年版,第258页。

② 龚明德:《改“吴满有”为“刘玉厚”》,《出版史料》2006年第4期。

汪曾祺小说创作中的重写、改写

闫 铭

汪曾祺的小说创作起始于 1940 年。他发表创作的第一篇小说,一般被误认为是《悒郁》①。其实不然,他的第一篇小说应是在西南联大沈从文老师的习作课上创作的《钓》。② 随后,在巴金的提携下,汪曾祺 1949 年出版了包含《复仇》《老鲁》《鸡鸭名家》等 8 篇小说的《邂逅集》,这也是他的第一部短篇小说集。之后的 30 年里,除了响应政策创作的 3 篇小说结集成《羊舍的夜晚》,汪曾祺在小说创作方面几乎没有新的尝试。

直到 1980 年和 1981 年,《受戒》与《大淖记事》横空出世,他才复归小说创作前沿。这两篇小说以别致的写法和格调,对文坛造成了不小的冲击,以至于随后几年"寻根文学"大潮兴起之际,汪曾祺因此而被追封为"寻根"小说家中少有的一位老生代健将。此后他的创作一发不可收,并且精品不断问世。汪迷们称他"大器晚成"。殊不知,他的小说创作早在青年时期就已起步,不少佳作在问世之初就受到了许多文坛前辈的重视,亦可称为"年少成名"。

今天看来,晚年大放光彩的汪曾祺,以自己独特的小说创作连接了曾经断裂多时的中国现代与当代两段文学史。③ 尽管这种连接跨越在他小说创作历程上的一段空白期之上,但就艺术思维、文体形态和具体的创作技法而言,汪曾祺青年时期和老年时期的小说作品中迁延着一条有迹可循的发展线索。只是要全面探察这条线索,必须突破对个别经典文本的孤立解读,把研究视野扩大到把握他小说创作完整脉络的高度。

---

① 郜元宝:《汪曾祺论》,《文艺争鸣》2009 年第 8 期。

② 汪曾祺:《汪曾祺小说全编》,人民文学出版社 2016 年版,第 1 – 6 页。

③ 王干在《被遮蔽的大师》中说:"最有意味的是,汪曾祺还把他早年的作品修改后重新发表,这不仅表现了他艺术上的精益求精,也看出他愿意把现代文学和当代文学进行有效缝合。这种缝合,不是言论,而是他自身的写作。"(王干:《被遮蔽的大师》,《小说选刊》2016 年第 2 期)

纵观汪曾祺小说的创作历程,一条螺旋式上升的轨迹清晰可辨:20 世纪 40 年代受西方文艺影响相对鲜明,在继承五四新文学传统的基础上,注重对人物心理的挖掘和社会人生境遇的表现;到了 20 世纪 80 年代的后期创作中,西式的创作手法完全隐藏起来,对文学传统展现出全面回归姿态,语言和构思都趋于简练,一种充沛而又淡远的民族本土文化的精神气息弥漫全篇。对于前后两端之间的深层联系,本文拟就一个特别的侧面——后期创作中对前期作品的重写、改写,略作探究。

一

纵观中外文学史上,文学创作中的重写、改写大体有三种情况。第一类是修改性的重写和改写,也就是仅对作品的局部细节做润色打磨式的改动,如巴金对《家》的处理。第二类是扩充性的重写和改写。作品的体量会有显著改变,故事的主题也会有一定的延伸,如老舍的《月牙儿》《茶馆》。第三类是重构性的重写和改写。这种做法是以前一篇作品作蓝本,对结构、主题做完全的改变,如鲁迅的《故事新编》对其依托的古籍文献的加工。汪曾祺小说中的重写、改写之作,共有 18 篇,涵盖了以上三种情况。具体篇目列表如下:

汪曾祺小说中的改写、重写情况一览表

原小说		重写、改写小说	
篇　名	最初发表时间及出版刊物	重写、改写篇名	最初发表时间及出版刊物
《复仇》	原载 1941 年 3 月 2 日、3 日重庆《大公报》,署名“汪曾旗”	《复仇》	原载《文艺复兴》1946 年第 1 卷第 4 期
《庙与僧》	原载 1946 年 10 月 14 日上海《大公报》	《受戒》	原载《北京文学》1980 年第 10 期
《最响的炮仗》	原载 1946 年 12 月 28 日天津《益世报》	《岁寒三友》	原载《十月》1981 年第 3 期
《异秉》	原载《文学杂志》1948 年第 2 卷第 10 期	《异秉》	原载《雨花》1981 年第 1 期,是同题旧写

续表

原小说		重写、改写小说	
《职业（外一篇）》	原载 1947 年 6 月 28 日天津《益世报》	《年红灯（二）》	原载 1947 年 8 月 18 日《宁波日报》，是作者同题旧作续写
		《职业（二）》	原载《文汇月刊》1983 年第 5 期，是旧作同题重写①
《蔡德惠》	原载 1947 年 3 月 7 日《大公报》	《日规》	原载《雨花》1984 年第 9 期
《戴车匠》	原载《文学杂志》1947 年第 2 卷第 5 期	《故人往事·戴车匠》	原载《新苑》1986 年第 1 期
《邂逅》	原载《邂逅集》，文化生活出版社，1949 年 4 月	《露水》	原载《大公报》1994 年 1 月 12 日
《非往事·打叉》	原载《钟山》1994 年第 5 期	《唐门三杰》	原载《天涯》1996 年第 4 期

属于上述第一种情况的小说有《戴车匠》《邂逅》《非往事·打叉》《蔡德惠》。这四篇小说的重写、改写都是结构、主题不变，只修改了些许细节，使得小说的主题更加深刻、灵动。

两篇《戴车匠》都是基于汪曾祺对故乡戴车匠的回忆所作。1947 年的《戴车匠》娓娓道来，有一种讲故事的感觉。这个故事有两个关键词："沉默的城"和"最后的车匠"。"沉默"和"最后"使 1947 年的《戴车匠》有了挽歌的气息。

和 1947 年《戴车匠》一样，1986 年的《戴车匠》结尾也带着哀而不伤的调子。

① 汪曾祺在 1947 年创作的《职业（外一篇）》介绍了两种职业，一是卖"椒盐饼子西洋糕"的职业，二是广告灯的工人。其中《年红灯》在同年就已被续写发表在 1947 年 8 月 18 日《宁波日报》，名为《年红灯（二）》。卖"椒盐饼子西洋糕"的职业则在 1983 年重写。其中，在 1983 年版的《职业》有一小段后记："这是三十多年前在昆明写过的一篇旧作，原稿已失去。前年和去年都改写过，这一次时第三次重写了。一九八二年六月二十九日记"，足以证明这篇小说对汪曾祺又重要的意义，体现了他一贯的人道主义。

1986 年的《戴车匠》属于《故人往事》系列中的一篇。小说开头很简洁:“戴车匠是东街一景。”①,暗示传统手工业的兴盛。汪曾祺在场景细节的描写上运用了散文化的笔触,虽精简了内容,但主题更加鲜明。汪曾祺完全抽去了“沉默的城”,着重强调了戴车匠之“最后”。

两篇关于“最后的车匠”在结尾处的描写也各有千秋:

> 或者戴车匠是最后的车匠了……下回我们可以说一点别的。我想想看。
>
> (《戴车匠》1947 年)②
>
> 也许这是最后一个车匠了。
>
> (《戴车匠》1986 年)③

1986 年的《戴车匠》以一句话结尾,戛然而止,似平地惊雷,直接抒发汪曾祺对车匠这一职业即将消失的难舍之情,更多了一层老年人特有的乡愁。

《非往事》原是汪曾祺在 1994 年写的回忆系列作品,《打叉》只是其中的一篇。两年后重写、改写之后题目改为《唐门三杰》,增加了《淮南子·泰族训》《诗·周颂·载芟》和孔颖达疏的题记,不仅诠释了“杰”的定义,也和题目中的“杰”形成了反讽。两篇小说的主要人物都是学场面三兄弟:爱“记”的党员老大打鼓,二喷子打大锣,调皮捣蛋的老三打小锣。主要情节是老三练毛笔字时,只写“毛主席万岁”,有一个席字写得不好,就在竖上打了个叉。由于这个叉,他在“文化大革命”中被举报、清算。但他的两位哥哥都躲得远远的,仿佛没有这个弟弟一般。题目由《打叉》改为《唐门三杰》,前者点名了这件事的矛盾点,后者则增加了更多的讽刺意味。

《邂逅》描写的是在船上以唱曲儿为生的父女俩。“我”由这父女俩又想起之前在船上的一男一女,觉得他们可以凑成一对,但由于两人没有意愿,凑不到一块去。汪曾祺由这两组人物体现市井小人物勉强维持生计的艰辛。而在 1994 年重写、改写之后的《露水》就更加有了人情美。同样是在船上萍水相逢的男女,虽努力抗争追求幸福,却也敌不过贫困的折磨,只落得生死两隔的结局。《邂逅》《露水》描写的都是小人物生存的艰辛,但《露水》更能体现出汪曾祺创作后期的淡——景色描写淡淡的,人物也淡淡的。在淡中也增加了感情因素,在淡中增加

---

① 汪曾祺:《汪曾祺小说全编》,人民文学出版 2016 年版,第 722 页。

② 同上,第 250 页。

③ 同上,第 725 页。

了一丝苦味的嘲弄。

《蔡德惠》原是汪曾祺在 1947 年所做的一篇怀念性散文。1984 年改写成《日规》，题目由人名改成了物，“日规”也成了一个代表蔡德惠的符号。同样是抒发对蔡德惠的怀念之情，1947 年的《蔡德惠》像素描，汪曾祺把蔡德惠毫无保留地呈现大家面前。1984 年的《日规》则更像一幅水墨画，汪曾祺没有从描绘蔡德惠本人入手，而是以一定的留白，从侧面烘托出他的人物形象，让读者品出作者对于蔡德惠的钦佩与不舍之情。

二

第二类重写和改写的作品是《异禀》《职业》《复仇》。这三篇小说的结构、主题没有发生巨大改变，只是增加细节，让人物更加立体，性格更加鲜明，小说的内涵更加丰富。

重写、改写后《异秉》的侧重点不同。1948 年的《异秉》突出了王二的发迹史。而 1981 年重写后的《异秉》先介绍王二美满和睦，接着介绍了王二熏烧卤味摊子各种食物的精细做法，包括原料、名字的由来。其中也穿插了对当地保全堂的“管事”“执事”等职业的介绍。

两篇《异秉》都是汪曾祺注重风俗描写以及传统中国文化心理剖析的小说。1948 年的《异秉》在写法上更具传奇性。1981 年的《异秉》则更加平实。各种风俗描写不但没有显得累赘，反而将乡情衬托得格外厚重。

汪曾祺是这样评价前后两篇《异秉》的：

> 前一篇是对生活的一声苦笑，揶揄的成分多，甚至有点玩世不恭。我自己找不到出路，也替我写的那些人找不到出路。后来的一篇则对下层市民有了更深厚的同情，我想把生活中美好的东西、真实的东西、人的美、人的诗意告诉别人，使人们的心得到滋润。①

1948 年的《异秉》读来给人印象最深的是汪曾祺对底层人民的关怀和民间伦理的赞美。而 1981 年《异秉》就更加现实，表达了他对命运的无可奈何。

两篇小说的结尾表达也是不同的：

---

① 汪曾祺：《要有益于世道人心》，《汪曾祺全集》第 3 卷，北京师范大学出版社 1998 年版，第 221 页。

学徒的上茅房。① (《异秉》1948 年)

原来陈相公在厕所里。这是陶先生发现的。他一头走进厕所,发现陈相公已经蹲在那里。本来,这时候都不是他们两解大手的时候。② (《异秉》1981 年)

这两个结尾表达方式完全不同,第一个结尾平白简洁。第二个结尾增加了人物的主观视角,对小市民文化心理的剖析更加准确,也符合汪曾祺所强调的"主题不要让人一眼就看出来",③要"含藏"。④

无独有偶,《职业》也是汪曾祺重写和改写的小说之一。1947 年 6 月,他作小说《职业》,包括《职业》《年红灯》两题。后于 1980 年、1981 年、1982 年先后三次重写,足见汪曾祺对这个故事的重视和喜爱。⑤ 在 1947 年的《职业》中,汪曾祺主要讲述了卖"椒盐饼子西洋糕"的职业,他对于从事这种职业的孩子描写着墨较少,却丰满地呈现了一个十二三岁孩子成长的过程——一开始有点傻、有点怯、不知所措,几年之后,"他举动之间已经涂抹了许多人生经验"。⑥ 而 1983 年的《职业(二)》由文林街一年四季的吆喝叫卖声写起,作为小孩叫卖声的背景。增加了对孩子的描写,揭露了他的身世,让他的人物形象更加立体。在《职业》中,孩子休息的一天也要做帮忙接亲的工作;而《职业(二)》中,孩子是真正休息,他去庆祝外婆生日。汪曾祺让孩子保持独属孩子纯真的同时,也被爱包围。这表现了他对于孩子从事这份职业的同情与理解,更富有温情,以及对孩子命运的深切关怀。

1983 年版的《职业》有一小段后记:

这是三十多年前在昆明写过的一篇旧作,原稿已失去。前年和去年都改写过,这一次时第三次重写了。一九八二年六月二十九日记⑦

从这篇后记中可以看出汪曾祺对《职业》的"念念不忘"。他初一、初二时就

① 汪曾祺:《汪曾祺小说全编》,人民文学出版社 2016 年版,第 274 页。

② 同上,第 409 页。

③ 汪曾祺:《我是一个中国人》,《汪曾祺全集》第 3 卷,北京师范大学出版社 1998 年版,第 300 页。

④ 同上,第 297 页。

⑤ 徐强:《汪曾祺文学年谱》,华东师范大学出版社 2017 年版,第 45 页。

⑥ 汪曾祺:《汪曾祺小说全编》,人民文学出版社 2016 年版,第 208 页。

⑦ 同上,第 618 页。

学习了归有光的《先妣事略》《项脊轩志》《寒花葬志》等。这些善于描写妇女儿童的文章,给汪曾祺深深的感染,让他了解了尊重妇女儿童,也可以从他对《职业》的重写、改写体现出一种贯穿性的思考——人道主义。

1947 年到 1982 年,他从青年变成了老年,他对生活有独特的理解。27 岁的汪曾祺正因为找工作辗转各地,生活穷困,对现实生活不满而又找不到出路。他自己在解释前期创作时说:"解放前一二年,我的作品是寂寞与苦闷的产物,对生活的态度是:无可奈何。作品中流露出揶揄,嘲讽,甚至玩世不恭。"①难怪《职业》中总有一种淡淡的忧伤。时过境迁,年逾花甲的汪曾祺心境平和,《职业(二)》中对孩子的塑造更有人文气息,抒情意味更浓,格调更积极。

最具有代表性的重写、改写当属《复仇》。改写后的情节并没有很大改变——一个青年人寻找杀父仇人,找到后放弃复仇的故事。

只是在 1946 年的《复仇》中,把副标题"给一个孩子讲的故事"删掉,加上了题词"庄子:复仇者不折镆干"。这正对应着两版小说的结尾:

> 不许再往下问了,你看北斗星已经高挂在窗子上了。②(《复仇》1941 年)
>
> 有一天,两付錾子会同时凿在空中。第一线由另一面射进来的光。③(《复仇》1946 年)

两版题词的改变,就由给孩子们的寓言故事变为给成老少皆宜的小说。1946 年《复仇》引用庄子的话,增加了历史厚重感,文风变得更加沉重,主题愈加深刻,也恰是作者重写《复仇》的关键所在。

两版的结局同样是年轻人放弃复仇,对于放弃复仇的过程描写完全不同。在 1941 年《复仇》中,瘦头陀在年轻人的询问下主动给他看自己手腕上的名字。而 1946 年的《复仇》中,瘦头陀没有理会年轻人的问话,只是继续凿着洞。由于长衫滑下露出手腕上的蓝色字迹,青年人发现了父亲的名字。汪曾祺在描写瘦头陀是否主动告知年青人真相的这个转变是由于瘦头陀发现了有种"莫名"的执着控制着他们。之所以说它莫名,是因为年青人与瘦头陀根本没有见过面,本无仇恨,却

---

① 汪曾祺:《美学感情的需要和社会效果》,《汪曾祺全集》第 3 卷,北京师范大学出版社 1998 年版,第 283 页。

② 汪曾祺:《汪曾祺小说全编》,人民文学出版社 2016 年版,第 32 页。

③ 同上,第 150 页。

因为自己母亲的执念,走上了不知名的仇恨之路。这不必要的报仇恰恰是社会伦理道德在支撑,《复仇》中的母亲则是这道德伦理的捍卫者。因而汪曾祺以一个巧合,即仇人也是为父报仇的复仇者,直接形成了对复仇的解构,呈现了此等意义复仇的空虚与无聊。这也是1946年《复仇》中年轻人放弃复仇之后,“忽然他相信他母亲一定死了”。① 因为只有母亲死了,伦理道德的捍卫者不在了,他才能放下仇恨,看清复仇的荒诞,结束这种荒诞。

《复仇》这篇小说不同于鲁迅的《铸剑》,同样是遗腹子的眉间尺坚定为父复仇,为报仇献出了自己的性命。而《复仇》以诗意的氛围洗去了复仇的血腥,以物本身的无害,来推及人的“无心”,从而将虚无的仇恨消解。追根溯源,是对仇恨的本性摧毁。所以,《复仇》中的复仇者恰恰是一个对仇恨不上心的人,他的仇恨是从母亲那里继承来的,他可以承载,但不一定背负着仇恨到达目的地。

关于自己的小说创作,汪曾祺主动淡化了西方现代主义文学的影响,更加贴近现实生活。回忆早年的文学创作,他有这样一段话:“有人说,小说跟散文是很难区别,是的。我年轻时曾想打破小说、散文和诗的界限。《复仇》就是这种意图的一个实践。”②

三

第三类重写和改写的小说有《庙与僧》《最响的炮仗》。这两篇小说都是重构性典型文本,无论是语言、结构、主题还是人物形象都做了调整,创作出一篇全新的小说。

《庙与僧》是《受戒》的蓝本。1946年的《庙与僧》以“我”的视角介绍了几个和尚一个庙。1980年的《受戒》恰是以此为基调,写的也是一个和尚庙,名叫“菩提庵”,叫成“荸荠庵”,地处庵赵庄。庵里也有三个和尚:当家的仁山师傅、有老婆的仁海师傅、聪明精干的仁渡师傅。小说中增加了小和尚明海的身世,解释了他当和尚的缘由;还介绍了荸荠庵的邻居小英子一家;主要描写的是明海的受戒以及他与小英子两小无猜的相处。

《受戒》从“儿童视角”呈现了一片童趣盎然、赏心悦目的世外桃源:庵赵庄的风光自然而美丽,寺庙和农家生活悠闲而温馨。“小英子的家像一个小岛,三面都

① 汪曾祺:《汪曾祺小说全编》,人民文学出版社2016年版,第149页。
② 同上,第166页。

是河，西面有一条小路通到荸荠庵。”[①]岛上有大桑树、菜园子、牛棚、猪圈、鸡窠，还有个关鸭子的栅栏，这是一个诗意的世界。

“《受戒》的感情是纯洁的、高贵的、健康的。”[②]它展示了人们的生命本色，并将他们置于和谐、明澈的自然环境中，使自然与社会生命个体在真与美中交融。

和谐不仅表现在人与人、人与群体社会的融洽关系中，还表现在人与物之间的亲近上，真正建立人与客体世界的和谐共存关系。《受戒》中尘世与佛门间的亲密融洽，“出家”即居家，“这个庵里无所谓清规，连这两个字也没人提起。”[③]当和尚只是一种谋生的职业，与俗人没什么不同。他们抽水烟、打牌、过年也杀猪吃肉、有老婆，可以自在地享受尘世之乐。

《受戒》相较于《庙与僧》，增加了明子与小英子的爱情。小说结尾处，小英子和受完戒的明子在回家的船上，有一场大胆而直白的交流：

> 小英子忽然把桨放下，走到船尾，趴在明子的耳朵旁边，小声的说：
> “我给你当老婆，你要不要？”[④]

明子先是惊奇、诧异，后来大胆说出了“要——！”在这里，小说所要渲染的是和尚明海和农家少女小英子间萌发的纯真无邪的爱情，由此赞美人性的纯洁和世俗生活的美好。受戒本是佛教信徒出家为僧，需要在一定仪式下接受戒律。但小说中的“受戒”形同虚设。也许小说试图将佛教的世俗化和人情化统一起来，表明“佛”在生活之中，合乎人情人性也符合“神性”。

与《受戒》同年创作的《岁寒三友》，是在 1981 年发表在《十月》杂志第 3 期。《岁寒三友》与《受戒》一样，都有诗化的风俗描写，其底本是汪曾祺在 1946 年创作的《最响的炮仗》。

《最响的炮仗》描写的是一家底层店铺由于政策影响的兴衰史。《岁寒三友》则着力展现开绒线店的王瘦吾、开炮仗店的陶虎臣、画家靳彝甫三个人真挚的友情。三个市井里的普通人因真心相待而成为莫逆之交，也在各自经历了跌宕起伏的生活磨难后依然保持内心的本真。最后当三个老友又坐在一起饮酒时，世事的

---

① 汪曾祺：《汪曾祺小说全编》，人民文学出版社 2016 年版，第 417 页。

② 汪曾祺：《小说创作随谈》，《汪曾祺全集》第 3 卷，北京师范大学出版社 1998 年版，第 307 页。

③ 汪曾祺：《汪曾祺小说全编》，人民文学出版社 2016 年版，第 416 页。

④ 同上，第 426 页。

无常让三个人都觉得疲惫,靳彝甫只说了一句:“咱们今天醉一次!”①一声长叹,既道出了生活的艰辛,也道出了友谊的珍贵。

在小说《岁寒三友》中,在放焰火的风俗描写中,陶虎臣被隐匿在热闹的氛围之中:

> 有人早早吃了晚饭,就扛了板凳来等着了。各种卖小吃的都来了。……人们摸摸板凳,才知道:呀,露水下来了。②

早早吃了晚饭扛了板凳前来的人们,那满场的各式小吃摊,那“炮打泗州城”“遍地桃花”的美丽焰火,还有结束后你呼我唤吆喝回家的声音,无不洋溢着欢乐、喜庆的气氛,而其中独不见焰火的制造者陶虎臣。汪曾祺说:

> 这里写的是风俗,没有一笔写人物。但是我自己知道笔笔都着意写人,写的是烟火的制造者陶虎臣。我是有意在表现人们看焰火时的欢乐热闹气氛中……我把陶虎臣隐去了,让他消融在欢乐的人群之中。我想读者如果感觉到看焰火的热闹,也就会感觉到陶虎臣这个人。人在其中,却无觅处。③

陶虎臣消融在欢乐的人群中正表现了“气氛即人物”二者的和谐,也体现了汪曾祺的最高审美理想——和谐与统一。

四

汪曾祺的小说语言浅白,内涵却不失温暖深刻;情感细腻散淡,却能和环境和谐统一。他的小说显示出对正统小说观念的冲击和反叛。他的小说远离时代主题,没有重大的题材,没有典型人物,没有社会功利性,选取的是平凡普通的小人物,叙写的是平常生活琐事,将风俗民情和地方景致融入小说,以淡雅的语言,平静的叙述,散文化的诗意氛围,创作出了独具风格的小说样式。

无论是20世纪40年代汪曾祺的小说创作,还是20世纪80年代的小说创作,

---

① 汪曾祺:《汪曾祺小说全编》,人民文学出版社2016年版,第441页。

② 同上,第435－436页。

③ 汪曾祺:《谈谈风俗画》,《汪曾祺全集》第3卷,北京师范大学出版社1998年版,第354－355页。

都是无关大悲大喜,以一种悲哀的调子展现给读者。这绝不是他对生活的悲观与绝望,也不是他对世俗生活的彻底否定,而是他对人世间小人物的关怀和悲悯,是他对人生悲剧救赎之路的探索与追寻。汪曾祺自己表明:“我恢复了自己在四十年代曾经追求的创作道路,就是说,我在八十年代前后的创作,跟四十年代衔接起来。”①

汪曾祺出身书香世家,骨子里就有一种工匠精神。他的小说多用简单平凡的文字,从俗语、民间文学中淘来大量贴近普通民众生活的语言,读起来十分顺畅。他也从传统文化中汲取精华,注重平仄押韵,实现汉字形、音、色的组合。他把自己的小说当成艺术品,让文本每个字都有自己独特的光芒与意蕴,因而才有了他在文学创作道路上的重写、改写作品,达到“平淡中见奇崛”的奇效。

读他重写、改写的几篇小说,总会不知不觉地进入看似不经意而又处处弥漫和谐氛围之中。他往往不注重小说情节的完整,在小说的故事主体之外,添加大量景物描写、风俗画描写的元素去点染氛围,把氛围的渲染作为整篇小说的主题,对于故事主体本身却是三言两语,简笔勾勒,由此形成一种“和谐”的文风和“散文化”的小说格局。在汪曾祺对传统的借用、对自己小说的重写和改写的道路中,他对传统、个性、和谐,都有了另类的解释。京派的路也因之而有了新的改变。

---

① 张兴劲:《访汪曾祺实录》,《北京文学》1989 年第 1 期。

黎汝清的"命运启示录"*

付如初

书比人有名

2015年2月25日,黎汝清在南京逝世,享年88岁。然而,作为他的责任编辑,我得知他去世的消息却是在8个月之后。当我打电话给他爱人邓德云的时候,老人家仍旧掩饰不住老伴离世的哀伤,在电话里泣不成声:"我和黎汝清夫妻60多年,从没想过他这么匆忙离开。"当我问及为什么黎老师去世的消息所见不多,以至于连我都是这么晚才知道的时候,她安慰我说:黎汝清生前有嘱托,一切从简。除了《文艺报》发了一则短消息①,南京的几家媒体发了消息,黎汝清所在的南京军区吊唁了之外,其他的媒体和机构都没有通知。而且,因为黎汝清的教育引导,孩子们都没有从事和文学相关的行业,所以,我不知道是正常的。

我遍搜网络,看到的的确只有报道黎汝清去世的短消息,和一篇很短的友人悼念的文章。

一代军事文学巨匠,中国党史、军史纪实小说第一人,中国当代文学史上独树一帜的悲剧史诗作家,就这样离开了我们。

黎汝清,只读过4年小学,半年私塾和3个月中学,17岁入伍,参加过昌潍战役、济南战役、淮海战役、渡江战役,到过老山前线。在战争年代曾立过两次二等功、三次三等功,获得过三级解放勋章。创作上,有儿童文学、中篇小说、电影剧本,最重要的是有17部长篇小说。其中既包括"文化大革命"期间妇孺皆知的《海岛女民兵》《万山红遍》,也包括迄今无人能及的"战争悲剧三部曲"《皖南事变》

---

* 本文原载《经济观察报》2006年1月11日。现经细节修订补充。

① 《黎汝清逝世》,2015年3月4日《文艺报》。

《湘江之战》《碧血黄沙》①。他用 17 部长篇涵盖了中国革命史里所有的阶段，甚至包括整个社会主义阵营。如果说，中国革命史本身足可以让所有的艺术门类黯然失色的话，那么黎汝清的作品至少为文学保留了一份发言权，甚至保留了一份尊严，不让历史彻底变成“任人打扮的小姑娘”。

人固有一死，而且，历史和现实中也不乏轻如鸿毛者备极哀荣，重如泰山者黯然远去的例子。死本身和怎么被哀悼本身并不值得过分注意，然而，这样一个作家死之后，怎么被时间和历史记忆，却值得关注。

中国最著名的两部当代文学史，洪子诚的《中国当代文学史》和陈思和的《中国当代文学史教程》，对黎汝清的记录文字屈指可数，尤其是对于真正奠定他文学地位的“战争悲剧三部曲”，几乎没有阐述。文学研究界对黎汝清的研究也是非常有限，迄今只有一部 1983 年出版的评论集②。之后全部论文的数量和质量跟黎汝清的鸿篇巨制比起来，远不匹配。作家生前的情形已是如此，身后则可想而知。

好在，“面对稿纸，背对文坛”一直是黎汝清的志向，否则，以他的资历和成就，不知道要在军队和文坛如何呼风唤雨，知名度与今天相比也一定是另一番天地。他追求的是书比人活得更长久。

“两个”黎汝清？

“文变染乎世情，兴废系于时序”，因而文学界最常发出的感叹，就是人有人的命运，书有书的命运，因缘际会之中，总有生正逢时和生不逢时的差别；也常有先走一步是烈士，晚走一步是英雄的感叹。尤其是新中国成立后到“文化大革命”结束这段特殊的历史时期，书和人的命运之变幻跌宕的例子更是不胜枚举。这一点，只需要看一下新中国成立后到“文革”结束期间的文艺界就可见一斑：1951 年批判电影《武训传》，1954 年对胡适的批判、对俞平伯《红楼梦》研究的批判、再到 1955 年的胡风案、“丁陈反革命集团”、1962 年批判小说《刘志丹》“利用小说反党是一大发明”、1966 年对遇罗克《出身论》的批判等。古今中外的历史反复证明，一个新政权在诞生之初，总是最在意自己在舆论领域，尤其是各种观念争相角逐的文学和艺术领域的控制力。

与此相对的，自然也有红极一时的作家和作品，比如赵树理，比如浩然，比如刘绍棠，其中也包括黎汝清。

---

① 人民文学出版社 2012 年版。

② 庞守英编：《黎汝清研究专集》，解放军文艺出版社 1983 年 11 月版。

1966年,黎汝清发表根据洞头女子民兵连的英雄事迹创作的长篇小说《海岛女民兵》,引起了巨大的轰动。全国当时流传着一句话:“南京到北京,《海岛女民兵》”。之后小说被改编成各种剧种,尤其是1975年被改编为电影《海霞》之后,更是家喻户晓。如今这部电影已经成为经历过那个年代的人的共同记忆。尽管拍摄的过程一波三折,但最终该片得到了国家领导人的支持,最终与《创业》和《黑三角》一起,成为“文化大革命”电影的三部曲。

1977年,“文化大革命”刚刚结束,黎汝清又发表了描写我党我军建立根据地、坚定地走井冈山道路的长篇小说《万山红遍》(上下),还是写英雄人物,也不可避免地带着一些那个年代“高大全”“三突出”①的痕迹,出版之后也还是盛况空前,全国二十几家电台进行了长达半年的联播。说黎汝清是那时候的当红作家,一点不为过。

但就是这个“文化大革命”期间的当红作家,突然转型,在1987年出版了震惊文坛、也震惊了党史和军史界的《皖南事变》。之后,他顶着巨大的争议和压力,相继出版了关注我党我军历史上重大挫折的《湘江之战》和《碧血黄沙》,好评如潮。仿佛一夜之间,黎汝清从一个中规中矩的作家变成了一个敢于触碰雷区的、敢于“揭短揭丑”的作家。

如今看来,事情当然没有那么神秘。在文学和生活、文学和历史、文学和政治的关系处理上,黎汝清只不过遵循了更为禁得住时间检验的规律。他始终没有像其他作家那样,让自己的创作远离生活实际,彻底变成图解政治的传声筒,也没有像其他作家那样,历史观和现实观的局限直接转化成了创作上的困境,以至于脱离了特殊的时代背景之后就变得一筹莫展。而且,因为他个人的气质和选择,他始终有意识地远离意识形态中心,远离权力,专注于文学和创作本身,当然,革命资历和军人身份也给了他远离这一切的便利。

黎汝清曾对记者如此回忆“文化大革命”期间的状态。他说自己完全是“观潮派”,没有“毒草”可批也没有权位可夺,没有参加任何组织,也没有参加任何学习班,而是到越南北方采访,到中央苏区深入生活,重走了一段长征路,《万山红遍》即是那时候积累素材的产物,以后的创作往我党历史上的悲剧转型也是萌芽于那个时期。

而且,无论是“文化大革命”期间还是之后,他阐释自己的创作观的时候,始终

① “三突出”,是“文化大革命”期间“四人帮”提倡的文艺作品创作原则的简称。他们提倡“在所有人物中突出正面人物,在正面人物中突出英雄人物,在英雄人物中突出中心人物”的所谓“三突出”原则。“高大全”是在此基础上衍生出来的,大意是指文艺作品塑造的主要人物要是形象高大、没有缺点、全心全意为人民服务的完人。

不曾回避“现实主义和浪漫主义”相结合的原则,他说:创作固然应该写“生活就是这样”,但也应该写“生活应该怎样”,这是“我的理想主义”。某种意义上,恰恰是这种“理想主义”,没有让黎汝清成为某一特定年代的作家,当然也没有让他成为只能作为“现象”传世而不能以作品传世的作家。当然,也因为这种“理想主义”,黎汝清能够始终被阅读。

《皖南事变》的价值和黎汝清的命运转折

时至今日,阅读这部出版之后即获金钥匙奖的《皖南事变》仍旧能够带给人文学的惊奇和历史的惊奇。所谓“文学的惊奇”,首先是作家选择这个题材的勇气。

当时的文学界,正在为现代派小说引进之后,重新发现小说的讲法而惊奇。尽管有些历史题材的先锋小说也被命名为“新历史”,但从作家的创作初衷而言,与其说是对重新发现历史、更新历史观的内容的兴奋,还不如说文学形式革新的快感来得更直接。在“我就是那个叫马原的汉人”,“我爷爷”“我奶奶”(《红高粱》)的形式感召下,整个文坛认为坚持现实主义都是一种落伍的表现(这一点,从《平凡的世界》在文学界的命途多舛,路遥被主流文学界忽视的郁结中也可以窥见一斑),更何况选择这种纪实小说的形式呢?

而且在当时拨乱反正的大背景下,党史和军史研究“宜粗不宜细”、注意研究分寸不要“抹黑”等已经变成了某种程度上的共识。一部小说选择中国革命史上这样一个充满悲剧意味的敏感事件作为讲述的核心,必然要“细化”,甚至必然要触碰某种“禁区”,以黎汝清在部队的工作经历和创作经历,他不可能不知道文学风险之巨大。现实熄灭文学之火的手段是多种多样的,然而,作家在现实的缝隙中寻找到文学生机的能力也是非凡的。

读者获得“文学惊奇”的第二个层次就是书本身了。《皖南事变》能够紧紧抓住读者对这个国共两党由合作抗日变得兵戎相见的事件“耳熟不能详”的心理,用人物,尤其是新四军的领导人的心理活动,引人进入历史现场,跟项英一起在中央的命令和个人的志向之间权衡;跟叶挺一起感受项英有形无形的冷落和轻慢,感受自己作为新四军军长有名无实的痛苦和纠结。在这本书中,党的领导人第一次和普通的士兵、群众一样,褪去了天然的光环和英雄色彩,只作为文学描写的对象被作家平视、揣摩、理解,甚至审视。这本书第一次令人信服地塑造或者说呈现了项英和叶挺这两个我党领导人的个性特征,令人过目不忘。

书中写,在我们党的历史上,项英曾经担任过中共苏区中央局代理书记,革命军事委员会主席,一度地位比毛泽东同志高;他作为为数不多的工人阶级出身的领导人,曾受到斯大林的亲自接见,斯大林还以手枪和钢笔相赠;他曾经亲自处理过“富田事件”;他有过三年游击战争的领导经验,又用三年艰难缔造了新四军,因而他不愿意去江北,而是希望到国民党后方打游击。《皖南事变》在深入研究这些党史资料的基础上,写项英的历史优越感,写他的家长式领导作风,写他和叶挺之间的矛盾,写他对北移的抵触,写他的拖延,写他最后的死于非命。

对于叶挺的描写也是如此。作者紧紧抓住他在《皖南被囚抒愤》中写的:“三年军长,四次辞呈,一朝革职,无期徒刑”,同时也紧紧抓住他“两次出走”的历史史料,写他在新四军中的处境,写他跟项英之间的矛盾,写他在国共两党之间的特殊处境和特殊地位。

所谓“历史的惊奇”,就是作者通过这一本书,将一个史学界始终争论不休的问题,讲得有血有肉,条分缕析。所谓小说以文学的真实保留了历史的肉身,即是如此。人物和事件、局部和全局、党派利益和家国矛盾、党性和人性、历史真实和文学真实等等,都有机地统一在一起,使得这场牵涉到九千人生命和热血的“同室操戈,千古奇冤”的大悲剧,第一次以完整清晰的面貌示人。这种完整,不仅包括蒋介石背信弃义的外部原因,还包括党内矛盾纠葛和权力斗争的内部原因。仅仅这一点“文学的发现”,就足以使《皖南事变》在当代文坛占有不容置疑的一席之地。

然而,对于读者是“美学的和历史的”惊奇和惊喜,对于作家则是史识、史笔,尤其是史胆的考验。这种“史胆”不只是如前所述,敢于闯入云里雾里的党史军史,敢于试探雷区和禁区,敢于把党的领导人当作普通人来写这些方面,同时还包括敢于承担书写可能造成的全部后果——历史的、文学的,尤其是人事的。事实上也是,《皖南事变》出版之后,一方面是文学读者的好评如潮,一方面则是史学界的质疑和争论,最厉害的则是很多直接和间接的当事人的“告状”。

于是,就出现了一个文学史上非常独特的现象,那就是,一个作家不断自我突破,作品写得越来越好,甚至整个创作气质都发生了“破茧为蝶”般的改变,而读者也为之“惊艳”和欢呼的时候,其文学地位却越来越边缘,越来越被遗忘。到底是历史反思的戛然止步所致还是人事的力量太强大?还是勇于打破创作禁区的作家不配有好命运?

一位俄罗斯当代作家曾经说:“俄罗斯人不是历史变迁的牺牲品,而是不断变化的阐释的牺牲品。”①而普列汉诺夫在回顾沙皇专制统治下血雨腥风的俄罗斯文坛的时候,曾发出这样的感慨:“一切历史,自然包括文学史,都可称为一片大坟

① 转引自长篇小说《任由摆布》。原话为俄罗斯作家马克宁所说。

场——其间,死者多于生者。”①

好在,在思想解放的大时代环境中,在反思文学逐渐深入的文学氛围中,《皖南事变》经受住了考验,黎汝青也经受住了考验。而且,那个时候的他,完全意识不到自己命运的吊诡之处。于是,他不仅没有止步于《皖南事变》,而且沿着书写我党我军历史上的悲壮篇章的路子,一走到底,相继又出版了《湘江之战》和《碧血黄沙》。

《湘江之战》和《碧血黄沙》

这两部书,依然可以用“文学的和历史的惊奇”来概括。有了《皖南事变》的成功尝试,黎汝清驾驭起后两部来更加从容圆熟。同时,他对待历史的态度,尤其是文学把握历史的分寸,并没有因为《皖南事变》的争议而变得拘谨,相反,乘着当时思想解放的东风,乘着相关历史资料解密的东风(当时有关西路军的史料大量解密,以徐向前元帅出版回忆录为代表,大量当事人回忆自己的悲壮历程。而且黎汝清在新中国成立后曾经走访过许多四方面军的首长),他更为理性,更为注重用史料本身说话,更注重人性深度的开掘,更注重史料之间和人物之间的相互作用和相互联系,也更注重深层次的探讨:比如湘江之战中的“抬轿子”问题;比如西路军的失败和抗战全局的要求之间的矛盾的认识;比如西路军战术上的“以弱掩强”的问题等等。因而,关于长征路上的“湘江之战”,关于西路军的悲壮历程,这两部书能够提供给读者的并没有更少,而是更多。

《湘江之战》中,红军在几次反围剿斗争中的英勇表现,长征路上不断变换的局势以及对路线选择的要求,党的领导集体中各自的革命履历和性格表现,乃至蒋介石和军阀之间的矛盾斗争等,无不在以湘江一战为辐射点被投射进来。军事上这一场血流成河的悲壮抗争,折射着全党、全军乃至全国在特殊的历史条件所面临的危难局势。《碧血黄沙》则将西路军的出征放在全国抗战的大局中,将他们路线变化的悲剧与全国局势未定联系起来,同时也将西北五马放更久远的历史中来看待他们与蒋介石政府的关系。两部书的信息量远远超过了一场战役和一次远征本身,同时,两本书的悲剧气氛和悲壮精神,包括作家借由悲剧所进行的幽远的历史反思,都远远超过了失败本身,甚至远远超过了那段历史本身。

《湘江之战》的结尾,则结束于 1978 年 10 月,结束于地下党员万世送经历过“文化大革命”的九死一生之后,送别老战友何文干,重返起义旧地宁都。《碧血黄沙》则结尾于 1984 年对西路军战士的寻访……

① 陈为人:《苏俄诺贝尔文学奖四位得主的命运比较》,《同舟共进》2009 年第 3 期。

《皖南事变》的结尾,战地记者白沙留给陈毅军长一封信,信中说:“历史是多面的,每个人只能用一双眼睛看世界,千秋功罪评说不一。阴谋拉开悲剧的序幕,性格才是悲剧的主角;在万古常新的悲剧人物身上,总能找到那个阿喀琉斯之踵。”而在黎汝清的书中,总能找到类似的议论。比如他在《湘江之战》中说:“生活中,人事关系大概是最复杂的,智莫难于知人。博古、李德、项英,在人事安排上花的时间和精力也最多。”在《碧血黄沙》中,他则说:“你是英雄,还要有命运之手把你放在英雄的底座上。”

在把握敏感历史题材的时候,黎汝清有两个法宝:一个是以人物性格和人性规律讲述事件的逻辑;第二个是善于驾驭放射式结构,以点带面,以人物带史料,注重在史料的相互联系和辩证统一中寻找事件的逻辑。他反复用马克思主义的历史观为自己的创作立法,不断申明要“把历史的还给历史”。当然,这是他用文学的方式阐述自己的辩证唯物史观的方式:他一方面反思英雄创造历史和不能创造历史的必然和偶然,一方面也承认一些微不足道的人物也会扮演重要的历史角色(比如项英之死于忠诚的勤务兵之手等),当然,他也用了足够的笔墨关注普通士兵在历史洪流中,尤其是历史悲剧的洪流中的地位和作用。之所以选择三大悲剧,未尝不是为“无名的牺牲者立传”的考虑。自然,其中多少也包含着规避被误读的不得已的苦衷。

历史小说,在史传文学发达的中国历来争议颇多,因为围绕“真实”,围绕“真实的历史和讲述的历史”,其实有很多认识论上的疑难。当然,涉及党史和军史小说,疑难更多,单单是党性和人性,就会让文学面临有可能无法逾越的高峰,当然,如果一个作家生活积累和史料积累足够,如果一个作家拥有面对历史和剖析历史的能力,也愿意用自己的良知和责任感选择这样的题材,那这些疑难就会变成挖也挖不尽的富矿。至于宽松的文学环境和合适的历史时机,或许永远不是靠想象和等待的,需要用有艺术说服力的作品来检验。

黎汝清会成为“被遗忘的大师”吗?

黎汝清一生创作了近一千万字,据他的家人和朋友回忆,他有“听一个故事就可以写一部小说”的才情,也有倚马可待的文思。而且,纵观他的全部创作履历,他从未囿于历史观的局限而放弃独立的思考。即便是在写《万山红遍》的1977年,他也还写了长篇小说《叶秋红》,在文学史上首次写红军内部斗争的残酷性,写领导权的争斗和路线斗争给革命带来的损失;同时期,他也有短篇小说《自白》,写党内优秀的党员被战友诬陷致死。革命,是一个充满了艰难困苦的过程,这种艰难困苦，不只来自敌人的强大，有时候也来自内部的消耗。这是黎汝清的革命历史观。应当说，在中国文学沉浸在"伤痕文学"的哀伤中的时候，黎汝清已经用自己的笔开始了反思之旅。他是文学的先行者。

之后，军旅文学才开始越走越远。出现了一批优秀的军旅文学作品，比如李存葆的《高山下的花环》、徐怀中的《西线无战事》、乔良的《灵旗》以及周梅森和朱苏进、莫言、刘震云的小说等。考察文学史上 1987 年前后出现的所谓的"新历史主义文学"潮流，有很大一部分是军旅文学，或者说跟战争文学有关。而这一切，其实跟黎汝清的探索和开拓有密不可分的关系。

而他的"战争悲剧三部曲"至今都是党史小说不可逾越的高峰。多年之后，部队作家王树增和金一南的党史和军史的"非虚构"写作进入了读者的视野，并且获得了巨大的成功。如果按照黎汝清写《湘江之战》的时候说的，"95% 的内容都是有史实可考的，可以当历史来读"的话，那时隔多年的"非虚构"文学只不过是纪实小说的另一个说法而已。应当说，黎汝清在 20 世纪 80 年代为历史真实所赋予的充沛的文学性，无形中也为当下的历史写作打开了另一扇窗口。只是，他作为先行者，已经被边缘化甚至被遗忘了。

当然，即便是现在，党史和军史作家被专业评论"冷淡"的现象也存在，比如，与巨大的读者反响和媒体反响相比，对王树增和金一南的专业评价也并不多见。但愿这只是专业分工的盲区造成的问题。但愿后人在党史和军史面前的精神矮化问题能够得到相应的重视。

在文学史上，被称为大师的人大致有三种：一种是创造了新的讲故事的方式；另一种是打开了认识世界和认识人性的新窗口；还有一种是闯入了题材禁区，超越自身环境的局限而呈现了超越历史的普世的价值观。用这样的角度衡量，黎汝清称得上大师，只是，按目前的情况看，他可能会成为"被遗忘的大师"。

恩格斯说，读巴尔扎克的《人间喜剧》，在经济细节方面的所得比职业历史学家、经济学家那里得到的更多，因为，他用故事的方式保存了一种生活的真相①。同样，对那段历史的了解，从黎汝清的小说中的所得也比党史专家的所得更多。黎汝清用小说保存着一种历史的面貌，而且，在很长的一段时间内，包括现在，它都成了人们借以全面了解那段历史的有效的、不可多得的途径。甚至可以这样假设，如果黎汝清的反思之路能够被足够重视和评价，能够有更多的追随者，那之后有关历史的创作恐怕不至于会走向"手撕鬼子"的地步。

---

① 恩格斯：《致玛·哈克奈斯(1888 年 4 月初)》，《马克思恩格斯选集》第 4 卷，人民出版社 1973 年版。

有时候我会想,以黎汝清的创作资历和创作成果,以黎汝清的文学勇气和历史勇气,以黎汝清作为知识分子的“说真话”的勇敢和担当,以黎汝清上过战场的家国情怀,如果不是他身在部队,是不是也可以通过某种奖项跻身于世界大作家的行列呢?

当然,历史不容假设,作家的命运更不容假设。

普希金在《纪念碑》一诗中曾这样呼喊:“不,我不会死亡——我的灵魂在圣洁的诗歌中,将比我的灰烬活得更久长。”①以此纪念黎汝清逝世三周年。

---

① 《普希金诗选》,人民文学出版社 2003 年版。

归来者的位置:“高晓声访美”与《陈奂生出国》

杨晓帆

作为“陈奂生系列”终篇,《陈奂生出国》发表于《小说界》1991 年第 4 期。同年 12 月上海文艺出版社将七篇陈奂生为主角的小说合并为《陈奂生上城出国记》,以长篇形式出版。相较于 20 世纪 80 年代前半期的“陈奂生热”,这次写作反应平平甚至引来不少批评,但高晓声在回答家乡《常州日报》记者采访时,还是难掩激动:“《陈奂生出国》这个题目我酝酿了好多年,1981 年初次访美,有人就在报上说我是‘陈奂生出洋’。到美国,一位博士居然把我当成了陈奂生,那时有朋友就建议我写《陈奂生出国》,认为用陈奂生的眼光来看当代西方文化,一定很精彩。”“我是竭尽全力来写《出国》这部小说的,因为这是我告别陈奂生的压台戏。”①

事实上,早在 1982 年《花城》第 3 期,高晓声就已经以《书外春秋》一篇宣布了“告别陈奂生”②。但陈奂生还是在 1991 年“归来”,并以《陈奂生战术》《种田大户》③打前站,最终走出国门。为何在 20 世纪 80 年代初就有所酝酿、也不乏海外出访经验为参考的创作计划,要被延宕到 90 年代初呢? 高晓声两次访美的域外体验又为其书写中国故事提供了怎样的参照?

在《小说界》卷首语中,编者感叹陈奂生江山易改,本性难移,“以致又闹出了许多笑话,真是把洋相出到外国去了。”但同期配发陈思和致高晓声的信,却认为

---

① 李寿生:《高晓声的陈奂生情结——二十年前的一次难忘采访》,《高晓声研究·生平卷》,江苏文艺出版社 2014 年版,第 345 页。

② 1983 年花城出版社以《陈奂生》为题合集出版了高晓声于 1979 - 1982 年间创作的四篇陈奂生系列小说:《漏斗户主》(《钟山》1979 年第 2 期)、《陈奂生上城》(《人民文学》1980 年第 2 期)、《陈奂生转业》(《雨花》1981 年第 3 期)、《陈奂生包产》(《人民文学》1982 年第 2 期)。除前言外,还插入了《柳塘镇猪市》和类似终章或跋的《书外春秋》。《书外春秋》同样带有后设小说的形式意味,写“我”收到一个也叫高晓声的作家写来的信,信中讲到在他的村庄也有一个陈奂生,并误以为是他写了自己的故事,便在旁人唆使下要找他算账。

③ 《陈奂生战术》,《钟山》1991 年第 1 期;《种田大户》,《钟山》1991 年第 3 期。

读者应该废掉此前已先验接受了的陈奂生概念。陈思和检讨自己因袭《陈奂生进城》,以为小说是“刘姥姥进大观园”的现代版,读后才发现高晓声改变了思路,“在这回‘出国’中,陈奂生的性格要成熟得多,不再需要你的同情。有时他还走到了你的前头,成为小说的一种叙述视角”①。陈思和所述,关涉陈奂生们和高晓声之间的关系问题,而《陈奂生出国》采用元小说形式,无疑为探讨这一重要问题提供了更多可能。辛主平以“高晓声”为笔名写作了陈奂生系列,并邀请创作原型即昔日下放改造时曾特别关照过他的陈奂生,一同访美——作者成为小说里一个公开说话的角色。高晓声再次创作陈奂生故事的驱动力是什么?陈奂生形象及其被经典化了的历史内涵,又是否会因为这次续写被重新打开?

一、访美游记与国民性批判意识的凸显

尽管《陈奂生出国》中的许多情节,如作家辛主平赴美国大学演讲、陈奂生参观养鸡农场等,都直接来自高晓声1988年的访美经历。但早在1981年10月21日,高晓声就已初次访美,11月12日回国后完成系列散文,自12月12日开始在《常州报》上连载,后以《访美杂谈》《访美杂谈(二)》为题发表于《钟山》1982年第2、3期。其中《罗卜特及其农庄》和《农村妇女》两节又以《美国的农庄和农民》为题发表于《新观察》1982年第5期。若将这些随笔与1988年二度访美的相关记述对照,可以看出高晓声观察与思考的变化。虽然都尝试在中西比较的视野中建立域外经验与中国现实的关联,但从新时期初到80年代末,特别在农村与农民问题上,还是结合自身创作确立了不同关联点。

据1981年与高晓声同行访美的许觉民回忆,高晓声出访时的许多行为举止都让他想到陈奂生,“诚笃,心思灵动,又怀有好奇心”。一上飞机就“走失”,后来才知他是去查看机舱空间大小、头等舱设置等。到了美国后更是“走失事件”频发,害得许觉民每次出门都要特别关照,“可是他的满不在乎的性情,独来独往的落拓不羁,总是不断使我想起他的陈奂生进城时的神态”②。尽管高晓声自嘲常州话需要二道翻译才能与人交流,海外观感多少有些浮光掠影,但这20则游记随笔的文风还是倾吐出一种目不转睛、渴望消化一切新事物、新感觉的热情。与许多同期出访的同辈作家一样,着意于新时期初思想解放氛围“多谈西洋镜,少谈姓

① 陈思和:《又见陈奂生——致高晓声的一封信》,《小说界》1991年第4期。

② 许觉民:《与高晓声同行访美》,《高晓声研究·生平卷》,江苏文艺出版社2014年版,第105页。

资姓社"(王蒙语),游记中常感叹美国"色彩丰富"、如高速公路般炫目的物质文明,但每一则都还是能见出高晓声对于发达资本主义国家因历史优势取得发展优势的思考。如一面赞叹纽约的灯光,感慨美国作为能源输入国大肆浪费,中国作为能源输出国却要节衣缩食;一面又指出资本家是一手"讲人道",一手"买你的",说穿了其实是"用钞票的'买人'之道"。"有一位先生夸奖美国说:'这个国家真是得天独厚。'我觉得应该加一个字,要说成'这个国家真是得天下独厚'"。再如参观自由女神像时,对早期华工参与美国西部建设血泪史的祭奠,对美国在政策上普遍剥削侨民、非法雇工等现象的观察,对赴美中国自费留学生生活负担的关切等,都使高晓声做出了"美国并不是天堂"的评价。随笔中特别多地谈到赴美台湾学者、侨胞的热情接待,格外能让人体会到高晓声这一代知识分子即使受难归来、在海外面对政治异见或隔阂时①的家国情怀。例如在印第安纳大学结识了做李欧梵助教的潘原,谈及其夫人从台湾来,反倒比他要"左"。高晓声的态度是,"由于过去极'左'路线的危害,我也有点怕'左',但一个台湾姑娘的'左'是可爱的。因为这里面有着对民族对祖国的向往。"

这次访美高晓声参观了两户农庄。和高晓声在创作中总爱"算细账"的习惯一致,他对于农庄面积、农户收入等都会仔细询问。但相较后来二度访美时格外着眼于对农业机械化、现代化解放生产力的肯定,初次访美时,对于有三千亩土地却在邮局工作的"业余农民",高晓声的感慨是工农收入差距之大,还察觉到美国有通货膨胀的隐患②。随笔里提到对"一个农民竟不种自己吃的粮食"的疑惑,这一细节后来被《陈奂生出国》用来彰显农转非的优越性,此时却主要是从美国人的饮食习惯使然做出解释。

如果说初次访美随笔更多侧重于用细节去呈现具体、复杂的经验感受,那么到 1988 年二度访美时,高晓声则开始更自觉地借西方现象谈中国问题。在《寻找

① 此次访美的团长陈原,回国后提交《访美汇报》中提到代表团与海外台胞交流时的几点印象。有的人虽然对中国台湾、美国和中国大陆都不满意,但又认为台湾现在生活安定,生活水平较高,最好能维持现状。"看起来对我们的担心要多一点,例如怕再来一次'文化大革命'之类。""也有个别人很'激进'的,言谈'左'得很。"另外,代表团还与 3 月间访华的美籍华人作家访问团中的王靖宇、李欧梵、刘绍铭在美见面,三位学者委婉表达了对访华之行的一些意见。这份报告还详细介绍了出访组织形式、人员、行程安排等。引自《陈原出版文集》,中国书籍出版社 1995 年版。

② 1982 年李凖访美时,也曾访问了美国农户,并得出结论:父子关系往往是雇佣关系;而美国之所以从机械化道路逐步过渡到生产管理工厂化,是其地多人少的国情所致。农户约翰·丹安对李凖反映了美国国内经济大萧条带来的困境,当年大豆玉米销售困难,只能寄希望于里根政府的农产品出口政策。有丰富农村生活和创作经验的作家,似乎更能结合中国经验对美国模式有深入思考。

美国农民》中,高晓声开篇就详述了在美国艰难寻觅农民的一番波折,“交游广阔”的梅仪慈、李欧梵、聂华苓竭力相助,最后才联系到一个养鸡(专门生产鸡蛋)农场参观。高晓声由是做出判断:“美国农民之少,已使他们的习性不可能影响其他阶层了;相反,他们受到其他阶层的影响,已经失去了农民原有的习性。他们从事商品生产、经营和上超级市场购买蔬菜瓜果(甚至食量)等行为,就不是农民原有的东西。他们已经融合在现代的潮流里。”①这个判断和高晓声在《陈奂生上城出国记》后记里写道的“什么时候才能结束陈奂生们包围城市的局面呢?”——显然互为参照,与美国农民相比,陈奂生式的小农思想无疑是现代化的阻力。

对农民习性或如评论家反复提及的“国民性”批判,开始更多地覆盖高晓声的访美观感。比如初次访美时,高晓声还以华盛顿黑人市长治理有方为例,批评美国人把纽约地铁脏乱差的责任简单推到黑人身上,提醒人们去关照黑人买不起汽车而不得不依靠地下铁的生存困境;二度访美涉及芝加哥、底特律的黑人问题时,则首肯美国反种族歧视的政策,将反思焦点集中到黑人不再是奴隶,却仍奴性未脱的根源上:

> 我同一位安阿伯市的文学博士、诗人 Edwand Morin 讨论这件事,他用纯客观的态度说道:“黑人一开始被运到美国来就是当奴隶的,奴隶对社会是没有责任感的。”这话使我猛吃一惊,真是一针见血。原先我认为奴性就是对主子卑躬屈膝、惟命是从。经这位先生一说,我才明白这只是现象,它的本质是对社会没有责任感。
>
> ……当然,我绝不认为今天的美国黑人还是奴隶。但是久远的历史在他们身上造成的影响,并不会随着身份的改变而轻易消失。正像我从自己同胞身上看到的一样,令人慨叹。……
>
> 我多么希望赶快摆脱这种恶习呀!②

这些表述不难让人联想到高晓声在创作谈中屡屡提及,自己和陈奂生都还未从因袭的重负中解脱出来:若说奴性即是这“重负”的表现,即“没有责任感”,那么就要如上述黑人问题所示,使农民或说全体中国人“不仅有当国家主人翁的思想而且确实有当国家主人翁的本领”③。当然不能说高晓声将美国黑人与中国农

---

① 高晓声:《寻找美国农民》,《高晓声文集·散文卷》,作家出版社 2001 年版,第 304 页。

② 高晓声:《鸿沟》,《高晓声文集·散文卷》,作家出版社 2001 年版,第 311 – 312 页。

③ 高晓声:《开拓眼界》,《小说林》1983 年第 7 期。

民、中国人做了不恰当的历史比附，但其中的延伸性思考，确实构成了对国内语境中围绕陈奂生形象探讨国民性问题的共鸣。这里的问题在于，高晓声的洞见背后是不是也有盲目。如有学者指出，美国黑人问题特别是20世纪60年代城市骚乱、黑人民权运动等，是美国农业现代化过程出现内在危机转移的必然结果。最初由于南方种植园经济需要被贩卖到南部的黑人，之所以在20世纪大量迁徙入城市，"是由于农业的机械化发展已经不需要他们，当农业一直被当成赢利的行业，而机械化比劳动力更有效率，农民就被排斥出家园，为的是让资本获利。"进入城市的黑人由于教育起点、政治权利保障等问题，在物质生活水平提高的同时，不得不面对失业危机等更大压力。而"美国被认为是消灭了农民，只有农场主。这种说法抹杀了西部地区庞大的流动季节农业工人和城市贫民窟中没有希望的失业者，他们都是失去家园的农民及其后代"①。当高晓声1988年3月参访底特律，将汽车城的衰亡简单归因于黑人缺乏能力建设城市时，他的评价——"一个善于破坏旧世界的好汉，未见得就是一个善于建设新世界的英雄"，多少暴露出80年代中后期知识界在强调文化反思、思想启蒙同时，可能疏漏政治经济学、甚至阶级视角的认识缺憾。回望1981年首次访美时，高晓声曾敏感觉察到，"我总以为最穷的人是住在穷乡僻壤的。不大相信'穷人要到城市去找'的说法，我这种顽固的中国观点也许真的不切美国的实际"。若循此思路推进对中国正在进行农村改革及其历史遗留问题的观察，恐怕能更清晰地指出，中国农村问题从来都是城乡二元格局下的结构性问题，仿照美国模式让陈奂生们融入现代潮流的启蒙工作，并不必然能解决中国现代化进程中伴生的困境。

因此，需要进一步追问的是，高晓声二度访美中认识与表达的调整缘何发生？当高晓声的访美本事被分派到《陈奂生出国》的不同角色上时，小说自身的丰富性又形成了怎样的补充与超越？

---

① 吕新雨：《农业资本主义与民族国家的现代化道路》，《视界》第13辑。另外，1983年编译出版的《美国的农业与农民》一书中专门有"黑人的迁徙"一节，从几个黑人家庭从南方种植园迁往北方大城市后的生活状况，反思美国农业问题。参见〔美〕罗德菲尔德：《美国的农业与农村》，安子平、陈淑华等译，农业出版社1983年版。

二、海外演讲中溢出反封建主题的现实

1988 年访美时高晓声曾在多所名校演讲①。虽然他在 1980 年创作谈中坦陈,“有人说我的小说很像鲁迅小说,其实鲁迅小说我有二十年没有读了”②,但在斯坦福大学演讲中,还是明确将自己放入了鲁迅的传统。“鲁迅是第一个把农民作为主人公写到小说里去的作家,他从否定中国旧的传统观念,改造国民灵魂的角度出发。用小说形式去反映国民性的时候,自然而然地选中了一个未庄的农民阿 Q 作载体。于是中国农民的形象就作为国民性、民族性的母体登上了文坛。”③比照 20 世纪 80 年代初阎纲《论陈奂生——什么是陈奂生性格》、范伯群《高晓声论》《陈奂生论》、时汉人《高晓声和“鲁迅风”》等重要评论,高晓声的创作谈,以及 1988 年海外演讲,可以看到高晓声对自己创作及相关问题的评价,如何越来越趋近于评论家们以阿 Q 比照陈奂生、对他继承鲁迅批判国民性思想的赞扬。

在斯坦福大学演讲中,高晓声特别以鲁迅对“阿 Q 精神”“看客心理”的深刻批评为原点,从文学传统(其实也是政治思想传统)上表达了他对农民的反思:“我们不幸竟拜倒在农民的脚下,只看到他们伟大的一面。即所谓革命的主力军、工人阶级的天然同盟。很了不起。我们不再或不敢去看他们的弱点了。已经不是严重的问题在于教育农民,而是所有的人,都应该到农村去接受贫下中农再教育。”而农民并没有因此成为小说的主人公,“虽然那些被描绘成主人公的有许多是农民出身。但当他成为主人公时却偏偏已经不是农民身份了。至于始终是农民的人,总不能成主角,他们是为了衬托出另外一种力量的英明伟大才存在的。”在密歇根大学演讲中,高晓声明确说,鲁迅所讲的国民性和新时期所讲的民族性,指的就是农民性。

是高晓声的敏锐,也是评论家们的推波助澜,陈奂生系列前四篇不仅先通过《上城》(1980)将“反封建”从《漏斗户主》(1979)书写苦难的历史反思层面,推进到对改革中农民精神生活问题的观察;更通过《转业》(1981)将高晓声始终关注

---

① 当年为高晓声做过助理的学者栾梅健整理发表了五篇演讲稿:《小说创作体验:1988 年 5 月 17 日在哈佛大学的演讲》,《上海文学》2006 年第 4 期;《为密歇根大学的二年级学生讲他们看过的几篇小说》《我的创作道路》,《钟山》2006 年第 2 期;《关于写农民的小说:在斯坦福大学的讲演》《中国农村里的事情:在密歇根大学的讲演》,《当代作家评论》2006 年第 2 期。

② 高晓声:《生活、目的和技巧》,《星火》1980 年第 9 期。

③ 高晓声:《关于写农民的小说:在斯坦福大学的讲演》,《当代作家评论》2006 年第 2 期。

的干部作风、特权等反官僚与反封建的启蒙任务结合起来。陈奂生之所以经不住大队书记劝说做了"走后门"的采购员,是因为"干部比爹娘还大",实际纵容了各种为己谋私的坏风气。因此,"讲到反封建,这就要对农民做大量启蒙工作"①。而这一主题也明确了高晓声小说的形式感,不仅以问题小说追踪改革现场,还要探究人物行为背后的心理缘由。《包产》(1982)以小学老师陈正清的视角教育陈奂生走上新路,恰是做好启蒙工作"干预灵魂"的一例实绩。

然而,到1988年高晓声访美时,距前四篇陈奂生故事已过去了五六年时间,演讲中一面继续强化着反封建主题,一面也呈现出新的困惑。高晓声在密歇根大学演讲中分四点讲他对中国农村、农民问题的思考,其中前三点都是从观念层面完成旨在反封建的农民性剖析,第四点却从地区差异上,给出了许多具体经验层面的实例和思考。比如在他的老家苏南农村,由于有较好的经济基础和工业水平,能够提供足够的农副产品销售市场,加上当地农民文化较高容易掌握新生产技能,许多人渐渐把土地看成包袱,失去了包产到户的兴趣。但由于各地起点不同,苏南模式并非在哪里都奏效。高晓声在演讲中用具体数据例证了1981—1985年间东西部差距、农民纯收入差距的扩大,也指出真正适应新形势先富起来的农民终究是少数。

另外,虽然"文化功能被调动起来"是新时期开端的重要成绩,但1984年参观几个富裕农户家庭时,高晓声发现即使物质条件上去了,农民家里也没有书。"农民进了工厂,掌握了起码的生产技术,却并不迫切要求文化。他们工资比一般知识分子还高,拿国家工资的中小学教师收入比他们低得多。这种情形,至今没有改变,反而似乎更加严重一些。这又会使农民对文化产生离心力。"尽管高晓声很快将这一点导向国民性批判,在演讲中也格外赞赏家乡人文化程度较高与适应商品经济形势的"精明",但他似乎又很担忧,这些新时期农村能人如何在各种复杂的人际关系—权力网络中坚持"正当、高尚、合算且合法"。

演讲中新的经验分享与现实焦虑,实际已在前四篇陈奂生故事的最后一篇《包产》中有了预兆,如果说并非陈正清的启蒙,而是"包产到户"的政策真正帮陈奂生定了心,以经济自主权的获得让他萌发了自主意识;那么高晓声演讲中苏南农村的发展现实,必然会给陈奂生们提出新的挑战。正如闫作雷所述:包产到户从最初解放生产力到产生新一轮分化,陈奂生系列后三篇"呈现了小农陈奂生依

① 高晓声:《生活、目的和技巧》,《星火》1980年第9期。

靠小块土地无法致富的现实以及农民分化和农村地区差异的图景"①。无论高晓声是否如闫文所说,在续写陈奂生中完成了从启蒙转向政治经济学的创作自觉,闫作雷的研究都指出了以反封建主题继续新时期农村题材写作可能存在的限度。

如何突破反封建主题,如何针对新的现实状况去重新认识"国民性"或"农民性"?在斯坦福大学演讲中,高晓声用主要篇幅谈农民的弱点。他以自己笔下的江坤大(《大好人江坤大》)、周汉生(《老友相会》等形象批评农民"心甘情愿地为达官贵人活在世界上";以刘兴大(《水东流》)、朱坤荣(《泥脚》)、崔老二(《崔全成》)、《觅》中的三代农民形象批评他们如何因旧习性无法适应改革开放的新思想。陈奂生显然也在同一人物序列中。但面对陈奂生这样眼见着要被现代化进程淘汰的小人物,除了"哀其不幸、怒其不争"的国民性批判,是否也能着眼于"莫看他一无所有,一颗心珍贵无比"(高晓声在斯坦福大学演讲中对漏斗户主的评价)呢?是否可以更多发掘陈奂生性格中积极康健的一面,并历史性地分析其思想来源,发现其对新时代的有益之处?

事实上,回顾七八十年代之交关于鲁迅国民性思想的研究,一方面,其重点仍是继承学术史传统对鲁迅国民性思想前后分期及评价的讨论。如冯天瑜《国民性的一面秋毫毕现的镜子——读鲁迅书随笔》、王瑶《谈鲁迅的国民性思想》等,虽反对将鲁迅前期思想归入资产阶级人性论范畴,但也强调鲁迅如何从对国民性之社会现实根源的阶级分析,逐渐发展到后期循历史唯物主义对民众革命性的发现②。另一方面,研究者又开始关联新时期问题意识,越来越聚焦于国民性的种种弱点和痼疾③。"兽性猖獗的现象和'四人帮'横行一样,都已成为历史,但流毒还很深。'国民的弱点'可以说仍然是'四化'的一种阻力。"④——如何理解国民性理论被移植到新时期可能释放的能量与限度?其中是否包含了一个从"人民性"到"国民性"、从社会主义文艺的"人民认同"到回归五四启蒙话语展开国民性批判的认识转换?这些问题可以另作研究。此处作为参照的启发是,即使高晓声要"涤荡人物灵魂中的封建污垢"⑤是更着眼于批判,如要应对农村改革中伴生的

---

① 闫作雷:《从启蒙到政治经济学——高晓声"陈奂生系列"再解读》,《首都师范大学学报》(社会科学版)2016 年第 6 期。另可参见闫作雷:《"陈奂生"为什么富不起来?——兼论"新时期"农村题材小说中农民的致富方式(1978—1984)》,《文学评论》2016 年第 3 期。

② 参见冯天瑜:《国民性的一面秋毫毕现的镜子——读鲁迅书随笔》,《湖北大学学报(哲学社会科学版)》1979 年第 4 期。王瑶:《谈鲁迅的改造国民性思想》,《文学评论》1981 年第 5 期。

③ 参见李学:《对鲁迅国民性思想的研究简述》,《河北学刊》1982 年第 1 期。

④ 邵伯周:《对鲁迅研究国民性问题的再认识》,《现代文学研究丛刊》1981 年第 3 期。

⑤ 此评价为李纪评论高晓声《79 小说集》的文章题名,载《雨花》1980 年第 11 期。

新问题,关于鲁迅前后转变与联系的认识,也可以提供另一种理解国民性的可能。

与海外演讲中明确的思想表达不同,小说往往溢出作家的观念与阐释。就好像《转业》里出现"为什么……"的排比句式,既可以理解为叙述者对陈奂生跟不上时代的叹息与讽刺,也可以理解为借助陈奂生本人旧有的伦理道德去对新事物提出反思。尽管在高晓声1985年前的创作中,陈奂生更像个"旧人","始终不断与外界给予他的期许发生错位,只能在新时期里一惊一乍地'历险',而不能真正主宰新时期的历史"①;但他身上始终有国民劣根性以外的理想性因子。两次访美经历不见得根本影响到高晓声在国内语境中已有的思想状态,但还是会在更明确中国作家身份的情势下,在对自己见识的"施展"与"讲述"中,带出新问题。而陈奂生20世纪90年代初的"归来",便是回响。

三、陈奂生"归来"与"归来者"高晓声

在访美归来、重启陈奂生系列之前,高晓声还有两篇涉及美国的小说发表②。其中《灾难古龙镇》写旧金山金门大桥设计师狄克文到了地球另一端的古龙镇,想要从中国钉下一颗铁钉穿过地球去加固金门大桥。结果不光钉错了位置③,由狄克文检测通过的中国大桥还在一次庆典中倒塌。小说中有许多对国民劣根性的讽刺,比如因为镇长要将游泳变成上层人的专利,事故中许多普通人因不会游泳被淹死,美国人却能在大桥垮塌时有秩序地撤离。这一素材源于高晓声1988年在加州大学伯克利分校演讲时的例子,用以说明文学的用途。但除此之外,高晓声还着力去叙述了启蒙者与启蒙对象之间存在的隔膜,以及狄克文这位"启蒙者"通过"磨头"完成的自我批判。

后面这一点让人想到高晓声创作中知识分子与农民的"间距感"问题。1986年王晓明的批评文章指出,间距感的丧失,阻碍了高晓声进一步开掘陈家村人的

---

① 陈思:《经济理性、个体能动与他者视野——高晓声笔下新时期农村"能人"的精神结构》,《南方文坛》2016年第3期。

② 这两篇小说分别是:《灾难古龙镇》,《北京文学》1989年第4期;《美国经验》,《上海文学》1989年第9期。后一篇在中西比较视野下对中国改革进程的特殊性有了更多关照。

③ 小说中写到这颗从中国钉过来的钉子,没能准确定位金门大桥,反而成了针尖状的电报大厦。这个奇异的故事应是高晓声访美时所闻。《陈奂生出国》中再次用到这一细节,华如梅用这个"谣传"向访美的辛主平和陈奂生解释了电报大楼(即1969—1972年建成的"泛美金字塔")的由来,并称从中国"把地球钉穿了才冒出头来"让她想到"这正好可以看到当年华侨创业的顽强精神"。

精神世界①。尽管后来许多研究反驳,认为所谓叙述形式上的“混合重唱”就是高晓声加强国民性批判、干预陈奂生灵魂的“距离感”之体现;但王晓明又的确洞见到高晓声的矛盾。一面是对与农民心连心的共命运感的强调,一面又如叶兆言感慨:“他可能会自称农民作家,但是,我可以肯定,他并不真心喜欢别人称他为农民作家”,“他作品中为农民说的话,远不如说农民的坏话多。”②这根本上是一个1980年代的启蒙困局:一方面,历史反思与推进现代化的使命感越来越要求作家有距离感地去俯视和批判“农民性”;但另一方面如果农民性即是国民性的根本特质,那么正如高晓声不间断的知识分子题材创作所暗示的那样,知识分子也有被特定历史养成的“奴性”,又如何有绝对权威去启蒙农民呢?

在上述问题背景下再看高晓声续写的三篇陈奂生故事,就既不会在新启蒙思潮的批评脉络上简单质疑高晓声批判锋芒的钝化,也不会直接从底层视角出发,批评高晓声80年代中期以来因知识分子的傲慢不再有能力应对农村现实③。在我看来,“后三篇”最有价值的部分,恰是高晓声以特别的形式感,不仅执着于间距感的获得,持续推进启蒙任务,而且也为陈奂生们自我意识的彰明与发声预留出了与启蒙者对话的空间。

《陈奂生战术》回到《包产》篇看似解决了的问题,陈奂生同工厂脱钩、在村里包产种田,究竟是对关系学等日益猖獗的坏思想的有效杜绝,还是吃力不赚钱的死脑筋?叙述明显呈现出“先进一步、再退一步”的特点。叙述者先肯定包产后农民获得了自主权,然后又借陈奂生梦到被人抢刈稻谷,暗示包产后农村出现“盘剥”劳动力的新现象。先肯定陈奂生不愿做白骨精把吴书记当唐僧肉吃的美德,又剖析陈奂生的阴暗面,“人无横财不发,暴发户总没有好结果。共产党的政策,不会一直宽下去”。《战术》结尾社办工厂收益补贴农业,仿佛叙述者忍不住拿出证据,要鞭策陈奂生前进;但到了《种田大户》里,又马上提出有了钱怎样过日子的新问题。《种田大户》先嘲讽陈奂生不了解市场交换意识、缺乏经济理性的“算错账”,接着又以王生发借陈奂生房子抽头聚赌的事,批判造成收入悬殊的邪门歪

① 王晓明:《在俯瞰陈家村之前——论高晓声近年来的小说创作》,《文学评论》1986年第4期。

② 叶兆言:《郴江幸自绕郴山》,《高晓声研究·生平卷》,江苏文艺出版社2014年版,第91页。

③ 前者如王尧:《“陈奂生战术”:高晓声的创造与缺失——重读“陈奂生系列小说”札记》(《小说评论》1996年第1期);后者如刘旭:《高晓声的小说及其“国民性话语”——兼谈当代文学史写作》(《文学评论》2008年第3期)。两篇文章从不同角度对高晓声提出了批评,都极有启发性,但论者较强的当代意识与知识立场又对高晓声的实际创作情况不够有历史的了解与同情。

路。而叙述者又没有因此赞赏陈奂生的安分守法，结尾陈奂生夫妇决定收养弃婴并取名“天子”，叙述者马上用“他满脑子充满了人道主义”的反讽腔调，点出陈奂生骨子里还是盼着孩子“坐龙庭”、好吃荫下饭的“野心”。

这两篇小说都不乏国民性批判，但形式上对陈奂生亦褒亦贬，又呈现出叙述者的反复掂量。就好像《种田大户》中曾经为陈奂生解惑的陈正清，如今也变得犹豫起来，当发展利益与伦理道德的冲突日益加剧时，他只能一面担心陈奂生吃亏，一面又赞扬陈奂生的平实稳当。高晓声与陈正清遭遇的困境很相似，如研究者指出，“他无法在小说中赋予在这个新的历史条件下一个要树立自身农民主体性的新的形象化的具体历史内涵”①。如果说“包包扎扎、戳一个洞”在新时期初还有政治上小心谨慎的时代考虑，以及“搞一点模糊”的艺术自觉②，那么此时“先进一步、再退一步”，或说对陈奂生的“包扎”和“戳洞”，则更多暴露出高晓声的两难。

然而，或许也因为启蒙者的犹豫与受挫，使得叙述者能够更有耐心且细致地去发现陈奂生的“真知灼见”。在《陈奂生出国》里，同样有着以往的批判国民性视角。比如，写陈奂生想在中餐馆打工赚钱发洋财；写陈奂生参观鸡场，批评美国人只把鸡当做下蛋机器，“不讲一点人道主义”；写陈奂生入住美国教授家中，竟以为美国由于没有共产党领导，知识分子看不起体力劳动，才荒了菜园，结果用教授收藏黛玉葬花的亮锄把草坪开成了菜畦。

但另一方面，又写出了陈奂生如何通过自己的觉悟，抵达甚至超越小说中知识分子的见识。由于安排辛主平(笔名高晓声)因演讲任务缺席了陈奂生在美国的大部分生活，高晓声得以将自己的访美经验和议论分派给陈奂生和其他角色。如高晓声把自己对美国法律保护野鸭子的所感交给了许宁，让这个陪同陈奂生游玩的知识分子说出“人类大概都看不起驯服了动物”的话(游记中这句话侧重的是对“奴性”问题的批判)；却让陈奂生补充到，“别说鸭子，就是人，也总要靠自己劳动吃饭。否则有谁看得起。”尽管小说里马上又借许宁的知识分子视角把陈奂生的话引向了对此前极“左”路线让农民拼命劳动却吃不饱饭的讽刺，但陈奂生不从“奴性”，反从与“前三十年”社会主义经验密切相关的劳动美德去体会同一见闻，确实以小说的双重视角拓宽了访美随笔中单一的国民性批判视野。

参观有专业公司包干、自动化了的农场时，陈奂生突然想到：

---

① 黄文倩：《作为历史“中间物”：重读高晓声 1985 年后的小说——一个台湾研究者的辩证思考与实践》，《海南师范大学学报》(社会科学版)2011 年第 2 期。

② 王彬彬：《高晓声与高晓声研究》，《扬子江评论》2015 年第 2 期。

> 不过这里的气派大,一家几千亩,中国哪里行得通！中国人多,一个人只能占一亩来地,像这里一占几千亩,剩下来没有地的农民到哪里去？怎么活？是不是又要土改呢?①

这段话在初刊本中并未出现,是高晓声在结集成长篇后的初版本中新增的。原本只是赞叹美国农庄的陈奂生,竟思考起中国是否能走美国道路的问题。高晓声常含反讽的修辞,使我们不能武断地去解读他关于中国现代化与西方模式的态度,但这一段更改,又的确以陈奂生这一中国农民的朴素经验,指出了中国人多地少、城镇化、工业化基础不足等现代化过程中的特殊性,甚至引导读者去思考中国土地改革的经验与问题。于是,《陈奂生出国》既保留了1981年访美随笔中的丰富细节,又将1988年随笔中过于观念化的结论重新转换为开放性的问题。就好像小说中写到大家第一次同小说家笔下的人物共聚一堂。"也许它证明一切理论都是胡说,也许它会使作家对自己塑造的人物莫名其妙"。《陈奂生出国》之于高晓声,或许也要完成这样的任务,让越来越从高处俯瞰陈家村的高晓声,不再那么自信于对陈奂生的既有认识,重新回到陈家村来。

《陈奂生出国》的开篇,正是辛主平回到当年被下放劳改的村子。美国教授华如梅看到乡亲们和辛主平之间深厚的感情,终于明白辛主平为何爱这个曾给他深重折磨的祖国。而当陈奂生明白了高晓声就是辛主平时,陈奂生说:"我原想,是哪个精明鬼钻在我的肚皮里,会把我的心思都写出来呀？那个高晓声哪,我总不相信。要说是你呀,我就相信了。不过这几年你也不曾来,怎么还晓得我的事情呢?"辛主平神秘地一笑说:"你看不见,我的灵魂在这里!"

这段元小说实验让人想到高晓声刚复出文坛时的作品《系心带》②。《系心带》很容易被淹没在新时期初"归来作家"歌颂人民、诉说苦难的同类作品里,但细读小说,高晓声又特别具体地写出了知识分子如何在与农民的关系中找到自己的

---

① 高晓声:《陈奂生上城出国记》,上海文艺出版社1991年版。除此处引用外,本文中其他涉及《陈奂生出国》小说原文皆引自初刊本,即《小说界》版本。

② 《系心带》,《上海文学》1979年第11期。

位置，尤其是“知识”的用武之地。高晓声在武进农村十来年右派生活的特殊经验①，究竟有着怎样的原点意义？在高晓声不同阶段的人生与创作中又被他如何去体会？借用研究者关于革命突破新文化运动主流启蒙观的讨论：“由于能切实知晓这些介入和在地者心情感受的关系，这些知识分子当然也会在情感心理上有一种特别的充实感”，而20世纪80年代渐成主流的新启蒙思潮则背离了这一遗产，“把有一定现代观念、现代理解、现代知识启蒙者的优位绝对化，把所要启蒙社会的不理想绝对化”。这不仅会影响启蒙者对社会的介入能力，也会伤害启蒙者自己。因为批判封建主义的同时，“会越来越弥漫着唯恐自己不能充分摆脱封建影响，不能真正跨入‘现代’，成为‘现代’货真价实一员的焦虑。”②以此为参照，高晓声是否也在“人民认同”到“国民性批判”的归来之路中，越来越无法确认启蒙者的位置与力量呢？1988年高晓声创作了自传色彩浓郁的长篇小说《青天在上》悼念亡妻，乡亲们的体贴、妻子的柔情，都无法帮助主人公放下“脱胎换骨、重新做人”的重担，并终于明白一切希望不过是作茧自缚③。当《陈奂生出国》以有意味的形式重溯作为创作原点的《系心带》时，高晓声是否也希望从“归来”的陈奂生身上汲取力量呢？

《陈奂生上城出国记》出版时，高晓声在封二自题小像：“上城出国十二年，小说一篇写白头”，令人既感佩这位归来作家极强的社会责任感，又怜惜陈奂生归来后的盛名难继。王安忆曾谈到两代作家的关系，反省自己这代思想解放背景下成长起来的写作者过于苛刻，没能去理解“叔叔们”的历史处境和他们付出的思想劳动。“在我母亲去世的时候，高晓声老师给我写了一封信，短短数行，吩咐我在母亲灵前替他点三炷香，有一股哀绝从字里行间苒苒生起。”新时期许多归来作家或难以再执笔创作，或在80年代轰轰烈烈地复出后渐渐沉寂④，其中缘由值得反思。

---

① 从许多回忆文章可以大致看到高晓声右派下放的十来年生活中，虽然生活困苦，但表现出了非常近于其后来创作中那些“农村能人”的特质。1958年高晓声离开南京到武进农村进行劳动改造。农村条件差，前妻邹主平肺病加重去世。高晓声经历了三年自然灾害的饥饿。因患有肺病不能参加过重的田间劳动，为解决一家七口的生计问题，做过捞鱼摸虾、编箩筐、育蘑菇等诸多“副业”。1962年摘帽被派驻三河口中学担任高中语文教师。1972年借调公社细菌肥料厂当技术员，培植银耳、实验菌肥、改灶等，为农村普及科学知识。

② 贺照田：《启蒙与革命的双重变奏》，《读书》2016年第2期。

③ 高晓声：《青天在上》，《高晓声文集·长篇小说卷》，作家出版社2001年版。

④ 王尧在《重读陆文夫兼谈80年代文学相关问题》中谈到，虽然右派归来作家中的小说家们很少直接就政治发言，但对新时期文学转型都做出了重要贡献。但他们中的大多是只是“新时期文学进程中‘过渡’的一代。像王蒙这样保持创作活力至今的作家，在他们这一代人中是极个别的。”引自《南方文坛》2017年第4期。

王安忆说,叔叔们“期望我们能具备着身处的时代里最优质的禀赋,因这时代是从他们的争斗和教训中脱胎。很可能,他们是过于地看好了它”①。

后来者因看到结果,常能更轻便地反顾历史,但也别忘了王安忆的提醒,因过分轻便,不去注意前辈们的内心。《出国》初刊本后记中高晓声讲了一个梦:他误入桃源深处看到两位仙翁对弈,并参悟到其实是棋局在决定世间万物,但又发现棋子浮于空中,恐有时光倒流的危险。终于有一天,两位仙翁不见了,他才带着疑惑醒过来。“我恍然想到,陈奂生出场的时候,已经四十多岁了,他还能变到哪里去呢?”《出国》有一个荒诞的结尾,陈奂生带回中国的美国种子不翼而飞。但小说似乎又有个“光明的开头”,只靠种田导致家庭经济滑坡的现象,终于因为代际更替被刹住了。“他的时代已经过去,他将越来越被人忘记,越来越衰老直至消失掉自己”。高晓声终于如愿将陈奂生送进了历史博物馆,这“应该是时代加快进步的标志”了吧②,却又为何如王安忆所说,“在欢颜之后总是藏着一层哀婉之色”呢?

---

① 王安忆:《我们和“叔叔”之间》,《安徽文学》2007 年第 11 期。王安忆 1990 年创作小说《叔叔的故事》,引人联想到其以张贤亮为原型,写作两代人的历史命运。

② 此语出自初版本后记。有趣的是,高晓声为《陈奂生出国》实际共写了三篇后记(原刊小说文末有分别写于 1991 年 5 月 9 日、10 日的两篇后记;另有以长篇形式出版的后记),且风格很有些不同。

杨康之死

王晴飞

在今天的百回本《西游记》中,叙述玄奘身世的一回(《陈光蕊赴任遭灾江流僧复仇报本》),常常是作为附录出现的,而在明代百回本中并无玄奘完整身世的交代,一般认为这部分内容,是清人据明代杨鼎臣《全像唐僧出身西游记传》增补。① 玄奘身世故事的大体情节如下:他命犯"落江星",未出世时父亲陈光蕊便被水贼刘洪所害,母亲殷温娇被霸占,刚满月又被母亲咬下小脚趾,附上身世血书,以贴身汗衫包裹,顺江流走,为金山寺法明长老收养,取名"江流儿",十八岁后得知身世真相,与母亲、婆婆相认,去外公殷开山处搬救兵,救出母亲,杀死仇人,而父亲也被龙王所救,全家团圆,其父亦得显官,母亲则羞愧自杀。②

同类故事,在中国史传、笔记中不乏记载,如周密《齐东野语》卷八《吴季谦改秩》中所载故事,便与此大同小异:某郡倅遇水盗被害,其妻为保全先夫血脉,委身事贼,将婴儿置于黑漆团盒中,附以银片,随流漂去。多年后偶于鄂中某寺设供,发现黑盒,母子相认,请僧人代为报官,水盗被捕。③ 由于这一故事主要是讲"吴季谦改秩"缘由,所以故事细节上不如玄奘故事丰满,但关键情节则基本相符:男主角未出世时父亲即被水贼害死,母亲被霸占,自己被流走,留下表记(咬断脚趾,银片,黑盒,汗衫等),成年后(一般是十八年)母子相认,恶人遭到报应。

这两个故事都与水有关,可见中国古代一般人心目中水路的凶险。不过单从故事情节本身的完整性来看,"水"并非必要因素。如果我们不拘泥于"江流儿"之名,剔除掉故事中"水"的因素,此类故事就更为繁多,甚至延伸至现代,如金庸武侠小说《射雕英雄传》中的杨康身世故事。

---

① 李金泉:《〈西游记〉唐僧出身故事再探讨》,《明清小说研究》1993 年 1 期。

② 吴承恩著,李天飞校注:《西游记》,中华书局 2015 年版,第 120—131 页。

③ 周密:《齐东野语》,引自《宋元笔记小说大观》第五册,上海古籍出版社 2001 年版,第 5525—5526 页。

一、"杨康"身世前史

在《射雕英雄传》以前,这类故事已经形成一个类似于胡适所说的"滚雪球"式发展的谱系:

1. 陈义郎报杀父仇,《乾(膜)子》,《太平广记》卷一百二十二;
2. 崔尉子报杀父仇,《原化记》,《太平广记》卷一百二十一;
3. 李文敏子报杀父仇,《闻奇录》,《太平广记》卷一百二十八;
4. 卜起传,刘斧《青琐高议》后集卷四;
5. 吴季谦改秩,周密《齐东野语》卷八;
6. 叶茂卿改姓报杀父仇,佚名《胡海新闻夷坚续志》前集卷一;
7. 陈豹报杀父仇,黄文旸《曲海总目提要》卷四《合汗衫》;
8. 江流僧复仇报本,今本《西游记》附录;
9. 苏知县罗衫再合,冯梦龙《警世通言》第十一卷。

具体情节如下表所示:

《射雕英雄传》具体情节一览表

写作年代	内容出处	恶人身份	生父命运	主角遭遇	生母命运	认亲方式	复仇方式	生母结局
唐	陈义郎报杀父仇;乾(膜)子	同乡	被害	恶人收养	委身恶人	故乡查访,遇祖母,获赠表记血汗衫	手刃恶人	养姑三年而终
唐	崔尉子报杀父仇;原化记	舟人	被害	恶人收养	委身恶人	迷途经过故乡,遇祖母,获赠表记(襟有火烧孔之衣服)	报官复仇	以不早自陈,断合从坐,其子哀请而免。

续表

写作年代	内容出处	恶人身份	生父命运	主角遭遇	生母命运	认亲方式	复仇方式	生母结局
五代	李文敏报杀父仇;闻奇录	寇	被害	恶人收养	委身恶人	所骑马惊走至故乡,所穿衣服(天净纱汗衫半臂者)为祖母所见	报官复仇	未详
宋	卜起传;青琐高议	被害人堂兄弟	被害	恶人收养	委身恶人	母亲告之真相	母子同诣府陈冤	母不先告,连坐,其子诉讼,乃获免焉
宋	吴季谦改秩;齐东野语	盗贼	被害	顺水流走	委身恶人	母亲至某寺设供,发现表记(黑盒),母子相认	请僧人代为报官	未详
元	胡海新闻夷坚续志	劫贼	被害	恶人收养	委身恶人	途径故乡,宿父家,见其父画像,询问其母,得知真相	报官复仇	与婆婆团圆

续表

写作年代	内容出处	恶人身份	生父命运	主角遭遇	生母命运	认亲方式	复仇方式	生母结局
元	合汗衫;曲海总目提要	曾受主角生父之恩	失踪出家	恶人收养	委身恶人	受母命携表记访生父家不遇,拜官提察史,祖父母前来告状	亲往山中杀之	与公婆、丈夫大团圆
明	江流僧复仇报本;西游记	舟人	龙王救之	顺江流走	委身恶人	师傅告知真相,与母及祖母相认	剜心	自杀
明	白罗衫;警世通言	船户	失踪	恶人收养	逃跑出家	拜官监察御史,生母告状,家仆提供表记	恶人伏法	与夫、子、公婆大团圆

这一系列故事,其基本主题都是男主人公出生前(或幼时)生父遭恶人所害,成年后认亲复仇,其关键节点有以下四个部分:

1. 遇难:男主人公出生前(或幼时)生父被恶人所害(或死,或获救),母亲与生父别离(一般情况下被恶人霸占,或逃走,与夫、子皆分离);

2. 成长:男主人公被恶人养大或是被生母“流走”;

3. 认亲:男主人公成年后,因命运的指引或偶然的机会与血亲相认,发现身世真相;

4. 复仇:男主人公为父报仇。

这四个节点之间有着相对明晰的逻辑链条:因为生父被害,男主人公被流走或恶人收养,不知身世真相,才有了多年后的血亲相认,也才有了发现真相后男主人公为生父报仇的情节。另有一些故事,与上述故事情节有相似之处,但是只具备关键节点中的两个部分,如蔡指挥女复仇的故事(祝允明《九朝野记》,冯梦龙《醒世恒言·蔡瑞虹忍辱报仇》,俞樾《茶香室丛钞·蔡指挥女》),《聊斋志异》中的《庚娘》等,作为复仇者的被害人女儿、妻子在遇难时都是成年人,具有即时复仇能力,所以并无成长和认亲部分,更无被害人子女为恶人收养情节,因此不纳入讨论范围。

同时具有这四部分关键情节的故事之间也存在一些细微然而同样很重要的区别,这主要体现在三个方面:一是男主人公的成长,是被流走还是被恶人收养;二是男主人公母亲是委身事贼还是保持贞节;三是男主人公的生父是果然被害死还是最后获救。第一点牵涉男主人公与恶人之间关系的复杂程度。在传统社会里,这一区别关系不大,男主人公无论是被流走做了和尚,还是被恶人养大,在得知身世真相后,都是毫不犹豫地为生父报仇,或亲手杀死仇人,或报官使恶人伏法,恶人的养育恩情并不需要考虑,因为父系血统是传统中国社会秩序的根基,生恩最大。在生父血统面前,养育之恩可以忽略不计。

值得玩味的是男主人公母亲即直接受害者妻子的选择与命运,在不同时代有不同的表现。从上表可以看出,在唐、宋、元的故事里,女性在特定情况(丈夫被害而儿子尚幼且人身受到威胁)下,是可以失贞的,其最终结局也相对完满,得以与夫家团圆,并不需要自杀谢罪。虽然在崔尉子故事和卜起传中,女性受到官府指责,但原因都在于没有及时报官,有包庇恶人之嫌,论的是"连坐之罪",最后也都因为儿子求情而得免,并不需要为失身于恶人付出代价。尤其是《吴季谦改秩》中,盗贼杀死郡倅后威胁其妻说,"汝能从我乎?"她的回答是,"汝能从我,则我亦从汝,否则杀我"。① 这段叙述里,不仅丝毫没有对郡倅之妻失身于贼人的指责,对她面对盗贼的从容和以身体换取儿子生存的坦然,反倒流露出赞赏之意。而在明代的同类故事里,妇女则不许失贞,女子只有弃子出家,若委身恶人,即便最终丈夫生还,也只有自杀谢罪。可见在明代一般人的伦理观念里,对女性贞节的要求更趋严格,无论何种情势都不得失贞——关键时刻为了保持贞节倒是可以抛弃儿子。

① 周密:《齐东野语》,引自《宋元笔记小说大观》第五册,上海古籍出版社2001年版,第5525页。

至于男主人公生父的命运,则只有在元、明时才出现“被害获救”的情节,与之同时出现的则是其子高中得官,甚至娶得显官之女。在唐、宋故事中,男主人公或是明言应举下第途中与血亲相遇,或是相遇在应举途中,并不提及应举结果。从这里可以看出元、明文学中对于功名富贵和大团圆结局的追求。而“被害获救”也带来情节上的不合理之处(至少现代人会觉得不合理),即男主人公生父在获救后的十余年里,从未有积极寻找妻、子与复仇的行动,或是削发为僧,或是坐等鬼神指引,在其子已具备独立复仇能力时才忽然出现。而即便是男主人公的复仇,也总是要借助功名与权势,缺乏前人不顾一切的血气。这显示出男性人格的萎缩和世俗道德对于男性责任要求的降低——而这又常常是与对女性贞节要求的严格同步的。当然,这或许体现出明代男性的卑下和元、明社会风气比唐、宋更趋热衷,但也可能与元、明小说、戏剧的作者与读者、观众阶层的下移,从而更能体现普通人的想法有关。

《射雕英雄传》中的杨康身世故事,从情节结构而言,也可以算作这一谱系故事在现代的延续,其人物设定与结局,与前代故事也多有相合。不过金庸毕竟是现代人,他面对的也是现代读者,在具体的情节处理上又有新变之处。

二、杨康的道德困境

杨康的身世设定,属于上述故事中被“恶人收养”一类:大金国六王爷完颜洪烈因偶然机缘为杨康之母包惜弱所救,生爱慕之心,设计害死郭、杨两家男子——杨铁心侥幸逃脱——占有包惜弱,以杨康为子。在杨铁心出现之前,杨康一直以为完颜洪烈才是自己的亲生父亲。杨康的故事符合上述四个关键节点的前三个部分,第四个部分略有不同。

这里牵涉一个古代作家不必理会的新问题,即生恩与养恩的关系。在现代社会,父权受到冲击,父系血统至少在表面上已不再具有道德上的绝对权威,养育之恩并不能完全忽视,这决定了杨康不可能像古代小说中的男主人公一样,在得知身世真相之后立刻杀死养父,为生父报仇。于是杨康就面临一个真正的伦理困境。所谓真正的困境,指的是他身处道德的岔路口,无论往哪一个方向走都将犯错。这是一个注定不可能具有完美道德的形象——他站在养父完颜洪烈一边,自然是认贼作父,可是他如果完全站在生父杨铁心一边,其实也难免忘恩负义的指责——尴尬的处境使他的性格有趋于复杂、丰富的可能,这样的人物设定性格单纯的道德完人(譬如郭靖)无法完成的。

杨康一定会受到惩罚,这本是由他的身世所决定——因为他必然会有道德污点，而在通俗文学的世界里，一切的道德错误都需要被惩罚或救赎。可是如果一个主要人物仅仅因为他自身无法把控因而也无法完全负责的命运遭到惩罚，则可能会模糊善恶界限，引起读者道德观上的惶惑与焦虑。作为通俗文学，《射雕英雄传》不可能过分冒犯读者，需要提供一个相对清晰、整齐划一的伦理观念。杨康的悲剧必须从其自身找到原因，使其道德上的污点源于其自身的人格缺陷，以满足读者善恶有报的心理预期。

金庸对于这个新问题的处理方式正是虚化杨康悲剧的命运性，将其写成品质恶劣的负面人物，这样就将原本可能更为复杂的人物性格变得简单了。金庸是很注意其笔下人物性格的复杂性的，他也很努力地不将杨康写成纯粹的恶人，比如宝应祠堂里在为生父报仇和感念完颜洪烈养育恩情之间的犹豫，在皇宫中刺伤郭靖后瞬间的歉疚，但他也总是将这些可能丰富其人性的成分迅速滑过，转而强调其热衷功名富贵的一面，这样就避开了杨康面临的困境，把复杂的道德困境转化为人物的道德品质问题，将命运悲剧变成了正邪分明、善恶有报的道德说教。

杨康的恶德可谓多矣：在生父与养父之间，他贪恋荣华富贵，认贼作父，是不孝；多次谋害义兄郭靖，是不义；为了个人私利，害死郭靖的诸位师父，可谓不仁；对穆念慈始乱终弃，是不爱。这样的恶人受到惩罚，谁曰不宜呢？

金庸对杨康道德困境的虚化处理，背后隐含的仍是生父血统优先意识。小说中对于杨康生父与养父的人物设定，使得选择养父注定处于道德劣势地位。生父杨铁心，血统高贵，乃是天波杨府之后，但在实际社会地位上，与养父完颜洪烈相比，一个落魄江湖，一个贵为皇子，恰好处在贫贱与富贵的两极。人皆爱富贵而恶贫贱，但又以安于贫贱不慕富贵为高。杨康亲近养父，原有感念其养育恩情的成分，但由于完颜洪烈显赫身份的设定，这一点反而被忽略了，作者着意展示和读者看到的都是杨康在穷爸爸与富爸爸里选择了富的那一个。

由于生恩与养恩之间的权衡，只出现在现代人的道德伦理观念中，我们不妨将杨康身世故事与昆剧新编版《白罗衫》①做一比较。在这一版本里，剧中着力表现的正是男主人公徐继祖在生恩与养恩之间的犹豫与难以选择的痛苦。该戏第一折《应试》，主要内容便是徐继祖赴京应试之前，与养父（恶人徐能）之间依依难舍的父子离别之情。在得知身世真相之后，对于徐能也仍然难以割舍，饱受煎熬，一度试图徇私放其逃生，而徐能则出于对养子前程的考虑，甘愿受刑。这里的徐继祖与杨康相比，显然人物性格更为丰富，也更能引起现代人对于生恩与养恩关

① 这一版本的《白罗衫》，由江苏省苏州昆剧院制作，2016 年 12 月 12 日演于江苏紫金大戏院（南京），以下简称新编版《白罗衫》。

系的思考。

与前代同类故事相比,杨康身世故事的另一个不同之处在于金庸引入了民族主义内容。将个人际遇融入家国兴亡的宏大叙事,是金庸武侠小说的一大特色。中国人历来认为家国同构,君父同伦,天子又称为“君父”,便是天下臣民共同的父亲。孝不仅是家庭伦理,也是政治伦理,“其为人也孝悌,而好犯上者,鲜矣”(《论语·学而篇第一》),所以有所谓的移孝作忠。作为现代人的金庸,将对君主的忠转换为对于民族、国家之忠,父母之邦宋朝与成长之邦金国因此也分别可以视为杨康的大生父与大养父。由于“父”与“国”的同构性,认贼作父的逆子杨康,自然也会是卖国求荣的宋奸。这又在杨康道德的不孝、不义、不仁、不爱之上加了更宏大的不忠。实际上,作为“想象的共同体”,民族认同从来就是一个政治问题,而非全是血缘问题。杨康一出世便生长在金国,在民族身份上认同金国,按照现代政治理念,正在情理之中——杨康的身份,类似于今人所说的 ABC。不过大生父与大养父之间,其实也隐含了道德上的不对等。彼时的金国与宋国是侵略与被侵略的关系,认同宋国显然更具有道义上的合法性。这种情节设计体现的仍是生父血统优先意识。

金庸对杨康命运走向的处理,一方面回避了生恩与养恩的冲突,通过对生父与养父人物身份的设定,隐含了选择生父的道德合法性,是在新的情势下,重复老观念,固化了已经在一定程度上松动的父系血统神话。另一方面又引入民族主义内容,以家国大义责杨康,用更宏大的民族叙事强化他道德上的污点,这都简化了杨康这一人物性格的复杂性与选择的艰难性,可见父系血统的权威,作为一个巨大的存在,并未真正消逝,而是隐在现代话语背后,继续潜在地发挥着支配作用。

三、萧峰与郭靖:杨康的另外两种可能性

在金庸小说中,另有两个正面人物——萧峰与郭靖——其实面临与杨康类似的处境。他们的命运可以说代表了杨康的另外两种可能性,尤其是从萧峰的命运来看,即便杨康道德上并无瑕疵,也仍然摆脱不了惨死的命运。

与《射雕英雄传》的单纯、明晰不同,《天龙八部》在情节结构与人物性格方面都相对复杂,所谓“无人不冤,有情皆孽”(陈世骧语)。在民族认同层面,则显现出摆脱汉族本位主义的努力,①萧峰的悲剧也具有了一定的“命运性”。萧峰与杨

① 到了最后一部带有反武侠色彩的小说《鹿鼎记》,金庸将韦小宝这一人物塑造为“杂种”,彻底实现了血统的杂糅。

康既有相同之处,也有不同之处。相同之处在于,他们都在幼时生父生母即为人所害,成长之后都面临血亲复仇和在父母之邦与生长之邦之间做出选择的问题。不同之处在于,萧峰的养父养母并非加害其生父生母的恶人。不过即便如此,萧峰如果真的复仇也仍然面临道德困境,因为雁门关血案原是出于误会,行动者人数众多,且多为正义之士,这都给萧峰的复仇设置了障碍——复仇将面临滥杀(杀的人多)和妄杀(杀好人)的道德指责。金庸的设计是让那些曾经加害过萧峰生父生母的南朝武林人士,甚至包括完全无辜的养父养母乔三槐夫妇,授业恩师玄苦和尚,几乎全被他的生父萧远山亲手杀死。小说第四十二章,在少林寺前,萧远山问萧峰,“那日雁门关外,中原豪杰不问情由,便杀了你不会武功的妈妈,孩儿,你说此仇该不该报!”萧峰回答道:“父母之仇,不共戴天,焉可不报?”当萧远山说出诸多中原武林人士死亡真相时,萧峰立即表态:“这些人既是爹爹所杀,便和孩儿所杀没有分别,孩儿一直担负着这名声,却也不枉了。”(《天龙八部》第四十二章“老魔小丑,岂堪一击,胜之不武”)虽说“没有分别”,萧远山代杀和萧峰本人所杀毕竟不同。从情节设计上来说,萧远山的杀,正是为了让萧峰不杀,使其手上避免沾染复仇之血。① 通俗文学中,正面人物道德上的运气历来比反面人物要好,他们命中注定要做而又可能因此带来道德污点的事,总有别人代劳。这样的情节设计,使萧峰避开了为生父复仇与保持道德纯洁之间的困境——他既虚拟地报了仇,而又没有真正杀人。可见萧峰与杨康真正的不同在于,他有一个“好父亲”,让他可以放开手脚做好人。

萧远山虽使萧峰免去了为父母复仇的困境,但是父母之邦与生长之邦的选择,却仍需萧峰自己面对。当辽君耶律洪基发愿入侵南朝时,作为辽国南院大王的萧峰便面临难以两全的伦理困境。他苦谏不得,继之以兵谏,终于胁迫耶律洪基许诺终身不侵犯大宋边界,这从超越民族之上的角度来看,是出于不忍生灵涂炭的仁者之心;从宋朝的角度来看,是使其避免被侵略的危险;甚至从辽国普通军民的角度,也是合乎人心之举。但作为契丹人,萧峰这一正义行动却冒犯了君父的权威,是对父母之邦的不忠,成为他的道德污点。作为负面人物,杨康最后死于命运之手,是为了满足读者善恶有报的心理预期;而作为正面人物,萧峰只有死于自杀,因为这样才能洗掉他不忠的污点,成为道德完人。在萧峰的命运里,父系血统的权威换作了君王与民族的面目,仍然在起着作用。

《射雕英雄传》中的郭靖是另一位道德完人。他也是尚未出世即遭逢大难,父

① 聚贤庄一战,萧峰虽然杀死南朝武林人士无数,但那是战争状态,属于被动防卫杀人,与复仇式的蓄意杀人不同。

亲被害死,面临成长后为父报仇问题。不过就道德处境而言,郭靖比杨康和萧峰都要简单而又优越得多:他自幼由寡母抚养成人,没有养父养母;两个仇人(段天德与完颜洪烈)都是恶人,与他更无恩情纠葛,杀之无损于道义。这也是他可以终身保持单纯的性格与道德洁癖的重要原因。但即便如此,金庸还是拒绝让他亲手复仇。段天德死于与郭靖同仇的反面人物杨康之手,郭靖只是在杨康杀死仇人后"伏在桌前,放声大哭"。(《射雕英雄传》第十五回"神龙摆尾")完颜洪烈的伏诛虽然源于郭靖、黄蓉的武功智计,但毕竟是为成吉思汗下令处斩,郭靖手上依然不沾血。这是金庸小说与前代复仇小说的不同。在前代同类小说中,男主人公为了复仇,可以毫无顾忌地杀人,即便所杀之人于自己有养育之恩。而在金庸小说里,正面人物绝不蓄意杀人,即便对手是与自己有杀父之仇的绝对坏人。主角手上不(主动)沾血,几乎是金庸小说的一条基本规则。但是父仇仍然要报,坏人也必须受到惩罚,所以杀人之事便总是由他人代劳,主角只需从旁观摩,虚拟杀之。郭靖式的背后咬牙切齿和萧峰式的当面表态都不妨有,但不能有真正的行动。①

与杨康、萧峰一样,郭靖的道德考验也避不开大生父(宋朝)与大养父(蒙古)之间的选择。郭靖虽由寡母抚育成人,但是母子二人一直侨居蒙古,多受大汗恩情。当蒙古与宋朝发生冲突时,作为正面人物,郭靖自然只能选择宋朝一边,但是大养父的恩情需要做一个交代。而且郭靖的人生难题还多一道婚恋的选择——华筝公主与黄蓉,前者有少年婚约,后者是自由恋爱。这与民族认同也是同构的,因为选择华筝就意味着认同蒙古,可是选择黄蓉则是违背诺言。所以从父系血统角度来说,郭靖自然要选择宋朝,但也可能因此留下忘恩(对蒙古与大汗)与背信(对华筝)的污点。

郭靖的难题,是由他的母亲李萍来解决的。郭靖的难题与萧峰类似,只是萧峰是父母之邦的君主命他攻打生长之国大宋,郭靖则是生长之国的大汗命他攻打父母之邦(仍是大宋)。萧峰抗命是不忠,郭靖从命更是卖国。郭靖母子的原计划是悄悄逃跑,即便这一计划成功,郭靖的困境仍然存在——没有偿还蒙古的养育之恩,婚恋问题也无法解决。所以计划必须失败,大汗将李萍扣为人质,逼迫郭靖就范。关键时刻,李萍以大义责郭靖:"杨家那孩子认贼作父,落得个身败名裂,那也不用多说了,只可惜杨叔父一世豪杰,身后子孙却玷污了他的英名","想我当年

① 此处不妨聊举一例,《笑傲江湖》中的令狐冲可谓是金庸作品中最逍遥自在的正面人物,无意之中也曾滥杀无辜,但是他最心爱的小师妹岳灵珊为林平之所害,却终于无法复仇。从小说情节自身来看,令狐冲的不复仇是出于对岳灵珊遗言的遵守,但作者如此设计情节,却正是为了保持令狐冲的道德纯洁性。

忍辱蒙垢，在北国苦寒之地将你养大，所为何来？难道为的是要养大一个卖国奸贼，好叫你父在黄泉之下痛心疾首么？"（《射雕英雄传》第三十八回"锦囊密令"）李萍的遗言，仔细分析起来，颇有意味。句句是民族大义，又句句不离生父。说杨康认贼作父，是玷污了其生父杨铁心的英名；要求郭靖不做卖国奸贼，也正是为了生父郭啸天黄泉之下心安。可见，将父母之邦视为大生父正是小说中正派人物的共同认识，也代表了写作《射雕英雄传》时金庸的认知。而李萍之死，则是以她的血，还清了蒙古与大汗的恩情，解决了儿子的道德困境，为他铺平了通往英雄和道德完人的道路。从此郭靖成了真正的孤儿，也摆脱了一切道德牵绊，可以放开手脚去做大宋的忠臣。在婚恋层面，由于李萍之死直接源于华筝的告密，华筝成为害死李萍的间接凶手，郭靖与她的婚约当然自动取消，不必遵守，也正可以放开手脚去和黄蓉自由恋爱。此时的郭靖不做金刀驸马，不仅不算背信弃义，反而是不慕荣华。

四、包惜弱之死为什么无法拯救杨康？

与李萍一样，杨康之母包惜弱也是自尽而死。不过她的自尽并没有能够解决儿子杨康的人生困境，这是因为她自身也有道德污点，她的死只足以洗清自己。

包惜弱的污点，自然在于她的失贞。从本文第一部分的分析，可以看出，从唐至元同类小说中的妇女，在特殊情况下是可以失贞的，明代则无论何种情况下都不许失贞，其优先级甚至超过保存先夫血脉。而在传统儒家伦理中，"不孝有三，无后为大"，①传宗接代原本应是中国男人的头等大事。"西游记"故事中，玄奘从外公处搬来救兵，生擒恶人后，其母殷温娇三次自尽，老父、儿子纷纷宽慰、劝阻，却在全家大团圆，丈夫得显官后，"毕竟从容自杀"。② 殷温娇是丞相之女，身份高贵，小说作者对其尚且不肯网开一面，可见明人在这一问题上要求之严格。

冯梦龙《醒世恒言》中有《蔡瑞虹忍辱报仇》一卷，属于"蔡指挥女复仇"故事系列，其中蔡瑞虹的处境和命运与之也有类似之处。在这一故事里，蔡指挥因贪饮酒而致全家被水贼所杀，其女蔡瑞虹因有美色幸存，被逼失身，后又辗转风尘多年，最后遇到正人朱源才依附其力得报父仇，亦为朱家留下后嗣，又寻得父亲多年前遗弃的婢女之子，为蔡家续了香火。这一切任务完成后，也从容自尽。蔡瑞虹

① 将"无后"理解为没有后嗣，虽然是对孟子的误读，但汉人已如此理解，流传了两千年，早已成为中国人的集体无意识，正是国人眼中的儒家伦理。

② 吴承恩著，李天飞校注：《西游记》，中华书局 2015 年版，第 131 页。

死前留下遗书明志，说父母诸弟被害，自己所以隐忍不死，是因为“一人之廉耻小，阖门之仇怨大”。现在仇雪志遂，自然念及“失节贪生，贻玷阀阅”，“妾且就死，以谢蔡氏之宗于地下”。蔡瑞虹的遗书代表的是当时男性道德对女子的要求。由此可见，按常理蔡瑞虹当父母诸弟死时便应自尽，隐忍不死只是为了完成复仇这一更大的目标。但失身对家族的玷污并不会因为成功为家族复仇得到洗刷，蔡瑞虹复仇之后仍需自尽——失身的污点只有自己的血才能洗净。本卷结尾尚有诗赞蔡瑞虹能忍辱：“报仇雪耻是男儿，谁道裙钗有执持。堪笑硁硁真小谅，不成一事枉嗟咨。”①“硁硁”语出《论语·子路第十三》。子贡问“士”，孔子列举三种，最末是小谅：“言必信，行必果，硁硁然小人哉！”孔子又一次论及大义与小谅，是回答子贡对管仲不能为公子纠死节的指责：“管仲相桓公，霸诸侯，一匡天下，民到于今受其赐。微管仲，吾其被发左衽矣。岂若匹夫匹妇之为谅也，自经于沟渎而莫之知也。”（《论语·宪问第十四》）在孔子看来，管仲九合诸侯，尊王攘夷，仁泽流被天下，是为大义，与之相比，为公子纠死节只是小谅，不必遵守。《蔡瑞虹忍辱报仇》中虽说“堪笑硁硁真小谅”，其实只是赞同她为家仇暂时隐忍，并不惋惜（甚至赞美）她复仇之后的自杀。管仲可以因大义忽略小谅，蔡瑞虹的大义却无法洗掉失身的耻辱。可见关于“死节”，后世俗儒的要求比孔子高，对女人的要求比男人高。

这一观念也渗透到现代人同类故事的讲述中。新编版《白罗衫》中，男主人公徐继祖在初见苏夫人（其时尚不知苏夫人即是自己生母），听其讲述被恶人逼婚，坚决不从时，不禁脱口赞道：“倒是一位夫人”。儿子的看法其实也正是所有男性的看法，假如她没有成功逃脱，其结果也就只有死，因为不死就不能算是一位“夫人”，配不上她丈夫尊贵的身份。如此说来，明人不因殷温娇身份高贵就放松对她的道德要求，倒也不算格外严苛，因为身份越是高贵，就越要守住贞节，不使家中高贵的男性（父亲、丈夫、儿子）蒙羞。

包惜弱虽然不是“夫人”，但她的丈夫也是英烈之后，正如在李萍眼中，杨康“认贼作父”，是玷污了杨铁心的身后英名，包惜弱的失节，其实也被认作对杨铁心的羞辱。而与前述同类故事相比，包惜弱失节故事还有一点不同，那就是她自身有过失，甚至可以说正是她的“道德错误”招致了郭、杨两家的灾难。在前代故事中，男主人公的生母都是在完全无过失的情况下偶然遭遇不幸，甚至有的故事中还表明悲剧的发生与男主人公生父的弱点有关，比如《苏知县再合白罗衫》中，苏云正是因为缺乏人生阅历，误用同样无阅历而贪图小惠的家仆苏胜，才一步步上了贼船。虽是愚仆误主，家主毕竟无识人之明。《射雕英雄传》中，“好人的过失”

① 冯梦龙：《醒世恒言》，中华书局2014年版，第762—763页。

则基本全由包惜弱来犯,所以包惜弱必死的结局其实并不自她失身于完颜洪烈才确定,而是在牛家村时就已埋下了种子。

丘处机路过牛家村,大战前来追杀的金国武士,领队的完颜洪烈却侥幸未死,躲在松林之中,被包惜弱发现,拖入柴房之中疗伤喂汤。包惜弱一生悲剧皆起于此。这段情节有几个细节值得注意。一是包惜弱发现完颜洪烈之初,第一反应是回去叫丈夫杨铁心,因杨铁心大醉沉睡,无法叫醒,才自己救助。二是救人后,包惜弱回房睡觉,却连做了几个噩梦:"忽见丈夫一枪把柴房中那人刺死,又见那人提刀杀了自己丈夫,却来追逐自己,四面都是深渊,无处可以逃避,几次都从梦中惊醒,吓得身上都是冷汗"。三是次日天明,包惜弱因担心丈夫赶去将那人刺死,"救人没救彻",并未将救人之事告之杨铁心(《射雕英雄传》第一回"风雪惊变")。

这几个细节其实已经预示了包惜弱的未来命运和道德评价。一、三两个细节是"实"的,直接引发了灾难性的后果,所以我们只要将包惜弱的行为反过来看,便可以发现一个女子在此种情势下的正确做法和道德守则:第一,未经丈夫许可,不可救护其他男子;第二,女子对丈夫不应有任何隐瞒,隐瞒即是不忠,将会遭到惩罚,甚至给家族招致灾祸。如果有人将《射雕英雄传》当作道德教育小说来读,这两条正是可以提供给妇女的"经验教训"。第二个细节是"虚"的,不过梦是潜意识的体现,包惜弱梦见杀人,自然是出于恐惧,可是她不仅恐惧"那人"杀了丈夫,也恐惧丈夫去杀"那人",又梦见完颜洪烈"追逐"自己,而"追逐"一词其实颇具多义性,这说明包惜弱潜意识里也认为救人(更何况所救的还是一个"相貌俊美的青年男子"①)之举某种程度上已是对丈夫的"精神失贞"。

这一夜故事是包惜弱乃至郭、杨两家悲剧的源头。源头既定,此后情节只要依据通俗文学的内在逻辑,顺流而下,结局即大致可以确定:包惜弱必然要遭到惩罚。惩罚的方式在源头处也早有暗示。她救助完颜洪烈固然是违背女德之举,但是她当时的第一反应是去叫杨铁心,只因杨铁心沉睡不醒,才自作主张,后来对杨

① 包惜弱将完颜洪烈拖入柴房救助后,喂以鸡汤,"烛光下只见这人眉清目秀,鼻梁高耸,竟是个相貌俊美的青年男子,她脸上一热,左手微颤,晃动烛台,几滴烛油滴在那人脸上。"(《射雕英雄传》第一回"风雪惊变")可见不仅完颜洪烈相貌英俊,而且包惜弱也注意到了这英俊,这也是男性主导的社会里所不允许的。元人刘一清所撰《钱塘遗事》有一条"贾相之虐":"贾似道居西湖之上,尝倚楼望湖,诸姬皆从。适有二人道妆羽扇,乘小舟由湖登岸,一姬曰:'美哉二少年!'似道曰:'尔愿事之,当令纳聘。'姬笑而无言。逾时,令人持一盒,唤诸姬至前,曰:'适为某姬受聘。'启视之,则姬之头也,诸姬皆战栗。"(刘一清:《钱塘遗事》,上海古籍出版社 1985 年版,第 118 页)贾似道的做法太过残忍,以至于一般男性也不以为然,但他那种对附属于自己的女性的独占心理,在男性社会里其实是具有普遍性的。

铁心隐瞒救助之事,也只是出于救人救彻的"妇人之仁",而非有意背叛,可见"主观故意性"不强。这决定了她虽有过失而仍可能获得救赎,属于"可教育"的失足妇女。后来失身于完颜洪烈,一是受骗以为丈夫已死,二是为了保存先夫血脉。在失身之后,包惜弱也一直在进行艰苦地道德自救——她不慕荣华,不忘旧情,并不对大金国皇子动情,又住在陋屋之中,守着铁枪破犁,日夜思念故夫,以身体和精神上的双重折磨来体认失贞带来的羞耻感与罪恶感,这其实是对杨铁心的"精神守节"。这些表现使她获得了男性社会的谅解。丘处机刚发现包惜弱成为王妃时,第一反应是将其杀死,而后来之所以不杀也正是因为见她"居于砖房小屋之中,抚摸杨兄弟铁枪,终夜哀哭"(《射雕英雄传》第十一回"长春服输")。在这部小说里,丘处机是男性社会道德的化身——他身上的光芒与褊狭皆源于此——丘处机的看法就是男性社会的看法。

包惜弱的结局是自杀,就源于她"女德"上的这种二重性:因为有过失,所以要受到惩罚;而又由于主观故意性不强,且有道德自救之举,所以可以选择自杀。自杀意味着用自己的血洗刷掉失贞不德的污点,也洗掉对原配丈夫杨铁心的羞辱,重获男性社会的认可。所以当杨铁心和包惜弱相认后,完颜洪烈一定会发兵来追,全真三子、江南六怪们的解救也注定不会成功,因为如果杨、包成功逃脱,再续前缘,则包惜弱的形象就无法完成——她既失去了洗清自己的机会,也无法满足读者的心理预期——一个失身于异族入侵者的女人竟然得其善终?!

与包惜弱形象相对的是杨铁心。在前代同类故事中,只有在元、明作品里,男主人公的生父被害而又获救,消失十余年后及时赶来参加大团圆。在这十余年间,他们或出家为僧,或在乡村私塾教书,或在龙宫之中逍遥,总之,都没有积极寻亲或复仇之念。这一情节在明人眼中或许正常,在现代人看来就极不合理。新编版《白罗衫》注意到这一点,并进行修补:苏云被水匪徐能等人抛入江中之后,又为山贼所救,掳入山寨,因不肯入伙被关押 19 年,直到官军剿灭山贼才再次获救。苏云方离虎穴,又入狼窝,自然过于离奇,但这毕竟说明现代人对男性人格要求的提升,不再将成年男性在家庭遭遇灾难后的消极无为视为理所当然。杨铁心亦是如此。他在获救后的 18 年间,从未停止过对妻子的寻找,让义女穆念慈抛头露面,比武招亲,也是出于寻妻的动机。

不同时代的作者对于同类情节的不同处理,往往能体现出他所处时代的舆论氛围和价值观念。新编版《白罗衫》与《射雕英雄传》对于"生父"形象的修改,正是我们这个时代价值观念的体现。从这里我们也可以看出武侠小说乃至甚至是一切通俗文学作品最重要的特点,即是它绝不冒犯读者,而是努力追求与时代氛围的契合。这里所说的"时代氛围",并非"引领时代潮流"之意,而是指通俗文学永远取读者价值观的“平均值”,再“刚刚好”与之相合,给读者一个清晰的道德判断,使其心安(天理伦常还在),这样才能保证最大程度的畅销。从这个角度说,通俗文学是名副其实的由作者和读者共同创造,武侠小说作家金庸与政论作者金庸、基本法起草人金庸,完全可以不同。这也决定了武侠小说趣味上相对的保守性与封闭性:它不可能具有思想上的启蒙与文学形式上的创新(对于通俗文学来说,这无疑是自寻死路的冒险之举),因而从社会功用来说,通俗文学也总是在固化而不是松动既有的社会价值观念。

所以对于武侠小说而言,无论是《射雕英雄传》还是《天龙八部》,最重要的都不是其文学性,而是文化性。我们阅读金庸作品时,所看到的也并不是(至少不仅仅是)作家的个人创造力,而是其中体现出来的深层文化结构。一部武侠作品越受欢迎,说明它所契合的价值观念越普遍,也越值得作为社会文化的标本,来观察它所处时代人们的集体无意识。

从金庸两部小说中三名主要人物和一名次要人物的命运中,我们可以看出父系血统绝对权威的衰减与顽固的潜在影响。在传统社会里,“父之仇,弗与共戴天。兄弟之仇,不反兵”(《礼记·曲礼上》),为生父报仇是最大的正义,为此杀人丝毫不影响复仇者的道德合法性。在民间道德里,国法也大不过血缘。《警世通言·苏知县再合白罗衫》中,徐继祖被徐能养大,自幼熟知他杀人劫财之事,却并不以为忤。初任御史接到郑氏状告徐能的状纸,彼时他尚不知郑氏即是自己生母,第一反应是保护徐能,担忧的只是“待不准她状,又恐在别衙门告理”,周守备给他出主意——“一顿板子,将那妇人敲死,可不绝了后患”——徐继祖亦深以为然,只是事后想来,略有不忍,也仍然担忧“若是不打杀他时,又不是小可利害”。后来之所以转变态度,正是因为意识到徐能可能不是自己生父。一旦认了生父苏云,则立刻怒骂徐能:“死强盗,谁是你的孩儿?你认得这位十九年前的苏知县老爷么?”①新编版《白罗衫》,给徐继祖的求仕动机在光亲荣门之外又赋以兼济苍生内容,使其在得知身世真相后面临的困境不仅有生、养的困惑,尚有国法与亲情的冲突,忠、孝(此处“孝”的对象指徐能)难以两全之痛。这种既不偏废人情,又兼顾道德、法律普适性的观念,显然更为现代。

作为现代人的金庸,也不可能再像前代作家一样宣扬绝对的血亲复仇,而代之以更具普遍性的仁爱。但是父系血统的权威并未消失,小说中的人物如果拒绝为父复仇,仍会被视为道德污点,遭到读者的质疑。而作为父系血统的宏大替代物,现代民族主义也正在变成一种更为坚硬的新道德。所以金庸一面将拒绝为父

① 冯梦龙:《警世通言》,中华书局2014年版,第157、161页。

报仇而又认同养父之邦的杨康塑造成反面人物,另一面又让正面人物萧峰、郭靖只是“虚拟复仇”,手上并不直接沾染复仇之血,最终却都死于为国尽忠。而将《射雕英雄传》中杨铁心遇难后18年的艰苦寻妻与明人小说中男主人公生父的无所作为相比,我们也可以看出时代对男性人格要求的提升。对包惜弱“道德过失”的强调,和必然自杀的结局,则显示我们所处的时代,固然已经不是一个可以理直气壮让失节女性“从容自杀”的时代——甚至“失节”这个词语也已经不再能够理直气壮地使用,但是贞节的幽灵依然潜藏于多数读者内心,制约着女性的道德表现,决定着她的最终命运。这些情节设计都可以看出金庸迎合读者既定价值观的努力,也再次表明,即便是金庸这样的手笔,也不可能真正违背通俗文学的写作规则。

当代银幕女侠“她”者形象的叙事悖论

朱　慧

侠在古代一般通指男侠，与男主外女主内的传统性别分工与空间划分相一致，女性自古被囿于家庭的私人小场域，而朝堂、武林、江湖等社会公共大场域向来是以男性话语权为主导的厮杀角逐之地，是女性被隔绝、被禁止入内的，带有明显的性别空间专属与独享的特性。因此，女侠想要名正言顺地闯入这片领地，必须借助父权宗法伦理对其侠义身份内涵的肯定与赋予，才能师出有名。这里男性成为话语权力的支配者与主体，银幕女侠则成为依附于男性话语霸权的被叙述的、被支配的客体形象，波伏娃在《第二性》中将女性的这种依附处境作了基本定义，她认为男性是“the subject”（主体）、是“the absolute”（绝对），女性则成为“the other”，在国内被通译为“他者”，然而男“他”在现代汉语里一般指认的是男性身份，本文为明确指认银幕女侠形象的女性身份，因此特将男“他”改译为女“她”，以使标题、题旨及其与行文内容的关联更加合情合理。

本文主要从三个方面探析男性话语在塑造银幕女侠时生发的叙事悖论，首先，女侠由私领域闯入公领域的侠风义举看似超越了传统性别规范，但其践行侠义的过程与结局最终却又反转为对性别规范秩序的遵循与维护，形成一种归守，这种叙事悖论成为她们无力突围的莫比乌斯式的怪圈回路。其次，作为男性创作者自我审美期许下的“她”者，由于疏离了女性真实情感逻辑与生命体验，男性叙述者对银幕女侠的型塑陷入一种可疑与虚假，而造成这种失真形象的症候可从男性叙述者无意识下通行的限制视角一窥究竟。再者，女侠不仅是两性关系中的“她”者，在西方学者以自我为主体的研究视角中，她们成为东方女性的她者形象，是西方影迷眼中“致命”却又“不堪一击”的“中国娃娃”，作为异国情调的迷恋物，她们再次被西方影迷与研究者进行了重构。

一、两性性别规范:看似僭越实则归守

如果说“性”是两性天然的生理属性建构,“性别”则是基于这种男女生理属性上的社会建构。在性与性别研究领域,关于生理决定论与社会建构论的争论已经持续了半个多世纪,最终社会建构论占了上风,社会建构论认为男女并没有天生的性别认同,他们是在后天对社会性别规范不断体认的累积下成了男人和女人。弗洛伊德在他的儿童性欲理论中表示,虽然两性具有截然不同的性本质与心理本质,但所谓的男性气质、女性气质、异性恋、同性恋都是在后天特殊的文化环境中形成的。对生理性别与社会性别关系创建过颠覆性理论的思想家福柯则认为,性别结构与权力结构共存,“生理性别,无论是男性气质还是女性气质,都是随历史的演变而变化的,是话语的产物,是异性恋霸权的产物”,“目前被当作天经地义的性别差异其实是由权力生产出来的”①。西方女权主义中心人物之一凯瑟琳·麦金农则明确表示,正是异性恋那种将男性视为高于女性的等级结构制造了性别,性别是男女不平等被性化后的凝固不变的形式。

中国作为世界上唯一一个古文明从没中断的国家,不仅很早就建立了稳固的父系宗法统治,女性较之男性成为第二等级的性别规范更是根深蒂固般的严苛与森严。中国古代关于性别特质与性别规范的教义训诫构建了一套完整的生成发展体系,对妇言、妇德、妇行、妇容、妇功等进行了全方位的规范。在对性别规范与特质的传统因袭下,即使是当下,我们一般也把男性视作是暴力的、独立的、支配的、理性的、主动的、阳刚的、拯救者的形象,与此对应,女性则被认为是和平的、依附的、被支配的、感性的、被动的、阴柔的、被拯救者的形象。“所谓具有女性气质,就是显得软弱、无用和温顺。她不仅应当修饰打扮,做好准备,而且应当抑制她的自然本性,以长辈所教授的做作的典雅和娇柔取而代之。”②而当代银幕女侠的塑造则僭越、颠覆了这种传统性别规范,这主要表现在两方面。

一是对两性传统性别特质的改写。银幕女侠中的正面人物形象以群像观之,皆是聪慧果敢的曼妙女郎型,她们风姿绰约,未婚待嫁,贞洁纯美而又侠骨柔情,这符合人们对传统女性气质的审美认知,这种佳人形象基本也是男性对异性的本能感官欲望的投射。然而,如果说这种俏佳人的外貌还能反映、辨识出女侠的女

---

① 〔美〕朱迪斯·巴特勒:《性别麻烦:女性主义与身份的颠覆》,宋素凤译,上海三联书店 2009 年版,第 2 页。

② 〔法〕西蒙·波伏娃:《第二性》,郑克鲁译,上海译文出版社 2011 年版,第 387 页。

性气质,那么接下来女侠在行为处事上则被捆绑灌输出浓烈的男性气质,她们在言行处事上不再“软弱”“无用”“温顺”“娇柔”,取而代之的是女侠们言行多不拘小节,如男人般大气沉稳刚健,杀人时冷酷无情,这种反性别特征打破了社会成规想象,是背离、颠覆了人们对两性气质的传统认知观念的。

二是打破“女主内,男主外”的性别分工。银幕女侠对男性领地江湖的闯入本身已是对性别分工的打破,不在话下。值得注意的一点是男性叙述者不忘表现女侠经济上的独立以烘托其独立的人格,如《新龙门客栈》里金镶玉在边关沙漠之地经营自己的一间客栈,与南来北往、鱼龙混杂的各色男人周旋,显示了其对社会人际关系的高超应对能力;《青蛇》里白素贞凭借自己的医术开了间医馆,帮助许仙解决生计问题,这里是女子养家而不再是女子无用;《卧虎藏龙》里俞秀莲女承父业,继承了父亲的雄远镖局,走镖名声是人货两安从未失手,不仅如此她还领导着一大帮镖局兄弟;《一代宗师》里宫二也靠自营医馆在战乱中了却残生。

不难看出,女侠摆脱了女人无用的传统性别歧视定位,在两性关系中,她们终于跃居男性,享有主导支配地位,成为男性行为的指导者,男性成功的关键助推手,甚至化身为男性危难时的拯救者,男性反而降格为被拯救者的弱者地位,男权话语通过女侠对男性的超越,张扬了女性意识,高扬了女性尊严。然而我们不得不警惕银幕女侠难以逾越的男权话语藩篱。首先,即便是作为男性的拯救者,她们行侠仗义的最终目的依旧是对男权伦理价值观的维护。她们替父报仇、为民除害践行的是男权价值观提倡的忠义,她们为爱人九死而无悔的大胆与壮烈,恰是父权话语希望她们至死都对自己忠贞无二。即便最后功成身退,无论是隐遁世外、皈依佛门还是回归家庭,男性创作者依然不忘使女侠再次返守她们力求突围的性别规范。《女侠》里的杨慧贞最终皈依佛门,但慧圆法师依旧象征的是高高在上的男性权威,并且在最后关头牺牲自己成为杨慧贞的拯救者,即便是看似柔弱无力的书生顾省斋,也在她与东厂走狗生死决战时提供了智谋上的绝对帮助;《新龙门客栈》里的金镶玉最初是无情无义的荡妇嘴脸,却在男侠周淮安情与义的感召下改邪归正,最后追随周淮安浪迹天涯也象征其对男性的依附;就连看似战无不胜、无坚不摧、茕茕孑立的聂隐娘也在救父危及之刻获得磨镜少年的及时搭救,并最后与其携手隐退,远离家国的是非恩怨。凡此种种,不在话下。

女侠最后的归宿与男性助手的安排显得饶有趣味,这似乎成为男权话语无意识构建的叙事裂缝下的阴谋。在电影文本内,女侠最后的归宿暗含其对男性的依附,再次由自主性沦为依附性,必不可少的男性助手削弱了女侠作为拯救者的绝对主导地位与独立人格形象,甚至在关键时刻又使女侠从拯救者沦为被拯救者的姿态。而这两者在电影文本外无疑显现了男性创作者的绝对话语支配地位,是男本位思想与男性自我中心意识不自觉的显露与表达。总而言之,女侠们似乎陷入了男权话语苍穹下的莫比乌斯怪圈,她们在一定程度内超越了性别规范,却在男权话语的把控与预设下,从最初的偏离又回归到女性她者身份的反向原点,从而使对性别规范的超越变成了一种归守,陷入突围困境。女侠在男性叙事策略下的这种回路怪圈里再次被封闭、被规范化,当然,归根结底这还是因为她们无法逃离被男性讲述的命运。

二、女侠性别身份:看似彰显实被遮蔽

银幕女侠作为被书写与被观赏的客体形象,她们的行为与情感思维逻辑也出现了偏离女性真实原型的陌生化色彩,这构成了另一重叙事悖论,然而我们可以从男性创作者采用的限制叙事视角窥探造成这种疏离的原因,以及这种陌生化所带来的人物审美效果。

(一)女性经验的陌生化

前文已论述到除了娇容美貌尚可反映女侠的女性气质外,为了让女性能够担当践行侠之大者的重任,她们身上被灌输并绑架了较多的男性气质,女性不能够用自己的性别特质践行侠义,完成对侠的浪漫文化内涵的书写,这本身就是男性中心意识在作祟,其实质不过是男性对完美人格期许下的一种自我观照、欣赏与陶醉。因此,银幕女侠被塑造时在很大程度上被男性化了,而女侠男性化的直接后果就是严重偏离、漠视、异化了女性本体的思维情感与生命体验。空有女性外形而无女性实质的情感逻辑,这带来女侠言行的陌生化与诡谲化。

如胡金铨改编的《聊斋志异》同名短篇作品《侠女》,导演基本在遵循原著故事情节与人物原型的改编下,设置了杨慧贞这一女侠形象,在交代杨慧贞与书生顾省斋的感情发展轨迹时,采用了原著里伊始顾省斋对杨慧贞可望而不可即的心态,"一日,偶自外入,见女郎自母房中出,年约十八九,秀曼都雅,世罕其匹,见生甚避,而意凛如也","徐以同食之谋试之,媪意似纳,而转商其女;女默然,意殊不乐"①,可以看出顾省斋因被杨慧贞的美貌吸引而欲娶其为妻,但杨慧贞对此颇不以为意,她对顾省斋毫无情愫爱意,"意凛如"与"意殊不乐"甚至表现出她对顾省斋的冷漠与排斥,而这郎有情但妾无意的局面一天突然峰回路转,"一日,女出门,生目注之。女忽回首,嫣然而笑","一夕,方独坐,女忽至,笑曰:'我与君情缘未

① 蒲松龄:《中国古典小说插图典藏系列:聊斋志异(全本新注)》,朱其铠校注,人民文学出版社1989年版,第221页。

断，宁非天数'"①，杨慧贞由冷美人转为笑美人，两次主动示好色诱顾省斋交欢，只因其家贫不能婚，才为其生子绵延子嗣，而现实世界中女性在两性关系中对异性一般是先有爱后有性，很难想象一位女性在对异性毫无爱怜的情感下，竟只为报当初的五斗米之恩而可如此委曲求全，男性话语霸权令女侠表现出的这种"深明大义"令人感到匪夷所思。

又如由唐传奇小说改编的影片《刺客聂隐娘》，原著里隐娘被道姑带走并无他由，而影片将隐娘的出走缘由添加了浪漫的爱情因素，幼时本已许亲表兄田季安的她对表兄痴心一片，奈何为大局着想，田季安必须联姻元氏一族壮大本族势力，才能对抗朝廷中央政权，于是双方父母只得将隐娘交由道姑公主带走以斩断情缘。可以说，隐娘是遭遇家、国、爱人全面背叛的被牺牲者，然而她对棒打鸳鸯的父母并无记恨，也宽恕了移情别恋的堂兄，甚至为了家国大业主动助力父母与堂兄，这样塑造出的一种超然"大我"形象可以说是男性话语塑造完美女性形象下的一种情感偏执；再如《卧虎藏龙》里的俞秀莲在看到爱人李慕白因玉娇龙而枉死时，她对玉娇龙没有愤怒与仇怨，而是当下即刻的宽恕，这与人类正常情感逻辑也是相左的；再或者《钟无艳》里的无盐女、《西游降魔篇》里的段小姐，当男主角对她们三番五次的示爱表示拒绝甚至是强烈的厌恶后，她们仍要为对方奋不顾身地牺牲性命，这种过度崇高化的浪漫爱情也缺乏真实的人性情感逻辑。

总之，可以看出男权话语不允许女侠有自私、自怜等狭隘人性，她们必须站在道德情爱的至高点上，时刻为大义着想，明断大是大非，无私奉献自己，成为拯救他人的女超人女英雄。男权话语勾勒出的这种唯美她者形象与女性主体真实原型间的疏离，造成其在讲述女侠行为逻辑发展轨迹时的一种断裂，使得女侠成为一种完美人格的空洞能指，是男权文化对女性的消费。以男性的审美期许与人格憧憬填充女侠形象，使得男性对女性性别身份的赞美与彰显带有虚伪性，它实际淹没、遮蔽、替换了女性本体的思维逻辑与生命诉求，使得女侠在行为叙事上带有奇异诡谲的色彩。而这种在抽离真实人性与情感逻辑下对女性性别身份的肯定，其实质是将女性本体的自我观照与生命体验异化甚或边缘化了。

（二）男性视角的叙述限制

究其原因，女侠思维情感逻辑的陌生化与被男性书写、被观赏的叙述视角有关，电影画面在哪个注视下展开，这个画面就在这种注视下产生了情感含义。女侠片多采用限制视角，这种限制视角包括第一人称内视角叙述和第三人称外聚焦

① 蒲松龄：《中国古典小说插图典藏系列：聊斋志异（全本新注）》，朱其铠校注，人民文学出版社 1989 年版，第 222 页。

叙述,第一人称内视角是从某个主人公的视角出发去观测外物,以表现其内心情感与心理活动为主,因此外部情景皆带有"我"的情感色彩。而第三人称外聚焦视角则是全知全能的上帝视角,摄影机可以自由调动,所以其视点因自由而达到全知,镜头客观,观众可用自我想象进行填充解读。然而这种外聚焦叙述视角仅向观者展现人物的语言与行动,而不展现其主观情感与心理描写,因此我们难以直接窥破女侠的内心世界,这种叙述视角营造了观众与创作者对女侠的双重疏离与距离感。

如影片《侠女》开场时最先出现的人物并不是女侠杨慧贞,而是借用书生顾省斋的第一人称内视角,观众才得以通过男主角的视点望见一位冷若冰霜、义气凛然的女性。其后,还是通过顾省斋的视角我们看到了花前月下抚琴的杨慧贞,然而对于她突然主动示好顾省斋,观众显然是不明就里的,影片前段并没有铺垫或交代她对顾省斋有半点情爱之意,观众只能待到片尾通过女主人公的台词,才可得知她是为了报恩顾省斋才做出此举。凡此种种,观众只有在情节流动中根据人物的语言直接表达,才能了解人物的行为动机与目的。至于杨慧贞在父仇压抑下的仇恨心理,她对顾省斋前后情感的隐秘变化,我们却无从窥探得知。

再如影片《刺客聂隐娘》,全片基本采用的就是第三人称视角下的长镜头静态画面,隐娘奉师命刺杀大僚,她于屋梁上伺机多时最终放弃,待回复师命时观众得知她是因为"见大僚小儿可爱,未忍心下手",师傅回答,"汝今剑术已成,唯不能斩绝人伦之情",如此我们解读出聂隐娘并不是一个毫无恻隐之心的冷血刺客。然而,当影片没有对人物的情感进行语言交代时,观众只能自我填充、推测人物情感的大量留白,如聂隐娘是如何割断对表兄田季安的深情的?对于父母当年的棒打鸳鸯,对于与道姑师傅的恩断义绝,她究竟有着怎样复杂纠葛的矛盾心态?她对磨镜少年是何种感情,最后为何选择伴随磨镜少年而去?由于没有女主人公的叙述视角,她于观众与创作者都是一种疏离的姿态。

电影创作者多会把自己隐藏在故事男主人公的视角、情绪与思维中,归根结底是由于男性叙述者与女主人公的性别差异,男性创作者无法将自己感同身受的置入女性的性别角色体验当中,如此构建出《木兰辞》中"问女何所思,问女何所忆。女亦无所思,女亦无所忆"这一观望遥感式的典型话语情境。如影片《一代宗师》与《东邪西毒》直接以男主人公叶问与欧阳锋作为第一人称叙述视角,《大话西游》与《西游降魔篇》虽以第三人称为主要叙述视角,但影片所抒发的思想情感皆是借助男主人公之口,是以男性的思维逻辑视角审视女性,注视者与讲述者显然比被注视者与被讲述者掌控话语权力优势,决定、操纵、控制着被观看者的形象,女性也便自然而然处于一种被观赏和失语的状态,以此给观众在解读人物时留下巨大留白与想象空间。

三、跨文化视野下形象蜕变的"中国娃娃"

本节主要从比较文学形象学的角度,探究银幕女侠在跨文化视野下的性别文化意蕴。对比依托参考的批评文本是英国学者里昂·汉特所著的《功夫偶像——从李小龙到〈卧虎藏龙〉》,这是西方第一部系统阐释功夫电影的专著,作者以一个西方人的视角从文化层面探索中国功夫,展现了一种跨文化视野中关于中国武侠电影的深度解说。正如中国学者陆绍阳对此书的封面推荐语所说:"本书提供的案例验证了功夫电影的跨文化影像,读者既可以从中了解跨国想象中的功夫,也可以从英国学者对功夫电影接受的阐释中得到诸多启示。"因此在这里武侠电影、功夫、女侠、动作明星等中国元素构成了西方学者眼中的关于东方主义的集体想象物,女侠也再次成为西方文化批评视野中想象的他者。"东方主义,这个被西方梦想的东方,它的文学、艺术表述,它的意识形态或想象物,有时又被称为异国情调,这些都是形象学思考的重要内容。"①值得注意的是主体对于他者形象会产生多种态度,而英国学者里昂·汉特对中国武侠电影这一"异国情调"的批评态度既非"憎恶"(批评家对阅读文本的极端轻视),也非"狂热"(批评家对文本的一种盲目崇拜),而是"亲善",这是一种摒弃前两者的更加客观理性的"诠释者"态度,因而其对中国女侠的批评观点值得我们借鉴品读。

(一)"致命"却又"不堪一击"

里昂·汉特针对中国银幕女侠首先提出了"中国娃娃"症候,"中国娃娃"即是西方影迷与影评家对中国女明星的使用套词,而当动作女星在银幕上挥舞拳脚大开杀戒带来某种暴力的"致命性"时,尽管她们彰显的主要不再是女性性别特质,却依然摆脱不掉作为一种情色观赏的电影符号。里昂·汉特在著作中也承认,当他试图利用中国银幕女侠的"致命性"挑战"中国娃娃"症候时,却也不由自主地更加强化了它。

"当中国动作女星试图跨越文化与地理界限时,她们变得更为脆弱。如果这些武打女杰在一种背景中可以成为强大的、引起认同的形象,但在西方的东方主义想象中她们也很容易变成极具异国情调的迷恋物。"②女侠身上的男性化特质

---

① 孟华主编:《比较文学形象学》,北京大学出版社 2001 年版,第 180 页。

② 〔英〕里昂·汉特:《功夫偶像——从李小龙到〈卧虎藏龙〉》,余琼译,北京大学出版社 2010 年版,第 157 页。

使得她们与传统女性特质相决裂,然而却又会被影片中以各种形式表现出来的女性气质抵消,成为男性情色欲望的观赏对象。"如果亚洲男性的典型形象是柔弱的与无性的,亚洲女性则'只剩下性感,天生懂得去取悦与伺候男人'。在西方的色情想象中,中国女性通常被构建为'顺从的、可口的性感尤物'。西方影迷对三级片明星邱淑贞或是精巧的动作明星李赛凤的迷恋也遵循同一逻辑。"①女星扮演女侠本身就是创作者作为一种性魅力符号的有意使然,暴力与情色象征着毁灭欲与性欲,作为人性深处的原始冲动,在影像中成为人们观看时的情感宣泄途径,历来也被电影制作人作为迎合观众感官刺激,保障电影票房手段的一种屡试不爽的商业运作手段。无论是《倩女幽魂》里柔情似水的聂小倩,《青蛇》里痴心无悔的白素贞,《卧虎藏龙》里争强好胜的玉娇龙,《白发魔女》里冷峻邪恶的练霓裳,还是《东方不败之笑傲江湖》里性别偏移的东方不败,她们既可在与敌厮杀时英姿凛然,转而又可与男主人公风情万种,柔情缱绻,激情缠绵,暴露展现女体,成为西方男影迷眼中"顺从的、可口的性感尤物"。

银幕女侠的致命性与脆弱性如此便构成一种悖论,电影文本内,无论武功多么高强,多么令敌闻风丧胆,女侠们却永远无法主宰武侠电影的全部动作场面,甚至在与男性英雄主义发生冲突时便会黯然失色,她们需要男性助手适时出现,为她们宽衣解带,逼毒疗伤,需要男性的拯救与指导,男人的几句情话或者无情无义的男人,都会成为令她们自我毁灭的致命弱点;电影文本外,她们始终无法摆脱作为被观看的情色符号,"中国娃娃并不单单是强有力的,而是既能干又娇弱,这些中国娃娃挥舞着'涂着指甲油的拳头'"②,"性感的中国女孩穿着超人式的紧身衣,先奋勇杀敌然后享受爱情甜蜜,这可能是百年电影发展史中对男人最具诱惑的想象。也是此类电影最吸引我的地方"③。正如劳拉·穆尔维在《视觉快感和叙事性电影》中所说:"决定性的男性凝视把它的幻想投射到照此风格化的女性形体上。在她们那传统的裸露癖角色中,女性同时被观看和被展示,她们的外貌为了强烈的视觉和色情冲击而被编码……"所以,无论中国女星扮演的女英雄、女魔头多么力图去除她们的女性气质,在片中展现使用的暴力多么具有致命性,她们始终是形塑者编码的情色符号,是西方受众眼中性感的中国娃娃,对这一她者形象的先验期待与既定认知仍会框定西方影迷的后续观赏,把她们作为异国情调的

① 〔英〕里昂·汉特:《功夫偶像——从李小龙到〈卧虎藏龙〉》,余琼译,北京大学出版社2010年版,第157页。

② 同上。

③ 同上,第154页。

迷恋物。

（二）雌雄同体的复仇女神

除了解析西方影迷受众对中国女侠形象的成规想象，鉴于林青霞在武侠电影史上的重要地位及对双性性别演绎的特殊性，里昂·汉特也在著作中单辟一个章节介绍了她所扮演的性别偏移的女侠形象。90年代上半期凭借雌雄同体的女侠形象，林青霞成为影史上经典武侠天后，她在《新蜀山剑侠传》《笑傲江湖之东方不败》《六指情魔》《白发魔女》《天龙八部之天山童姥》《东邪西毒》等一系列银幕代表作中完成了对性别身份的超越，至今无人能够逾越其魅力。

里昂·汉特首先强调林青霞相较传统女侠的最大特殊性在于她对性别界限的模糊化，也即塑造了一系列雌雄同体的"魔鬼般的女人"，"魔鬼般的女人"是指有她在的地方就会有毁灭性的杀戮，雌雄同体则指她通过易装或变性发生的性别偏移。在《笑傲江湖》中她女扮男装反串东方不败一角，先后与两性令狐冲与侍妾诗诗发生了错乱不清的情爱纠葛，其真实性别与角色性别带给观众同性恋与异性恋的双重迷思；《白发魔女传》第二部里她因爱成魔，在对男性恨之入骨的同时又与同性陈圆圆暧昧不清；《东邪西毒》里她更是因爱成痴，彻底迷失了自己的性别身份，正如片中她所饰演的人物所言，"到最后，我再也分不清谁是慕容嫣，谁是慕容燕"；《新龙门客栈》里尽管她是一个异性恋，但还是易装成男性，并在被金镶玉试探身份时将其衣服剥光，显示一种同性情色画面感；《天龙八部之天山童姥》里她饰演的小师妹李沧海，又陷入师姐巫行云的同性爱情追逐中。里昂·汉特接着分析了林青霞饰演的雌雄同体的女侠形象根源，首先他从中国戏曲中男女混装常态剖析缘由，以此解释从戏曲中吸收诸多养分的早期武侠片中，女扮男装的女侠并不少见。其次，也有资料认为林青霞性别偏移的剑客角色与香港同时期的性解放运动有关。性别研究领域里也有学者认为林青霞的异装癖"解构了自我与她者之间的二元对立，异装癖被看作第三类空间，因为它导致了类别的危及，提供了一个可能性空间去构建和混淆文化：这是一种破坏性因素，它质疑的不仅是男性女性的类别，而是包括分类本身"①。

另一处饶有趣味的观点是里昂·汉特对于《笑傲江湖之东方不败》里东方不败与令狐冲的情感解析，他从精神分析学的角度将令狐冲对东方不败的复杂情爱称为俄狄浦斯情结，"当东方不败从海底升起时，叶舞鸟散，飞沙走石。当他/她初次遇到酩酊大醉的令狐冲，他/她从湖底讲话来掩饰自己的男声，同时也唤起子宫

---

① 〔英〕里昂·汉特：《功夫偶像：从李小龙到〈卧虎藏龙〉》，余琼译，北京大学出版社2010年版，第175页。

里母子的亲密。东方不败既是父亲也是母亲,尽管远古的母亲是一个生殖崇拜的形象","东方不败是一个欲望的载体,令狐冲却对她/他说:'我们之间不谈爱。'这种对母亲的拒绝预言着一种俄狄浦斯情结","女性身体的母性功能最经常被表现为可怕的"①……里昂·汉特对林青霞饰演的性别偏移的东方不败形象给予了当代精神分析学中的性别、性属、惧父情结、惧母情结等多维度研究,总体而言在西方性别文化接受语境中,东方不败是雌雄同体的性魅力符号,是奉异性恋为正统性爱观念的破坏与挑战者,他所宣称的"我来埋葬一切"又使他成为摧垮传统性别身份固定概念的颠覆者。然而里昂·汉特忽略了中国本土社会性别文化的另一重先验语境,即男权话语对于这一性别偏移角色所暗含的歧视意味。东方不败在完成性别转换后,由任我行象征的父系宗法发言人认为这是性别降级,并对之进行蔑视耻笑。其次,雌雄同体的东方不败重归传统性别规范的收编,女性的他不再像男人一样追逐江湖权势,转而热衷于对镜贴花黄与刺绣针线,对待情爱也由之前的负心汉转为了痴情女,他对令狐冲一再声称"我要你后悔一辈子","我要你一生记着我",可见男性成了他完成性别转换后的唯一生命情感依附。再者,如果之前男儿身的他可名正言顺地追逐权势,女儿身的她还坐在日月神教教主这一权力顶峰的位置,以阴性居阳位,这无疑是僭越父法统治秩序与规范的,随后的坠崖溃败无疑象征着父法父权对这一性别等级僭越与扰乱者的严猛惩戒。

在跨文化形象传播视阈中,无论是作为西方影迷眼中的"异国情调物",还是里昂·汉特对雌雄同体女侠"她"者形象的性别文化内涵解读,都与中国本土女侠形象的性别文化意蕴存在着疏离甚或悖反,因此在某种程度也构成了另一重叙事吊诡。

结语

综上可以看出,男性领地空间对女侠的敞开,或者说女侠凭借男权赋予的侠义身份获得被准许闯入江湖的资格,在一定限度内改写了男强女弱的传统性别秩序,但另一方面,女侠被父权伦理体系异化的程度加深了,因为女侠始终是按照父权伦理体系的意愿谋划自身,"男人一旦把女人变成他者,就会希望她表现出根深蒂固的共谋倾向"②,让女侠拥有雌雄同体的完美人格,实际是对女侠的异化而非美化,其投射出的仍是男性创作者的男本位自恋情结与审美期许。在男权价值观

① 〔英〕里昂·汉特:《功夫偶像:从李小龙到〈卧虎藏龙〉》,余琼译,北京大学出版社2010年版,第172—173页。

② 〔法〕西蒙·波伏娃:《第二性》,郑克鲁译,上海译文出版社2011年版,第9页。

的裹挟、驾驭与控制下,女侠自我本真而丰富多彩的生命诉求被遮蔽、抹杀、剥夺了,最终导致女侠性别身份被同质化,沦为"她"者形象这一非本质的存在。在西方价值观日益充斥并滥觞于华夏土地的今天,可以看出当代以男性为主导的文人武侠创作群体,对侠客精神涵盖下的仁义礼智信等中华传统伦理道德是具有人文关怀情感的。然而,当我们看到这些带有浓郁东方美学意蕴的女侠们奔走于江湖仍只为践行男权价值观时,她们被男权话语塑造出来的"她"者形象却无疑是带有反女性主义色彩的。

“红色经典”的时代变奏与传播策略探析

刘俐莉 张颖俐

何谓“红色经典”? 从1942年毛泽东发表《在延安文艺座谈会上的讲话》提出文艺“首先是要为工农兵服务”,作家们就创作了一批反映解放区事业及人民生活的作品,如短篇小说《小二黑结婚》、歌剧《白毛女》、叙事长诗《王贵与李香香》等。20世纪五六十年代,又出现产生巨大影响的“三红一创、青山保林”等革命历史小说。1997年,人民文学出版社结集出版中国共产党领导下的人民民主革命历史小说,将其取名为“红色经典”。从学理上看,“红色经典”似乎并无内涵明确、外延清晰的界定,更多意义上是一种约定俗成的说法。

其实也可以从字面上解读“红色经典”。“‘红色’对中国而言不单具有美学和心理学上的意义,而是具有很强烈的政治意指作用。‘红色’这一符号的能指其所指指向的是‘革命’这一含义。”①而“经典”则是“被历史所证明它代表着人类整个文化传统的根本的一些文本,只有经过漫长时间的考验,千锤百炼,精益求精,才能够称为‘经典’。”②于是当“红色”和“经典”并列相连时,就生成了一种特定的话语概念,它拥有独特的政治背景和历史文化,它饱含鲜明的精神信仰和价值观念。而且值得注意的是,“红色”之所以能够成为“经典”,不仅仅是主流话语的结果,也意味着民间力量所达成的群体共识,即对主流意识形态的价值认同。因此,“红色经典”可以视为一个双向作用的产物,消费、反馈与创作、传播同等重要。

如果只是把“红色经典”看作一个指称,说到底它都指向以中国现代社会的政治、经济、文化、军事等的革命和建设为描述对象,为宣传主流意识形态而服务的文化产品。所以,考虑到把握当下社会的时代性与传播的大众化,笔者认为当今“‘隐性’的‘红色经典’改编”产品不应被忽略,即包含“对红色题材的重新叙述,

---

① 侯宏、张斌:《“红色经典”:界说、改编及传播》,《当代电影》2004年第4期。

② 陈思和:《我不赞成“红色经典”这个提法》,《南方周末》2004年5月6日。

但不一定有严格意义的对象化的经典文本,当然我们能感觉到它对我们红色记忆的利用,或可说是红色精神的变延"的大文化现象,因为其"同样需要满足主流意识形态表述、大众的世俗化需求、市场的商业化要求等多种诉求"①。因此本文提及的"红色经典"外延比较宽泛,研究的核心是"红色经典"的衍生产品。

一、夹缝中生存的"红色经典"

纵观"红色经典"的发展历程,大致可以将其分成三个阶段。第一阶段起止于20世纪40至60年代,毋庸置疑,受1942年5月2日至23日中共中央召开的延安文艺座谈会的精神思想所指导,以小说为主要传播媒介。第二阶段主要指发生在20世纪60至90年代的文化现象,其中最为突出的莫过于"样板戏"普及运动。第三阶段即进入21世纪,以影视剧为大众传播形式,或是直接将"红色经典"翻拍、改编,或是以红色故事为题材进行编剧、演绎。2004年5月25日,国家广电总局向全国各地有关职能部门下发了《关于认真对待红色经典改编电视剧有关问题的通知》,规定所有"红色经典"电视剧经省级审查机构初审后都要报送国家广电总局电视剧审查委员会终审,并由国家广电总局电视剧审查委员会出具审查意见,颁发"电视剧发行许可证"。而在这规定出台的两天之前,即5月23日,刚刚召开了由中国文联、中国剧协、影协、视协举办的"红色经典"改编创作座谈会,正是纪念了毛泽东同志《讲话》发表62周年。

这就不难得出这样的一个结论:"红色经典"体现国家意识形态,表达政治话语,反映文学的政治功能。"红色"这个具有浓厚的政治色彩词语,使文化产品深深地打上了革命、建设的历史烙印,旗帜鲜明地标上社会属性的标签。思想引导、政策规范之下,"红色经典"也的确充分发挥了文学的政治功能,承担起历史使命感和社会责任感,传播着爱国主义精神、集体主义精神、革命英雄主义等精神,直接体现着基本道德价值与政治情感信仰。但是也正因为"红色经典"具有浓厚的政治性,有的学者认为其容易存在缺失文艺的自主性、自律性和独立性,缺少艺术审美价值的局限。②

无论是对文艺审美还是大众传播来讲,与国家话语相应的、不容忽视的另一个考虑因素就是民间声音,这同样制约着"红色经典"的创作和改编。而与民间声

---

① 陈旭光:《"经典大众化":在尊重与变异、重构与消费之间——"红色经典"在当下文化语境的"再叙说"刍议》,《当代电影》2011年第7期。

② 陶东风:《重建文学理论的政治维度》,《文艺争鸣》2008年第1期。

音联系最为密切的莫过于市场。所以“红色经典”在纠结于文艺的自主性和政治的思想性之外,还面临主流意识形态与市场盈利目的的双向制约。“看得见的手”与“看不见的手”同时作用,决定着“红色经典”的艺术风貌。一方面,“红色经典”作为一种革命叙事、历史书写,“不单是一种将经验组织成形的方法,也是一种‘赋予形式’的过程,而这种过程必定具有达成意识形态、甚至原型政治的功用”;①而另一方面,“红色经典”又要满足于经济上的市场效益,也就是具备一定的“时尚性”,符合当下受众的审美趣味。

二、随时代变奏的“红色经典”

陷于政治与经济的夹缝中并不意味着难以发展。从另一个角度来看,“红色经典”不仅没有被束之高阁,反而别开生面。从小说到样板戏,从电影到电视剧,“红色经典”不断以更新的面貌、欣欣向荣的姿态存在着,始终有着旺盛的生命力。

这就需要我们以辩证的眼光来看待“红色经典”。从各种政策规定、思想指导中感受到对“红色经典”的种种规范其实未尝不是一种机遇。一来,无论是召开座谈会还是颁布相关政策,都说明国家对其有着足够的重视。国家需要“红色经典”,需要通过“红色经典”来积极参与主流意识形态的建设。一时代有一时代之文学,“红色经典”作为时代的产物,它有着为政治服务的明确定位。从中华人民共和国建立之初亟须提升民众对新生国家及其政权的认同,“而完成这个任务的有效策略之一,就是重构一个让民众可以共同拥有的民族、国家记忆,以确认政权的合法性”,到20世纪90年代全球化时代的到来,“消费主义的狂潮席卷并改写了中国城乡的价值观念及日常生活,主流意识形态期望在完成经济转型的进程中,积极提倡弘扬时代的主旋律,以此巩固和稳定国家话语”,②“红色经典”无疑是增强多民族国家凝聚力、重塑集体记忆的重要途径。它注定会在大众传播中占有优势地位。为纪念特殊节日如“七一”党的生日、“八一”建军节、“十一”国庆节以及建党、建国、杰出历史人物诞辰等周年而依托大众媒介尤其是主流媒体所播映的革命历史题材的影视片,就是一个典型的例子,宣传主旋律,不论受众是积极主动认同价值观念树立精神信仰,还是潜移默化地“无意识”影响,“红色经典”都很好地实现了其政治价值。

---

① 王德威:《想像中国的方法:历史·小说·叙事》,生活·读书·新知三联书店1998年版,第299页。

② 王瑾:《红色经典改编热读解》,《文艺理论与批评》2007年第4期。

而从市场的角度出发,或许“红色经典”可能由于各种原因不被“叫好”,但是这并不影响它在不同时期能够“叫座”。“红色经典”一直都有着成熟的经营模式和大量的消费群体。在最初阶段,尤以小说为主,“红色经典”的文艺工作者往往或是亲身经历过革命抗战,或是成长于那个战争年代,所以创作的成品通常具有很强的真实性。也因为凝结着工作者的特殊情感,所以基本很有水准,足以被视为文学典范,这就很大程度上积累了消费群体。继而在早期开始尝试将这些优秀的革命历史小说搬上银幕时,制片商发现了成功的可能性。正如某制片人所言:“选择名著,投资风险小,因为它们已经积累了几代读者。读者的认知度高,参与度也就高。观众对名著改编是有期待感的,这就对制片商意味着在发行时可以节省较多的宣传费用。”①而从受众的角度考量,“红色经典”亦有持久而广泛的消费市场。对于中老年受众来讲,由于“红色经典”本身具有和历史的“互文本性”②,所以对“红色经典”的鉴赏活动就有着怀旧的味道,这尤其符合中老年受众的消费需求。对这一群体而言,“红色经典”包含了丰富的历史记忆、集体记忆和情感记忆,迎合了他们怀旧心理。同时,“红色经典”作为一种历史书写,也一定程度上折射出现实生活中某种精神道德的缺失,怀旧往往暗含着对社会现实与精神信仰状况的担忧,流露出人们在新的历史时期对思想品格层面的危机意识与价值诉求。而对青少年受众而言,“红色经典”的魅力更多地表现在能够满足他们的娱乐与好奇心理,故事的传奇性、叙述的刺激性等都能使他们得到感官上的愉悦。当然,“红色经典”也经常成为校园思想教育的一种手段,其蕴含的精神内核也会或多或少给青少年儿童带来心灵上的震撼,成为一笔精神财富。

三、“红色经典”的当代传播策略

意大利著名历史学家克罗齐说:过去的事情一旦和对现在的兴趣相结合,它的关注点就不再是过去,而是现在了。我们也可以以发展的眼光来审视当下语境的“红色经典”。从“十七年”文艺的英雄崇拜到新世纪的消费革命,“呈现出中国‘一元政治意识形态’到‘大众文化’消费逻辑占统治地位的多元文化格局的重大变迁,‘红色改编’正是多种话语交织、对话、博弈的重要领地。主流话语的意识形态呈现、大众消费娱乐心理满足、经典再现的精英艺术追求以及民间传统文化的

① 王瑾:《红色经典改编热读解》,《文艺理论与批评》2007 年第 4 期。

② 饶曙光:《创造新的红色经典:意义与途径》,《当代电影》2011 年第 7 期。

‘尚奇’旨趣等等,共同构成了‘红色改编’的多元价值诉求。”①就目前而言,红色题材电视剧经久不断,可谓是“红色经典”文化现象中最为突出的。我们不妨以此入手进行分析。

20 世纪“红色经典”的支线情节或是次要元素都是紧密服务于政治功能。比如《英雄儿女》《上甘岭》等影片,其战争片的归类背后凸显的是集体主义精神;比如《智取华山》《渡江侦察记》等影片,在惊险片的属性下可以感受到革命英雄主义精神等。而当今的电视剧或多或少都有些难分主次。

当今红色题材电视剧最大的特点之一就是“彩色化”。这并不是说现在这类作品不再突出“红色”,而是说它们在倡导主旋律的同时,更辅之以其他元素或者线索,变得“多彩”了。比如讲述双面间谍斗智斗勇进行抗战的《伪装者》,大量穿插了动作、枪战等画面,极具视觉冲击力;围绕无名英雄破译密码而展开传奇故事的《解密》,主人公励志的成长经历成为叙事脉络;又如以中共党员潜伏虎穴获取情报为主要剧情的《麻雀》,复杂错综的爱情戏份贯穿始终……这都有值得肯定的价值。以政治主线为核心,加上其他分支多线共进,极大增强了“红色题材作品”的艺术审美趣味。正因此,“红色”被情感等色彩所包围甚至覆盖,反而显得更具有丰富、充沛的生活气息。以《麻雀》为例,通过电视剧官方微博的宣传,“唯祖国与信仰不可辜负”的口号深入人心;出演正面人物的演员们在微博平台表达心得的行为,也一定程度上传播了正能量。多媒体之间的相互协作、同时发声,不失为当代“红色题材作品”传播主旋律的极好方式。

可惜的是,当代“红色题材作品”大多还很难达到“经典”水平。除了诸如《潜伏》《亮剑》《黎明之前》等少数的电视剧能久留在观众的脑海里,大部分影视作品如流水席般一闪而过。看来,如何在新的时代背景和媒介条件下,实现“红色”题材创作的经典化与多样化的持续均衡发展,仍是一个值得进一步探讨的问题。

---

① 戴清、宋永琴:《从“英雄崇拜”到“消费怀旧”——电视剧〈林海雪原〉的叙事分析与文化审视》,《当代电影》2004 年第 11 期。

陶正是谁？

李　振

临终前的路遥曾在病榻上认真地说，陶正是他导师式的启蒙者，是陶正让他知道了世界上还有一项营生叫写作。那么，陶正是谁？就当下文坛而言，这几乎成了一个陌生的名字。但是，习近平在《我是黄土地的儿子》中还记得插队延川并写过《魂兮归来》《逍遥之乐》的北京知青陶正；延川《山花》的创始人曹谷溪还记得与白军民、路遥等共同编写了诗集《工农兵定弦我唱歌》的文学同路人陶正；从80年代走过的作家和批评家们，也许还记得曾获1983年全国优秀短篇小说奖、1985年"《十月》文学奖"的青年作家陶正……在时间的持续冲刷和历史的不断重述中，"陶正是谁"在今天可能已经变成了一个是否需要知道或是否必要记住的问题。

一

1969年1月，经历了从创建到终结整个红卫兵运动的清华大学附中学生陶正赴延川插队。① 运动中的狂热和运动过后"受愚弄的委屈"都在新的生活环境中以另一种方式呈现出来：

> 我当时的全部感受只用一个字就可以概括：干。嘴里还得说"接受再教育"，心里念叨的是改造农村改造中国。……志同道合的十七个人编成一组，专挑荒僻穷困的地方落草扎寨。延川县关庄公社鸭巷大队偏远闭塞，好地方！一个工分两毛多钱，三口人一床棉被，好生活！贴春联不会写字用月饼模子扣圆圈儿，有味儿！种地要走出二十里，砍柴要走出三十里，赶集买盐要

① 1966年5月29日晚，骆小海、卜大华、邝桃生、王铭、熊刚、张承志、张晓宾、陶正、高洪旭、袁东平等17名清华附中的学生聚集北京西郊圆明园遗址开会，决定成立红卫兵组织。

> 走出四十里,提神儿!这是一块被革命遗忘了的土地,这是一块革命者大有可为的土地。干!有了虱子才痒痒,找到虱子才兴奋,掐死虱子才痛快!于是,玩儿命地干农活之外,我们建广播站,办扫盲班,组织青年突击队,搞农业科学实验……我们以无私无畏的卖命精神很快地取信于民,当上了饲养员、赤脚医生、保管、出纳、会计、队长、书记、教师,全面篡夺了庄里的党政财文大权……我们与全国各地交流,借它山之石攻玉,手刻油印小报,发往黑龙江、内蒙、山西、云南……①

几十年后,在陶正这篇名为《自由的土地》的回忆文章里,我们依然能够感受某种扑面而来的"革命热情"。但这种热情却是某种理想与现实挤压出的结果,在那些"改造农村改造中国"的豪情壮志里又能让人读出无奈的"玩儿命"和同样无奈的自我解嘲。作为红卫兵创始人之一的陶正在此不无坦诚地记录了一个群体面对历史、政策、地域、处境的转变所普遍生出的复杂心理与精神状况。然而,在黄土般的现实生活中,那些狂热的想象"也在不知不觉中被乡风民情淡化、软化、世俗化了"。正如陶正记得开会批判庄里唯一的老地主,会有人从会场中走出给他披上一件羊皮袄;"一打三反"中有个青年喊错了口号,公社书记轻描淡写地说:"那人是个二杆子,算逑了!"于是,某种转变来得悄无声息,"我们竟主动提出把窑前窑后的果木分到农户养育;竟怂恿队里放出闲余劳力外出经商,把'资本主义尾巴'抻得更长;竟嘻嘻哈哈看一个雇农老光棍和一个地主的老寡妇搞阶级调和,合二为一做老伴儿"。也许这便是日常生活的力量,"革命不是请客吃饭",但在请客吃饭或柴米油盐里,"我们在抗拒'接受再教育'的尝试中受了教育,在改造农村的努力中改造了自己"。

在陕北改变着知青们的同时,知青们也在有意无意中以他们的存在影响着陕北。"他们穿着又短又窄的裤子,操着广播喇叭里的声调,拿面包喂毛驴,用布衫换鸡蛋吃,男的女的当街上就勾手搭背!庄稼汉们谁也没想到这伙人将对自己千年不变的生活方式会产生多大的冲击。"于是,新鲜与冲击过后,"没过多久,村里的社员也学着知青,每天早晨起来刷牙;一些女社员还学会了用香皂、卫生纸和塑料布";"在知青住的窑洞里,每天都聚集着许多年轻人,大家都喜欢听知青讲故事,在村里人的心中,这些知青知识渊博、见多识广,无所不知,连孩子有个头疼脑

---

① 陶正:《自由的土地》,孙立哲主编《情系黄土地——北京知青与陕北》,中国国际广播出版社 1996 年版,第 28 页。

热,谁家里出现矛盾都去找知青咨询”。[①] 而陶正的特殊之处在于,下乡时既没带多少衣服,也没有像样的被褥,却在军大衣里包着一台油印机,在山沟里办起了一份联系北京知青且影响广泛的《红卫兵报》。从文学的角度看,这份报纸本身所提供的内容也许并不重要,收工回窑,点上油灯写稿、编辑、刻版、印刷,这在陶正看来仍不是“搞文学”而是“干革命”,尽管“这革命却又一反过去,露出了随意、即兴、我行我素的性情”。然而,写作、办报、编辑、发表这一行为却影响着身处黄土高原并试图通过文学创作来改变命运的文学青年王卫国。陶正和北京知青们的到来无疑为正值迷惘与困顿的他打开了一个从未碰触过的世界,他们成了一个身陷闭塞之境的青年眺望并走向既有生活之外的某种桥梁和通道,也由此逐渐形成了有关内部与外部或中心与边地最初亦影响深远的认识——无论是他的个人生活还是其之后的作品《人生》《平凡的世界》等,无不包含着由乡村出发向外的征服和在乡村之外寻找身份认同的坎坷之路。

1972 年被推荐到北京大学中文系学习的陶正在两年后以主要创作者的身份与北大中文系 72 级工农兵学员高红十、张祥茂、于卓共同创作了长诗《理想之歌》。回顾这首描写“上山下乡,彻底革命”并在当时引起极大影响的作品,陶正曾说:“今天回头看看那些‘理想’的内涵是些什么?有没有‘农民造反’或‘皇权主义’成分在内?有没有封建主义的酵母?那个‘理想’是否完全符合时代潮流的大方向?……这一切都要重新地、冷静地思考和估量。20 多年过去了,人到中年了,应当比年轻时减少点蒙昧,添点聪明。”(吴过《红卫兵档案》)而面对一些年轻人对那个激情年代所流露出的羡慕之情,“陶正看着我,一字一顿地说,假如只有激情而没有理性和理智的约束与节制,那么,人就不是正常状态的人。我倒是很羡慕你没有生活在那个年代”(张艳茜《我们是毛主席的红卫兵》)。陶正这些言论大多来自网络访谈或他人的记述,并不一定确切或词句之间尚有出入,但大体还能反映他后来对那个年代的基本认识,并在之后的文学创作中逐渐得以印证。更重要的是,这并非是对此前经历简单的“否定”,从红卫兵陶正到作家陶正的变化本身就是一个极其繁杂与隐秘的过程,这是旁人甚至是本人也无法完全厘清的切实的生命历程,正如他在《自由的土地》里所说:

> 我并不想说陕北的一切都是美好的。起码,贫穷本身就是一种丑恶。
>
> 我只是要说:陕北对于我的情感操练是美好的。它使我在自由的呼吸中

---

① 田志荣:《我们村的北京知青》,北京知青与延安丛书编委主编《苦乐年华——我的知青岁月》,中央编译出版社 2014 年版,第 63 页。

明白了自由的可贵,建立了自由的信念,开始了对自由的殷殷追求。

我也并不想说知识青年上山下乡运动全然正确,不想说什么青春无悔。这总有一种替什么人文过饰非和自我宽释的意味。

我只是要说:尽管我如果不到陕北,可能还会有一条自我发展并造福于人的路,尽管另一种选择有可能使我们这一代更有力地推进历史的车轮,我毕竟是到陕北去了。毕竟是陕北的生活指引了我的事业和人生。①

二

1982 年 9 月,陶正重新回到离别十年的延川,在当年插队的鸭巷村一住就是一个多月,回到北京之后便有了中篇小说《女子们》②。如果说路遥的《人生》和《平凡的世界》是乡村青年们为改变命运而面向城市的探索或征服之路,那么陶正的《女子们》则可以被看成是一个乡村的过客基于城市对高加林们的理想、野心、困境乃至悲剧的回望。

《女子们》描写了参加知青夜校的四名乡村女子在知青离开之后截然不同的生命历程,其中尤为刺痛人心的便是爱爱。爱爱是“我”在村里教夜校时最喜欢的学生,在她始终羞涩如一的神情中,又有时常投向来自京城的知青们的充满期冀又怯生生的目光。她是村里出了名的“巧女子”,手巧,心更巧,听课的时候仿佛不敢抬头似的绱着鞋或在腿上搓着麻捻子,却能在不经意间把教过的东西准确无误地记在心底。特别是在她最喜欢的“谈天说地”课上,“绝不再做针线活了,托着腮,屏声静气地倾听”,那偶尔一亮的铜顶针的光亮,是她被山外的世界触动了的心。然而,这个被知青们称作“山沟里的小天使”的女孩,却早早地离开了人世。爱爱的死成了梗在重返山村的“我”心中的一块石头。让她几乎不敢正视的不是人们口中的心脏病、高烧或肺炎,而是“心里难活”——那是一种被给予了希望又被剥夺之后的绝望。知青们接踵离去之后的爱爱像失了魂,曾在大雪纷飞的夜里蹲在别人窑外听来自山外的人“讲稀罕”,“留下的那两个脚窝子足足有四指深”;她总是悄悄地躲出去,躺在柴垛里或坐在娘娘庙前,默默地接受来寻她的人的责骂,直到人们无意中发现了她带在身上的几张照片。“我”还记得当初把那些照片送给爱爱时的情景:在“我”接到北京大学的录取通知坐上卡车走向一种新的生活

① 陶正:《自由的土地》,孙立哲主编《情系黄土地——北京知青与陕北》,中国国际广播出版社 1996 年版,第 33 页。

② 陶正:《女子们》,《当代》1983 年第 3 期。

时,爱爱一直偷偷地跟在后面,鼓了六七里路的勇气,终于开口恳求“我”留下那组曾在课上介绍北京的“教具”。在那些即将离去的知青和那组照片之间,爱爱更留恋的显然是后者,因为“最后一次回头仰望时,发现她并没有目送我,正低头摆弄着那沓照片”。不管怎样,爱爱的身体就那么不可挽回地坏了下去,最后只留下一双鞋垫。在这双本应绣着吉祥图案并送给心上人的鞋垫上,爱爱绣出的却是北京城里的华灯、昆明湖上的游船和情侣。

毫无疑问,爱爱是小说中最富悲剧性的存在,因为知青的到来为她打开了一个从未预见也难以抵达的外部世界,但这个成为心结的“北京”让她再也没法心无旁骛地继续原来的生活。于是,一种心灵上的急迫渴望与现实生活中“不可能”的绝望不断撕扯并最终摧毁了一个年青的生命。这也是最让“我”倍感愧疚的地方,仿佛“我”俨然成了杀害爱爱的凶手。但是,又有谁能轻易地否定那些火热的理想和单纯的初衷?“我希冀这夜校里的盏盏灯火能点燃他们理想的火种,并自我陶醉地认为,我就像那高举心的火把,把人们从林莽中引上大道的丹珂”——这十年后的陈述已然带上了近乎忏悔式的自省,但在那个物质与精神双重贫瘠的情境,他们所做得或唯一能做的也只不过是把自己所见识过的不一样的生活讲给山村里的孩子们听。谁能想到那远在北京的电视、华灯和昆明湖能够如此残酷地终结一个并没有真正开始的人生?或者像小说所问:“我们这些曾经立志扎根黄土高原的热血分子,为什么终又纷纷遁去了呢?”又或跟这些都全无关系,问题的症结出在到底是什么让一个年轻女子憧憬别样生活的理想变成了现实中绝无出路的“不可能”?在小说创作时那个全面拨乱反正的年代,在陶正直铺纸面的悲怆背后,倒有着一份难得的冷静,这让小说呈现出的不是一个时代过后急匆匆的自我否定,而是身处其中作为一个当事人或见证者面对既有现实最可靠也最坦诚的尴尬与无奈。也许只有这样,才是文学对现实世界最有效的记述,它让人看到某种单纯而善良的理想,或仅仅是一个城里人的“好意”,也让人看到这“好意”如何在现实的扭曲与局限中变成一个乡村过客无法卸下的沉重十字架。这与北京知青王小强一篇名为《来婵儿》的回忆文章有着共通之处。当事人八年后重回志丹,早年 11 岁的学生来婵儿已到了嫁人的年龄,可就在“我”再次告别时,来婵儿向他索要一张照片留念。可事实是,如果念想能够成为现实,有谁会把全部的情感寄托在一张照片之上呢?然而不可改变的现实却横亘在那里,“我肯定还会去看她的,但是,对于她们的情感,我只能做一个旁观者,我无力改变她们的命运”。①

---

① 王小强:《来婵儿》,北京知青与延安丛书编委主编《苦乐年华——我的知青岁月》,中央编译出版社 2014 年版,第 309 页。

爱爱的同学香妹彻底地改变了自己的生活,五年前就到地区医院工作了。她烫起村里绝无仅有的卷发,穿起西式罩衣和高跟鞋,一改千百年的规则让男人烧火自己陪客,毫不客气地纠正着男人嘴里的"土话",就连名字也变成了张美华。面对这样的"成功者","我"心里又充满担忧:香妹为了地区招工名额,即便被她爹用牛鞭狠狠地抽了一顿然后关进地窖,也要嫁给当大队长的暴烈汉子银庄;而为了把银庄办到城里,如今又打起了现任队长大贵儿的主意。在这个几乎无所不能的香妹眼中,爱爱"没出息",是"自己把自己窝囊死的","整天想着进城过好日子,就是不想个出去的办法,还说要是早点死了,说不定能早点托生个城里人"。面对这个高加林式的人物,我们不能以简单的道德判断来进行某种粗暴的认识,甚至在小说里,陶正所流露出的情绪也略显苛刻了。尽管"我"认为香妹实现了爱爱没有实现的梦想,但对于她实现梦想的方式,却还是引发了"这就是她们唯一的道路吗"的疑问。好在小说及时生出一些自省式的言说:"庄里的人看不惯是可以理解的,而我,在北京早看惯了更'洋'的发式和更时髦的装束,为什么也产生了一种九斤老太的情绪呢?"陶正在小说里的姿态不像路遥那样来得决绝和富有征服性,或者说陶正对香妹远没有路遥对高加林那般热爱,这里也包含着作为下乡知青的陶正无法切身感受到返乡知青路遥或高加林们所面对的现实困境,所以他对香妹的态度反复不定,但这恰恰隐藏着某种体谅与宽容:"她背叛了些什么,又顺应了些什么?她是真正的叛逆形象吗?我无从判断。其实,顺从还是叛逆,都是相对的,谁又能完全背叛生活中的那些铁的法则呢?"

还有印象里有着"小菩萨般的善良和宽恕之心"的改锥儿,让重返山村的"我"一时无法辨认。这是长期辛劳的结果,或说"幸福生活"的代价:她生下大大小小四个孩子,每年抓来猪崽、喂出一百二三十只兔子、二十多只鸡,晾着枣种着老梨,槐树上架着两个蜂房,在碾子里装上轴承,把粮食装满五六个囤子同,整齐地码起一垛白菜,还有堆在冷坑上的蓖麻籽、小麻籽、一排扎好的扫帚和一摞纳好的锅盖……然而这就是"好光景"的全部吗?"陶老师,你不是说过,让我当个科学家吗?"——当年玩笑般的鼓励在改锥儿心里生根发芽,只不过在现实中变成了"等我生下个儿,就让他照你的话办","等冬梅儿他们这茬人起来,还不能把我们这搭建得跟北京一样一样的?"还有"野女子"哈啦,为了自己钟情的长远,不惜以身相许,以"野"的方式保全了他们的爱情。在婚后,他们又在长远不变的生物本能之外,发现了看似幼稚甚至透着某种荒诞意味却在山沟里闪着理想之光的《奥秘》或《环球》所代表的人生另一面——精神生活。当年在山沟夜校里谈天说地的"我"可能不会想到,那些郑重其事、又透着天真甚至幼稚的理想行动,竟对一边做活或带娃,一边有一搭没一搭听着课的年轻女子产生如此巨大而深远的影响。它真的成了点燃她们理想的火种,即便是在并不适宜的环境中也悄悄地以不同的方式燃起。当这种理想或渴望跨越了时间,一以贯之地被保留下来并切实地在那些女子们的日常生活里发挥作用,有关理想本身的命题也就变成了在时代与社会格局的不断变化中这种理想是否应该被成全及如何成全的问题。

相比后来一些在文学史中占据重要位置的伤痕文学或知青小说,《女子们》有着很强的在场感与反思性。这种反思不是对一个时期或一场运动非黑即白的重述,而是以十年后对某个地点、某种理想、某种流动的生活场景的重返,完成了更具当事人情感矛盾与现实尴尬处境的充满理解与温情又隐藏着严厉自我拷问的文学记述。在小说中,传统与现代、城市与乡村之间的冲突固然十足尖锐,但我们又能于其中发现某些使之趋于含糊或软化之处。比如对改锥儿"幸福生活"的遗憾,那些关于财富与生活、手段与目的等颇具现代性的思索,却在夏梅与秋梅糜草中的玩闹、改锥儿哺乳时的安详恬静中变得无足轻重。而对于来自北京的"我",这本身又是一次有关美与生活丰富性的触动:"这种劳动是艰辛的,但她们却能在这艰辛之中得到一种我所不熟悉的欢乐。我刚才的怨艾和指摘或许不无道理,但那是我的道理,幸福并不是一个固定的模式,在各不相同的时间和空间中,在各不相同的人和心中,它有着各不相同的内容。"于是,相比那种自信满满、自认手握真理而建构起来的城乡或现代与传统之间势不两立的矛盾,陶正并不掩饰自己的游移、困惑甚至是无知,他让这种关系不仅存在于一个完全受控于作者之手的故事,而且将其放置在作者与文本或文本与文本之外,因为那才是有关历史相对可靠的描述,才是对历史的欲望和文学的欲望更具生活性和人情味的表达。

三

老开——"他喜欢这绰号,知道它的缘起和诠注:开通、开明、开化、开放……这正是他的个性和风貌"——一个上任不久的歌舞团团长。任职于北京市歌舞团的陶正,似乎对这个行业在改革大潮中所面临的变动产生了强烈的兴趣,对当时与"时髦""新潮"自然捆绑在一起的青年演员这一群体的生活及精神状况有着很大的书写热情。

在中篇小说《假释》①里,老开的登场方式就很有一些"现代派"的意味。"他撩起眼皮,看着天空走路,那暗淡的、昼夜交替的天空……"在很长一段时间里,我们不知道"他"是谁,不知道"他"想的到底是些什么。一种意识流式的思维轨迹,

---

① 陶正:《假释》,《十月》1985 年第 5 期。

闪烁不定不断游离的场景、对话,那些曾经出现或即将出现的生活片断,于辗转腾挪之后才明确了一个“开通、开明、开化、开放”的改革者形象。“老开”似乎真的是老开,他一反“领导”惯有的威严与稳重,倒像个玩世不恭的时代弄潮儿:“其实我也正在为你们的穿着打扮奇怪哩。从台上一看,灰乎乎一片,像做梦……你们的奇装异服呢?非得谈恋爱逛公园时才穿出来?全团大会又不是追悼会或做礼拜。年轻人嘛,文艺团体嘛,就应该花枝招展。这也是一种精神面貌……”在歌舞团的工作中,他向“以前任团长为代表的守旧势力发起了势如破竹的冲击”;在生活中,他不但自己十足“新派”,还不断以此敲打着台柱子宋燕儿年轻又羞涩的心,一度在团里激起流言蜚语。但是,就在小说前后穿插、意识流式的叙述中,老开开明、开放、一幅誓将革新进行到底的改革者的形象逐渐明朗的过程,也是其轰然倒塌的开始。当他偶然发现自己并不看好并将之逐出编外的歌手吴蕾蕾在歌厅里被倒儿爷们竞相追捧;当被他不断启迪的宋燕儿真的突破了内心的界限;当原本是交响乐团骨干的两个儿子悄悄组织起电声乐队在华星饭店伴宴……老开再也“开”不起来,“他要同这魔鬼决一死战,即使是同归于尽”。

小说并没有给老开的转变过程留出丝毫的空间,或者说陶正在《假释》里根本就不承认转变这回事。老开先前的“开明、开放”和之后的“殉道”并不构成因果或某种时间上的承接关系,它是并置乃至紧紧纠缠在一起的。无论有没有宋燕儿或儿子们的激将,不管他是不是坐在了歌舞团长的位子上,他对艺术的判断和对青年们生活方式的态度终将以小说最后呈现出的那种方式传递出来。毕竟老开是一个整体,他既不是被视为改革路程中“一枚钉子”的50年代歌唱家方老太太,也不是路光那类活跃在时代激流漩涡中心的“年轻的品种”,他只是一个普通的“改革者”或“摆渡人”,他无法在某个节点抹去大半生的经验和对世界的认知,也无法掩饰在变革的时代“全面革新”的决心、理想与热情,其特殊性在于他不可能改变历史的轨迹,却又在一定范围内影响着某个团体的命运。在这种情况下,如果我们愿意相信他有关“革新的关键是打破文艺桎梏,这也包括释放古的、洋的,那些被关押了多年的无罪的囚徒”的判断,就必须接受他对方老太太那种“不愿直视的敬服之情”。正如托克维尔在《旧制度与大革命》中所说:“他们不知不觉中从旧制度继承了大部分感情、习惯、思想,他们基本甚至是依靠这一切领导了摧毁旧制度的大革命;他们利用了旧制度的瓦砾来建设新社会的大厦,尽管他们并不情愿这样做;因此,若要充分理解大革命及其功绩,必须暂时忘记我们今天看到的法国,而去考察那逝去的、坟墓中的法国。”①《假释》并没有简单地把批判的矛头

① 〔法〕托克维尔:《旧制度与大革命》,冯棠译,商务印书馆1997年版,第30页。

指向老开或其他什么人，而是在复杂的历史与社会环境下描摹更为复杂的人心，写下一个改革者自己都不愿面对又无法扭转的心结。小说面对的不是理想化的改革激情或宏大的时代政治之音，而是既成事实的现实生活，“在春情醉人之时又预示了‘倒春寒’的可能”①。

在陶正的长篇小说《重叠的印象》②和《旋转的舞台》③中，80 年代不同类型的青年便成了主角。小说弥漫着极其浓郁的时代气息——从青年们挂在嘴边的存在主义到作家梦；从球场上吹响小号的狂欢到一知半解的“性解放”；西餐、歌厅、伴宴的小乐队；铃木摩托、组合音响、迪斯科——这些如今被当成标签以示怀旧情调的东西，在那时无不代表着“先进”的文化方向，代表着前卫、新潮的生活方式，同时也以十分张扬的姿态显示着来自城市或某些社会阶层的优越感。但是，在这两篇洋溢着时代新貌的小说里，在那些新派男女放浪不羁的故事背后，又若隐若现地摇晃着“文化大革命”或上山下乡的影子。《重叠的印象》中，那个时刻被男青年围绕的“大姐”周克美盛气凌人、喜怒无常，几乎终日沉浸在烟酒和聚会的喧闹中，却时常在舞会渐入高潮时，让人们清楚地看到她越发冷峻的眼神——这些与“大姐”共舞的年轻人所不知道的，是他们狂欢的这幢房子曾被贴了封条，“大姐”的父亲还在干校的时候，她便从插队的山西“荣归故里”，于是便有传言说，她在这幢贴了封条的房子，天天恭候那位革委会主任大人的光临。因此，在那玩世不恭的躯壳里，深藏的是一颗几乎被搅碎的心：“我坏，喜欢要弄别人，通过要弄别人来填补自己同样空虚的灵魂。又岂止是要弄！我嫉妒！我憎恨！恨！要报复！那些行尸走肉，有什么资格享受美好的生活？有什么权利得到我得不到的、失去的、用屈辱和痛苦换来的东西？”与此同时，周克美的哥哥周克津与周父手下的青年业务骨干许矛在小说中构成了两股相互制衡的力量。一心想成为出色作家的周克津更富理想主义色彩，他无法面对时代的变化，不能接受生活中的拆台、利用和铜臭气，不能容忍“售货员可以买到紧俏商品，医生可以开出贵重药物，芝麻大点儿权力也被用来牟取个人利益”。他始终认为自己是“一心补天”的，却只是把梦想寄托在“弥漫着淳朴、亲切的气息和泥土清香的遥远的”陕北。而许矛同样是下乡知青，到旅游局工作之后一心扑在观音洞的开发上，从最初的勘探到后来与当地农户的谈判、跟其他部门之间联合开发的协调，直到最后闯到省委副书记家

---

① 陶正：《自由的土地》，孙立哲主编《情系黄土地——北京知青与陕北》，中国国际广播出版社 1996 年版，第 33 页。

② 陶正、田增翔：《重叠的印象》，中国青年出版社 1985 年版。

③ 陶正：《旋转的舞台》，中国文联出版社 1987 年版。

中进行了一场起决定作用的辩论,可谓一路坎坷。在许矛看来,自己之所以能够爆发出如此的能量与韧性,是因为“现实生活帮助我们从半空中回到了地面上……直到现在,我们那拨儿人也还在各自的岗位上开创事业,谁也没有蝇营狗苟地混日子,这就是那段历史赋予我们的性格”。《重叠的印象》反复曲折的故事中,周克美、周克津、许矛相互之间形成了关系小说精神内核的重要参照,它不是要去追问一段历史的来龙去脉或是是非非,而是在讨论这段历史投射到一个新的社会环境中所蕴含的多种可能。因此,小说始终在面对着一个新的时代发言,而那些插曲式的背景成了观照这个时代、考量一代人在时代转折期精神历程不可或缺的遗传基因。同时,林星茹、狄小沪、俞新平等人的存在,又补全了历史之外更多处于现实社会关系中的青年人的生活状态,从而带着“历史的同情”,最终辩证、全面地组织出一幅透视时代精神的丰富庞杂的社会图景。

当我们把《假释》《重叠的印象》以及《旋转的舞台》结合起来看,便会发现陶正试图整体呈现80年代文化冲突的野心。他没有走上一条急匆匆地配合或顺势歌唱政治转型巨大成就或光明前途的快车道,反而选择了一种并不轻松的方式来讲述他所置身的那个年代。他带着源自历史的切身疼感和依然为之骄傲的纯真理想,带着以文学的形式表达社会变革欲望的使命感,将一个时代已然呈现出来的复杂文化格局与可能隐藏着的文化危机略显焦虑地摆在人们面前。他似乎抱着一种率先自我解剖式的心情,将其能够预见的或自知无法克服的心结拿出来晾晒。就像我们能够在《重叠的印象》里周克津的身上、《旋转的舞台》里彭川的身上,不时发现陶正的影子,他仿佛在说,我是这样,我们这代人也大致如此吧。

四

可惜的是,1987年后,陶正基本停止了小说创作。三十年后反观陶正的作品,他对前后两个时代的敏锐与不激不随的态度在今天看来依然弥足珍贵。

面对那段充满理想主义与革命激情的岁月,陶正并没有随着时代大潮陷入简单的“伤痕”与“反思”之中。相反,他对上山下乡的描述既有对当事人的体谅,又带着某种旁观者的警觉:

> 看到一些“伤痕”作品,我就想,我们当初只是受排挤受折磨被压榨被奸污吗?那我是在揭露丑恶还是在亵渎美好?难道我们是软体动物是毫无骨甲当时只能忍受蹂躏之才嘤嘤泣泣的可怜虫?
>
> 有些作品开始了浪漫主义,描写返朴归真的新形象,新意向。我也挑剔:

真实吗?反映生活的真实和你本人的真实愿望吗?潮水般地上山下乡,潮水般地返回城市,真正留下来的,是已经浸洇在工地里,或搁浅在沟沟洼洼里的。大潮已退,非要再摘几朵浪花洒向河滩,未必有益,也未必美好。①

小说《天女》中,知青们为了一个被当地农民按照惯例抛弃在泥塘边的女婴奋力地寻找门路,最终在知青点把她养大。于是,在那个充满"伤痕"的年代也闪烁出人性之暖和道义之光,而那些被时代塑造出的冷酷与决绝也在一个婴儿的逐渐成长中变得柔软起来。我们没法把《天女》看成是一种浪漫的或趋于理想的想象,因为小说最终上演的依然是一幕令人绝望的悲剧。虽然在情节设计或结构上还存在一些问题,但这不妨碍小说摆脱了"伤痕文学"中个体任人摆布的无力感甚至是刻意追求的王晓华式的悲剧,在时代的困境与一个人决不放弃的行动中建构起个体与那个年代进行对话的另外一种方式——它不是旗帜鲜明有意为之的对抗,而是源自本能或善的无须商量的举动:我不能让一个婴儿留在危机四伏的泥塘,我既然把她带回来就要让她活下去。

而在《女子们》等系列小说里,陶正将"那个年代"与"这个年代"通过一次重返捏合起来,没把知青作为描写对象,倒是将与知青发生关联的本地人作为小说的主角。在这种关联中,陶正摆出的既不是情感纠葛的"孽债",也不是被时局愚弄的"伤痕",而是于某种历史的必然中,一次偶然的、被迫无奈的城市与乡村或现代文明与传统生活的冲撞。在这场由乡村外来者伴随天真或理想又近乎无意识地进行的"启蒙"里,那种来自城市或现代的文明无疑是带有某种侵犯性或威胁性的,因为它所引发的是惯常生活与平静内心的崩溃,是在一种封闭又自得其所的文化肌体上开了一个无法弥补又无法愈合的伤口。所以,小说让人看到的是理想如何毁灭了生活甚至生命,是为了"走出去"不计后果不计代价的挣扎。但是,陶正没有把这种"启蒙"或"侵犯"看成是两种文化或两个群体唯一的相处方式,就像在改锥儿院里见到的从未改变的震慑人心的生活之美,又揭示着传统的稳固与"时代主人翁"的尴尬:"我发现,对于陕北这片广袤的土地,我们从来都只是一些客人。尽管我们曾自以为是主人,却没有什么以我们为主体的业绩;尽管我们是受欢迎的,被怀念的,但也只是受欢迎被怀念的客人而已。当我悉心寻找'回力'鞋或'懒汉'鞋的印迹时,看到的只是被'实边纳'踏平的山路,我想捕捉知识青年上山下乡的回声,它们却淹没在'信天游'那个性鲜明,兼收并蓄也无改本色的古

① 陶正:《信天游——浅谈〈女子们〉》,《女子们》,农村读物出版社 1988 年版,第 259、260 页。

歌中了。"①

面对激越人心的社会变革,陶正对那些开时代之先的"改革者"与令人憧憬的"新生活"都有所保留。如果我们仔细考量20世纪80年代文学中那些反映改革的作品及其创造的一系列改革者形象,乔光朴、丁猛、车篷宽、陈抱帖、刘钊、李向南……他们的性格非常相近,而且都带有理想化的倾向。这里并不一般地反对理想化,毕竟文学无法排除创作主体的主观愿望和感情。但是,这些新时代的改革者往往在有意无意间被描绘成"青天大老爷",他们雷厉风行、敢做敢为,却无处不透露出某种专制家长的做派。这可能是现实决定的,似乎只有那些强硬的改革者才能有所作为,但这同时也显示着作家们对改革一厢情愿的想象,仿佛所有的问题都会随着某个"闯将"的降临迎刃而解。但事实是,没有谁是从天而降的"闯将"或"强硬派",他们总有自己的特定的历史与有限的经验,也必将带着无法回避矛盾与局限进入到改革中。于是,《假释》以及《旋转的舞台》则从不同的角度提示着那些"改革者"所必将显露的复杂性与矛盾性。

在对时代青年及其生活与精神状态的讲述中,陶正笔下的人物相比刘索拉的《你别无选择》或徐星的《无主题变奏》在保持了相同的"新派"之外又显丰富厚重。可能从彰显属于那个年代的个性或叛逆来讲,周克津或彭川显得拖泥带水有所牵绊,而林月茹、夏露、彭岳又显得单薄或缺少某种精神意义的指向。但是,也恰恰是这些不完满与不纯粹更为切实可靠地投射出一种转折时代或过渡期的精神样貌。有谁能说自己是没有历史的?又有谁能说自己不为环境所制?那么在陶正的小说里,似乎所有的时代青年都有一份有据可查的历史档案,所有的青年都处在现实关系的约束中而不能恣意妄为。因此,陶正不是那些新鲜抽象的时代精神或文化理想的宣扬者,或是因为他经历了太多的理想与热情,自然而然地带着历尽沧桑吃过见过的平淡、冷静与警觉,以文学的形式记述着他眼中的80年代。

至此,一系列问题就不得不被提出。为什么在有关80年代的文学叙述中找不到陶正的名字?为什么在80年代中期的文学史叙述里先锋文学一枝独秀,成了时代精神独一无二的代言人,就像《女子们》《假释》《重叠的印象》等同样优秀的创作从来没有出现过?或者是否可以回答最初的问题:陶正是谁?这是否是个需要知道或必要记住的名字?可能时间越长,人们越容易陷在对80年代过于理想化的想象里,而那些在中途被遗忘了的人和作品将越藏越深,至少在当前"伤痕—反思—改革—现代派"的文学史叙述框架里,没有陶正及其创作的容身之处。

---

① 陶正:《信天游——浅谈〈女子们〉》,《女子们》,农村读物出版社1988年版,第260页。

因此,我们有必要审慎地看待当前对 80 年代文学流于片面的描述,重新打捞起那些尚未完全沉没的航船。也许此刻,我们应该记住陶正这个名字:一个被理想激荡的青年;一个陕北乡村的过客;一个历史的反思者与时代的警示者;一个本该被记住却在文学史里失了踪影的作家。

第三辑　解析新维度

撕开时代的沉默

鲁太光

自2017年4月24日《我是范雨素》在微信公号“正午故事”首发并在24小时内迅速10万+，到“我是范雨素”成为重要社会文化现象，范雨素本人也成为高光人物，十多天内遭遇媒体围堵，到一个月后喧哗不再，两个月后少有人谈，再到现在的完全沉寂，“我是范雨素”完成了一个媒体事件的所有流程，但其中蕴含的文学思想、文化意义、社会启示却没有得到很好的呈现。或许，现在才是谈论这个问题的好时机，因为，周围是那么的安静，那么的宜于思考、写作。

——题　记

一

范雨素火了，而且，火大了，不仅她的非虚构文本《我是范雨素》自4月24日在“界面”发表后迅速刷圈，迅速10万+，而且与她和她的《我是范雨素》相关的诸多网络文字、评论，也跟着走红、刷圈。

范雨素火了，而且，火大了，她的《我是范雨素》引发广泛关注，但这关注却又如此的杂糅，如此的纠结，甚至如此的分裂。对她和她的作品，有人爱，有人恨；有人赞，有人妒；有人褒，有人贬；有人说她真诚，有人说她矫情；有人说她低调，有人说她张扬；有人说她有才华，也有人说她缺乏文学性；有人说她是“老天爷赏饭吃”，也有人怀疑她为人所代笔，甚至怀疑她是某个团体的“提线木偶”；有人将其原子化，说她只代表她自己，不代表任何团体、群体或阶层；也有人认为她是某个团体、群体或阶层的一个代表，一个佼佼者……

范雨素火了，而且火大了，不仅她本人成为媒体追逐/追猎的对象，让她的社交恐惧症转成抑郁症,她也不得不躲进"附近深山的古庙里"逃避①,甚至有几十家媒体去了她的老家,想在那里证明她文中事件的真伪,以致担心自己 80 多岁的老母亲会被媒体的围追堵截惊吓到的她,在朋友圈中写下这样的话:"我从不在乎别人说我,我从小到大都是独来独往的人。我现在在乎的是我的母亲,我的母亲 80 多岁了,如果被媒体围追堵截生了病,那么我将无颜活下去。我的母亲已经吃够了人世间所有的苦,而我又是如此的不成器。如果发生了什么,我何以求生。我的母亲不愿意接受任何媒体的采访,她和媒体说话,只是因为人和人之间,应该的,应有的尊重。"并恳请朋友圈里的朋友"截图转发",以阻止媒体去"围追堵截"她的母亲……

这该有多火啊!不仅城门失火,而且都要殃及"池鱼"了。不过,我们都知道,火只是暂时的,在这个追新与弃旧同样迅疾的时代,对于范雨素们来说,平淡、疏离、冷清,乃至冷漠,才是常态。相信用不了多久,范雨素就会变成别的名字,《我是范雨素》也会被别的话题取代,就像这几天她抢了《人民的名义》和"达康书记"的戏一样。

不过,必须明确的是,范雨素的火与一般网红的火很不一样,其中蕴含着极其重要的文化与现实意义,需要严肃的思考,认真的探究。遗憾的是,在火热的跟帖与评论中,这样的思考与探究却少之又少。为了范雨素的文化与现实意义不被新媒体时代的轻薄、浮躁裹挟而去,为了范雨素不被新媒体塑造成一个纯粹的网红,为了范雨素不至于在海量的传播中变成遮蔽范雨素、马雨素、李雨素(范雨素们)生存境况及其诉求的空洞能指,笔者愿意就此落笔,谈谈范雨素的文化与现实意义,也希望有更多的研究者关注这个问题。毕竟,这里边隐含着太多复杂的情感,太多严肃的问题,还有,太过沉重的意义。

我们应该阻挡语词的洪水;我们应该彰显意义的岩石。

二

就让我们从一首诗开始寻找这意义的岩石吧。

2013 年 9 月 17 日,"打工诗人"许立志写下了这样一首诗:

---

① 这并非真实情况,这句话除了表达对媒体围堵的不适感之外,更多的是自我解嘲和自我疏解。

我谈到血

我谈到血，也是出于无奈
我也想谈谈风花雪月
谈谈前朝的历史，酒中的诗词
可现实让我只能谈到血
血源自火柴盒般的出租屋
这里狭窄，逼仄，终年不见天日
挤压着打工仔打工妹
失足妇女异地丈夫
卖麻辣烫的四川小伙
摆地摊的河南老人
以及白天为生活而奔波
黑夜里睁着眼睛写诗的我
我向你们谈到这些人，谈到我们
一只只在生活的泥沼中挣扎的蚂蚁
一滴滴在打工路上走动的血
被城管追赶或者机台绞灭的血
沿途撒下失眠，疾病，下岗，自杀
一个个爆炸的词汇
在珠三角，在祖国的腹部
被介错刀一样的订单解剖着
我向你们谈到这些
纵然声音喑哑，舌头断裂
也要撕开这时代的沉默
我谈到血，天空破碎
我谈到血，满嘴鲜红①

在这首令人读之泪落的诗中，隐藏着诗人的诗歌宣言：撕开时代的沉默——“纵然声音喑哑，舌头断裂/也要撕开这时代的沉默”。

而这，也正是范雨素及其作品的意义之所在。

---

① 许立志：《新的一天》，作家出版社 2015 年 3 月版，第 160 – 161 页。

不过,在一个高度消费主义的时代中,在一个高度原子化的社会中,在一个高度名利化、个体化、犬儒化的文化语境中,要想理解范雨素及其创作的意义,并不容易,这需要正确的打开方式。而打开范雨素及其创作的正确方式首先要从"我不是范雨素"开始,可对范雨素的诸多解读却偏偏都固执地盯在一个点上:我是范雨素!

关于范雨素的个体化/个性化问题,淡豹应该是较早的阐释者。她在《关于范雨素的手记》①中如是说:"我喜欢范雨素的文章,因为她个性化的语言和观察,因为她性别的视角,因为她'阅读者—作家'的语言和思考风格。"她还进一步解释说:"说个性化,是因为,她不是现在流行的分类'工人文学''打工文学'下的写法。她的长篇中,大哥哥是不认命的农民,小哥哥是少年早慧的神童,小姐姐是提笔成诗的女诗人,都不是常见的农民形象和农村生活经验。她不是直接描述血泪和唤起反抗,不是以命运和不公为中心,是一些博大慈悲的、有凉意的、有距离感的人世观察,一些多情的诗意,语言中有很多的反讽杂义,有流畅轻盈的幽默感。"应该说,淡豹对范雨素作品的把握相当到位,她把范雨素举重若轻的文风、流畅轻盈的文笔、黑色幽默的感觉等都很好地提炼了出来,并由此得出"她不是现在流行的分类'工人文学''打工文学'下的写法"这样的结论。但淡豹并没有否定范雨素的写作是"工人文学"或"打工文学"。如果非要说淡豹否定了什么的话,那也只能说淡豹否定了范雨素的写作是"流行的分类""工人文学"或"打工文学"。如果更进一步的话,我们还可以说,淡豹否定的是时下人们对新工人及其写作的刻板印象——在这样的印象中,这些流动在社会底层的人们不是木讷愚蠢的,就是焦躁不安的;不是胆小怕事的,就是胆大包天的;不是面目可憎的,就是举止乏味的;不是哭泣抱怨的,就是嘶吼闹腾的……在这样的印象中,这些流动在社会底层的人们,似乎与诗意无关,与文学无关,与幽默无关,与温情无关,与轻盈无关……在这样的印象中,"新工人文学"或"打工文学"自然与人类丰富的情感无关,自然是单调的、乏味的、暗黑的、喑哑的、不文学的……然而,抱持这样观点的人恰恰忽视了一个最为重要的前提:这些打工者/新工人和我们一样,他们首先是人,然后才是其阶层或职业分别——打工者/新工人;抱持这样观点的人还忽视了另一个重要的前提:文学是人学。"打工文学"或"新工人文学"同样是"人学",他们首先需要发出的是"人"的声音:父亲的声音,母亲的声音,儿子的声音,女儿的声音,亲人的声音,朋友的声音……欢乐的声音,悲伤的声音,愤怒的声音,幽默的声音……沉重的声音,轻盈的声音,粗重的声音,纤细的声音……而后,才是他们作

① http://weixin.niurenqushi.com/article/2017-04-25/4831346.html。

为具体的阶层或职业分别者的声音——打工者/新工人的声音。而且，需要特别提醒的一点是，由于与一般人相比，他们处于更为沉重、艰难的生存条件下，甚至处于极端的生存条件下，这使他们有可能发出更为丰富多元的声音，有可能发出更为敏感多维的声音，甚至有可能发出为一般人所发不出，并且不能听、识的声音——这当然是真切的“人”声，但却由于承载、挤压了太过沉重、驳杂的压力，而有所扭曲、变形，甚至失真了，因而需要更为细腻、宽容的耳朵和心灵才能谛听、识别。明白了这一点，我们就不会因为范雨素的幽默与轻盈而惊讶，也不会因为她高度个性化的文风而否认她的新工人/打工者身份。因为，这其中并没有什么矛盾与乖离。

然而，也不乏有人在范雨素的诸种身份之间做文章，试图以其中的一种身份遮蔽、抹除另一种身份——最为突出的，就是以其文学身份遮蔽、抹除其新工人/打工者身份。比如，2017 年 4 月 26 日“中国新闻周刊”微信号发表了一篇题为《试图从范雨素身上发掘底层声音，不仅不公平，也是投机的》①的文章，就试图将范雨素“纯文学”化。作者要求人们评价范雨素，“最好将她视为一个有独立思考能力的个体。一个对文学拥有热爱和才华的写作者，一个真正领会了文学力量的女性，只不过刚好出生于不怎么优越的环境”。作者还语重心长地告诫说：“中国社会的改革任重道远，舆论当然应该批判现实、发出呼声，但如果媒体将发掘底层声音的一个突破点，放在了范雨素这样一个具有鲜明文学标签的个体身上，是不公平的，甚至是投机的。”好像怕这样的告诫还不够，作者又“希望”人们“不要去追问一个心中住着马尔克斯的人，到底希望通过文学改变什么”，“不要反复引导一个早就理解了平等为何物的人，就阶层固化、社会不公等问题提出她的解决办法”。看似公允，可只要往深处想一想，就会发现这种言论是何其无知。我们无法理解，如果范雨素的文章中没有底层——底层生活、底层情感、底层意识、底层认同——人们怎么会从中“发掘”出“底层声音”来？我们无法理解，如果对文学无所寄托、无所希望，范雨素为什么会写下“我的命运是一本不忍卒读的书，命运把我装订得极为拙劣”这样的文字？即使我们百分之百地认同她说之所以写作只是因为想“满足一下自己的精神欲望”，也不应该以为她的“精神欲望”就是要与自己立身其间的阶层隔离，就是要做一个与世无争的所谓“作家”。与其这样说，毋宁说她对写作更不信任。在朋友圈中，她告诉朋友们，如果因为《我是范雨素》无法再做家政工的话，那自己还可以做写字楼的保洁，而不是做什么作家——在这短短的对话中，她对自己所身处阶层的认同感跃然纸上，她对所谓空头文学（家）

---

① http://www.weixinnu.com/article/590878490379b00f1f2b476f。

的不认同感同样跃然纸上。“周刊君”还告诉我们他能想到的“访谈范雨素最恰当的方式就是‘与范雨素对话’”,而且是“一个普通人与普通人之间的对话,一个从文学的视角切入与一个写作者的对话,一个萍水相逢交换一下生活意见的对话”,“一个关于‘我们都要直面苦难又该如何随时抽离’的对话”。这样的话,看似平易、平实,可实际上又是多么高蹈、空虚啊! 因为,我们无法想象,如果离开了范雨素的具体处境,即她的新工人身份与生活,我们该如何与她“对话”? 即使有所对话,我们也无法确认这对话在什么程度上有效。而且,离开了她所身处的环境,我们更无法知道该怎样“直面苦难”,该如何从这苦难中“随时抽离”。或许,我们在文字中可以从苦难中随时抽离,但在现实中呢?

实际上,所有只是将范雨素当作单数的“范雨素”而不是复数的“范雨素们”的人都犯了一个不大不小的错误——一个文学爱好者常犯的错误,那就是放大了《我是范雨素》中的幽默或轻松。在一个浮躁的时代,我们已经把幽默当作了轻松,当作了滑稽,当作了段子,而无法理解其背后的辛酸与沉重。可实际上,这辛酸与沉重却无处不在,无时不在,有时候,比直陈的辛酸还要辛酸,比直陈的沉重还要沉重。在范雨素的冷幽默背后,就蕴含着这样的辛酸与沉重,就蕴含着一种深深的无力感。非如此,我们不能理解她为什么将自己的人生比作一本装订拙劣的书——又有谁愿意自己的人生是一本装订拙劣的书呢? 非如此,我们不能理解她为什么将自己的母亲、哥哥、姐姐比作天赋异禀的“奇人”——就是这样的“奇人”,在泥淖般的生活中也不得超脱,因此,她只好让他们在纸上神奇。非如此,我们不能理解她为什么在半夜三更哄着雇主的小女婴睡觉时禁不住潸然泪下——因为她想起了自己在皮村的两个女儿:“晚上,没有妈妈陪着睡觉,她俩会做噩梦吗? 会哭吗?”非如此,我们不能理解她看到漂亮的女雇主“像宫斗剧里的娘娘一样,刻意奉承男雇主,不要尊严,伏地求食”时的“恍惚”感——她“不知道自己是活在大唐盛世,还是大清帝国,还是社会主义新中国”。之所以如此,是因为她没有“特异功能”来解放自己,来解放自己的亲人——自己年迈的母亲,自己年幼的女儿,自己落魄的哥哥,自己失意的姐姐,自己陨落的弟弟。之所以如此,是因为她没有“特异功能”来解放自己,来解放自己的工友、同伴、同类,所以只能冷幽默自己,冷幽默他人,冷幽默过去,冷幽默现实,以化解生活中茫无涯际的沉重与无奈。而后,再重启生活的按钮。坦白地讲,《我不是范雨素》之所以走红,除了淡豹在《关于范雨素的手记》中提到的范雨素独特的文学禀赋、性别意识等因素之外,其文章背后深深的无力感也是一个极其重要的原因——可以说,正是这种无力感,吸引了一大批人,引发了情感的共鸣、共振。而这共鸣、共振又反过来证明:范雨素不只是“范雨素”,还是“范雨素们”。

如果说,在《我是范雨素》中,范雨素的写作动机是因心疼而思念母亲,因而私密性较强,公共性因素较为隐秘的话,那么,她在2017年打工春晚上朗诵的《家政女工》这首诗,公共意识则极为明显。让我们读一读其中的三节,共同感受下作者的心灵温度与频率:

我思念遥远的家乡
我的还不到一岁的幼女
顶层设计的玉米棒子
三十年没变

都是六毛钱一斤呀
地里挣不出来奶粉钱
我的孩子

为了养活你
我做了城里人的保姆
我的孩子
成了有妈的孤儿
白天
我假装幸福快乐地抱着别人的孩子
只有无人看见的夜晚
我才悄悄地哭泣①

在这首诗中,不仅给人做保姆的母亲对自己孩子的思念之情催人泪下,而且都市雾霾、股灾、粮食价格低等公共议题也适时出现,成为母女分离的背景。范雨素告诉我们,她写这首诗,起因于2010年春节正月初五在位于北京三元桥的一个家政公司遇到的一位哭泣的母亲:"这位哭泣的年轻妈妈来自甘肃,是一位有两个孩子的年轻妈妈,为了能找到活干,她正月初三就从家里出发,来到北京。她虽然是80后,可没有上过一天学。是跟着她的妹妹来的北京。"这位母亲虽有年龄优势,但由于识字太少,找工作的难度依然很大,"一想到找工作不容易,孩子那么小,妈妈就离开了。小孩吵闹时,还会被脾气火爆的爸爸暴打。甘肃妈妈只有难

---

① http://www.paigu.com/a/963045/49264459.html。

受得呜呜咽咽哭。”令人悲伤的是,“坐在宿舍里的每个农妇都是母亲,每个人都经历过这种剜心剜肺的思念之痛。为了自我保护每个人都戴着一副麻木、冷漠的面具。用麻木、冷漠来织就坚硬的铠甲,来保护自己柔软、滴血的心。”对此,她反思道:“大文学家总是深情地赞美:母亲是家庭的灵魂。可当今的社会,每个农家的灵魂都来到城市艰难求生。乡村没有灵魂了,城市的血盆大口把乡村的灵魂吞进肚子里。乡村凋零破败,无法求生。乡下的孩子没有了母亲的呵护,身上还被挂上了丑陋的标签,叫‘留守儿童’。”她继续追问道:“妈妈在外挂念孩子,孩子在老家哭着想妈妈。可是什么时候能改变这种局面呢?”①面对着这样的诗歌,面对着这样的直陈,面对着这样的追问,我们还能简单地说范雨素就是范雨素吗?我们还能说采访范雨素的最好方式就是与她进行文学对话吗?我们还能理直气壮地批评从范雨素身上发掘底层声音不仅不公平而且投机吗?而她 2015 年 6 月有感于毕节市留守儿童自杀事件而写下的《一个农民工母亲的自白》一诗,集体意识更为突出,在诗中她这样追问:“为什么?/我们的孩子,/孤独迷茫,/在高楼上,/在绝望中跳下,/为什么?/我们的孩子,/燃起篝火,/在寒夜中死去!/为什么?/我们的孩子,/箪食瓢饮,/筚路蓝缕,/在绝望中自杀。/为什么?/我们的小小姑娘,/乡野里,/无人保护的,/带着露珠的小小雏菊,/被魔鬼无情地掐断花瓣,/小小的雏菊,/过早的凋亡。/为什么,为什么,/我的孩子问我,/为什么?/我戴着,/农民工二代,/这顶受歧视的帽子。/我的孩子问我,为什么?/我只读了五年书,/就找不到,/一张没有拆迁的课桌……”面对这样的连续追问,我们还能说这只是她一个人的心声与诉求吗?她还在“旷野无人的深夜”哭泣、祈求:“我是一个农民工,/我的孩子也是一个农民工。/所有的苦,/我都能够吃掉,/我想让我的孩子享点福。”祈求:“我的孩子,/毕节的孩子们,农民工的孩子们,/都有来生。”祈求:“在来生,/所有母亲的孩子,/不叫留守儿童,/不叫流浪儿童/他们都叫作,/六十年前,/毛爷爷起的名字,/祖国的花朵。”②面对这杜鹃啼血般连绵的哀告与祈求,我们还能说这只是她一个人的心声与意愿?!

如果不是别有用心,那么,只要稍微认真一点,多读范雨素几篇作品,就会发现这样的“评论”是多么无知;如果再走走心,从网上搜一搜、查一查有关留守儿童的数据,我们就会知道这样的“评论”是多么轻飘,是多么不负责任。为了让我们能够记住范雨素所“代表”的群体,我把从网上查到的数据记录在此:据 2013 年全国妇联发布的《我国农村留守儿童、城乡流动儿童状况研究报告》显示,我国有

① http://www.paigu.com/a/963045/49264459.html。

② 同上。

6102.55 万农村留守儿童;而在对统计口径进行调整之后,民政部 2016 年 11 月 9 日发布的数据显示,我国的留守儿童数量是902 万。即使采用902 万这个数据,我们也可以看到,范雨素的诗歌有着多么广泛的人群与情感基础。再加上那些留守老人、留守妇女——那些因打工而"名存实亡"的家庭,则范雨素作品的人口及情感基础将更为广大:这就是底层意识的来源。

正是在这个意义上,我们说理解《我是范雨素》必须从"我不是范雨素"开始,因为,离开了这个前提,必然失之毫厘,谬以千里。

正是在这个意义上,我们说"范雨素"撕开了时代的沉默,因为,这不是一个人的沉默,而是一个集体、一个群体、一个阶层的沉默。

三

在谈完"我不是范雨素"之后,我们才能更好地谈"我是范雨素",即更好地谈范雨素的个性,谈其《我是范雨素》等作品的文学性。

在这个问题上,《我是范雨素》虽然走红,但也遭到不少质疑。一篇是自媒体人戏仿《我是范雨素》的《我是和菜头》①。如果滤除其中的油滑,这篇文章其实提出了一个值得认真对待的问题,即认为《我是范雨素》之所以走红,并不是因为范雨素有文学才华,而是因为她展示苦难、悲情、弱势,而这又与我们这个时代需要不定期炫耀同情、温情、眼泪形成合谋。而另一篇题为《夹带私货的范雨素和她的背后推手》②的网络原创文章则更加彻底。这篇文章推断范雨素"夹带私货":"跟建设高铁干上啦!"还"建议有关部门进行查证,给出一个准确的说法"。该文甚至质疑《我是范雨素》一文作者的真实性——"文章并不是她写的,她很可能只是通过口述提供了一些信息",猜测她是"某组织"的"提线木偶"。简而言之,这篇文章同样质疑范雨素的文学才华与个性。

这两篇文章,字里行间,洋洋自得,以为自己发现了新大陆。然而,这并非什么新现象,不过是沉渣泛起——这样的沉渣以后还会泛起。其实,早在 2004 年"底层文学"浮出地表时,一些人就曾以这样的方式质疑过,认为底层文学展示苦难、炫耀暴力,毫无文学性。对这样的质疑,我们的回答也是一贯的——即首先要请质疑者回答这样一个问题:作为一个阶层,打工者/新工人的生活中是不是有苦难?更进一步说,在他们的生活中是不是苦难的因素、烦恼的因素、沉重的因素、

---

① http://www.360doc.com/content/17/0426/13/68780_648788662.shtml。

② 王小钰微信号:wangpingbuyi。

灰暗的因素大于欢乐的因素、舒心的因素、轻松的因素、明亮的因素？如果承认这是事实的话——恐怕没有人能够否认得了这是事实——那么需要再回答这样一个问题:既然他们的生活中有这么多的不如意,那么他们写一写自己的不如意、写一写自己的痛苦、写一写自己的“烦恼人生”,又有什么不可以？难道这不是正常的吗？我们的一些“正人君子”不也经常在文字中展示自己的“烦恼人生”吗？最后,还需要回答这样一个问题:有什么理由来指责范雨素展示苦难呢？事实上,仅《我是范雨素》一文就可以将这样的指责驳斥得体无完肤——读过文章的人都看得出来,尽管在生活中遭遇了太多的不如意,但范雨素却没有以牙还牙,而是相反,尽量在自己并不光明的生命中凝聚光明,并将之投射到身边的人,尤其是弱者身上:“我在北京的街头,拥抱每一个身体有残疾的流浪者;拥抱每一个精神有问题的病患者。我用拥抱传递母亲的爱,回报母亲的爱。”我猜测,对范雨素而言,这或许是实际的行动,也或许是文学的吁请,可无论这是实际行动还是文学吁请,我们都应该为她写下这样的文字点赞。

此外,一些“纯文学”作家也或公开或私下发问:《我是范雨素》是文学吗？有文学性吗？这样的发问不乏真诚,因而我也愿意真诚地回答:这样的发问同样是错误的！1936 年 3 月 11 日,鲁迅在为白莽的《孩儿塔》作的序中说:“这《孩儿塔》的出世并非要和现在一般的诗人争一日之长,是有别一种意义在。这是东方的微光,是林中的响箭,是冬末的萌芽,是进军的第一步,是对于前驱者的爱的大纛,也是对于摧残者的憎的丰碑。一切所谓圆熟简练,静穆幽远之作,都无须来作比方,因为这诗属于别一世界。”①鲁迅的这段话,用在范雨素身上,用在新工人作家身上,用在打工诗人身上,同样恰切,因为他们所写的,正是“别一世界”的诗。

我们的一些“纯文学”作家经常念口诀一样念叨“文学是人学”,可却又往往在念叨中忘记了这话的真髓。文学固然是“人学”,但这里的“人学”并非一般意义上的“人性”,即人的七情六欲。“人学”所关注的,除了这样的问题外,应该还有更高的层次,即人的生存问题,甚至是人的生死问题。伟大的文学所要处理的,往往是极致的情感,甚至是极端的情感,也就是我们所说的更高层次的“人学”问题。上文已经说过,跟一般人相比,新工人的生存处境相对艰难乃至极端,因而他们的情感往往也处于极端/极致状态,只要他们有能力将这种状态“记录”下来,他们的“文学”就比我们口中的文学更是“人学”——这就是打工诗歌或新工人文学最原初也最可宝贵的价值之所在。想一想打工诗人陈年喜的《炸裂志》,想一想他

① 鲁迅:《白莽作〈孩儿塔〉序》,《鲁迅全集》第 6 卷,人民文学出版社 2005 年 11 月版,第 512 页。

"身体里有三吨炸药","他们是引信部分/就在昨夜/我岩石一样炸裂一地"①,这是怎样的"文学",又是怎样的"人学"?想一想打工诗人许立志,想一想他咽下的那枚"铁做的月亮",想一想他像一颗"螺丝"一样"掉在地上",这是怎样的"文学",又是怎样的"人学"?想一想新工人诗人小海"每颗心都有世界,每个人都是江河"的诗歌宣言,这是怎样的"文学",又是怎样的"人学"?想一想范雨素疾风骤雨般的追问,想一想她的祈求,想一想她"所有母亲的孩子"在来生"不叫留守儿童,不叫流浪儿童",都叫"六十年前毛爷爷起的名字——祖国的花朵"的心愿,这是怎样的"文学",又是怎样的"人学"?!

实话实说,通过范雨素的创作,通过新工人艺术,我看到了某些所谓"纯文学"作家、批评家的自以为是与故步自封。实际上,对作家来说,与其相信追求所谓的文学性,不如相信才华——是的,那些大作家作品中的文学性,主要来自他们的才华,来自他们对自身才华的挖掘、打磨与升华。具体地说,一方面来自他们对文学技巧的研究与学习,另一方面来自他们对生活的突入、吸收与消化。切记,这生活不仅是作家个人的生活,还是一个时代的整体生活,是所有人的生活,用鲁迅的话说就是"无穷的远方,无数的人们,都与我有关"。我们的一些作家往往在对文学性的礼赞中忘却了"无穷的远方"和"无数的人们"。

而这,正是范雨素警醒我们的地方,也是范雨素的意义之一种。

而这,正是我们说"范雨素"是撕破时代的沉默的原因之一种。

四

最后,我还想再谈谈范雨素及新工人写作的文学史意义。

中国现代文学自创立以来,就确立了一个伟大的传统,那就是,每当中国社会遭遇沉重的压抑、遮蔽而万马齐喑之时,文学就会充当时代的号角,以自己独特的声音,喊破时代的沉默。在这一传统中,一个最为可贵的支脉就是每当这个社会的弱者、被侮辱与被损害者遭遇不公与不义,呼吸不能顺畅,声音不得张扬,生命不堪其重时,文学总是及时给予道义的支持,总是满怀热情地为其鼓与呼:鲁迅的《故乡》《祝福》等就是为闰土、祥林嫂们的悲惨遭际鸣不平的力作;艾青的《大堰河,我的保姆》等则喊出了中国诗人对于劳动者"母亲"的同情、理解与爱;歌剧《白毛女》既让观众目睹了"旧社会把人变成鬼"的人间惨剧,因而流下了辛酸的泪水,更让观众欣赏了"新社会把鬼变成人"的壮丽正剧,因而发出了响亮的笑声,

① 陈年喜:《炸裂志》,秦晓宇选编:《我的诗篇》,作家出版社 2015 年 8 月版,第 194 – 195 页。

而且让观众在笑与泪的转换中,寻回了为人的尊严,确立了生命的意义。进入当代,这一传统得到了更为明显的张扬:柳青的《创业史》、赵树理的《三里湾》、周立波的《山乡巨变》等"人民文学"的经典之作不仅写出了中国农民建设新农村的辛劳与荣耀,而且也画出了他们走向未来的多样身姿——这不仅仅是一种吁请,一种召唤,更是一种提醒,一种鞭策——提醒人们中国农民为新中国的建立、建设付出了怎样的牺牲,鞭策人们为中国农民进入明亮的未来而鼓与呼;进入新时期之后,以高晓声为代表的一批作家重启哀民生之多艰的叙事传统,继续为农民书写,为农民陈情,等等。

进入21世纪,中国社会在巨大的变动中形成庞大的底层——打工者/新工人是其主要组成者,这个阶层尤其是需要文学的光亮时,我们那原本有着感时忧国传统的文学,我们那原本有着呐喊传统的文学,我们那原本愿意为弱者发声的文学,却变得日益萎缩、日益犬儒、日益功利了,在这个沉重而尖锐的现实面前,保持了沉默——这可真是我们的悲哀,真是文学的悲哀。

就是在这普遍的漠视中,这个庞大的社会群体开始学着为自己发声,开始学着以文艺的方式为自己发声——开始叫"打工文学",后来叫"新工人文艺"。客观地看,仅此一点,无须其他,这一事件就足以载入中国当代文学史,而且应成为其中最浓墨重彩的一页。一开始,这样的发声还是凌乱的,微弱的,此起彼伏的,不自觉的,但渐渐的,这声音越来越响亮,越来越鲜明,也越来越敏锐,越来越犀利。在唐以洪、陈年喜、谢湘南、郑小琼、乌鸟鸟、邬霞、许立志等"新工人"的诗歌中,我们不仅看到了故乡的沉沦、都市的冷硬、劳动的异化,不仅看到了前进之无望、撤退之艰难、活着之沉重,不仅看到了无穷的订单、无边的流水线、无尽的劳作,也看到了疲惫、挣扎与呻吟,看到了世态的炎凉、人心的冷硬,看到了沉默的浓重与可怕……直到许立志以其行为艺术般的纵身一跃发出一声"绝望的回响",直到他以其血肉在"祖国的领土上铺成一首""耻辱的诗",我们才听到,那浓重的沉默,那无边的沉默,那死一般的沉默,被撕开了一道口子。

这样的写作,固然犀利,固然刺目,固然震撼,但却是有限的,因为这太过悲情,太过"耻辱",也太过缺乏系统性。与之相比,新工人艺术团已经持续了15年,而且还要持续下去的社会与艺术探索与实践更值得重视与褒扬,因为,这是更加自觉、更加有力、更加有机,也更有持续性的艺术实践。15年来,随着中国社会现实变化,新工人艺术团在不同的维度与层面上展开持续探索,不仅发起了诸如创办同心实验学校、同心互惠商店、打工文化艺术博物馆、工人大学、同心农园等一系列社会实践,以及打工春晚、文学小组、新工人影像小组、新工人戏剧工作坊等一系列文艺实践,而且在文艺创作中始终秉持"为劳动者歌唱——用歌声呐喊、以文艺维权”的宗旨,创作了许多反映新工人生存状态及其社会诉求的文艺作品,在一个流行“自己的歌”的时代唱响了“我们的歌”,其文艺实绩和文艺价值,无论怎样肯定,都不为过。因为,他们以其艰苦卓绝的努力持续撕开着时代的沉默。范雨素的“走红”,不过是新工人艺术团实绩之最新一种。正是在这个维度上,我说“范雨素”的意义是:撕开时代的沉默!

在《生活就是一场战斗》这首歌中,有这样几句歌词:

雄关漫道真如铁
而今迈步从头越
聚在一起是一团火
散开之后是漫天的星星①

聚是一团火,散是满天星。说得多好呀。

范雨素就是这一团火中的一颗星,又是这满天星中的一团火。

她的火红,她的闪耀,告诉我们,这时代的沉默已经被撕开了,而且还要被撕开得越来越大,直到他们的生活中不缺光明,不乏欢笑。

① 新工人艺术团:《劳动与尊严——新工人艺术团呐喊十年精选专辑》。

失败青年故事的限制与可能

——以《可悲的第一人称》为例

金 理

近年来,在中国作家笔下,失败青年的形象大规模涌现,比如方方《涂自强的个人悲伤》、徐则臣"京漂"系列、甫跃辉"顾零洲"系列、石一枫《世间已无陈金芳》、马小淘《章某某》……本文将青年作家郑小驴中篇小说《可悲的第一人称》① 视为当代社会、文学与青年处理"失败感"的典型个案,讨论如下议题:当"失败感"在今天成为一种弥漫性的体验时,人们到底如何想象和转化这种体验?文学史曾经提供过哪些处理"失败感"的先例?今天的失败者故事,遭遇了何种限制又呈现出何种可能性?本文并非单篇的作品论,而是希望解剖"这一只麻雀",一方面辨析当下失败青年群体受制于现实秩序的深刻性与现实秩序统驭青年的复杂性;另一方面试图在失败者的自觉背后,摸索一代人在历史中确立主体位置的艰难尝试。

一、"失败感"的现实建构与文学史纵深

《可悲的第一人称》讲述了"北漂"小娄从都市逃遁到丛林这整个过程中发生的故事。在北京"一段暗无天日的时光,看不到任何希望":买不起房("好不容易我们筋疲力尽无限接近首付的时候,房价一脚油门,一夜之间又变得遥不可及起来"),租住在五平方米的隔断间;为了等末班车"节省那十几块钱"而与女友吵架,迫于生活压力女友两次堕胎,最终两人分手;甚至曾有的文学梦也因四十多万字的创作手稿不翼而飞而中断……怀揣理想来到都市,多年拼搏,"曾无限接近于那个梦,眼睁睁地看见它一步一步地远离而去,一切破碎,一切成灰"。于是,选择避居到边地拉丁

① 郑小驴:《可悲的第一人称》,原载《收获》2014 年第 4 期;又收入小说集《蚁王》,作家出版社 2016 年版。本文引文根据小说集,下引皆同。

的原始丛林中,“找个无人的地方独自待待”,不久开始种植药材,没想到因为恶劣的雨雪天气,药材全被冻烂,“那一刻,我体会到了什么叫功败垂成”……总之,我们通过小说看到一位步步失招、一败再败的失败者。

小说中的失败者,显然也来自当下现实中青年人成败评价体系的标定。当整个社会丧失了多元化的价值观,成功就只能用一种标准来衡量,比如这些年蔚为大观的成功学所定义的“三个月里赚到五百万”之类。这些以成功学面貌出现的评判标准,充斥在社会各个角落,不但被社会精英标榜,连底层青年也复制同样的逻辑。然而他们看到的是社会流动性降低、上升通道堵塞、阶层的分化与固化;他们看不到改变命运的希望;又由于社会地位的渺小与无助,摒弃在既得利益集团之外,也无力与坚固的社会结构正面抗衡,由此产生的无奈与积怨,往往会形成反向的助推力,将外在、单一的评判标准内化为自怨自艾的心理认同,这是“吊丝”“卢瑟”(loser)“蚁族”等流行语近年来风行的原因。《可悲的第一人称》尤其提醒我们注意,建构“我”失败感的首要原因是在都市生活而无房,但正像小说叙述所显示的(据笔者在复旦大学课堂上与本科生的交流来看,这一点尤其得到青年人认同),“获取独立的居住空间”并不只是一种经济计算,而是包含了经济、文化、意识形态等多样纠缠。或者说,以“城市式居家”为中心的日常生活系统向青年人提供了生存的基本意义,形成了“买房 = 人生成功”的考评机制,它联系着一张完整的、“正常”的生活网络,与工作、婚姻、家庭、对于未来生活的想象等因素“深度挂钩,成为‘移风易俗’的巨大力量”①。

文学与“失败的故事”似乎有着天然亲缘关系,“在日常生活和伟大作品中间/存有一种古老的敌意”②。人们一般会认为文学是作家们“穷而后工”的事业;而在作家的自我认知中,也往往如卡夫卡一般“把自己归并到那些注定要失败的人之列”③,本雅明甚至提醒我们,“要恰如其分地看待卡夫卡这个形象的纯粹性和它的独特性”,就千万不能忽略“这种纯粹性和美来自一种失败”,“再没有什么事情比卡夫卡强调自己的失败时的狂热更令人难忘”④。在大多数情况下,文学不是为成功者加冕,而选择站在被时代发展与历史巨轮碾碎的齑尘一边。关于文学

---

① 王晓明等:《1990 年代以来上海都市青年的“居家生活”》,《理论与争鸣》2016 年特刊,第 20 页。

② 〔奥地利〕里尔克:《给一位朋友的安魂曲》,臧棣编《里尔克诗选》,张曙光等译,中国文联出版社 1996 年版,第 175 页。

③ 〔德〕本雅明:《弗兰茨·卡夫卡》,汉娜·阿伦特编《启迪:本雅明文选》,张旭东、王斑译,三联书店 2008 年版,第 138 页。

④ 〔德〕本雅明:《论卡夫卡》,汉娜·阿伦特编《启迪:本雅明文选》,张旭东、王斑译,三联书店 2008 年版,第 155 页。

与失败之间的亲缘关系,北岛如是说:“失败,在我看来是个伟大的主题。它代表了人类的精神向度、漂泊的家园、悲哀的能量、无权的权力。”①

中国在进入现代之后就处于一个不断遭遇失败,不断从失败中自我觉醒的过程,“在失败中学习和学习失败,也许正是中国现代性隐秘的源头”②。对于现代中国而言,失败感被视为现代性建构的关键,因为几乎所有理想方案都是通过对国族自身的负面理解才被激发出来,“‘失败’这一观念包含着一系列文化、政治、修辞和文学策略,藉此试图修复在巨大的动荡、斗争与不确定的年代里关于‘民族’和‘自我’的残损的感受”;现代中国文学提供的修辞话语“往往意味着一种沉浸于悲痛中的身份,而非一幅胜利者的自画像”,例如“五四”一代知识分子“将痛苦、苦闷视作一个时代主导性的情感结构,现代文化与民族自觉在中国的建构,就包含着一种失败的逻辑、一种建立在拥抱挫败之上的弹性”③。这一弹性体现在现代文学史上第一部表现青年成长经验的长篇小说《倪焕之》中,“倪焕之的成长过程并不顺利,不论是他的教育事业、情感生活还是救国之志,都不断遭遇失望与幻灭,并最终在大革命失败的颓丧中死去。在某种意义上,倪焕之的成长之旅是由一次次的出发与归零构成的。然而,正是这一出发—幻灭—再出发—再幻灭—直至死亡的循环往复,定义了中国成长小说的叙事模型……也由此获得了它的形式:它始终是以失败为前提的奋斗故事,是站在历史幻灭之处的回望”④。倪焕之的屡仆屡起暗示着,与失败相伴随的,是深刻的危机意识与辉煌的抗争能量。这也启发读者去重视现代文学中失败经验的辩证性:在优胜劣败的“天演公例”与现代社会线性发展观的支配下,国人被视作弱者、失败者。但现代文学传统可贵之处在于,一方面是对上述法则逻辑上的接受,另一方面是在接受过程中对这些法则拥有具体化和普遍性而感到“伦理性的痛苦和愤怒”⑤。恰恰这种“痛苦和愤怒”中含蕴着翻转、变革的潜能,其所针对的,不仅是自身在“公例”评判体系下目前所处的位阶,而且是从整体上质疑该“公例”评判体系本身及其对强弱、成败的界定范畴。

当然,在失败境遇中焕发出“主动精神”,往往需要与特定的社会现实相互动。

---

① 北岛、王寅:《失败者是没有真正归属的人》,载《第一财经日报》2004 年 11 月 26 日。

② 郜元宝:《在失败中自觉》,载《南方文坛》2004 年第 3 期。

③ Jing Tsu, Failure, Nationalism and Literature: The Making of Chinese Identity, 1895—1937, Palo Alto: Stanford University Press, 2005, p. 3, p. 8, pp. 222—223.

④ 康凌:《早晨八九点钟的太阳是如何升起的?》,陈思和、王德威主编《文学》(2016 年秋冬卷),上海文艺出版社 2017 年版,第 312、313 页。

⑤ 颜海平:《中国现代女性作家与中国革命》,季剑青译,北京大学出版社 2011 年版,第 355 页。

特里林在讨论年轻人进城的故事时指出，该小说传统中大抵具备一条"浪漫传奇故事的线索"，"必须有一只巨大而有力的手伸向世界"，打破常规、选中一个主人公——皮普在沼泽地里撞见了马格韦契，于连青云直上，拉斯蒂涅只是伏盖公寓的普通寄宿者却能渐渐走进巴黎的中心，詹姆斯·盖茨来到百万富翁的游艇边摇身一变成为了不起的盖茨比……这些转变"稍稍有些夸张"，"但它们却代表了日常生活中那些真实情况。从十九世纪末到二十世纪初最初的几年里，西方的社会结构特别适合——或许可以说其出发点就在于——发生神奇而浪漫的命运转折"，"足以鼓励年轻人跨越阶级鸿沟"①。由此我们才可以看到人与现实的"互动"：社会的开放性如何焕发人的能力和抱负，个人裹挟着被激发而出的创造性和能动性如何生气勃勃地投入生活……我们在路遥讲述的进城故事中依然可以感受到上述"互动"：尽管高加林的人生处处被动（小说一开始高加林就被迫"下岗"，《人生》讲述的也是一个起于失败的故事），但他之所以愿意冒险，正是因为受到那只"伸向世界""巨大而有力的手"的感召，那时的"世界"还允诺着希望兑现的可能性，不仅是可欲的，而且是可实现的。

此处无法详细复述20世纪中国文学对失败经验的演绎及其意义，然而，文学史纵深中潜藏的失败者"无权的权力"，以及失败感中含蕴的翻转、变革潜能，提醒我们在阅读当代小说中失败青年故事的时候，要时时反顾，进而与之相对照。

二、"脱身一刻"的生机与"路之尽头"的危机感

具体到本文讨论的"这一个"失败者，买不起房，女友分手而去，工作压力巨大却依然社会地位卑微，城市留给小娄的只是无尽创痛；终于抛开一切、挣脱城市，来到边地拉丁。对于小娄这样的青年人来说，"进城"与"归乡"不仅是背向的漂泊轨迹，更是其建构主体的方式。与所有"京漂"一样，小娄首先离开故土，进入城市，在城市的大海中努力实现自己的价值。他们"熟悉这座城市的每寸肌理……他们熟悉北京，比自己家乡还熟"，北京这样的一线都市对于小娄而言，不仅是地理存在，也是象征空间，代表着崭新的身份意识和对未来的承诺。然而城市中的奋斗只是带来伤痕累累甚至一败涂地，于是小娄选择"归乡"，在遭受困惑、创痛与失败时，需要拉丁这样前现代的田园及自然风景来疗伤。上述"归去来"结构的故事，大体就是表达失意者（往往是男性）离开城市，回到土地以实现自我救赎，在自

① 〔美〕莱昂内尔·特里林：《卡萨玛西玛公主》，《知性乃道德职责》，严志军、张沫译，译林出版社2011年版，第152、153页。

然风景中重获价值和新的希望,以乡愁来想象性地化解现代主体的病症。

初到拉丁原始丛林,“我”不再失眠,“梦中的天空湛蓝如洗”(相比较,在北京经常失眠,梦中反复出现“广告公司、难缠的客户、垃圾短信和彻夜排队的楼盘开售活动”,甚至“阴霾、追杀与犯罪的场景”),每天“享受着难得的平静——看书,烤火,打盹”……这一切似乎预示着边地生活和乡愁式怀旧确实提供给了失意者人性回暖的心理按摩。但是渐渐地,小娄为“翻来覆去都是一些重复的东西”而感到“厌烦”“恐慌与空虚”。而当孤注一掷投资于药材之后,梦境中的压力与失眠再度重临,恍如“身后总是响彻着女人撕心裂肺的哭声”……“豆瓣阅读”在推荐《可悲的第一人称》时曾有“现代版梭罗”的提法,显然这样的广告语没有理解作家郑小驴安设在文本中的反讽:首先,田园并不是乐园,隐伏着众多不可控的因素(野兽出没,天气不可测);在现代化的挤压下田园生活本身也是千疮百孔,而都市点点滴滴破败的生活回忆一直在撕扯着小娄;越是向往远方和诗意,越是凸显无地自由。其次,卢梭与梭罗式的“回返自然”,动因之一是对资本主义结构中城市文明和工业文化的批判,而小娄是否具备坚韧的意志来贯彻上述批判呢?

尽管如此,当小娄告别每天“忙得像个陀螺”“一个电话就能左右我的情绪,左右我的计划”的生活状态,来到草叶葳蕤的拉丁丛林,这从城市中脱身的一刻,仍然绽放出生机与希望。墨拉蒂曾经指出巴尔扎克作品对成长小说结构所产生的深远影响:“逃离都市的迈斯特,挑战社会的于连,都对他们那个时代的现代性主潮保持敌对立场。但是巴尔扎克的主人公一往无前,第一次完成对‘时代精神’的认同。吕西安(《幻灭》)自我塑造的唯一方法,就是将自己与巴尔扎克时代基本的社会机制结合起来。……在一般对‘成功’的认识中,个体和世界——在某一时刻——是关联一致的,但这只是‘某一时刻’,无法要求这种关联驻足长留,因为个体生命的时间和社会体系的时间无疑会脱节”;“吕西安们往往紧跟时代,也使其无法形成一种延续的个体性:他无法‘是其自身’,某种程度上‘不具有人格’,他完全是社会创造的‘时代之子’”①。巴尔扎克将小说主人公的“成功”挂靠到“时代精神”、“外在的社会体系”上,当这一“挂靠”严丝合缝地完成的那一刻,成功者/“时代之子”就诞生了,而“失败”是被“成功”反向定义的。然而墨拉蒂的论述非常辩证:“紧跟时代”的“时代之子”往往旋生旋灭,当个体与“时代精神”脱节的那一刻,成功者就“旋灭”为失败者,所以这种“自我塑造的方法也是自我毁灭的方法”,这种方法无法形塑出“延续的个体性”与稳固的人格。相反,如小娄这般,尽

---

① Franco Moretti, *The Way of the World: The Bildungsroman in European Culture*, tran. Albert Sbragia, London: Verso, 2005, pp. 134—135.

管是被动,但至少从“城市式居家”(买房 = 人生成功)的考评机制中逃离,我们必须注意这种考评机制往往是主流价值观、支配性生活方式和集体性消费氛围所召唤出来的,小娄自谓“我抛弃了全世界”或可从这个角度去理解;这番从时代主潮中脱身、放弃“紧跟”,或许会被定义为“失败者”,但恰恰可能开启寻找自我“本真性”的契机。

意识到时代主潮势不可挡,但并不愿意任其摆布,哪怕是以逃离的姿态,这其中多少暗含着置身于危机处境时产生的重构自我认同的需求。“车子到了拉丁,前面就没路了”——小说开篇这一句话,不仅是写实,也警醒地点明“走到路之尽头”的危机感。“历史地描绘过去并不意味着‘按它本来的样子’(兰克)去认识它,而是意味着捕获一种记忆,意味着当记忆在危险的关头闪现出来时将其把握。历史唯物主义者希望保持住一种过去的意象,而这种过去的意象也总是出乎意料地呈现在那个在危险的关头被历史选中的人的面前。”①本雅明的提示是:通过一种特殊的危机感,可以把握与时代本相劈面相逢的局面,可以捕获进入历史与现实(现实正在成为或正待成为历史)的真正机遇。小娄敏锐地意识到“前面就没路了”,在这一瞬间,他被危机意识所击中,在“路之尽头”看清了自身“一无所有,没有什么可以再失去”的处境。小娄“把手机卡扔进了火塘”切断与过往生活的联系——这番“洗心革面”仅止于一种姿态,抑或出于自由自决?

无论如何,小娄是携带着“脱身一刻”的生机与“路之尽头”的危机感而来到拉丁丛林的,我们读者也当携带着上述期待来辨析小娄在丛林中的所作所为——此后的这番作为,到底是发扬抑或耗尽了先前的潜能与危机意识?小娄会是“被历史选中”的那个人吗?

三、拉丁鲁滨孙

当下文学中大规模涌现的青年失败者形象,大抵具有外表淡漠、心如死水的特征,这背后有着深刻的根源。孤身“漂”到城市,“方圆几百公里内,连个现实的励志故事都没有”②,如果“睁了眼看”,无奈、无力甚至绝望感可能每天都会侵扰你:“我”和“我”所欲之物之间鸿沟过于巨大,算了,不要有“非分之想”;更准确地说,不是“不想”,而是知道“想了也没用”,转而寻觅自慰、化解的渠道。越是困难

① 〔德〕本雅明:《历史哲学论纲》,汉娜·阿伦特编《启迪:本雅明文选》,张旭东、王斑译,三联书店 2008 年版,第 267 页。

② 韩寒:《青春》,湖南人民出版社 2011 年版,第 14 页。

重重的生活,消解、转化失败感的途径也越多。屌丝的自嘲、卢瑟自晒“囧”“糗”的段子,藉此将愤怒、失望、沮丧与无奈转化,同时拒绝公共世界,也消弭了再次行动与诉求反抗的可能性。有论者曾从阅读文化的角度探讨当下青年文学中失败者比比皆是的缘由①,这是很具洞察力的角度,如果以关于村上春树的阅读史为例,恰恰可以证实上面的这番论述。千野拓政教授在研究东亚共通的青年文化现象时指出,村上春树吸引读者之处在于其小说提供了一种“治愈”或“救赎”:在找不到出路的彷徨和失败的困境中,“他不是鼓励说拼命努力,而是肯定现在的状况”,“肯定主人公说‘这样也可以’‘输了也没问题,也可以的’”②。而这背后是文学的转型:现代以来的文学大抵是促使读者“期待着通过作品接触到这个世界的某种真实”,借鲁迅的话说即“睁了眼看”“敢于正视”③,“文学不外是给每个读者启示更大的世界”;然而对于现在的青年而言,“文学不太能启示这样的世界。世界已经固定,而在所属的狭窄的共同体里,自己的位置或角色被分配下来,很难感到自己能参与并能改变的余地”④。无法改变命运的青年人,安住于村上的文学中,告慰自己“输了也没问题,也可以的”——现实的失败与文学的失败就是这样彼此配合。

当小娄逃离北京来到拉丁的初期,肯定产生过“这样也可以”的自我告慰(“离拉丁越近”,“想哭的冲动越来越频繁”)。如上文所分析,这种对于失败的自我体认,一方面可视作青年人身处严峻现实时的心理缓冲与防御机制;另一方面则是面对社会压迫机制时的保守,这里的“保守性”在于,青年人的心如死水与“认命”,并不是个体“自然”的、“天性”的状态与心理,而是指向个体与被强加到自己身上的暴力之间被迫的同谋关系。——对此同谋关系无所自觉甚至不以为然,这才是真正的失败者吧,尤其与第一部分提及的文学史上那些从失败感中转化出翻转、变革潜能的青年形象做对照。

但小娄毕竟不安分,转折点是他开始尝试在丛林的荒地上种植药材,“刚进山那阵,我只想将内心里那些乌七八糟的东西赶紧释放出去,洗涤得越干净越好。而现在,仿佛一颗空空荡荡的心,开始了某种期待与守望”,与此心态变化相同步的,是焕发而出战天斗地的活力。尽管读完小说了解到小娄的药材生意败于天灾,尽管这番生意的性质非常可疑(下文详析),但我们不能抹杀开垦荒地最初的

---

① 项静:《失败者之歌:一种青年写作现象》,载《文学报》2015 年 9 月 24 日。

② 〔日〕千野拓政:《村上春树的孤独和救赎》,载《花城》2016 年第 5 期。

③ 鲁迅:《论睁了眼看》,《鲁迅全集》第 1 卷,人民文学出版社 2005 年版,第 251 页。

④ 〔日〕千野拓政:《动员方式的变迁与文化转折》,载《花城》2016 年第 6 期。

意义,这一行动让在都市中奄奄一息的小娄恢复生机,让濒死的心脏再次起搏,从“不能想象到变化存在”的“给定”的环境和秩序中挣脱,转而“坚信人有能力通过理性行为去改变自然和社会环境”①,进而重新把握自我的命运。都市生活中的失败者摇身一变为边地的征服者,仿佛新时代的鲁滨孙。而《可悲的第一人称》与笛福名著《鲁滨孙漂流记》确实可以进行有趣的对读。

小娄在老康的引领下,第一次进入拉丁原始丛林,这里有一个值得注意的细节:老康为小娄带去了食物及“锅碗瓢盆和棉被”,小娄眼中“到处都是碍手碍脚的东西”,却唯独缺了两件物品,“我说得有张桌子,还要一把椅子”,老康“愣了下”,“面露难色地补了一句,我家也只有吃饭的桌子……”也就是说,在当地人老康看来,桌椅并不是生活必需品,老康也完全不理解桌椅之于小娄的功能和意义,后者需要的绝非仅是“吃饭的桌子”。于是,小娄来到丛林后的第一次劳动,就是“锯倒了一棵桉树……尽量将它打磨得更平滑些。将纸张铺展开来,树桩顿时成了书桌”;又“锯了几段树身,充当凳子”。而鲁滨孙漂流到荒岛后,首先制造的也恰恰是桌椅。他们的制造,“并不是从自然必需品开始的,而是从生活舒适和快乐开始”,就小娄而言,固然是因为老康为其准备了食物等以维持生存,也同样因为,“对于这样一个来自文明社会的人来说,首先的‘必需品’其实是使自己尽可能像在文明社会中生活,这才是舒适和快乐的来源”②。所以一点不奇怪,小娄带去了书与纸张,“刚来的时候,还每天认真写篇日记”。当开始种植药材时,小娄有强烈的自信,“我的自信来源于我大学里选的农学专业”。可见,尽管小娄“在水面上看见了自己的模样,邋遢的头发,乱糟糟的胡子……带着一股子脱离文明社会的野蛮味”,但是与鲁滨孙一样,小娄并不是文明返回自然,探索“自然的技艺”,他的种植劳动,不仅借助文明的工具,更依靠种种文化的装备。

瓦特在论述鲁滨孙时指出:“经济动机的本质,按照逻辑需要其它思想、感觉、行为的模式贬值:各种传统形式的群体关系、家庭、行为、村庄、民族感,这一切都

---

① 亨廷顿这样描述“传统社会”到启蒙现代性的转变:“在传统社会中,人们将其所处的自然与社会环境看作是给定的,认为环境是奉神的旨意缔造的,改变永恒不变的自然和社会秩序,不仅是渎神的而且是徒劳的。传统社会很少变化,或有变化也不能被感知,因为人们不能想象到变化的存在。当人们意识到他们自己的能力,当他们开始认为自己能够理解并按自己的意志控制自然和社会之时,现代性才开始。现代化首先在于坚信人有能力通过理性行为去改变自然和社会环境。这意味着摒弃外界对人的制约,意味着普罗米修斯将人类从上帝、命运和天意的控制之中解放出来。”亨廷顿:《变化社会中的政治秩序》,王冠华等译,上海人民出版社2008年版,第82页。

② 李猛:《自然社会:自然法与现代道德世界的形成》,三联书店2015年版,第11页。

要被削弱。”①小娄退居丛林,割断一切社会关系纽带,原本起因于失败者逃离城市,但却无意中“还原”出鲁滨孙式“经济个人主义”兴起的前提,为此后的开垦荒地、种植药材打下铺垫。不过,小娄终究不是鲁滨孙意义上“一个真正的资产者”②、纯粹的“经济人”。比如,鲁滨孙的簿记上详细“记载着他所有的各种使用物品,生产这些物品所必需的各种活动,最后还记载着他制造这种种一定量的产品平均耗费的劳动时间”③。小娄初到拉丁时也曾记过日记,由其“文学青年”的本性来看,日记上的文字内容肯定不同于鲁滨孙式的权衡利弊、盘算进出。再比如,对于纯粹的“经济人”来说,人与人之间的关系首要是借贷关系、契约关系、主从关系,所以感情生活在鲁滨孙的故事中被一笔带过④。尤其对于以性别为基础的关系更是需要被彻底屏蔽,“正像韦伯指出的那样,性是人类生活中最强烈的非理性因素,它是个人对合理的经济目的的追求最大的潜在危险”。因此,“爱情在鲁滨孙的个人生活中几乎没有位置,甚至在他获得最大胜利的场面中,在那个岛上,性的诱惑仍然被排斥在外”⑤。而小娄却无法完全挣脱人际关系、感情交流和性生活等次要的、非经济的联系与活动。他要应付家人的劝告(“他们想方设法劝我早点出来,甚至扬言要来把我找回去”);频繁做梦与两位前女友相会,“有时想着小乌的身体,有时则是李蕾……每晚我都被这种念头折磨着”;小乌还曾来丛林探望过小娄,恰恰这次经历导致小乌怀孕……与鲁滨孙的“严于自律”相比,小娄的再次失败几乎是注定的。看来在表面的相似背后,鲁滨孙与小娄的差异也许更耐人寻味。

笛福在序言中曾这样标举鲁滨孙身上具备的积极品质:“这就是在最悲惨的痛苦中可取的战无不胜的耐力,在最令人沮丧的环境中的不屈不挠的适应性和无畏的决心。”⑥这种天生的漫游精神与拼搏意志是鲁滨孙追逐经济利益与政治权力的重要动力,甚或超越狭隘的功利视野,而表达出人类永恒的内在不安,不安分、不满足于上帝或自然给予自身的限定处境。类似的“不安分”当然也能够在小娄身上找到,不过这发生于他开始种植药材这一转折点之后,比照一下,漫游精神与拼搏意志支撑着鲁滨孙去不断冒险和开发一个又一个荒岛;而小娄反过来是在

---

① 〔美〕伊恩·P. 瓦特:《小说的兴起》,高原、董红钧译,三联书店 1992 年版,第 66 页。

② 恩格斯:《致卡·考茨基》(1884 年 9 月 20 日),《马克思恩格斯全集》第 36 卷,人民出版社 1975 年版,第 211 页。

③ 马克思:《资本论》,《马克思恩格斯全集》第 23 卷,人民出版社 1972 年版,第 93、94 页。

④ 黄梅:《推敲“自我”:小说在 18 世纪的英国》,三联书店 2003 年版,第 48、49 页。

⑤ 〔美〕伊恩·P. 瓦特:《小说的兴起》,高原、董红钧译,三联书店 1992 年版,第 70 页。

⑥ 同上,第 94 页。

种植药材之后才重新燃起生活的希望。后者多出的一层曲折,也体现在文本形式上。瓦特指出笛福小说总是流溢出"轻快活泼无忧无虑的基调"①,伊格尔顿在《鲁滨孙漂流记》中发现一种"纯粹"的、"累积"型叙事:"这里压倒一切的问题是:'后来怎么样了?'事件不能说不重要,但这完全取决于它能否导致其他事件。这些躁动的故事只是自顾自地向前冲刺,谈不上什么整体构思。叙事是为了累积而累积,就像资本家为了利润而利润,给人的感觉是小说对于叙事具有一种无法餍足的欲望。"②与直线而单向的累积型叙事相比,《可悲的第一人称》的叙事结构处于耗散—重聚的循环中,城市生活的失败、决然逃离、丛林中短暂休憩、再度活力焕发地开荒、药材种植遭遇天灾……整个叙事线索随着纷繁的事件、变换的地点与主人公起伏不定的心情而不断处于打断、重启的状态。这里没有鲁滨孙式"轻快活泼无忧无虑的基调",也无法持续累积叙事能量"向前冲刺",而是时断时续、患得患失。

文本的形式肌理实则出于对社会历史内容的把握。"鲁滨孙令人惊奇地将一种非常理性化的算计与一种极端冲动的历险精神结合在了一起,并赋予这种结合以一种精神救赎的意涵。"③理性的设计、秩序与不安分的漫游、冒险,构成了形塑现代资本世界的动力机制。鲁滨孙浑然一体地与喷薄而出的时代主潮结合在一起,代言崭新的社会秩序与生产方式,借上文的话说,他是成功的"时代之子";彰显出新兴资产者在跃上历史舞台之际的乐观与自信,鲁滨孙每一次出海冒险都裹挟着这一乐观自信。而小娄是无奈地被他所处的时代放逐到了边地丛林。在古典的、自由竞争的资本主义时代,鲁滨孙辛勤的劳作能够换来成功,而当代资产阶级的创业神话早已颠覆了"勤劳致富"的梦想,小娄无法重拾鲁滨孙的旧路(下详),"将被抛弃的不幸变成一种成功"④,他来到了"路之尽头"。

最后,鲁滨孙和小娄都遭遇过死亡威胁。鲁滨孙因感染疟疾而发烧,危急时刻,和治疗疟疾的烟草一起发现的是《圣经》,由此开启清教徒的自省,"他的精神生活的最有意义的方面是他严格进行道德的、宗教的反省的趋向。他的每一行动都紧随一段思考,他沉思默想的是这个行动怎样揭示了神意指向的问题。如果庄稼发芽了,那这一定是神'赐给保命'的奇迹"⑤。小娄因误食氰苷未加溶解的木薯而陷入昏迷,起死回生的那一刻,"窗外有阳光倾泻进来"。在一般的成长小说

① 〔美〕伊恩·P. 瓦特:《小说的兴起》,高原、董红钧译,三联书店 1992 年版,第 203 页。

② 〔英〕特里·伊格尔顿:《文学阅读指南》,范浩译,河南大学出版社 2015 年版,第 114 页。

③ 李猛:《自然社会:自然法与现代道德世界的形成》,三联书店 2015 年版,第 35 页。

④ 〔美〕伊恩·P. 瓦特:《小说的兴起》,高原、董红钧译,三联书店 1992 年版,第 92 页。

⑤ 同上,第 79 页。

里,“光照”往往是隐喻,光投射到主人公身上,喻示着其脱离旧状态进入新状态,仿佛“通过仪式”一般,领悟人生真谛,完成身份转换。可惜小娄既未像鲁滨孙一般领受神意也未脱胎换骨。他彻底醒来时,“看见头顶上方的天花板上挂着一只巨大的蜘蛛网”,可惜“光照”并未帮助小娄去领悟,药材和“天意”之间横亘着这只蜘蛛网所预示的不祥。

四、边地乌托邦的溃败

进入拉丁丛林后,小娄的生活与心态有一道明显变化的轨迹。“刚进山那阵,我只想将内心里那些乌七八糟的东西赶紧释放出去,洗涤得越干净越好”,确实也得偿所愿,每天“享受着难得的平静”,“安心地做自己想做的事情”。变化始于心念一动:“这真是一块好地……我有了一种将这片土地重新种上药材的念头”,于是将心念付诸实践,“我来拉丁,是奔着药材来的。我在这里有梦想,有目标”——这未必全是应付家人的托词,也是小娄心念萌动后真实的内心写照。从此,“一颗空空荡荡的心,开始了某种期待与守望”——这是对投资回报、资本升值的“期待与守望”:在这批药材上,小娄投入的成本是20万——“北漂”期间积攒下的全部,而预期回报是一两百万,“那个数字一出口,把我自己也吓着了。我还从没有想能卖这么多的钱”。尽管知道这是没有退路的选择,但仍然下定决心“不干出点名堂,决不出山”,于是药材成了“唯一的慰藉”。我们必须辩证讨论经营药材之于小娄的意义:如上文所言,这番活动诚然让小娄振作一新、重燃希望,但也时时刻刻烧灼着他,让其再度陷入焦虑,甚至初进丛林时已被治愈的失眠症“又悄然回来”。当认定“唯有这块地是我的意义所在”、“我的药材是唯一能给我慰藉”的同时,一度宣告“我抛弃了全世界”的小娄居然开始“怀念城市的喧嚣与灯火”,也就是说,荒林中种植药材和都市里的成功生活之间,已然建立起了隐秘联系,“我想象着卖完药材的场景,钱包鼓胀,仿佛又回到刚来北京那年,整个世界都不在话下”。药材一度“长势良好”,且“外边的药材行情一路看涨”;然而没想到在收获时节却遭受“百年难遇的大雪”,“娇嫩的药材”“冻烂,腐化掉,变成一堆肥料”,“那一刻,我体会到了什么叫功败垂成,我离成功曾那么近”……

小娄最终溃败的原因是什么?鲁滨孙的成就曾饱受质疑,“自由经营的古典田园诗并不能真地证实任何人只要凭着自己的努力都会得到舒适和安全”①,马克思更是嘲笑:“被斯密和李嘉图当做出发点的单个的孤立的猎人和渔夫,应归入

---

① 〔美〕伊恩·P. 瓦特:《小说的兴起》,高原、董红钧译,三联书店1992年版,第70页。

十八世纪鲁滨孙故事的毫无想象力的虚构,鲁滨孙故事决不像文化史家设想的那样,仅仅是对极度文明的反动和想要回到被误解了的自然生活中去。……产生这种孤立个人的观点的时代,正是具有迄今为止最发达的社会关系(从这种观点来看是一般关系)的时代。……孤立的一个人在社会之外进行生产——这是罕见的事,偶然落到荒野中的已经内在地具有社会力量的文明人或许能做到——就像许多个人不在一起生活和彼此交谈而竟有语言发展一样,是不可思议的。"①鲁滨孙"偶然"的成功或许"不可思议",小娄的失败倒是有充分的现实性,天气恶劣冻坏药材,大雪封山无法及时出货。但是在我看来,天意(或偶然性)和封闭环境中人类经济社会性的缺失,并不是导致小娄失败的根本原因。鲁滨孙体现了18世纪上升时期新兴资产阶级的精神面貌:通过劳动,实现对自然的占有,生产出物质财富,并且在财富或资本里确证成功的目标与自我的意义。当小娄幻想着通过药材生意"咸鱼翻身"、逆袭成功之时,其所服膺并力图实践的,也正是"鲁滨孙的理想"。但他恰恰忘了,鲁滨孙式"一分耕耘一分收获"理想早被时代所封杀。

小娄一次次失败,甚至败退到拉丁丛林,然而持续的失败感乃至"路之尽头"的绝望体验,都被都市生活与资本世界所允诺的无限可能"顺利"地吸纳、化解了,于是失败青年"屡仆屡起",失败故事重复上演。小娄所追求的"成功者"逻辑及获取成功的方式(由"个人奋斗"这一时代的意识形态幻象所提供),注定其一败再败,不得不败。如上文所分析,拉丁生活的转折点在于小娄"心念一动",这心动的瞬间,又再次将个人命运对接上了奋斗神话。而真正的失败在于,对于自身在社会结构和主流秩序下的真实处境没有觉悟。小娄扎根北京、奋斗致富的梦想,"自上世纪90年代以来成为常态的个人与社会的认知模式,以及与之相互配套的由城市化进程限定的个人怀抱理想的方式"②。如果不跳出这一如来佛的手掌心,小娄式的底层青年只能一败再败。"路之尽头"的真正自觉,在于从根本上勘破上述既定方案已无法顺利运转,重新设想个人与社会的互动方式。

福柯在《词与物》中讨论委拉斯开兹的名画《宫娥》,提醒我们去"看见不在场之物",画面中不在场的国王夫妇——他们通过墙壁上的镜子反射到画面中——才是整幅画的"真实中心","它象征性地是至高无上的"③。这也启示我们去寻访在边地丛林中看似不可见、却无处不在地起到隐形支配作用的"权力之点"——资

① 〔德〕马克思:《〈政治经济学批判〉导言》,《马克思恩格斯选集》第2卷,人民出版社1972年版,第86、87页。

② 罗小茗:《城市结构中的"个人悲伤"》,载《文学评论》2015年第2期。

③ 〔法〕福柯:《词与物》,莫伟民译,上海三联书店2001年版,第19页。

本逻辑与个人奋斗神话。不同于单方面压迫和奴役的传统专制暴力,福柯看来,“资产阶级在生产、经济交往、政治斗争,甚至在每时每刻的细小日常生活中都建构了各种不同的力量多方面的角逐和博弈的关系场景”①,由此,被压迫者恰恰表现为、进而自我想象为能动的主体,去生产、休闲、购物、旅游,但这一切都可能只是资本逻辑权力部署的产物。在此意义上,小娄离开北京到拉丁,表面上看出于自由自主的选择,然而依然是被资本填充了生命存在本身的内驱力。而他此后试图通过开荒种植来重返北京,恰恰进一步证明了其“无所逃于”资本逻辑权力部署的弥天之网。置身于意识形态中的个人往往意识不到意识形态的强制性,他们相信自己是独立自足的主体,从而将想象性的关系误认为真实关系。“它将说话者置放在特定的论述位置,使说话者认为自己是发话内容的有意识作者。然而,这种作者的身份所仰赖的这个系统却仍然是毫不自觉的”②,在“政治无意识”的遏制下,小娄无法认清自身在现实境遇中的真实的阶级处境和社会关系——这才是他“失败”的根本原因。

虽然被城市放逐,但是小娄在拉丁的作为表明,其成功人士的梦想还没有最后破碎,翻盘成功的渴望依然在心底深处念兹在兹。像拉丁丛林这样的“远方”,曾经焕发诗意而充满无限可能,然而此刻远方已经被资本主义殖民为内部世界,出走是为了赚钱,是为了翻盘,是为了“钱包鼓胀”地回到北京。像小娄这般被打翻在地的底层青年,依然在资本逻辑部署、定义的秩序内试图重返优势地位,这正体现出“规训”的强势。故而,小娄的失败,恰恰说明了主流秩序的成功。在这一意义上,《可悲的第一人称》细致刻画出当下失败青年群体受制于现实秩序的深刻性与现实秩序统驭青年的复杂性。“失败”是对当下境遇的自嘲,但未必通向无路可走的绝望;而是以低调的姿态暂时潜伏,等待“逆袭”的时刻。之所以说现实秩序的统驭具备复杂性,是因为其已然发展出一套行之有效的转化人们失败感等消极经验的机制。我们身边处处可见暮气沉沉的青年人,在都市生活中举步维艰,但他们对于物质追求并未放松,相反,“不但继续从中感受被逼无奈的苦恼,也同时从中发掘值得追求的生趣”③。失败青年注定会经历一次次的屡仆屡起,与此同时,我们在上文提及的“路之尽头”的危机意识也丧失殆尽。

---

① 张一兵:《回到福柯》,上海人民出版社 2016 年版,第 40 页。

② 〔英〕斯图亚特·霍尔:《意识形态的再发现——媒体研究中的被压抑者的重返》,薛毅主编《西方都市文化研究读本》第 1 卷,黄丽玲译,广西师范大学出版社 2008 年版,第 111 页。

③ 王晓明等:《1990 年代以来上海都市青年的“居家生活”》,《理论与争鸣》2016 年特刊,第 156 页。

更让人痛心的是,这是一位“文学青年”的失败。小娄热爱创作,初抵拉丁,扔掉了手机,却将书籍带进丛林,并坚持写日记。蔡翔这样来理解“文学青年”的独特气质:“浪漫、幻想、自由、表现自我、外向或扩张的、反世俗、求道者,等等。这样一种气质或者形式,在中国的现代史上,一直是革命或者抗争性政治的有效的利用资源。”①遗憾的是,文学已经无法在有效的历史介入和现实关联中,成为一种丰富主体的安置方式,而仅只是个人修辞或抒情的表达工具。甚至后面这一点都无法保全,当种植药材的事业展开的同时,文学空间遭到了挤压,“带来的书早已读完”,“该写的东西越来越少,每天的日记渐渐变短”。巴赫金说:“强烈感觉到可能存在完全另一种生活和世界观,绝不同于现今实有的生活和世界观(并清晰而敏锐地意识到)——这是小说塑造现今生活形象的一个前提。”②像小娄这样,弃绝“另一种生活和世界观”的想象力,完全臣服于世界通行的兑换原则,终于,文学也与他渐行渐远。

五、转瞬即逝的契机

然而,支配性的意识形态真的已经笼盖四野了吗?“无论一种思想意识或社会制度的统治多么完全,永远有某种社会历史是它所不能覆盖和控制的。从这些部分历史就时常产生反抗。”③上文曾提及,小娄携带着“脱身一刻”的生机与“路之尽头”的危机感而来到拉丁丛林,尽管故事结局证明我们的理解过于乐观,尽管已无法扭转小娄命运的已然走向,然而作为文学读者,我们却不妨鼓足勇气,重新想象潜藏在小说情节脉络中隐而未发的可能性。在讨论这些错失的契机之前,我们需要再打量一下拉丁的意义。

小娄满身伤痕地来到拉丁丛林,“河的对岸就是越南”,这是一块位于“时光遗忘之处”的边地。而边地素来是提供乌托邦幻想的源泉,就像当年寻根小说主动回向罕有人迹的林野,试图在不规范的边地文化中寻求蓬勃生命力,促使民族与自我“获得营养,获得更新再生的契机”④。换言之,拉丁丛林作为化外之地和“异质世界”,站在都市北京的对立面,提供着反抗的可能。在巴塔耶看来,现代世界

---

① 蔡翔:《革命/叙述:中国社会主义文学——文化想象》,北京大学出版社 2010 年版,第 363 页。

② 〔苏联〕巴赫金:《关于福楼拜》,《巴赫金全集》第 4 卷,晓河等译,河北教育出版社 1998 年版,第 98 页。

③ 〔以色列〕萨义德:《文化与帝国主义》,李琨译,三联书店 2003 年版,第 341 页。

④ 韩少功:《文学的根》,载《作家》1985 年第 4 期。

是一个“同质世界”,其特征是现实功利性生产,“在此,每一个要素都和别的要素相关,都对另一个要素发挥作用,都卷入到一个紧凑的生产链条中变成一个功能性环节,它们在一个可通约性范围内发挥作用”,同质世界中的个体缺乏自主性和自为性,转而“将自己还原为自身之外的某种存在,比如说,将个体还原为他所创造的产品,将人性还原为可以交换的存在”——这就是小娄在北京奄奄一息的生活状态。然而,“在一个社会中,还存在着不可通约的异质性世界……同质性世界将所有要素纳入到一个秩序井然的有效运转机器中,而异质性世界则将社会无法同化的东西囊括其中。异质世界是同质世界的剩余物……是另类性、不可通约性,就是处在整个生产的逻辑链条之外。”①失败者从城市来到边地,小娄是被同质世界所排除的冗余,拉丁是资本生产的逻辑链条不可通约的飞地。

可惜小娄在拉丁的作为粉碎了我们的阅读期待,他以利润生产的盘算,将丛林中原本未被充分物化的褶皱填补掉,再次落入“同质世界”中。这也促使读者反省上述“中心—边缘”的结构图式,该结构图式往往会形成一个固化的价值判断:边缘/弱势对抗中心/强势,我们上文的分析也暗含着在虚构的边地反抗城市中心的预设,然而小娄在拉丁的作为,完全是边缘在复制中心的逻辑。小娄的失败,或者说作者的暗讽,终于提醒我们——其实,立足边缘原不是为了再造出一个新的中心,而是为了从整体上突破“中心—边缘”的结构原理对于当代生活的宰制与想象。然而话说回来,小娄“这一个”的失败,并不能排除小说情节脉络中暗含着转瞬即逝的突破的契机,这些契机并未获得实际发展,却绝不是“不存在”或“无意义”的。那么,这些一闪而过却没有被及时把握住的可能性,到底指向哪里?

小娄来到草叶葳蕤的原始丛林,在自然怀抱中恢复被都市压抑的生机,然而渐渐地,每天开始背着鸟铳“在林子里逡巡”,“仿佛整个山林都是我的”,进而宣告“我成了这片原始丛林中真正的主人,我决定这些动植物的生死”,“我才是真正的丛林之王”,他要通过开荒种植来向自然世界索取丰厚的物质回报。于是,都市生活中的失败者,摇身一变为丛林征服者,“征服自然意味着,自然是敌人,是一种要被规约到秩序上去的混沌;一切好的东西都被归为人的劳动而非自然的馈赠:自然只不过提供了几乎毫无价值的物质材料”②。也就是说,小娄给自己提供的救赎,不是陶渊明式的“复得返自然”,而是马基雅维利或霍布斯意义上的“现代性方案”。由“被规定者”转变为自身乃至世界的立法者,然而这一自信乐观的转变

---

① 〔德〕汪民安:《巴塔耶的神圣世界》,《什么是当代》,新星出版社 2014 年版,第 71、72 页。

② 〔俄〕列奥·施特劳斯:《现代性的三次浪潮》,《苏格拉底问题与现代性》(增订本),丁耘等译,华夏出版社 2016 年版,第 323 页。

中却埋伏着人与世界割裂的隐患。拉丁丛林对于小娄而言,逐渐丧失了提供安慰的家园的整体性,而被把握为需要去克服的外在对象,“世界不再是真实的、有机的‘家园’,而是冷静计算的对象和工作进取的对象,世界不再是爱和冥想的对象,而是计算和工作的对象”①。其实在当下现实中,返乡是可能走出一条不同于征服性、功利性的道路的,例如在当代乡村建设的青年人视野中,返乡是“对主流意识形态的质疑和挑战”,“增强对乡村多样性的认识,进而反思当下社会,探索乡村建设与生态文明的新可能”②。由此对照,小娄的返乡根本不具备上述能动性,反倒无意中配合了现代性焦虑与主流意识形态。

在祭出“主人心态”与“现代性方案”之后,小娄的劳动也发生了异化。从小娄在北京的工作经历来看,他是资本运行链条上被苛刻剥削的一颗螺丝钉,但对城市中产梦的憧憬以及对消费者身份的偏执,使其往往忽略自身作为生产者、劳动者的现实。甚至,越是遭受苛刻的剥削,越是让被剥削者沉浸在上述憧憬和偏执编织的幻梦中无法自拔,从而越是“忘我”地“投入工作”。小娄在北京“最愉快、乐观的时光”,是和女友“加在一起的存款接近二十万的那天”,“浑身都洋溢着幸福感,好像已经拥有了房一样”,于是“每天都拼命地加班,接外活,只想多存点,好接近首付的底线”。美梦破灭后孤身来到拉丁丛林,此时闪烁的契机在于:通过“完整的劳动”,从资本异化的链条上挣脱,进而转化出积极的能量。值得辨析的是,“我”到拉丁后的“劳动”性质有一道变化的轨迹:一开始,加盖房子上的茅草、种植蔬菜水果等,都是和身体自然需求密切相关的劳动;尽管制作桌椅如上文所分析,有点超越了温饱范围,但这依然不脱离“为使用而制作”而非“为逐利而生产”。在这个阶段,既能占有完整的劳动过程,又能支配全部劳动产品,小娄作为劳动者是完整而非异化的人。当他吃上自己种的胡萝卜时,还发出感慨“这才是真正的人间食粮”——这是具体的生产性劳动生发的愉悦,带着自食其力的骄傲,不以财富多寡作为评价成败的标准,更不会迎合资本和拜物教。但是好景不长,随着“拉丁鲁滨孙”的登台,从自给自足的劳动变为“高风险投资”,从“种瓜得瓜种豆得豆”变为逐利性经营。郑小驴通过小娄在拉丁的失败,再次论证了底层青年个人奋斗神话的幻灭,“试比较一下,倘若这块药材地是一个现代化中药企业的一部分,那么通过整体科学合理的布局、人力物流资源的配置以及对市场供给

---

① 〔德〕舍勒:《死与永生》,转引自刘小枫《现代性社会理论绪论》,上海三联书店 1998 年版,第 20 页。

② 潘家恩:《返乡 · 反向——当代乡村建设青年的实践与思考》,载《今天》2016 年第 1 期。

的杠杆调节,即使在天灾面前难逃损失,但至少能够形成一定抵御风险的弹性空间"①,而小娄尽管试图扩大生产规模、和丛林外的市场空间挂钩,但是小生产者的个体经营,注定将在现代社会高度资本化的惊涛骇浪中覆灭。

历史实践无数次证明,劳动不但能提供给个体反思、重构现实的依据,而且能促使人类真正的联合,解除现代社会中人与人之间功利、契约的物质关系,在此基础上,建构和谐生活、亲密交往并形成情感与认同的关系共同体。我们可以将《可悲的第一人称》与当代文学史上以王蒙《在伊犁》、张承志《骑手为什么歌唱母亲》等著名的边地小说作对照,在后者那里,或者发扬边地人民的美好人性,或者演绎远离中心的民间自由,张贤亮下面这番话兴许不无特殊年代的夸张印记但毕竟发自肺腑:"在长期的体力劳动中,在大自然的怀抱里进行劳动与物质的交换中获得过某种满足和愉快,在与朴实的劳动人民的共同生活中治疗了自己的精神创伤,纠正了过去的偏见,甚至改变了旧的思想方法,从而使自己的心灵丰满起来。"②——这种在"大自然的怀抱里进行劳动",进而在与普通民众亲密的连带感中"治疗自己精神创伤"的体悟,在小娄的视野里是完全阙如。种植药材过程中,小娄曾"雇了二三十个老汉"帮忙"挖地和薅草","他们干完活,我让老康给他们结了工钱。老汉们对我充满了好奇,眼神中夹杂着玩味和几许不解。干完活,我打发他们都出去了"。小说以寥寥几句话交代了这一集体活动,也点染出小娄的态度——干完活,结了工钱,就草草"打发"走一干劳动群体,在这个过程中,小娄摇身一变为雇主,复制出资本秩序以工具理性对待他人的方式,和那些劳动者完全没有任何超越契约关系的交流。

与此同时,"孤独,成了我大多数时间无法打发的主题"。1980 年代文学对此前大一统的意识形态及缺乏差异性的集体生活的反抗,1990 年代"个人化写作"对独立性与个人经验的追求,构成了郑小驴这一代写作者重要的文学创作资源,立足于这样的"地基",青年写作一度沉迷于"孤独美学"。而对于小娄来说,浪漫主义传统对"孤独"与"失败"的一体认同,肯定会提供给他别有会心的慰安:"他们相信少数比多数更神圣,失败比成功更高贵。"③然而,郑小驴并不是要渲染"孤独",反倒是要写出这种"孤独"的无法承受,写出小娄如何"被孤独折磨得奄奄一息"。细究起来,小娄选择边地原始丛林,心理动因之一是奋斗失败后

① 吴天舟:《个人主义的末路鬼——读郑小驴〈可悲的第一人称〉》,载《文学报》2016 年 9 月 8 日。

② 张贤亮:《心灵和肉体的变化》,《张贤亮谈创作》,宁夏大学学报编辑部 1985 年版,第 120、121 页。

③ 〔英〕以赛亚·伯林:《浪漫主义的根源》,吕梁等译,译林出版社 2008 年版,第 16 页。

"不想见人",从复杂状况与尖锐生存命题中抽身而退,这种闪避的姿态说明,小娄身上的孤独感,并不出于生理、心理感受,而本就是被资本逻辑和压迫性社会结构制造出来的。所以,孤独也根本无法避开后两者的调控,无怪乎,孤独感疯长的同时,小娄"心念一动"开始经营药材,而如上文所言以日记和阅读构成的文学空间却不断压缩。一方面是物质欲望的启动,另一方面是精神修养的隐退(哲学意义上的"孤独"往往是发现内在自我、发现自我丰富性的开端;然而在小娄这里,封闭了对现实世界的关怀,并不顺理成章地意味着对精神世界的深化与丰富)——所谓"孤独",就在这样一幅完全不对称的体格中左冲右突。郑小驴以此来提示小娄(以及这一代人)赋予孤独的"自足性"根本是幻觉,"孤独美学"的破产是否能重启反省的契机呢?白璧德曾这样描述浪漫主义式孤独的发生:当他们发现"理想只导致实际的不幸时,他并不责备自己的理想。他只认为世界不配他这样结构如此精美的人居住,所以就从这个世界中退出,以自己的悲哀包裹自己,一如穿上了一件披风"①。在小娄反复体认失败、逐步退居边缘的过程中,他肯定不断地指责这个世界,然而与此同时是否反省过"自己的理想"——那种对个人奋斗神话的执迷、对公共生活的逃避,才是他一败再败的原委。在19世纪经典成长教育小说施蒂夫特的《晚夏》中,年轻的主人公也曾一度沉浸在自艾自怜的孤独状态中,但终于将内心情感向身外世界敞开,通过劳作、通过与外在事物的联系、通过与他人的交往,找到"平衡和解脱",避免"个体思绪在封闭世界中的空转"②。对照一下,小娄完全不具备自我治愈孤独的能量,在"无聊透顶的时候",他将丛林中的蛇砸成肉泥、将树蛙开膛破肚,这完全是个体焦灼情绪的外化。种植药材也是一种劳作,但在小娄这里,仅止于追求利润的投资行为,其所引发的,只是巨大的期待和甘冒风险的焦虑,这样的劳作完全不参与主体修养的内在建设。

六、结语:"提早衰落"或"青春的重返"

埃德蒙·威尔逊曾不无伤感地总结世纪末艺术趣味的变化:"法郎士那一代的力量,来自对社会事务的广泛知识,对人类富有同情的兴趣,与民意的直接接触,以及通过文学参与公共生活的热情。而到了瓦莱里的时代,孤独的挣扎,真诚

---

① 〔美〕欧文·白璧德:《卢梭与浪漫主义》,孙宜学译,商务印书馆2016年版,第292、293页。

② 谷裕:《德语修养小说研究》,北京大学出版社2013年版,第212、213页。

的内省,才是文学的力量之源。"伴随着现实生活的幻灭,瓦莱里、艾略特以及他们的模仿者们纷纷避居"阿克瑟尔的城堡":"在伦敦和纽约、在这边和英国那边的大学中,这些年轻人的想象逃离人间,寄居于荒凉的海滩、仙人掌杂生的沙漠,以及积满尘垢、老鼠横行的阁楼上——他们进行创作的资产就只有旧玻璃杯的几块碎片和七零八落的碎骨。"这里的海滩、沙漠和阁楼,就好比小娄的拉丁丛林,然而威尔逊一针见血地指出:"《荒原》使年轻的诗人们提早衰老。"①"提早衰落"也构成了《可悲的第一人称》的结尾,药材经营失败后小娄一蹶不振,在雪地里的枯树上钓鱼。这幅诡异("地里哪来的鱼?")、生命热力衰竭(再次与鲁滨孙对照,鲁滨孙不断冒险,自称"安静地坐在那儿,对我来说尤其是生活中的不幸成分"②)的静穆画面,被老康带来小乌的消息而震碎。除了房价飙升之外,小娄从北京出走的直接原因是女友的堕胎与离开,在小说结尾,因为小乌怀孕"我将必须回到她身边"——新一轮的循环开始了,"他们没有其他的路可走,但又无处可逃,所以只能在这种奋斗的假象里自我欺瞒,并不断复制着自我异化的循环。"③

等待小娄的,真的只是衰竭与死灭吗?小说结尾呈现的"雪地枯树"是一个非常别致的意象,尤其在中国古典艺术比如传统绘画中,"枯树的力量和它的吸引力正是根植于一种视觉和概念上的模糊性:它那废墟般的形体同时拥有非凡的能量和精神。枯树虽显现了死亡和萧衰,但同时也为复苏和青春的重返带来希望。它远不是一个'终结'的形象","孤独的枯树最确切地传达了'天地之心'的生生不息,因为它为自己的再生而挣扎,不像百卉千葩那样不过是自然界暂时的茂盛"④。枯树引向的,与其说是"路之尽头",毋宁说是一个"临界点":可能就此"从昏睡入死灭"⑤,也可能经"再生而挣扎"通向"青春的重返"。前途未卜,端赖临界点上的主动作为。

从乡村城镇、欠发达地区涌入中心城市的青年人,想必和小娄一样,也曾"站在车水马龙的街头,发誓要在这座城市扎根下来",然而上升通道的堵塞和持续走高的房价,无情粉碎了他们的城市中产梦。以小娄为代表的失败青年故事,将那

① 〔美〕埃德蒙·威尔逊:《阿克瑟尔的城堡》,黄念欣译,江苏教育出版社2006年版,第68、86页。

② 〔英〕笛福:《冒险记续集》,转引自〔美〕伊恩·P. 瓦特:《小说的兴起》,高原、董江钧译,三联书店1992年版,第68页。

③ 吴天舟:《个人主义的末路鬼——读郑小驴〈可悲的第一人称〉》,载《文学报》2016年9月8日。

④ 巫鸿:《废墟的故事:中国美术和视觉文化中的"在场"与"缺席"》,肖铁译,上海人民出版社2012年版,第38、39页。

⑤ 鲁迅:《呐喊·自序》,《鲁迅全集》(第1卷),人民文学出版社2005年版,第441页。

些继续做梦的人惊醒,他们,或者说“我们”,能够在“路之尽头”的危机感中重新设想自身在时代中的位置吗？能够在资本提供的“个人奋斗”等思考逻辑之外,突破“异化的循环”,将失败感转化为“青春重返”的能量吗？

小城故事变奏曲

——评路内的小城小说

凌云岚

路内的第一部长篇小说《少年巴比伦》,是个关于小城的故事:起始于“我”在另一座城市中对它的回忆;终结于“我”离开它时的列车旅程。事实上,从一开始,路内已经为自己的作品定下了双声部的叙事基调:小城和青春。从《少年巴比伦》到《云中人》,不论其创作中“纪实”和“虚构”的比例如何分配,他要书写的都与此相关。

关于这座名叫“戴城”的小城,路内说“它位于上海和南京之间,这里的人都有几个上海亲戚,也有一部分苏北亲戚。可以托上海亲戚买缝纫机和呢子大衣,苏北亲戚带来的则是咸鸭蛋。我这么写作文,老师很不满意,认为我思路混乱,把戴城描写得很猥琐”。与此同时,老师给出了官方定义:“戴城是一座伟大的城,它建造于伟大的春秋战国时代”。对戴城的言说由此分为截然不同的两种路数:官方的和私人的;大众的和小众的;庄严的和反讽的……路内的小城故事无疑建立在后者的基础之上,并借助从这一叙事策略中获得的真实感质疑并消解着前者。这使得他的小城故事在这一题材的文学序列中,获得了一种别样的风格。

一、小城空间:新村·技校·工厂

近现代中国城乡社会的分化和变异,使得处于“城”与“乡”之间的小城社会成为文学家们颇为青睐的叙事空间。用文字建构带有鲜明个人烙印的小城,并借此空间书写属于个人和时代的记忆体验,在现代文学中便已自成一格。鲁迅的鲁镇和“S”城,萧红的呼兰河,沈从文的边城,师陀的果园城……每一座文字之城都叠加着眷恋与决绝,悲凉与哀悯,沉思与反讽等多重情感和思绪,恰如师陀所说,他笔下的果园城因此获得了独立的生命而成为所有故事的主角:“这小书的主人公是一个我想象中的小城,不是那位马叔敖先生——或是说那位“我”,我不知道它的身份,性格,作为,一句话,我不知道他是谁,他要到何处去。我有意把这小城写成中国一切小城的代表,他在我心目中有生命,有性格,有思想,有见解,有情感,有寿命,像一个活的人。……现在我还没有将能写的写完,我但愿能写完,即使终我的一生。"①为了塑造具有独立生命的小城,书写者们对城市空间的营造和凸显也各有特色,例如萧红笔下最常见的小城意象为后花园、呼兰河、戏台、庙宇、小巷、店铺、磨坊等,从私人空间到公共领域,与其生活体验直接相关联的一系列空间的拼贴共同营造出她笔下荒凉清冷又不乏温情的呼兰河。大体而言,现代文学中的小城形象序列,突出的空间意象多具有缓慢、停滞、封闭、衰败等特征;当然,其另一面也不乏宁静、纯朴、良善和唯美等特质。书写者们从各自的角度重新"发现"并"创造"小城风景。

在当代背景下的小城写作,其城市空间的呈现必然有所变化。这里所说的空间,并不纯然是物质的,"它还是心理的和想象的,这两种空间的互相牵引和渗透,正构成'空间'一词的基本涵义。"②路内笔下的小城不论从物质层面,还是心理和想象层面,都有相当明确的时间指向——这是一个 70 后写作者对于 1980 年代到 1990 年代初的小城生活记忆。构成路内的"戴城"空间的意象在选取上有意无意地凸显着这一时空背景下中国社会的某些特质,历史方方面面的转折变化均在小城空间和书写者的记忆空间上留下了自己的烙印,现实中的城市景观可能一再改观,但这些烙印却始终无法抹去,叠加在一起,为路内小说中的小城故事提供了个性化的叙事空间:工厂、学校(特别是技校)、新村。相比较而言,《少年巴比伦》和《追随她的旅程》在这类城市空间中传递出的更多的是 1990 年代初之前的个体记忆,而偏于"虚构"的《云中人》则将视角后移至21 世纪初的 T 市,小说近结尾处带有黑色意味的城市拆迁图景,仿佛是一道预言,农机厂的破产、父辈的死亡、城市中新村的拆迁,指向路内小城风景的最终去向。

选择学校、新村和工厂作为城市空间的标志来加以书写,固然是基于写作者的生活经验,但这种选择也确实使得路内的小城景观别具一格。从工作场所到生活场所,空间形式的构成,实际上定义着个体的生活。新村—学校—工厂,实际上已经勾勒出一个人的生活轨迹。在谈及 1990 年代以来城市空间的变化时,王晓明指出"倘说在改革开放之间,是一种整齐划一的'公共'空间,从无到有,迅速膨胀,粗暴地侵占各种私人空间,1990 年代以来的情形却似乎相反,是一种意味不

① 师陀:《果园城记》,《师陀全集·短篇小说卷下》,河南大学出版社 2004 年版,第 453 页。

② 王晓明:《从建筑到广告——最近十五年上海城市空间的变化》,《热风学术》第一辑,广西师大出版社 2008 年版,第 10 页。

同,但同样越来越整齐划一的'私人'空间,迅速膨胀,挤夺这城市的其他空间"。[①]路内笔下的城市景观,正是在这一变化发生前后中国二线城市所特有的,这三个城市空间的呈现,恰足以体现这一时代背景下的历史记忆。

新村,在《少年巴比伦》中以这样的面貌呈现:"我们家住在新村里,都是八十年代初单位里造的公房,分配到职工手里,交一点房租就能住进去。这些房子都是四五十平方米的小户型,后来改制,成了私有财产,再后来就涨价了,成了退休工人的棺材本。这些新村的名字都是按照单位的名称来定的,比如纺织厂的新村,就叫纺织新村;农药厂的新村,就叫农药新村。诸如肉联新村、肥皂新村这种名字也有,反正没什么想象力,但很好记。"[②]新村这一居住空间,本身便是新中国成立后城市空间变化中最显著的方面之一,带有明显的意识形态意味。1952 年初,中央曾作出指示,要求解决大城市中的工人住宅问题,此后,在全国范围内展开了工人居住区的建设。"工人新村"以强调集体性的大众住宅为主,其居住主体则为工人阶级,对此后的建筑模式和生活形态产生了深远影响。工人新村作为一个全新时代的产物,可以说代表了那个时代的人们对于"理想生活"的想象和憧憬,它的特点是:工业化、集体化、样板化、规范化及统一化。这种规模宏大、风格鲜明并且以服务于工人阶级为主要目的的建筑模式,成为特定时代的象征。[③] 然而,和 20 世纪五六十年代文学中的新村形象不一样,路内笔下的新村,在时代背景的更替下已经不复昔日辉煌。八九十年代的新村已经显示颓败气息,在新一轮的城市建筑热潮中,新村和新村所代表的生活方式及生活理想都已经失去了活力,在路内的小说中,粗俗、简陋、单调、和禁锢成了新村生活的特色。《少年巴比伦》中的农药新村,"满世界跑鸡鸭,根本是个大农场",到了晚上,"是家庭卡拉 OK 的黄金时间,无数个麦克风同时向着夜空发出鬼哭狼嚎声,好像是古代罗马尼亚的哥特城堡"[④];室内"没有客厅,阳台很狭窄。这套房子几乎没有装修过,水泥地坪保持着毛坯房的本色,窗框是木制的,刷了一层绿漆,已呈剥落之状"。[⑤] 受时代所限,新村建筑的局限是显而易见的,以"集体主义"为建筑理念,使得新村建筑在设计时便缩小了个人空间,并使得公共空间公有化。这使得它无法满足在新的时代背景下,人们更为多元和丰富的生活理念。也可以说,它是一种政治意识

---

① 王晓明:《从建筑到广告——最近十五年上海城市空间的变化》,《热风学术》第一辑,广西师大出版社 2008 年版,第 17 页。

② 路内:《少年巴比伦》,重庆出版社 2008 年版,第 7 - 8 页。

③ 参见丁桂节《工人新村:永远的幸福生活》,同济大学博士生论文。

④ 路内:《少年巴比伦》,重庆出版社 2008 年版,第 108 - 109 页。

⑤ 同上,第 187 页。

形态在空间上的体现,在《少年巴比伦》中,作者强调白蓝在新村的房间隔音效果奇差,“如果你不想听见隔壁的声音,最好把自己的耳朵套起来”;而在《追随她的旅程中》,路小路去红梅新村找于小齐,每次都要设法躲过邻居老太太们犀利的目光。私密性的缺失和这种缺失带来的生活阴影,在八九十年代的时代背景下日渐清晰,昭示着这种建筑和以此为代表的生活形态的落伍。然而对于路内小说中的主人公而言,这已然没落的新村和其所代表的生活形态却无法摆脱,“我曾经深信,我一生中的活动范围是以报春新村为中心,半径不超过三公里,超出这个范围,我就离开戴城了。”①

学校(技校)与工厂,在《少年巴比伦》和《追随她的旅程中》均以不可分的形态呈现,构成主人公宿命式的人生轨迹。与新村一样,路内对他所熟悉的学校与工厂环境的呈现,显然不仅仅是物质层面的。在呈现这两者时,路内都强调了其外部环境的封闭性和内部环境的等级性,而这两者,往往在青春叙事中构成最强大的压制力量,且这一力量从学校到工厂渐次加强。在这一表达效果的要求下,工厂或学校的大门、围墙、办公室均具有了某种程度上的象征意味。在《追随她的旅程》中,学校的禁锢通过“学生—班主任”这一人物设置已经相当鲜明,这个性情古怪的班主任对学生的仇恨,得追溯至其在“文革”中被打为右派后所受的折磨。不仅仅是老师,整个化工技校事实上都笼罩在“文革”记忆之中,这里唯一的一栋教学楼“是五十年代的房子,红砖砌成,外墙有很多弹坑。这是我能感受到的历史”。关于“文化大革命”的“前记忆”为技校和工厂的历史提供了一种指向。技校学生的未来并没有多少选择,在90年代初的戴城,去沿海城市闯闯或是放弃学校分配的工作打工都还是少数人的选择,因此从学校出来,等待主人公的是工厂大门:“我站在厂门口,看见一些工人进进出出。他们都穿着一种颜色古怪的工作服,又像蓝的,又像绿的,也可能是蓝绿的。看到这样的颜色,我就怀疑自己是个色盲,最起码是色弱。”②十年之后,这座大门毫无改变,“水泥砌成的一个门楼,铁丝网编成的大门。很多人一辈子都是在这个门口进进出出。”水泥、铁丝网、蓝绿色调的统一着装,似极容易让人联想到监狱。更何况,从这样的大门延伸出去,包围整个厂区的,是大约两米多高的长围墙。对于路小路来说,避免一辈子进出大门的方式只有翻越围墙。路内对于翻墙的描写,很容易让人想到笔下有相似情节的王小波,后者在《革命时期的爱情》中描写了王二在豆腐厂的管道上自由行走,同时逃避着厂长老鲁的“追捕”。不论是在围墙上游走,还是在管道上穿行,都让

① 路内:《追随她的旅程》,中信出版社2009年版,第170页。

② 路内:《少年巴比伦》,重庆出版社2008年版,第19页。

人想起卡尔维诺的《在树上攀援的男爵》,这种行为本身指向对平庸世界的抗拒,就像路内所写的"蹲在墙上会有一种错觉,以为自己不属于这个世界。"①即便这只是一种错觉,对当时仍无法想象如何挣脱这种命定式生活轨道的路小路而言,也仍不失为一种安慰。值得注意的是,两位作家笔下的工厂内部都等级森严,但不像王小波对王二和帮教者的关系进行着充满隐喻的书写,路内笔下的工厂内部的等级感呈现充满现实感,从工人和科室人员,到白班工人和三班倒工人,再到学徒工和老师傅,无论什么人,都能在这细致的等级分类中找到自己的位置。在这样的制度内生存,20 岁的路小路的"理想"如此简单:"是在工厂的宣传科里做个科员","每天早上泡好自己的茶,再帮科长泡好茶,然后,摊开一张《戴城日报》,坐在办公桌前,等着吃午饭。"②但这样的理想也是遥不可及,更何况国营工厂本身的前途岌岌可危,工厂的改制,私营企业的兴起,新兴工业园区的规划……这些变化在路内的小说中提供了另一种在 90 年代初尚不明确的未来,戴城城市空间的变化也隐约可见。

路内在他的《少年巴比伦》和《追随她的旅程中》以新村、技校和工厂这三个城市空间,营造出独属于戴城的城市氛围。当我们以新村—技校—工厂,勾勒出他笔下主人公青春时期的人生轨迹时,尽可以看到这轨迹的外部形态是何等的乏味。这三种城市空间覆盖着主人公的私人生活和公共生活空间,让人无处遁逃。在戴城看似不变的时空中,步行街、录像厅、舞厅、肯德基已然出现,并预示着另一类城市空间的扩展。在最新的《云中人》中,新村为代表的这类城市空间进一步被缩小、改造,不可避免地走向完全消失:新村中因为拆迁而被迫关闭的网吧,被拆成一片废墟的第五街,等待着被推倒的筒子楼……这对旧有城市空间的改造也成为《云中人》的主人公追寻旅程的终点:"我听到了撞击的巨响中夹杂着轻微的嘲笑声,善意而悲伤,有什么东西穿过了灰尘的星云,向着废墟之上淡薄的天空走去。"

二、小城青春:残忍和诗意

小城固然是路内笔下的主角,但只能是主角之一,至少,他的青春叙事和小城意象处于同等重要的地步,后者为前者提供真实的外部环境和生活基调,前者则使得后者带上作者鲜明的私人色彩。将青春与小城联系在一起,使得路内的作品

① 路内:《少年巴比伦》,重庆出版社 2008 年版,第 158 页。
② 同上,第 3 页。

带有一定程度的“自传”色彩:至少读者很容易在路小路、夏小凡那里找到作者的身影。虽然路内在写作《云中人》时,强调因为之前的两部长篇均被认为取材自个人经历,因此暂时放下三部曲的写作,在《云中人》让虚构占了上风。但和前两部小说一样,《云中人》仍袭用了作者运用娴熟的第一人称叙事,叙述者和主人公的合二为一,或多或少地使得作品的“虚构”感减弱。

将小城和青春回忆进行“捆绑”,在小城文学中并不是一种新鲜的叙事策略。作者对自我青春回忆(包括童年)的书写,很容易使文本呈现出一种历史感。而对于人生经历有限的年轻作家而言,这种叙事策略的选取也有其讨巧之处。“从记述角度讲,成年生活的叙事才是最难讲得好的。纷至沓来而又难以归类的回忆、难以察觉的生活的起伏和变化(这要比构成叙事的坚实的剧情结构的‘转折’多得多)、为了辩解或解释其行为或世界观的变化而想成为回忆录作者的诱惑(有时也是必要性)、还要指出,对于成年生活的意义和统一性拿不准的感觉,所有这一切都可能使叙事的第二部分更加棘手”。① 青春因其张扬和自由的一面,也因为青春本身的多变(包括命运的多变和个体内在世界的多变),在叙事中很容易与带有封闭意味的小城空间形成反差和对撞。在路内的小说中,年轻主人公与其父辈(包括老师、师傅和父母)在面对同一生活形态时,所作出的反应截然不同。不论是对远方的憧憬,还是藉由诗意爱情对抗世俗生活,由此而造成的逃离——追寻模式,成为小城叙事和青春叙事交叉之后留下的路径。

由于和环境的不相容,路内的主人公面临的青春同时有着残忍和诗意的双声部。言其残忍,是因为主人公的青春叙事被迫在一个封闭而拖着长长历史影子的小城中进行。如前所述,以新村、技校和工厂为典型空间形态的小城,使青春处处碰壁。这种残忍来自历史和现实,或者说来自历史造就的现实。从《少年巴比伦》开始,路内的青春叙事中便始终有着死亡和暴力的阴影,到《云中人》,这一青春叙事中最黑暗的因子被再次放大。非正常死亡之音在《少年巴比伦》的开篇便已经开始,农药新村中一场爆炸谣言引发的大逃亡,充满了喜剧效果,但因此引发的李晓燕的奶奶的跳楼自杀,却使其无可争议地被染成黑色。随后路小路经历了女工阿芳的跳烟囱和跳楼,电工班师傅因生产事故触电身亡,和接近死亡的各种伤害(包括路小路玩刀子时的自伤、小噘嘴掉入流着沸水的井里等)。这些死亡和伤害,提醒读者回到路小路进入工厂的第一天,在安全科所受的安全教育,“这个房间里贴着各种各样的事故照片,呈碎片状或半熟状的人体,有烧死的,有摔死的,有电死的,还有被割掉一半的手,剥了皮的腿,被硫酸浇得像红烧丸子一样的脸。

① 〔法〕菲利普·勒热讷:《自传契约》,杨国政译,三联书店 2001 年版。

这不像是安全教育,倒像是个酷刑博览会”。① 这看似和路小路无关的死亡和伤害,实则在他的青春生命中始终存在,也构成悬在所有人头上的那把“达摩克利斯”之剑:“早在十多年前,我便知道,暴力是一件很糟糕的事情,不但会弄伤别人,自己也会受到惩罚。但暴力不是天生的,在某些时候,暴力甚至就像上帝的骰子,可以光顾任何人。”②青春生命中的暴力因素在随后的作品中进一步加强,《追随她的旅程》中满街的械斗、少女帮和大小流氓的“传奇”,作者甚至用了整整一章来作“戴城青少年凶器考”。在这里,关于武器—暴力的考证又一次被引向了“文革”记忆,与真枪实弹、钢钎捅人相比,戴城 90 年代初的街头暴力既有了前世记忆,又在其比照下显得多少有些“无力”。至于《云中人》,对校园中那口耳相传的“敲头案”的追究,也将整个小说从校园叙事逐渐引向对残酷诗意的发掘。

路内对青春乃至生命中残忍因子的呈现,往往与其小说中主人公的爱情(或情欲)体验相纠缠,为其青春叙事提供了更为多元的解读视角。路小路与白蓝的第一次性爱关系,发生在地震突发带来的死亡威胁中,而地震勾起了白蓝记忆深处的经历家人死亡的黑暗体验。这第一次的性爱因此带上了死亡的气息:“我感到她身上起了一层寒栗,像是死亡从她的身体中走过。”③暴力与情欲的交织在《追随她的旅程》中更加频繁,传说中的少女帮头目“黄莺”成为交织点所在。对这个肉感、粗俗的女孩的欲望,和肉体上的伤害相互依存,成为路小路青春生命中无法摆脱的梦魇之一。在《云中人》中,21 世纪初的南方校园中,情欲与谋杀混合在校园的空气之中,如同校园内的植物一般疯狂成长,直至蔓延全城。

相比之下,对于青春诗意的书写,在路内的笔下则显得简单明晰。承载少年们青春诗意幻想的,是美丽的女孩。不论是《少年巴比伦》中的白蓝,还是《追随她的旅程》中的小齐,或是《云中人》中去向成谜的小白、咖啡店的女孩,她们的身上都有某些与现实环境格格不入的东西,很多时候这种格格不入是通过她们的“文艺”气质呈现的,比如与书、与艺术的结缘。她们都梦想远方且即将离去,她们有时候就是路内的男主人公们梦想的另一化身,对她们的渴望中是对另一种生活可能性的渴望。因此,对她们的“追随”便是主人公踏上青春旅程的动力。从这个意义上看,借用《追随她的旅程》的第一句话,路内的小说都是“一个关于寻找的故事”。路内要呈现的寻找“就其本质来说,游离于爱和死之外,它所具备的神话逻辑总是使之朝着另一个方向飞去,但有时也会坠落,被引力撕裂,成为徒劳的幻

① 路内:《少年巴比伦》,重庆出版社 2008 年版,第 21 页。
② 同上,第 114 页。
③ 同上,第 219 页。

象,成为爱和死的奴隶”。[①] 路内关于“追寻”过程本身的执着与书写,让人想起另一位执着于生命过程的书写者:“我们常常看见有人拾起一个有分量的东西,一块石片或是一个球,无所谓地向远方一抛,那东西从抛出到落下,在空中便画出一个美丽的弧。这弧形一瞬间就不见了,但是在这中间却有无数的刹那,每一刹那都有停留,每一刹那都有陨落。古人在‘镞矢之疾’,在‘飞鸟之影’上边,似乎早已看得出这停留与陨落所结成的连锁。若是把这个弧表示一个有弹性的人生,一件完美的事的开端与结束,确是一个很恰当的图像。因为一段美的生活,不管为了爱或是为了恨,不管为了生或是为了死,都无异于这样的一个抛掷:在停留中有坚持,在陨落中有克服。”[②]当然,与冯至对人生图示的迷恋相比,路内的青春叙事在哲理层面的“抒发”显得多少有些稚嫩。而在开放性的结尾中,他对于“追寻”轨迹的记录,他的青春轨迹另一端的落脚点仍是未知。

三、小城叙事:真实和反讽

熟悉王小波的读者,恐怕在路内的小说中很容易找到一种熟悉的气质,这种熟悉感来自他们共有的一项才能:对文字反讽力量的把握。托马斯·曼曾经明确写道:“在生活使我们遭遇的难以回答的问题面前,应该采取‘轻松愉快’(Heiterkeit)的态度”。这种轻松愉快的态度,正是一个反讽作家必备的,“它也许是避免被人生压垮的一种表现,是对人的精神力量超然于存在之上的一种肯定。”[③]归根结底,反讽的力量来自智慧,这种力量成为他们小说中主人公,同时也是作者自身抵抗甚至反击生命及生活中荒谬的一切情境时所使用的主要武器。

如果一定要比较其不同,或者可以说,与王小波的反讽相比,路内的反讽相对更“轻松”一些,这也许是两人的不同“对象”所决定的。也可以说,这是两位写作者所面对的不同历史情境所决定的。作为面向历史的书写者,“文革”构成了两人部分小说文本中共同的背景。但显然,作为文革亲历者的50后和作为文革尾声阶段出生的70后,王小波和路内对于同一段历史的认知或许趋同,但在感同身受方面显然轻重有别。因此,文革在王小波的小说中构成主人公身处之境,而在路内的文本中,则只能是戴城记忆的前史。路内的主人公路小路对于“文革”的记忆或体验,多来自他人的叙述。在《追随她的旅程》中,向他传递这一记忆的是白蓝

---

① 路内:《追随她的旅程》,中信出版社2009年版,第1页。

② 冯至:《伍子胥》,文化生活出版社1946年版,第107页。

③ 〔英〕D. C. 米克:《论反讽》,周发祥译,昆仑出版社1992年版,第51–52页。

的父亲老丁。老丁显然是“文革”的亲历者,“结婚以前他邋里邋遢,长年累月穿一件暗蓝色的工作服,看上去像个衰老的政治犯”。关于“文革”时的经历,他说的最多的一次,便是在劝导路小路不要打打杀杀时对于武斗的记述,他是看着身边的人被子弹掀掉脑壳而顿悟历史的荒谬。但这对历史和人生的顿悟并不能传递给下一辈,恰如听完故事后路小路的反应:“我和你不一样,我会在时间中醒悟过来,你却借着别人掀掉脑壳而顿悟,你固然早慧,但是对于没有脑壳的那位来说,有点悲哀。”①因此,虽然同样以荒诞的笔触书写黑暗的历史记忆,对于路内而言,这黑暗是历史透射于现实生活中的阴影;而对王小波,这黑暗有时就是生活的全部。更何况,随着时代背景的迁移,到《云中人》中,不单是文革记忆,甚至整个20世纪50—70年代的时代记忆,都在被慢慢抹去,“二十世纪九十年代迅猛扑来,宇宙能量爆发,物质重组,等这个十年过去之后,一切无可挽回地成为记忆,整个工厂区在时代的加速度之下被甩到不知哪里去了。”②因此,当王小波的反讽直指历史的荒谬黑暗和这荒谬在现实、人性中的延续,路内的反讽则转向了城市的当下和青春旅程中的诸多困惑。

反讽赋予作家一种力量:透过生活的表象,让表象和事实互成对照。就路内而言,这使得他的小说提供了一种洞察生活的新角度,并具备了抵抗荒诞的能力。不过与前辈作家王小波相比,路内的穿透力终似有限,仅就此而言,路内对历史的质疑与对生命本真的寻找,都还在旅程之中。

至于王小波叙事的另一大魅力来源——想象力,在路内的创作中暂时没有得到展现。路内为自己的小说设定了与现实生活极其贴近的时空背景,它极易唤起经历过相同时代背景的读者的亲切和认同。路内的真实感来源于无数的生活细节,通过这些细节,他搭建起独属于自己的时空隧道,这隧道并不深长,却有着源自生活本真的真切鲜活。在《少年巴比伦》中,90年代初的城市变化体现在一个小小的细节上,“九二年的时候戴城开了一家肯德基,顾客人山人海。在此之前,戴城是一个脏哩吧唧的城市,马路上永远泛着油光七彩的脏水,大排档就在脏水之上开张。戴城的餐馆以面馆为主,这里的人爱吃很细的龙须面。所有的面馆里都飞着苍蝇,那些吃过的面馆,服务员把汤水倒掉,在一个脸盆里涮一涮,接着又端上来。……经常能在街上看到服务员和顾客打架,一群顾客打一个服务员,或是一群服务员打一个顾客。”③从小面馆到肯德基,“大家好像开窍了,渐渐明白什

① 路内:《追随她的旅程》,中信出版社2009年版,第147页。

② 路内:《云中人》,浙江文艺出版社2012年版,第14页。

③ 路内:《追随她的旅程》,中信出版社2009年版,第104页。

么叫吃饭。吃饭得窗明几净，得有音乐，不能飞满苍蝇，最起码服务员不能打顾客吧。"①生活中细节的改变往往指向时代的整体性进化，至少在90年代初的戴城，肯德基的出现代表着生活的另一种方式或姿态，也因此指向另一种可能的人生。通过物质的细节来呈现时代的真实，无疑是小说家路内擅长的写作技巧，从集体宿舍、新村、工厂到稍后出现的录像厅、舞厅、游戏厅、大酒楼，再到网吧、摇滚乐队、咖啡馆和便利店，中国内陆城市从20世纪80年代到21世纪初的时间痕迹历历在目；可以说，路内要追随的，不只是"她"的旅程，更是时间的旅程。

路内小说文本中真实感的获得，如前所述，也来自他的文本中显明的自传色彩。即便是他强调以虚构为主体的《云中人》，仍然为文本中扑朔迷离的"敲头案"提供了一个相当真实有质感的城市背景。在背景营造上，路内并没有提供太多新鲜的东西，以"我"的生活为中心，学校的集体宿舍、学校周边的小卖部、网吧、咖啡馆、摇滚吧构成了文本内的主体空间。世纪之交的城市意象显得迷茫破碎，即便是城市繁华代表的商业街也失去了生命力，"行人稀少，万物残破。从远处看，咖啡店是穷街陋巷中的小庙，香火惨淡，陈旧失色的招牌像一件忘记收回来的衣服，孤悬在半空怪可怜的。"②但无论如何，这都市即便是碎片化的、无法整合也失去方向的，路内仍然提供了一系列与这种都市感相匹配的生活细节。真实的细节和离奇的"敲头案"两者之间即相互分离有相互纠缠，这反倒使得《云中人》获得了前两本小说没有的一种东西：现代都市特有的怪诞。怪诞感使得他的读者突然发现自己面对了一个完全不同的，令人不安的世界。"熟悉的、信赖的东西忽然变得陌生、令人不安。这多半与怪诞本身的冲突性这一基本特性有关，与怪诞中的对立因素之混融这一特点有关。"③单就这一点而言，路内笔下的城市从20世纪90年代前的戴城模式，进入了21初期光怪陆离的现代都市。姑且不论成功与否，这大概可看作写作者走出"小城"写作的一次努力。

从路内为数不多的几部作品中，我们看到一个写作者如何将自己"有限"的青春记忆和相对"无限"的时空记忆做出整合，形诸文字，并将这文字最终献给了曾经禁锢这青春记忆的"戴城"。在城市空间的选择性呈现上，路内表现出相当的"精明"，那些带有显明时代痕迹和特殊意味的城市空间，为他的青春叙事提供了一种既有历史感又颇具个性的背景，并借此摆脱了青春叙事中常见的轻浮和虚妄。而反讽和真实兼具的叙事风格，使得他作为故事的讲述者，在风格化的道路

---

① 路内：《追随她的旅程》，中信出版社2009年版，第105页。

② 路内：《云中人》，浙江文艺出版社2012年版，第70页。

③ 〔英〕菲利普·汤姆森：《论怪诞》，孙乃修译，昆仑出版社1992年版，第82页。

上已经迈出了第一步。所有这一切,使得他的小城叙事不仅仅在具体的时空背景上有别于他的前辈作家们,而是在个体生命体验的表述上试图呈现出一种新的或至少是有个性的路径。可以说,他至今仍在追寻的东西不在别处,恰在他所奏响,且远未终篇的小城变奏曲中。

建构与变异:蒋峰小说叙事风格探微

朱少华

在众多80后作家中,蒋峰自登上文坛之日起就被冠以“实力派”作家的称号,多年以来创作勤奋,作品不断,专注于对传统文学的执着追求,却始终徘徊在主流视野的边缘,随着近些年来作品的不断增加和实力的日渐丰厚,得到的关注也越来越多,但在评论界中依旧缺乏学理性和系统性的研究。

本文在文本细读的基础上,首先针对蒋峰迄今为止发表的所有小说作品,从叙事学角度进行历时性的细致剖析,梳理其在创作过程中对于叙述技巧的理解和运用的变化过程。从蒋峰对于叙述技巧实验性的尝试,通过复杂的叙述层次设置和元小说等手段言说志向、谈论文学的叙事风格特征的生成阶段,到不断调整叙述内容和叙述形式的配合方式,有效节制叙述者对叙述的控制,出现风格化的变异。

另一方面,在历时性梳理的基础上,通过共时性的概览,抽离出体现蒋峰小说独特风貌的元素,诸如构建中的错综复杂的小说迷宫,贯穿始终的对于成长母题的记录和探讨,以及凶杀、悬疑、推理等元素的深层指向,并整合分析其背后的文化因素,如所蕴含的社会时代风貌、年轻人的情感迁移历程和心理态势等。从横纵两个维度,探讨并呈现蒋峰小说叙事风格动态性的格局变化和精神内涵。

一、叙事风格的生成和变异

(一)叙事风格的生成

从处女作《维以不永伤》对于叙事技巧的实验性尝试开始,到《去年冬天我们都在干什么》,蒋峰对于叙述形式赋予了强烈关注,处于利用凶杀案件和复杂的叙事学技巧制造阅读陷阱、表达自我,以及通过高度掌控叙述话语权为主要特征的建构故事、设置悬疑的阶段。之后从《淡蓝时光》开始,进入了从文学角度立传般言说自我的小时空,淡化故事情节、转向内心独白、并伴随有大量的指点和评论干预的阶段。

《维以不永伤》在蒋峰的小说创作中占有十分重要的位置。这部小说包含着大量的、令人眼花缭乱的叙事学技巧,共分为四个相互关联但也能够彼此独立的部分,每一部分的叙述者和叙述角度都不同,在情节上有相互重叠的地方,同时在时间线索上又相续地向前后两个方向同时推进。叙述层次以及叙述行为中叙述主体之间的关系复杂且相互缠绕。叙述时间多变,节奏的快慢及跳动幅度大小不一,因果关系被裹挟在其中,带动着情节起伏跌宕。

之后发表的长篇小说《一、二,滑向铁轨的时光》和《去年冬天我们都在干什么》,无论叙述技巧的使用,还是内容和人物的设置,都与这部处女作有着千丝万缕的关联,也可以看作是《维以不永伤》的延续。

《淡蓝时光》闪现了蒋峰早期小说中少有的发自内心的幸福感,从灰暗、压抑的底色中渐渐抽离出来,却又染上了一层忧郁的淡蓝色。

在这部小说中,蒋峰之前运用熟练的复杂的叙述结构和惊心动魄的情节都不见了,而是顺着《去年冬天我们都在干什么》的走向,继续向内转,情节的展开从横向地展示人物的发展,转变为纵向地发掘人物的内心。而情节类型的主体也从动力性情节单元转变为静止性情节单元,甚至自由情节单元①,将注意力聚焦在两个年轻人的身上,纪录片式地播放了他们在一起的“十一个月又七天”。

在叙述语言方面,小说的转述语从之前惯用的、传统的直接引语,转变为直接或间接的自由式引语,并伴有大量内心独白。叙述者从周正圆满的故事中退出来,在碎片化的情节流动中,我们能听到的只是两个人的你来我往和内心中的细声碎语,他们谈论彼此、谈论爱情。

在这期间,大量的信息通过繁复而缠绕的叙述技巧呈现出来,对于处在表达膨胀期的作者来说,对叙述的绝对掌控力显得格外重要。而叙述形式和内容的配置在变动中寻求着契合的可能性,惯用元素纷纷被抛出,蒋峰式的叙事风格开始浮出水面。

如果说《淡蓝时光》淡化了故事情节,叙述者开始随意走进人物的内心,那么到了《恋爱宝典》,蒋峰基本放弃了完整的故事,整章整章地在看似漫无目的的对话中发表议论。与此同时,叙述技巧的使用也集中爆发性地达到了峰值。

---

① 参阅赵毅衡:《当说者被说的时候:比较叙述学导论》,四川文艺出版社 2013 年版,第 198 页。根据托马舍夫斯基的理论,将直接推动情节的情节单元叫作“动力性情节单元”,不直接推动的叫作“静止性情节单元”,可以略去而基本上不损害叙述作品连贯性的,叫作“自由情节单元”。

在这本原副标题为“爱与文学不朽”的长篇小说中,叙述者站在小说创作已完成的时间点上,将阅读现在的时间作为被叙述时间,随时随地将两个时间轴相互串联,从而得以在爱情故事的缠绕中自述文学创作之心和所行之路,并时常跳出叙述与读者对话,回路之多,表达的密度和广度令人目不暇接,像是要展现一篇写作寓言——“这种叙述技巧,实质上是对自身产生过程的记录,它是形式与内容的巧妙结合。我们同时面对过程与结果,追求与目标,母亲与孩子。”

可以说《恋爱宝典》是一本难以归类的反类型小说。蒋峰用严肃而传统的叙事形式,框架低俗的话题,随意打破深刻和浅薄的界限,抹去优雅和恶俗的分隔,时而戏谑,时而深沉,在内容和形式出现如此严重割裂的嵌套格局中,对当下作家的生存现状和当代爱情的样貌进行自嘲和反讽式的揭示。

(二)叙事风格的变异

《恋爱宝典》之后,蒋峰暂时告别了对叙述形式的实验和对于文学“喋喋不休”的探讨,元小说和自生小说的模式统统不见了。言志和立传的阶段似乎成了过去时,叙事开始纯净起来,注意力从叙述形式逐渐过渡到叙述内容,随后 360 度大逆转一般创作了悬疑侦探类别的类型小说《为他准备的谋杀》,还原了小说最基本的功能——讲故事,从崭新的角度展现了蒋峰把控多元化风格的写作能力。

这部小说基本回归了中国传统章回小说的单线叙事,整体按照时间顺序布局,正如小说的章节标题所示——在谋杀,在审讯,在逃亡,在路上和在结案。并将文本的注意力集中到情节本身,致力于讲好一个精彩而完整的故事。同时,也开始将话语权交给叙述者和人物,叙述也逐渐摆脱了作者的影子。

小说中几乎所有的环节都在为故事服务,使用了大量核心单元功能体,叙述情节速度快,动作性内容密集,环环紧扣,因果关系清晰。主要通过情节结构的安排和叙述时间的变形设置悬疑,很多章节的末尾都会留下一个不会即刻解读的“扣子”,悬念环环相套。

从反类型的作品直接跨越到类型化创作,这种极端的行为称得上是动荡的转折,无论是叙述技巧的使用程度,还是作者本身的形象和声音在小说中的分量,后者都刻意节制。

直至《白色流淌一片》的发表,我们终于看到了一个似乎要在风格方面稳定下来的蒋峰。这部小说中和了十余年来创作的特色,是对前期作品升华性的集结。

小说中每一章的样式都不尽相同,阅读效果各异,配合着适合情节发展和情感表达的叙述形式,真正做到了技巧为小说服务,称得上是对之前作品的一个升华版的集结。

就整体的叙述方位而言,小说虽然没有遵循严谨的限知叙述,但叙述者已经无法像全知那样保持对叙述的有效控制,通过不断变化视角人物,将经验范围局限于茫茫未知世界中已知的那一部分,表现出对于经验的尊重。小说中的人物一方面努力摆脱懦弱、主动出击,另一方面也总是被蒙在鼓中,并不时遭遇意外变故,体现出个人与社会,个人与命运之间的紧张状态。

与此同时,由于小说的六个组成篇章可以单独成立,所以在述本中本来只发生过一次的事情,在整本小说中被多次提及。面对这种特殊的复述现象,小说通常只用几个段落将某一章的内容覆盖,对上概述对下预述,场景、缩写和省略等时间变形方式的使用得心应手,充分显示了在长期创作过程中日渐成熟的掌控力。

总而言之,《白色流淌一片》在很大程度上标志着蒋峰小说创作的转折性蜕变。叙述内容的格局和气度日渐宏大,而叙述技巧的使用也逐渐实现合理性配置,诸如难以摆脱的命运怪圈、感人至深的内化抒情、缠绵曲折的爱情故事、接踵而至的凶杀案件、随处可见的悬疑伏笔等蒋峰式的标签也融入完整的故事中,呈现出日渐稳定的风格化写作。

二、叙事风格的精神内涵

如果我们已经对蒋峰小说有一定的了解,便能够感受到他进行小说写作并不局限于创造出一个个有趣而动人的故事,他的每一部小说在自有其完整情节和结构的基础上,又相互叠合、拼凑成一个更加庞大的体系。他在开始小说创作时所布置的宏大画卷正在通过一部部发表的作品徐徐展开,惊喜连连。

在这宏大的建构中,有多条贯彻始终、发展变化着的线索,撑起了蒋峰小说的精神层面。比如通过从家庭到学校,再到社会的成长经历、心路历程和情感态度的转变来完善成长的母题,以及凶杀、悬疑、推理等蒋峰惯用的符号背后的深层含义等。

(一)小说迷宫中的时代缩影

迄今为止,蒋峰的小说世界仿佛是一个尚未搭建完成的迷宫,那几个不停出现的人物始终在游走,看似每一步都是经过精心设计的,未来的走向却难以捉摸,似乎隐藏着一副更大的图景,展现出了令人惊叹的想象力。

蒋峰在不满 20 岁时完成的长篇小说《维以不永伤》以试验般的方式基本完成了其小说世界的第一道重要布局。小说以“毛毛”的凶杀案引出了两个名字同为“毛毛”的女孩,二者唯一的共同点就是在相隔十七年间先后被杀害。依托这唯一的交集,蒋峰将所有的“两个”联系起来并相互交叉,织成了一个庞大的故事网,延展出围绕着四个家庭,多个人物(张文再、袁南、朱珍珍、张雨卉;钟磊、郭晓平、毛毛;雷奇一家四口以及杜宇琪一家三代人)的一连串复杂缠绕的爱恨情仇,空间跨越了中国南北,时间跨度长达近五十年。而从其中的任何一个时间点、人物或者家庭入手,都可以书写出精彩且各异的故事,这一骨架在十年后的今天还在为蒋峰所用,他的小说世界也在日益丰满。

在《维以不永伤》中,负责“毛毛”一案的警察雷奇一家的故事作为线索之一,已经穿插交代了很多,并且也点明了主要人物的最终命运。然而在阅读了几页《一、二,滑向铁轨的时光》后,突然发觉小说中的“我”就是雷奇的儿子雷力,在这个故事中,他已过而立之年。随着故事情节的不断展开,我们发现,若把这本小说所讲述的雷奇一家的故事与《维以不永伤》中的部分相互拼接起来,真相远比想象的要复杂。

与此同时,《维以不永伤》的主人公之一,与蒋峰本人经历和气质有几分相似的人物杜宇琪更是频繁出现——《我打电话的地方》中交代了他的儿子的一段恋情,话题却始终围绕着杜宇琪的写作道路和文学追求给他和家人带来的恶劣影响;《去年冬天我们都在干什么》讲述了杜宇琪短暂的大学生活;甚至短篇小说《63578342》讲述的是《去年冬天我们都在干什么》中一通电话背后的故事。

诸如此类的人物返场还有很多,短篇小说《死在六点前》是钟磊执行死刑时郭晓平在围墙之外的痛苦见证;《白色流淌一片》中许佳明唯一的朋友李小天则是《淡蓝时光》中的男主人公,在小说中还与许佳明提及了当年与笑笑的那一段恋情。

与此同时,尽管一些人物总是在不同的小说中重复出现,但是每一部新的小说在人物塑造、情节安排和主题设定上都拥有自己的独立性。这些人物的性格、情感和生活经历在不同作品中也能做到互文性的印证,具有较为坚固的逻辑支撑。

除了时间顺序上靠后出版的小说对前面作品内容的延展和丰富之外,还存在着呼应和解答的情况。读者也许都不会记得,十余年前小说中的某一幕竟是一枚有着落的扣子。

> 下楼时他看了看六十号信箱,有人在上面加了一把红色的新锁,从孔隙里他看到那些信依然像安静的孩子们一样平躺在那里。他用力撬开锁试图取出那六封只有自己才收得到的信。打开之后他才发现这不是他写过的六封信,而是一个男孩对女孩充满无限思念的情书。他坐在饭馆里读着这些信

禁不住为那男孩秋雨一般的忧伤感动得哭了。①

这是《维以不永伤》中,雷奇成功地导演了“自杀”结局之后,时隔很久回到原住处楼下,翻看自己家邮箱时的场景。小说当时并未交代雷奇所读的那六封信的内容和来由,读者可能会认为只是误投罢了。而在《白色流淌一片》中的《六十号信箱》一章,读者会惊讶地发现,那几封情书的作者是许佳明,他尚未鼓足勇气寄给自己暗恋的女孩房芳,后者便突然意外死亡了。而许佳明在属于他的小说世界中,同样通过信箱中雷奇写给家人的信件,知晓了他的秘密,雷奇的家人早已搬走,收信人同样未能得知事情的真相。雷奇和许佳明两人在不同的时间,同一个地点,在互不知情的情况下,被彼此感动,也呼应了《维以不永伤》和《一、二,滑向铁轨的时光》的情节。2003 年埋下的伏笔,在十余年后的小说中给予了解答,可见蒋峰创作的野心和自信。

此外,在《维以不永伤》中,雷奇在成功地导演了“自杀”事件之后,拿着唐继武的身份证躲在了花园酒店中,以旁观者的身份观察着他的家人②;《恋爱宝典》中的“我”也在 7 岁那年,和小伙伴们一起爬上过厂区新建的、多达 24 层的花园酒店。在《白色流淌一片》中,许佳明儿时见证了花园酒店的建造过程,他的姥爷和暗恋的女孩也都死在这座酒店中。而十年后的夏天,“毛毛”案件将要发生在花园酒店附近的荒草地里。

表面看来,蒋峰似乎一直在填补《维以不永伤》这部长篇所无法承载的留白工作,然而事实上,这样的写作风格所产生的效应远不止此。

首先,蒋峰似乎是在证明,小说故事取材和情节设置的取胜之处并不在于传统意义上时间和空间上的辽阔和变动;80 后作家过于雷同的出身背景和成长环境,以及缺乏独特生活经验的短板并不足以构成难以突破的限制,凭借丰富的想象力和扎实的叙述能力,同样能够在一定的范围之内挖掘出千变万化的故事,成就异彩纷呈的作品。

其次,蒋峰可能试图通过这样的方式更新我们对于小说虚构与真实的理解——故事并不因为小说的结束而画上句号,文学世界中的生活同现实一样在继续着。数十年间,不同小说作品中的这些人物在虚构的世界中,在各种意识不到的联系中生活过,同我们一样。

而最为重要的是,在蒋峰建构的这个小说世界中,汇集了一群有故事的年轻

① 蒋峰:《维以不永伤》,春风文艺出版社 2004 年版,第 338 页。

② 同上,第 331 页。

人——《维以不永伤》中的杜宇琪、张雨卉、雷莲雷力姐弟,《去年冬天我们都在干什么》中的石云睫、马裴阳、杨柳郁、杜宇琪的舍友李佳毅、龟仙、黄教授和小武,《淡蓝时光》中的李小天和笑笑,《恋爱宝典》中的“我”和众多女友,以及刘宝、张珏、姚远,《白色流淌一片》中的许佳明、房芳、谭欣、林宝儿,每个人的音域和歌词都不同,但他们共同汇聚成的曲调,便是那一个时代的缩影。

这些年轻人成长于现代化进程中的中国,他们来自天南海北,经历不同、背景各异,但都不是温室中精心培育的花朵。他们的足迹遍布中国,东至新疆,西至上海,南至海南,北至黑龙江。他们几乎都遭遇过重大的生活变故,在艰难的成长环境中困惑过,也挣扎过。当故事结束时,我们发现很多人物都消失不见了,无论是死亡还是逃离。在蒋峰构建出这幅具有象征意义的社会图景中,充满着动荡和不安的气息。

然而也正是这样的经历使这群年轻人成为时代的游走者,他们曾生活在同一片天空之下,彼此相识,或擦肩而过。只要转换镜头的方向,每一个人都可以是故事的主角。此刻,他们中的一些身影已经在虚构的世界中消失,另一些则在时代洪流的裹挟之下继续前行。也许在蒋峰未来的作品中,他们的故事还会继续上演。

(二)成长历程中的创痛和领悟

校园生活和青春恋爱是80后文学的主要题材和内容,宽泛地讲,80后作家的很大一部分作品都可以归入成长小说的类别。其实年轻人用文字的方式记录自己的青春本无可厚非,但是若在很长的一段时间内,依旧重复单一的主题、运用相似的叙述方法、禁锢在狭小的境界中,的确难以得到主流文坛的接纳和认同。

蒋峰的作品虽然并未如一些评论所讲,已然独特到超越了时代的共性,几乎从未涉及青春伤感和校园生活。① 但是他的确拒绝停留于表象。他的成长旅程更加复杂多变,记录年轻人成长的方式也更加多元,格局也更加宏大。

在历时性的梳理蒋峰所有小说作品的过程中,不难发现成长这一母题贯穿始终。

首先,如同《白色流淌一片》中许佳明在不同成长阶段所讲的具有标志性的话语,心智尚幼的年轻人笃信成长过程中的特殊事件是人生的转折,可以依据这些节点将自己的人生清晰地划分成段,无论家庭变故、高考还是大学毕业。

许佳明七岁时姥爷去世,仅有的亲人是躺在医院的植物人父亲、疯人院中的母亲和聋哑人继父,姥爷临死前叮嘱他的一句话则是最善良和无奈的谎言——

① 行超:《蒋峰:拒绝无趣的小说》,《文艺报》2013年8月21日。

"等我长大了,一切都好了!"①十七岁时,许佳明认为"高考结束就可以长大了"②,进入成人世界就可以掌握自己的生活了。而当许佳明二十二岁大学毕业时,他在逆境中预言道:"我二十二岁那年过得并不好,我可能一生过得都不好"③,又在顺境中坚定道:"我二十二岁那年过得并不好,但我不会一生过得都不好。"④而二十八岁那年,许佳明遭遇意外,被害身亡。

事实上,这些依据多是善意的谎言或者自我暗示,他们的生命并未在节点上一次次发生质的转变,他们并不具备通过一些人为划定的界限改变命运的能力。许佳明预言的一次次失效,也透露出成长过程中逐渐领悟这些道理的创痛和无奈。

其次,通过多部小说中人物的生活轨迹,即从家庭到学校,而后进入社会,到再次回归家庭的全过程,我们能够清晰地看到作者的心路历程。他的每一部作品都像要试图为一个成长过程中遭遇的、看似简单、实则难以回答的问题寻找答案,而这一系列问答串联起来,便是那一代人的成长史。

《维以不永伤》中的杜宇琪和《一、二,滑向铁轨的时光》中的雷力年少时便遭遇重大变故,他们通过高考逃一般地离开家庭之后便再也没有回去,他们选择用文字的方式将灰暗的少年时代记录下来,向过往告别。《去年冬天我们都在干什么》中,杜宇琪从学校走向社会,前途未卜,开始回顾过去,思考是什么改变了自己的生活。《淡蓝时光》中李小天和笑笑在上海闯荡,举目无亲,渴望温暖,相互陪伴,却找不到适合的方式消解彼此的孤独。《为他准备的谋杀》中欧阳楠一直生活在层层黑幕之中,被最信任的朋友背叛,家人相继被害,对社会产生严重的信任危机。《白色流淌一片》则汇总一般地提出了一个更为宏大的问题——我们怎样才能过好这一生。

蒋峰用十余年时间、七部长篇作品延续着一个饱满、丰盛的成长故事,从不同的角度切入,都可以梳理出一条条清晰的脉络,比如对亲情和爱情日趋深刻的理解,以及情感态度的转变。

蒋峰多数小说作品中的主人公都成长在非常态的家庭中,在刚刚步入成人世界的时候便陷入举目无亲的孤独境地,无论是离家出走的杜宇琪,亲人相继自杀的雷力,还是经历重重凶杀阴谋事件、失去所有亲人的欧阳楠,以及身世离奇的许

---

① 蒋峰:《白色流淌一片(上)》,北岳文艺出版社 2015 年版,第 72 页。
② 蒋峰:《白色流淌一片(上)》,北岳文艺出版社 2015 年版,第 159 页。
③ 同上,第 162 页。
④ 同上,第 203 页。

佳明。然而这些年轻人并没有因为成长环境的特殊而失去爱的能力，他们在失去父辈疼爱的条件下，依旧渴望组成属于自己的家庭，试图重新获得完整的亲情。雷力最终决定回到广州与女友结婚，欧阳楠对陈洁动了真情，许佳明更是几乎就与林宝儿走到了一起。

在作者的设定中，无论是主动出击，还是命运驱使，纯粹而炽烈的爱情可能是挽救他们碎裂情感世界的最佳选择。因此，《淡蓝时光》之后的爱情故事开始变得非同寻常。爱情的意义也不再是填充两个年轻人的孤独心灵，而是促使两个破损的人走到一起，相互取暖，拼凑出完整的人生。陈洁和欧阳楠在逃亡之路上的陪伴中日久生情，从互相猜疑到相互理解、相依为命；许佳明和林宝儿之间的感情更是具有救赎一般的性质，二人都渴望通过这份纯粹的爱情摆脱过往，回归正常的生活。

然而对此，作者也有冷静的思虑。在《白色流淌一片》中，有一个值得注意的现象——许佳明的爱情和家庭这两线索所涉及的人物从未在文本中相遇。爱情是赋予他完整家庭生活的不二捷径，但是每个人都有挥之不去的过往带来的麻烦。林宝儿的解决方式是通过让阻碍她前行的人物肉体消失，从而抹去不光彩的历史。然而事实证明，无论如何，他们都无法摆脱自己的过去。自始至终，林宝儿也不曾了解许佳明复杂的身世，爱情与婚姻，即相爱与相伴始终处于错位的状态。

另一方面，小说也呈现了成长小说中的人物情感体察能力的日益成熟。

蒋峰笔下很难看到和睦的家庭生活，多是可怕的怪圈和悲剧命运的循环。杜宇琪高考后再未归家，致使家人千里寻子。而雷力同样在考上大学之后成功出走，多年之后在母亲的葬礼上的平静也证明他对亲情的淡漠。这些年轻人要么缺失亲情，要么对于家庭保持逃离的状态。

对此，《为他准备的谋杀》称得上一个转折点。欧阳楠因为仇恨哥哥欧阳桐而计划将其谋杀，未遂。后来才得知一切都是误解，随着故事的发展，他对哥哥的情感态度转变为怀念和敬佩，在周围的亲人相继被害去世、真相大白之后，他对继父的感激和逝去亲人的怀念，使其对亲情和爱情倍加珍视和渴望，伴随着这些后知后觉的情感体悟，走上了面向家庭的回归之路。小说中成熟的“我”对过去的“我”做出反思，对于亲情的理解和态度也逐渐改变。

而《白色流淌一片》中，作者对于亲情有了更深一层的理解。许佳明的生父姓吴，亲生儿子姓崔，祖孙三代姓氏不同，却都叫佳明，似乎佳明才是他们的姓氏。然而三个佳明在彼此的生命中都是“名存实亡”的缺失状态。相反，老许对于许玲玲、于勒对于许佳明，三代人之间感人至深的亲情却是超越血缘的。

(三)死亡和推理外衣下的心灵跌宕

从《维以不永伤》开始,蒋峰笔下的世界总是伴随着凶杀和逃离,从容而优雅的生活向来只是短暂的调味品。而且蒋峰的每一部小说,都布局在层层的推理之中,无论像《维以不永伤》一样将整个案件的发生和侦破过程作为中心情节,还是如《去年冬天我们都在干什么》中设置出的推理假象,甚至连《白色流淌一片》中许佳明和林宝儿之间的爱情故事都是悬疑重重。在某种程度上,这已经成为蒋峰小说作品的一个符号,他习惯于用这样的结构框架故事。下面将从多个层面探讨其目的和意义所在。

首先,这一点非常符合蒋峰对于小说趣味性的追求。悬疑、推理和凶杀案件先天带有极强的故事感,增强了小说的可读性,以及读者阅读小说时的代入感。死亡和凶杀案件的发生将人们得过且过、拖延和逃避的态度击碎,诸多矛盾冲突由此在短时间内被激化和放大,人们的行为也被拖动着改变,甚至走向歇斯底里的疯狂,强化了小说的戏剧化氛围。

其次,在小说中,面对人与人之间的矛盾,很多人物选择用肉体消失这种最极端的手段作为回应,可见作者眼中的世界里,人与人之间的关系多是剑拔弩张的。每一个人物几乎都具备日常状态之外的可怕的一面,他们可以在绝境面前心狠手辣,无所不能。因此,无论是自杀还是他杀,蒋峰都寻求不到,或者拒绝接受温和而中庸的解决方式。无论张文再、欧阳楠还是林宝儿,他们都可能有更好的办法去化解危机,但所有人都选择了策划精良的谋杀。由此可以看到,他们心中的恐惧需要最大程度的安全感去填补,也足以映射出作者的内心状态。

再次,严密的情节推理需要因果关系的支撑,从《维以不永伤》开始,直至《为他准备的谋杀》中计划周密的凶杀事件,甚至每一个人物的自杀行为,都是有因可循的。无论从观念角度还是情感层面,均体现了作者对于因果效应的信任。而《白色流淌一片》中,许佳明毫无征兆地被害身亡,李贺、李静萍逃亡之路上无端杀害了数个路人,他们彼此之间并无积怨纠缠,只是源于一时冲动、甚至生存本能的需要。这些凶杀案件的起因从蓄谋转向了天降横祸,因果链就此破碎,作者的关注点也从凶手转向了被害者。

从中我们可以看到,从对事件发生的层层推进过程的高度把控,到意外状况的频繁出现。不再笃信因果律的背后,是作者动荡的心理状态。

总而言之,蒋峰小说中的凶杀、悬疑、推理等元素,并不仅仅限于它们在通俗类小说中的地位和作用。他为这些增强故事性和趣味性的因素赋予了更加内在化的含义,如上述所讨论的对于作者创作心理的体现,以及第一章中所提及的对于真相的探讨和挖掘,甚至它们背后的社会问题和价值观念问题。

自创作伊始,蒋峰的写作目的就颇为独特,既不同于很多80后作家的个人情感宣泄,也不属于关注社会现实的主流文学,他更像是在追求一种陌生化的写作——通过写作的渠道诉说自我价值,并渴望在写作中追求文学的意义,他试图以打动自己的方式打动读者,但不肯明说,与此相呼应的是他在创作中对于技巧的热衷、甚至执迷。

在不断尝试和调整的过程中,我们能够清晰地看到蒋峰对于叙述技巧理解的转变,感受到一个青年作家在思想和文学创作等方面的成长。无论在哪一个阶段,蒋峰都拒绝在已经熟悉的状态中停留过久,而是一直努力为不断更新的内容和表达寻找最合适的呈现方式,逐渐显现出风格化的成熟。

残酷青春 另类成长

——郑小驴成长叙事探析

任泽南

自 1999 年《萌芽》杂志联合上海高校创办了“新概念作文大赛”至今,“80 后”作家已经在文坛上活跃了将近二十年,然而他们身上有关“青春书写”固化标签却始终没被摘去。和众多“80 后”作家一样,1986 年出生的郑小驴习惯于从自身经验出发去构建文学世界。然而和韩寒、郭敬明、张悦然那些“当红”作家不同的是,郑小驴笔下的主人公要么是乡村中的青少年,要么是城市中底层的青年。从乡村走进城市,郑小驴也经历过和那些主人公一样的困惑和迷茫。他作品中时空的转换和背景的设置,暗合了“80 后”一代人成长过程中经历的历史事件。主人公在经历了特殊的社会历史事件后,无论是进步还是倒退,他们都经历了整个过程,时间在社会历史的发展中悄然流逝。这样的情节设置恰好与成长小说的典型特征不谋而合。而且,郑小驴不追求当下“80 后”明星作家的消费型创作道路,而是遵循传统文学的模式进行创作。他在作品中表现出了明显的历史观和社会责任感,成了“80 后”作家群中值得关注的典型。

一、儿童视角:历史暗角的独特审视

儿童视角叙事与作者的童年经验紧密相连,从作者的成人视角切换至作品的儿童视角,我们能从中探寻到作家与作品之间的独特联系。“一般意义上的儿童视角指的是小说借助于儿童的眼光或口吻来讲述故事,故事的呈现过程具有鲜明的儿童思维的特征,小说的叙述调子、姿态、结构及心理意识因素都受制于作者所选定的儿童叙事角度。”在书写历史事件时,郑小驴习惯用儿童视角构筑全篇,以计划生育为背景的《西洲曲》、以城乡融和为背景的《少儿不宜》及《没伞的孩子跑得快》中暗喻的学生运动,都是以儿童作为叙述者展开的。

以长篇小说《西洲曲》为例,作者以儿童视角回顾童年时代的乡村记忆,以及

计划生育给整个家庭、整个社会带来的影响;在重述童年的同时,又在这个成人话语下的世界中,通过儿童视角旁观出成人世界的残酷与冷漠,展现出计划生育这个大背景下,成人畸形的心理和儿童扭曲的成长过程,完成了对成长主题的别样书写。在《西洲曲》中,郑小驴采用回忆历史的叙述方式,通过儿童视角进入历史与现实。但作者又不满足于此,作品中除去涉世未深的儿童视角之外,成人视角不断渗透在文本当中,对儿童视角进行干预和解读。由于儿童视角是有限的,而且儿童视角的记述也是作者以成人身份撰写出来叙事行为,因而无法完全摒弃成人话语的理性渗透,纯粹的儿童视角只是一个理想状态,在真正的写作中很难呈现。因此,《西洲曲》虽然由少年的水壶进行讲述,但成人对于事件的看法和态度总是隐隐约约地在文本中透露出来。儿童视角与成人视角不失时机地进行着错位与转换,两种视角在文本中共存,形成了一种复合的状态,产生了文学理论中的复调效应。

比如,在写到沈老师在玩弄了姐姐左兰的感情之后登门道歉,他跪在地上连说了三声对不起,左兰两行清泪滑落下来,走进里屋,啪的一声关上门。随后,郑小驴用一段成人话语深化了左兰复杂的情感:“我意识到美可能是悲剧的起因,这个世界上总有那么一些人情不自禁被美所吸引,伸手夺取本不属于自己的东西,并将其伤害,像摘花一样。”这段话无疑是对少年水壶眼中姐姐被伤害这一事件的成人化的注疏。想要传达历史的沧桑和命运的悲苦时,儿童单纯的视角并不能完整地呈现这一复杂的情感,这时儿童看世界的仰角就需要转变为成人化的俯角,将成人世界的凝重与深沉融进儿童眼中,在字里行间抒发出对这个复杂社会的理性审视。

在《西洲曲》中,水壶的世界观与成人的世界观相对立,他看不懂成人世界的规则,却又随着年龄的增长逐步陷入在规则中无法脱身。因为在现有的价值体系中,成人掌握着社会规则的话语权,儿童位于弱势地位,他们的选择只有随着成长逐渐进入成人社会,成为掌握话语权的一分子。因此,在成人社会中,儿童总是被疏离和冷落的。另外,儿童囿于位处世界的边缘,常常能看到成人无法洞见的“隐蔽点”,并感受到成人无法感知的“盲点”。在小说中,郑小驴选取十几岁的少年水壶作为事件的叙述者,更容易从他的眼中看到常人看不到的东西,从而能更好地表现小说的背景和主人公的成长。比如,投河自杀的北妹被捞上来时已经全身浮肿了,围观的人群中只有水壶注意到她的头发中间夹杂着一根青草,他轻轻将青草拔下来,却感受到来周围的大人们诧异的眼神,害得他像扔凶器一样赶紧把它扔掉了。在水壶眼中,北妹是生活中唯一愿意与自己交谈的人,她是能照顾自己的妈妈、能带来温暖的姐姐,甚至是水壶心理上依恋的对象。所以在人群中,也只有水壶注意到了她发丝中的青草和她容颜的变化。

作为未经世事的儿童,水壶并不关注北妹为何来到石门,甚至不清楚“计划生育”和“男孩”对一个家庭的重大影响。在水壶心中,家里多了这位“陌生的漂亮女人”是一件令人骄傲的事情。然而,对于北妹的死,主管计划生育的八叔表现出的是不知所措、眉头紧锁;政府官员罗副镇长的脸上没有表情、波澜不惊,始终保持着毫无感情的状态;还有村里的老者不禁感叹“这是石门今年第三个死者了”。围观的人们虽然对此表示惋惜,却也无可奈何,甚至表现出了司空见惯的神态,因为终归是北妹自己在和计划生育政策玩捉迷藏,怨不得别人。母亲也为北妹的死感到可惜,她一边哭泣一边感叹着“北妹怎么就不学学我呢,人只要活着就有希望啊!”母亲的惋惜源自她与北妹相似的遭遇,母亲口中的“希望”不仅是对美好生活的希望,更是对生一个男孩的希望,这与水壶面对北妹之死的忧伤又大不相同。

像这样的例子在《西洲曲》中还有很多,整部小说的在场感通过水壶目之所及表现得尤为明显。同是对“计划生育”主题的表现,作家莫言在经历了岁月的洗礼后用《蛙》表达了对政策的宽容与理解;李洱在《石榴树上结樱桃》中则尽情游戏了政策。而作为“计划生育”亲历者的郑小驴则对此难以释怀,因为这是他成长过程中切身经历过的事件。郑小驴在作品中用儿童视角打量这个成人世界,让儿童单纯的目光直视社会历史的暗角,通过儿童对成人世界的陌生感,达到对成人世界冷漠规则的透视。或者说,《西洲曲》通过儿童的眼睛审视了成人世界,揭示出水壶成长环境的畸形。心理学家皮亚杰认为,12 岁以上的儿童才能对具体概念获得恰当的情感价值,这些概念包括“社会公正、合理、审美以及社会理想”,少年时期,更可以看成是“树立理想准则的开端,以及有关前途规划的各种价值开始形成”。作为一个十几岁的青少年,水壶正处于成人社会的边缘,当他准备涉足于成人社会时,感受到的却是一个冰凉而冷漠的世界,他感受不到任何来自外部社会的积极影响。相较于传统成长小说中青少年对于成长的渴望,水壶展现出的是逃避和排斥,究其原因,正是残酷的历史事件留在水壶身上的烙印。

二、叙事空间:时间场景的拆分重组

作品中,叙述者视线所及构成了一个完整的空间。可以说,任何一种叙事都难以避免对空间的描述。尤其是在一个人的成长过程中,时间在不断流逝,所处空间也会随之不断变化。在郑小驴的成长叙事中,他对成长主人公和变化和空间有着更多地把握和理解,他将空间与人的情感、空间的变化与人的变化相互照应进行论述,对空间的关注从文本中显现出来。

《少儿不宜》中的主人公游离正经历着生存空间的转变。家乡所在的村子本是一个无人打扰的安静地带,突然从某一天起,村子里的一个别墅度假村落成了,前往村子的汽车多了起来,“各种豪华小车在这里鱼贯而行,多数是进口的宝马、奔驰,甚至奥迪 Q7,加长版林肯也很常见”①。城乡的融合让主人公游离的生存空间不断扩大,他在村子里见到了城里那些衣着光鲜的小姐,见到了穿西服开名车的有钱人,见到了村里人永远也不会走进去的温泉会所。这些象征着城市的符号突如其来地降临到一个乡村少年的眼中,游离显得有些猝不及防。这样的充满了物欲的城市符号似乎和乡村少年心中向往的现代化城市并不相同。生存空间的碰撞让游离对未来的生活感到迷茫。然而加剧了游离内心恐惧感的事件是堂哥的自杀。堂哥本来是伯伯婶婶引以为傲的儿子,他考上大学,毕业后留在了城里,为全家都争了口气。然而堂哥在城里的境遇却无人知晓:每月只有微薄的工资,住在简陋的出租房里。生活远没有伯伯婶婶口中的光鲜亮丽。在和女友的一次大吵之后,堂哥内心的压抑终于得到了释放——他选择了跳楼自杀。小说中,城市与乡村两种空间的交错出现让主人公游离的成长陷入困境。这样叙述的手法就像电影意义中的蒙太奇,城市镜头与乡村镜头之间不断切换,故事时间被镜头分割成无数的片段,文本的空间从时间中凸显。小说的开头便点名了故事发生的时间——墨绿色的山脊和波光粼粼的水稻田,这是春末夏初的景象;结尾部分,当游离对进入大城市不再向往,他决定在高考那天去深圳投靠卖六合彩的表兄,也不过是在六七月份。短短两三个月里,游离的内心却发生了巨大的变化,这完全依赖于郑小驴对于叙事空间的切换。乡村场景和城市场景的每一次交替出现,都让叙事节奏快了一分,而游离的思想也在乡村与城市的冲击下发生了转变。

对叙事空间的处理让郑小驴颇为喜爱,与游离相似的还有《西洲曲》中的水壶。《西洲曲》选取了回溯性的叙事手法,郑小驴将记忆中的往事重组,得到了一个全新的过去。回忆性质的小说如果用倒叙的写法进行写作,会显得有些呆板和僵硬。因为在人们的记忆中,生活的片段不能按照发生发展的顺序完全倒叙出现,而是会以碎片的形式闪现在脑海中。而决定事物发生发展的原因就是这其中某些碎片的作用。因此,在小说中,完全按照时间倒叙情节意义不大。北妹之死,同学罗圭的失踪,姐姐从恋情失败走向婚姻,母亲的去世……这一系列重大事件在短短一年时间里通通砸向了少年水壶。针对这样杂乱无章的情节线,郑小驴没有用时间线索和因果关系来组织情节,而是依据人物精神意识的流动来建构作品。

---

① 郑小驴:《少儿不宜》,安徽文艺出版社 2014 年版,第 8 页。

从石门到南棉,再到青花滩,小说打乱了事件发生的先后,几个时段的记忆共同出现。在这部小说中,郑小驴用“多年前的一个春夜,我从一场噩梦中惊醒”①作为开端进入记忆,用儿童视角构筑全篇,北妹之死、罗圭之死,父母人格的畸变,主人公水壶心理的创伤,这些本就看似毫无联系的情节片段被拆解得更加支离破碎,零散地分布在了小说中。北妹之死突兀地出现在第一章,一下子就把读者拉进到主人公水壶的噩梦里,因为泡水而身体浮肿的北妹,知道妻子离世满眼血丝的谭青,还有镇定指挥群众、毫不为死亡事件所动的罗副镇长,这一切的出现都是如此突然。这些突兀的情节片段相互交错,一切都随着叙述者水壶的记忆自由地往返穿梭。小说本身不再按照所谓“前因后果”的逻辑思路发展,取而代之的是独立的片断和细节的堆积,内容上显得松散,意义上也更加模糊,形成开放性的组织结构。碎片化的叙述模式打乱了读者的认知和阅读过程,使读者的认知始终是不确定、不完整的,难以进入一个虚拟的现实世界。

然而在碎片中,杂乱无章的事件总能在某一个时间点相互交织在一起。放眼《西洲曲》全篇,北妹是水壶畸形家庭中的闯入者,主人公水壶所有情绪的爆发都是北妹之死所带来的;同时,水壶自闭、畸形的人格来源于家庭。因此在回溯的过程中,以北妹之死作为爆发点开启全篇显得尤为重要。而罗圭的被害,水壶家庭的矛盾,都是计划生育的大背景所造成的。这样看似分散的情节却有一条内在的线索将其串联在一起。郑小驴利用蒙太奇的写作手法,建构了一个荒诞的世界,文本中带着黑色幽默的讽刺。碎片化的叙事正是郑小驴对水壶成长之路的再建构。

郑小驴在写作中对这种情节构造模式极为偏爱,短篇小说《和九月说再见》由失踪者钟楚的一张字条引出全文,简单的几个字“我出趟远门,不要等我”,显得莫名其妙。而钟楚的身世也随着作者碎片化的讲述变得扑朔迷离。随着情节的推进,一些耐人寻味的疑问却以令人惊叹的方式浮出水面。一个本该是阳光、青春的小伙子钟楚,却有过被人包养等诸多不轨的行为。就像钟楚毫无原因地消失一样,这个青年带给读者的只有令人难以捉摸的身世。

《和九月说再见》与《西洲曲》将不同时间段发生的事件交织在了一起,事件的线性完全被打乱,整个叙事过程呈现出了混乱无序的状态。但是在表面的无序之中,文本却隐含着潜在的话语意义。将故事情节分割成碎片进行重新组合使小说的发展更加难以预料。而在开篇点明结果,之后剥离记忆,寻找导致结果的情节碎片会使小说变得扑朔迷离。这样的叙述方式好像作者带着读者一起完成一

① 郑小驴:《西洲曲》,人民文学出版社2013年版,第1页。

个拼图，结果已然显现在面前，然而导致结果的一个个碎片却需要在回忆中找寻。情节的碎片摆在眼前，只有挑选出最有价值的碎片，也就是与事件的发生发展相关的情节，才能不断还原出事件的原貌。挑选碎片的过程就是作者从现在到过去、从过去拉回到现在的碎片化叙述。线性的发展被作者打破，记忆的碎片被重组，得到了一个有血有肉的崭新故事。而这样碎片化的拆解正是体现主人公成长过程碎片化的文本体现。

三、叙事结构：情节迷宫的精心设计

时空的重组打乱了原有的线性时间，带来了小说整体结构上的变化。由于情节碎片被打乱，读者的阅读只能随着作家的设置前行，使作品从整体上看起来像是一个巨大的情节迷宫，只有看完整部作品，才能理出头绪。郑小驴这样的设置多少受到了"先锋派"作家和国外侦探小说的影响，他的不少小说显现出的悬疑特点使作品营造出一种深不可测的生存空间。以郑小驴仿侦探小说《大罪》为例，稻田里发现了一具无头尸体，紧接着第二天又有渔民从江里发现了一个被毁容的头颅。原以为案情有了新的进展，然而却检验出来无头尸体和被毁容的头颅分属二人，破案的难度再次增加。正当警局上下全无头绪时，王湾镇中学校长蒋清泉的老婆前来报案，说蒋校长已经失踪三天了，并怀疑是他在外面包养的情妇害死了他。通过匹配，法医确定了被毁容的头颅正是蒋清泉，他们找到了蒋清泉的情妇，又追查出地产商王建德与蒋校长之间的利益勾结，案情又有了一丝眉目。但是，通过追查监控，却发现那具无头尸体其实正是地产商王建德，案情再次陷入僵局。这时，银行传来消息，有人从蒋校长的账户中提走了两万元存款，警局上下把注意力都锁定在当地的小混混李疤身上，警官小马为了抓住李疤殉职成为烈士。李疤的口供却与案件事实极不相符，蒋校长的尸体和王建德的头颅也没有被找到。直到小说结尾，这个无头无尾的案子始终没能结案。

如果单单把这部小说看作传统的侦探小说，那么这样的结尾显然不能让读者满意。然而，细心读者却能发现，警官小马作为凶手的迹象时常在文中闪烁。由于工作迟迟得不到调动，小马肚里窝了一团的无名火得不到发泄，"这团火每到夜深人静的时候，就会往上蹿。像蛇张开的那张血盆之口。"在和朋友的一次小聚之后，喝了酒的小马独自一人离开，他"突突作响的摩托车像只猎豹，在茫茫夜里搜寻"，而这一晚，正是王建德和蒋校长遇害的当晚。在同事检查监控录像的时候，发现一辆摩托车一直跟在蒋清泉的车后面，小马的心口紧了紧；他提示同事，在最后一个路口，摩托车并没有继续跟上，而是向另一个方向拐去。然而，几分钟后，小马在监控中看到那辆摩托车又重新拐了过来,往前方而去,但他什么也没有说。摩托车这一事物几次出现在小说中,悄然将小马作为凶手的线索展露出来。而在案情调查的过程中,小马的几次心理变化也佐证了这一点。初次听蒋校长和王建德之间的不法勾当时,小马觉得蒋校长死有余辜;但当小马面对蒋校长的遗像时,他感觉“脊背有些发凉,内心怦怦地响,如坐针毡”。两种不同的心理竟然同时出现在了一个破案的警察身上,不免让读者产生疑虑。而此后,随着专案组对案件的不断深入,“小马有预感,这桩案子已经被他们打开一道缺口了。”这是他祈愿的,又有些说不出来的滋味。

在这篇小说中,警官小马用一场谋杀终止了房地产商王建德和蒋校长的黑色勾当,却又死在了李疤的手下,伤害了小马的李疤又被认定为新的杀人凶手,案件到此戛然而止。作品中,人物的命运结成了一个不可破解的圆环,悲剧接连发生,让作品中的人手足无措。仿佛他们只能听从命运的安排,陷入了迷宫中找不到出口。每一个人的生命像是掌握在别人手里,警察小马的工作被上级领导所左右,压力之下,小马杀死了蒋校长和王建德,终于做了一次自己的主人,但却只能隐匿在警局,一边破案一边掩饰自己的罪行,直到死在医院。而蒋校长和地产商王建德相互勾结,各取所需又互相制衡,为达目的,他们陷进了自己亲手构造的迷宫中。无论是蒋校长、王建德还是小马,他们脱离迷宫的唯一出路就是死亡。叙事的迷宫也是生活的迷宫,主人公走进去就很难再走出来。

《大罪》中叙事迷宫的构建也彻底解构警察小马的身份。文章的主人公小马既是破案者,同时也是罪犯。这部小说是隐藏在推理外衣之下的成长主题。小说虽然以推理为线索贯穿始终,但最终目的不是为了向读者揭示案件的谜底,而是希望读者能察觉到案情发展过程中的另一条线索。叙事迷宫的构造使人物的成长和发展充满了不确定性,陷入成长迷宫的主人公找不到出口,他们的成长进入了一个怪圈,没有目标,更没有方向。他们的成长是迷失中的成长,这与传统的成长大相径庭。

“80 后”作家们都在用文本表现这个时代。然而,郭敬明笔下的“小时代”只属于那些高度物质化的小众青年群体,他们物质充足、有着光明的未来,但将这个“小时代”放置于真实的社会中,那些所谓物质与光明却是虚幻的假象。反而是郑小驴,面对病态的社会现实,采取了正面强攻的姿态,通过主人公在成长过程中与社会现实的碰撞,揭示了这一代青年人的生存困境,对畸形的成长给予高度的关注。在他的笔下,正确的价值导向不复存在,温暖的亲情变得冷漠游移,正值青春的年轻人扭曲变形,这些全部都表现出了“反成长”的特点。郑小驴正是用了反写的姿态，用缺失召唤存在，用失落呼吁重塑，用畸形期待健康。因为正确价值观的存在，亲情与爱情的重塑，个体成长的健康向上才正是这个时代真正所需要的。

和郑小驴一样，“80后”女作家文珍笔下每天对着录音笔说话的曾小月，和丁玲文中那个每天呆坐在公寓里、靠热牛奶来消磨时光的莎菲，又有什么区别呢？这样病态的社会和颓废的人物并不是作家所推崇的，他们以反写的姿态表达了对社会现实的不满。无论是莎菲还是曾小月，或是郑小驴笔下略有残疾、对女房客充满幻想的“他”，抑或是甫跃辉笔下用动物园寄托情感的顾零洲，他们内心都有许多话想表达，却找不到一个人能说来听；他们想做些事情排遣情绪，但却没有任何机会。这一代青年人，他们在病态的社会中成长起来，对当下社会所不满，却始终找不到正确的价值观指引自己的成长方向，他们满怀着对自己的厌弃，这暗合了郁达夫笔下颓废人物形象。不同的是，郁达夫笔下的人知道自己为什么而颓废，他把自身的颓废感历史化，直接提升为国家民族的感受，发出向着历史和国家民族的吁求，颓丧的“小我”在激愤的“大我”中得到安放。然而在“80后”一代人这里，他们内心的“小我”始终无处安放。郁达夫文中的自己独在异乡为异客；而郑小驴，他笔下的人物早已分不清哪里是故乡、哪里是他乡。他们想要躲藏或是逃离，却都无能为力，无论是城市还是乡村，在这些迷失的青年人眼中，都是无边无涯的尽头。郑小驴、甫跃辉、文珍等风格相似的青年作家们，他们面对病态却又真实的社会，选择的既不是赞美和粉饰，向读者虚构出一个并不相信光明的前景；又不是回避和漠然，塑造出一系列单薄狭隘、没有历史感的个人。他们通过反写的方式揭露现实，真实表现出了一代人的成长经历，希望在黑暗崩塌的价值观中重新燃起一抹光亮。

中国当代散文经典化的尝试

——以《大地上的事情》《皱纹》《一个人的村庄》为例

闫文盛

我现在准备谈论的三部中国当代散文:《皱纹》(张锐锋),《大地上的事情》(苇岸),《一个人的村庄》(刘亮程),它们的完成时间都在2000年前,首次正式出版则在2000年和2001年间。所以,可以说,这是三部诞生于20世纪末21世纪初的散文著作。或许,世纪之交这个特有的时间区段,赋予了这三位散文家以特殊的时空感受。因为我注意到,他们所关注的,都并非是一个具体的、直接的言说物体,它们关注的话题都要大得多。譬如苇岸的书写直接以大地命名,大地上的事情,是弥漫性的,朴素的,端凝大气的;张锐锋书写了时间,往事,也就是光阴的纹路,童年的沧桑况味,可以说是散文版本的逝水年华,他把一些看似简单的材料发掘出来,不断地赋予它们以新的意义,这种张锐锋式的书写,是一种穷尽事物肌理的,穷极思虑的,看似舒缓,其实却是勇猛(特指"其穷究不舍的深度")的文本;刘亮程的文字,在很大程度上,像是诗歌的二次转换,他把乡土之事(一个村庄的空,虚与实),之思放到一个特定的闲散之人刘二的身上,以他的观察,注视,谛听,各类感官并用,来完成对于乡村世界的创造。漫漶的,地老天荒的,甚至无聊、琐细的乡村,到了刘亮程的笔下,变成了一个懒人的心灵上的寓所,变成了他的精神图谱。刘亮程也书写了乡村的衰败,但我觉得,他更重于对乡土生活日常性的把握,所以,在他的文本中,我读到的是一种诗意的空虚和旷远。是一种无谓的忧愁。当然,他以自己的闲散之姿覆盖了这种情绪。

但是,不管我怎么说,对于这三部散文的精髓,我也不能百分之百地概括出来。我对它们的阅读,一次在刚出版的时候,是从兴趣出发的阅读,或许,也有一点儿从中偷技的嫌疑,因为当时我刚刚开始写散文;另一次便是今天,为了这次会议而进行的通读。这两次的阅读感受并不相同。初读它们的时候,我凭借阅读的本能去捕捉其中的光束,所以所见即所思,这种阅读是吸引我的。但是,到了今天,我与他们书写这三部作品的年龄相当,而且,我的散文写作也已进行了差不多有20年,所以,再来阅读,再来谈论这个话题的时候,我更多的,是想从一个在场者和散文写作者的感受出发来谈它们,而不是站在一个评论者的立场。换句话说,我想试验一下,我能否猜到他们的内心,他们为什么要写这样的作品,他们怎么开始,又如何结束。然后,我再以我的散文创作经验,我目前的视野和感受力来对他们进行检索,看这种表述是否真正地达致一种饱满的完成。而这个谈论的前提,便指向了我的潜意识——《中国当代散文经典化的尝试》,现在,我自然需要呼应一下我为这个论坛所提供的标题。我的确认为,三位散文家都有创作经典文本的野心,也已在当时,不同程度地具备了这样的能力。至于最终形成的文本,是不是真的可以称之为经典,我希望在逐一谈过之后,再下一个我现在所能做出的结论。当然,真正考验他们的,其实并不是我的结论,而是无情的时间。时间会提供一个严酷而残忍的标准,并将他们的写作置于文学历史的漫长的时空中。

一、苇岸《大地上的事情》

下面,我首先想谈的是《大地上的事情》。为什么先谈这个,是因为我对苇岸的写作,的确怀有一种敬意。我对苇岸的了解,并不特别深厚,因为,我只想努力地寻找文本的价值,而不愿意受其他的情感方面的遮蔽。我不想让文本之外的任何因素影响我的判断。但这可能是做不到的。因为苇岸的创作量太少(一生所写,也不过就是二十多万字),我的感觉是,他的文学世界尚未充分地展开便结束了。以他对文学本体的宗教般的虔诚,我觉得他的文学大地应该可以更加宽阔,深厚才对。在用到“更加”这个词的时候,我的阅读感受事实上已经开始显露。是的,苇岸如果活到现在,我觉得他的目标就可以优质地达成。我毫不怀疑,他的文学大地,可以在接下来的这二十年中,更为充分有效地展开,育肥填土,生长树木,可以变得郁郁葱葱,不只是阳光,草丛,水流,不只是可以建立凝练的美学,而且可以增加其莽苍和浩瀚之感。

如果要谈论苇岸,在我看来,最先吸引我的便是他的文学姿态。他这种志节鲜明的、立足于地面的视野,使他的文学富有坚实的诗性(且寓含着一定的神性)。他的《大地上的事情》只有短短的75则,一则也就二三百字,总共恰为两万字的篇幅。他就主要以这部作品(除此之外,他的其他的文字部分包括一些日记,还有他的未竟之作《二十四节气》等),达到了一个年轻的散文家所能达到的一个相当的高度(因为苇岸的生命终结在39岁这年,所以在我看来,他始终是年轻的)。这部作品的立足点,是极其的平实,宁静,极其的质朴。苇岸在这部作品中,“思接万物”,但目视平原,我觉得他有一个创世之神的上佳起点。他其实不是造物,但他在造物的本体内部,发掘到了时间的存在,书写下了事物的核心肌理,并且,他的这种书写,并无须多少修辞。他只要保持自己对待万物的尊重就可以做到。这是一种凭借精神内在的脉络进行的写作,感觉不到丝毫的伪饰,因此,这类文字,无疑是端庄而大气的。

苇岸的感受的丰富性,的确更近于一个散文家,因为他的思维不激越,不是迅猛的湍急流水,而是缓慢的,日常的,使我们可以意识到的一种恬淡自适的,天地混溶的感受,类似黄昏的微雨,良友间的清谈,是一种对万物的阅读和深入,而非任何攫取。所以,阅读他的文字,无须用力,只须和他一样融入便可以完成。这或许是他的本相,或许是时光对他灵魂的塑造,但这些都不重要。重要的是,他的确写下了这样的一些句子,这些句子可以充分地概括他这样书写的缘由。他说的是:

> 还是古希腊,哲学家毕达哥拉斯以奥林匹克运动会为喻,将全部社会成员分为三类人:最低层是做买卖交易的,其次是完成比赛的,最后是旁观者。“旁观者”即是哲学家和诗人的本义。后来,在另一本美国学者著的小书《世界名诗人传》中,我又看到了类似的意思。这里作者将“旁观者”更恰当地称为“观察者”。“观察者”就是阐明世界精神,宣扬新的真理的人。与往世比较,看看当代,到处都是“做买卖交易的”和“参加竞赛”的,没有什么比“观察者”更少。(苇岸《大地上的事情》序言,1994 年 10 月所写)

还有:

> 在中国文学里,人们可以看到一切:聪明、智慧、美景、意境、技艺、个人恩怨、明哲保身等等,唯独不见一个作家应有的与万物荣辱与共的灵魂。海子曾说:“我恨东方诗人的文人气质,他们把一切都变成趣味。”(苇岸《一个人的道路》,1994 年 10 月所写)

从这里,我们或许可以看出,苇岸与他所在的时代的格格不入。当然,在精神上,他的确希望保持自己的“趋光”的本性,我把这种气质视为对生命的一种热情。所以,有这个基础,我们也不难理解,他为什么会说出这样的话:

> 在我的一生中,我希望我成为一个“人类的增光者”。我希望在我晚年的时候,我能够借用夸齐莫多的诗歌说:“爱,以神奇的力量,使我出类拔萃。”

最后,补充一个或许稍微熟悉苇岸者都知道的常识,即苇岸和他文字的形成,受到梭罗《瓦尔登湖》的极大影响。他一直坦陈此事,将梭罗列为对他影响最大的、确立其信仰的、塑造其写作面貌的作家。也就是说,苇岸沿着梭罗的道路走了过来,但他以他自己生活在中国20世纪的北方广阔平原上的独特体悟,完成了他的孤独的,却有具备丰盈的内在脉络的,大地一般的抒情诗篇。所以,他只能是唯一的。苇岸虽逝犹存。我觉得,他是具有经典气息的一位散文家。

二、张锐锋《皱纹》

如果苇岸是随想式的,笔记体的写作,他以短小的断章之思完成了自己的书写,那么在张锐锋这里,则显然有严格的结构设计和智性追求。这或许是作家的不同气质所导致。作为"新散文"的代表作家,张锐锋在1986年到2000年左右,写下了大约有一百多万字的被冠名为"新散文"标签的散文作品。但"新散文"的概念,似乎从其发端伊始直到今天,都未被充分地界定过。张锐锋主要结合他的创作体会,亲自对它做出一些诠释,譬如,他说,新散文"重视过程","重视细节","覆盖事实以外的东西,对材料提出更高要求",具有"多个中心"或"无中心",其叙述路径是"描绘性的""解析性的",具有"多个视角","多向性",其结构形态复杂,由传统散文的简单事件过渡为"事件的关联组合",而在局部的处理上,一扫传统散文的呆板,而使"局部放大",追求"变形效果"。但他的这种描述,是否能够准确地涵盖新散文的特征,我觉得也还做不到。因为新散文这个概念过于笼统了,所以在散文领域,我的感觉是,到了最近的十几年里,其研究和阐释都很不充分。何谓新?当然,应该跟创造力的建立和文学的敏锐度有关,但若仅止于此,就不足以形成一个概念区分度十分鲜明的文学流派。这是十分令人遗憾的事,但现在也不太好补救。所以,从某种意义上讲,张锐锋其实是坚持了非常独立的创作,他是一个十分优秀的散文家,其才华已经体现于他的数量庞大的文本中。

谈谈《皱纹》。我在2007—2008年的时候写过一篇论文,专谈此书,我在这里可以先偷个懒,将此文的结论引出,然后再稍微补充一些我今天阅读的感受。结论如下:

> 以《皱纹》为代表的张锐锋的新散文,具有非常明显的创新性。《皱纹》是在散文创作走向模式化、庸俗化之际出现的一个独特文本。我们看重它的价值,除了其自身所具有的启示意义,譬如敞开的文本空间,多维度的思维探

> 索,以及意象化的结构营造,甚至文本的繁复多义,更在于它对于传统散文(或称旧散文)的反叛、对建构新的文学理念的野心上。《皱纹》以将近20万字的文字容量所做出的文字探险如同一次远足,它留下了非常大的思考和拓展的空间。因为在此之后,全国各地有许多新的创作者持续跟进,从而使这一形成于20世纪90年代的文学运动蔚为风潮。随着许多新的作品涌现出来,散文界的文本创新已经到了可以做一个小结的时候了。而从另一个方面分析,张锐锋在《皱纹》中的匠心独运并不是一个孤立的个体事件,相反,它是一个承前启后的持续性的思考过程。在《皱纹》之后,张锐锋又创作了近百万字的散文作品,他将自己的探索融入了更为深远的时间的河流中。当然,如果将《皱纹》所建构的文学世界放置于"新散文"创作的整体性氛围中,则我们更不难看到它所具有的标本作用。

那么,在过去十年时间之后,再来看我的这个结论,自然就觉得其阐释并不充分。因为作为一个此后出现的散文创作领域的在场者,我虽然不能说完全可以洞悉目下国内散文创作的现状,但至少可以这么说,对这个领域,我并不完全陌生。散文在后来怎么发展,我觉得,说它更加多元化是毫无问题的。其文本空间更加敞开也是没有问题的。但在艺术的强度和涵盖力方面,是否就比当初多有加强,其创造力更加蓬勃,我却无法断然下这样的结论。在2000年到现在的这个将近二十年的创作周期中,散文创作者的锐气是否就充盈地上升了,我也不敢断然作结。所以,现在回过头去观察世纪之交的中国散文创作,我觉得是有意义的。《皱纹》这种可以抗衡长篇小说的大散文篇幅的出现,并被作者赋予的其内在环绕的结构,意识流的运思方式,将整部作品以一个宏大的意象(时间)统摄起来的探索,显然是可贵的。在我看来,散文更近于主观(以心灵为书写的主体)内视,更偏向于抒情性——我不大容易接受历史散文和文化散文这样的概念,我觉得如果纯粹地谈散文的话,还是以纯艺术性作为一个考量的尺度要好一些,至于其他的类别,说成随笔更为适宜吧——所以,散文的创作,对独创性的要求应该越来越高才对。因为它的文体边界历来模糊,我们要提倡它的主体性,就必然要追求更为集约的文本。《皱纹》《一个人的村庄》《大地上的事情》显然具有这个特性。

那么,在十年之后再谈《皱纹》,我的感受如何,现在可以概括以下几点:

其一,它仍然在结构方面给我以启示。换句话说,张锐锋的创作姿态很好,他希望以散文来主宰、支撑自己的文学世界,这份野心对我是有极大启示的。苇岸身上的遗憾,在张锐锋这里要小得多了。张锐锋的探索,体现于以《皱纹》为标本的,大量的篇幅在3万到5万字甚至十几二十万字的作品中,所以,他的散文世界比较充分地被建构起来了。

其二,在希望洞悉他的文本之微妙的阅读时刻,我更为强烈地感受到了,他对于写作材料的运用,是具备智慧的。如何让笔下的每一笔素材发出亮光,在他进行写作之前,就已经充分地考虑过了。这自然是一种非常职业化的值得敬重的精神。在这种精神的引领下,他谈论马灯就不只是谈论马灯,他谈论庄稼、河流、鸟巢等等具体的事物,就远远没有止于谈论这些事物,按照张锐锋自己的理解,"那些材料,所谓童年时代的经历这些记忆中的材料,仅仅是原材料,但更重要的是这些材料的客观讲述。这些材料的客观讲述一定要让位于发现,我觉得发现才是散文的真谛。"这种解释,确实给我以启迪。

其三,《皱纹》使用了15个看起来并无直接牵连的小标题,与作者所归纳的"一种由内心旋律所支配的符号播撒"互为表里,从而使作者所追求的对自身的内在忠实成为可能。这种贯通首尾,即以物象相勾连——但其指向的,却是一个象征性的、寓言化的时空的写法,在后来的创作者那里,也不多见。不过,这次新阅读,又确实给我带来了一点新的思考,就是说,张锐锋在当时所计划的,将《皱纹》写到一百万字,是否真的可能?考虑到他的散文的静态和漫漶,我如今对以这样的写法,这样的篇幅来构造百万字的文本,开始产生了一点怀疑。我仔细审视自己,为什么会有这种怀疑,我想这大约跟他的静态与漫漶,以及对意义的"穷究不舍的深度"给我们的阅读带来的心理疲惫感有关。新的结构之下,应该赋予其变幻才对。或有两个方向,一,需要更多值得精耕细作的材料,二,需要更抓捕我们胃口的新的形式(更有意味的形式),与静态,漫漶形成对抗,从而赋予其某种张力才对。而这种问题,我之所以感同身受,是与我正在创作的一个多卷本的散文著作有关。我的这部作品,对,就是《主观书》,目前已经写了四卷,将近50万字,以整整五年的心灵流变来写,写的时候我力争完全打开。我计划用10年时间写完,做成一个独特的散文样本的东西。所以,现在是,完全的随物赋形(因为我不能做任何设定,以便于尽可能地,将自我心灵的深度,探测和挖掘出来),但最终,我得赋予它蓬勃的结构。阅读《皱纹》,开始促使我更深入地思考这个话题。

三、刘亮程《一个人的村庄》

《一个人的村庄》是世纪末散文,刘亮程因此被称为"20世纪的最后一位散文家"。他的乡土书写,确定无疑地,是开创性的。当然,读这部20多万字的著作,对我而言,确实是难得的阅读体验,这种体验与《一个人的村庄》所获得的名声无关。名声也不一定总是靠得住的。这种体验是,一个作家,他写了一部书,他的世界既是敞开的,又是完整的;既留有遗憾,又是非常自足的。所以,我在读的过程中,始终盘亘在心头的一个问题便是:写作是什么?写作是幻觉者诞生的梦,影子,是讲述,记忆,吹牛,思虑,忐忑,惊慌,等等各类情感的源头和追溯,是这些梦的完成,和短暂终结。写作是残梦,还是完整的梦呢?在刘亮程这里,他似乎把它写完整了,因为他的梦之本身,并不复杂(但对我来说,我的梦残缺不全,所以,我一直在试图修复,试图打碎,重组。我们完全不同)。刘氏写村庄,煞有介事,与苇岸又大不同。他赋予它们一个讲述的调子,这种调子,不无雕饰性,但我们很容易被裹挟其中。因为,这是一个大主题的运思,赋予它某种体型和稍重一些的气息是可以的。苇岸没有这么做的一个缘故,或许跟他的产量小有关。我很难判断,他如果写长了,写上 100 万字会怎么样。当然,如果苇岸有雄宏磅礴的 100 万字,我觉得他就与中国当代诗歌界的昌耀的地位相似。这样一来,我们作为阅读者是有福的。

作为另一种观照,我们观察中国当代优秀散文家的创造力,无论刘亮程也罢,张锐锋也罢,他们的体能和繁茂的思绪促使他们选择了这样的道路。这 20 年来,如果单从散文家的本体身份出发,他们显然都在优秀者之列。《一个人的村庄》是乡土散文写作者的启示录。刘亮程挖掘到了乡村时光的本质性的光谱。这种努力的向度,显然要胜于杂碎的,没有方向性的,东一锤子西一棒子的胡写一通。他把一个村庄写下来了。所以,他至少在部分程度上,完成了精神层面的中国乡村史。

或许与我看到的是早期版本有关,当我来拿经典作品的标准衡量这部作品的时候,我觉得它还是需要再做打磨。何为经典?我认为,经典与独立高标的自在和自足性有关。即,"那神灵们创造的物已经用尽,现在,他们必须凝眸自视,来再造己身。"刘亮程的聪敏之处便是发明了这个秘径。他如同耕耘嘉禾似的,耕耘自己的村庄,但是,在书写的过程中,他的情绪或许有过反复,种植或许不够规整。但他也不是追求无规则的叙事。他虽然写一个懒散的闲人,但他的创作思路非常清晰,这一点有便于他集中精神,将这个闲人的神思和天启的一面呈现出来。所以,我所读到的《一个人的村庄》的文本,当时就正处在趋向专注的凝视,趋向经典化阅读的历程中。我的阅读版本是 2001 年 1 月的新疆人民出版社的本子。后来,此书的版本很多,所以,这个经典化的历程,或许迄今已经完成。我所希望看到的最后的经典本子,当是再减去两三万字左右的更精粹的本子。这样的话,阅读效果就最好了。

最后想表达一个意思,到了今天,我们如果以"中国当代散文经典丛书"来作梳理的话,似乎也到时候了。我理想中的具备经典气息的本子,需要通过各方的努力共同实施,其最终的经典化过程,方可落到实处。上述我所谈论的几部,是极有这方面潜质的,除此之外,还应该可以列出六七部特别有创造力的作品,但我的研究并不充分,所以,慎重起见,还是留待以后,再做这样的结论吧。

当代网络文学中的古典性和现代性

百世经纶

所谓当代网络文学,顾名思义,就是在随着互联网全面改变人类生活方式后,文学为了和互联网时代不断改变的生活方式相互适应而逐步形成的一种具有一系列互联网时代技术进步所带来的新特点的文学存在方式。

文学的古典性和现代性其实是一组相对概念。文学的现代性本身是伴随着整个人类文明不断现代化而诞生、发展的。古典文学为了给读者提供一种沉浸式体验,往往会最大追求叙述本身所带来的魅力。为了行文流畅,通常基本采用全知全能上帝视角展开叙述。利用塑造不同的典型性人物,来为读者提供一个栩栩如生的书中世界。

在人类工业革命之后,对大量可以自由流动人类劳动力的不断需求,深刻地改变了人类的文明形态。位于当今这个人类文明形态中的"个人"在经历了启蒙之后都获得了某种"自我觉醒"。而这些觉醒后的个人,则再也不能像之前千万年来的人类一样,用"宗教""社会阶层""伦理"等既有思维范式定位其存在的意义。

这也进一步造成:现代文学自诞生之初便始终致力于追求对于"人"存在本身探讨与思考。现代文学这种内化的追求,对于现代小说文本造成的最直接结果之一就是叙述视角的改变。尼采对于人类现代文明的经典论述"上帝已死",也开始随着小说现代化进程的蓬勃发展,越来越多地出现在各种现代小说文本之中。这些现代小说的作者,常会采用代入感极强的第一人称视角展开会为了加强文本本身对于主人公存在处境的表现,有意无意地弱化小说故事性和叙述性。

而诞生在互联网时代的互联网文学,由于早期历史发展形成的民间个人化文本叙述传统,和在形成产业化后的产业要求,多年来始终都徘徊在追求制造一波波叙述快感的古典文学写作范式和追求个人思考探寻人类存在意义的现代写作范式之间。最终形成了,互联网文学今天这样采用主人公单一视角展开故事,同时以追求各种强情节推动文本叙述的写作范式。

另外,当代互联网文学本身无论从内容生产、还是传播方式至今仍处于探索阶段依旧在自我完善的阶段。

换句话说,当代网络文学本身并不是类似于“唐诗”“宋词”“元曲”这样一个已经处于完成态的文学概念,因此也就无法在论述过程中通过枚举已经被整个学术界公认的代表作品和这些作品中的部分章节、段落来展开论述。加之,当代网络文学尤其是网络小说体量日趋见长,一般来说少则 200 万字,多则体量则会达到 800 万—1000 万字,作品种类也达到了以每年以万种为数量级的更新速度,是任何采用传统研究方式通读中国网络文学作品的尝试成了一种不可能完成的任务。

基于上述两点,笔者在展开下列论述的过程中,必须承认其中部分的理论根据,只能基于我本人作为一个写作时间跨度长达十余年、资深核心网络文学写作者的一些所见所闻直接形成的所思所感,以及我作为一个在中国互联网文学界有着相当影响力的点众科技总编在工作过程中探索互联网文学本质时所获得的一些直接感受。

在 1840 年西方列强凭借着坚船利炮打开中国的国门之时,也同时惊醒了中国文化界做了数千年的天朝上邦之梦。

从此之后,中国各个文学门类,尤其是小说便开始了对于古典性和现代性不断探索和思考。中国网络小说是互联网时代对于这种探索和思考的继续。

在 1840 年后,包括中国文学界在内的整个中国文化界,也在这种五百年未有之大变局之中,开始为了强国强种这种直接时代要求下,主动或被动地开始了在西学东渐后投身于现代文学创作。

在这其中,最有代表性的现象之一,就是小说定位的变化——

在中国现代化的过程中,尤其是五四运动之后,小说这种原来长期在中国历史各个王朝阶段被视为不入流的文学形式,瞬间摇身一变成为了时代显学。从为中国传统文学核心士大夫阶层所不屑的笔墨游戏之作,摇身一变成了时代文学皇冠上最耀眼灿烂的一颗宝石。

从历史的角度来看,这个过程中其实很像互联网文学二十年来在中国的发展过程。从一开始不被纳入主流文化的范畴,到今天可以跟传统文学一起成了中国文学版图的重要组成部分。

为了明确中国互联网文学的古典性和现代性来源,我们有必要回到中国现代小说诞生的现场。自诞生之初,中国现代小说就肩负着既要重新盘整中国文学辉煌传统和西方先进文明,同时还要代表国家民族形象及国人思考深度的定位,同时又要肩负起满足中国各阶层精神生活需要以及宣传教化的使命。这点其实跟现代互联网文学的社会功能性定位颇为相似。

1840 年后的中国小说和互联网时代后的互联网文学之所以会担负起如此艰巨的时代使命,其最终要的原因就是,小说在众多文学形式中是几乎唯一能够进入国际、国内最广泛公众视野的文学形式。

无论是中国现当代文学史上一次次引得全民洛阳纸贵的阅读狂欢,还是莫言荣获诺贝尔文学奖,还是近来《人民日报》曾报道过多次的中国网络文学出海一事,在某种层面上也都证明了梁启超当年在《论小说与群治之关系》中所言"欲新一国之民,不可不先新一国之小说。故欲新道德,必新小说;欲新宗教,必新小说;欲新政治,必新小说;欲新风俗,必新小说;欲新学艺,必新小说;乃至欲新人心,欲新人格,必新小说。何以故?小说有不可思议之力支配人道故",实乃洞悉中国文学不断现代化转型必将产生重大变化的先见之明。

与此同时,与西方文学相比,中国传统文学从发生开始就具有一些特色特性,而这些特性也潜移默化地深刻影响到了中国互联网文学的创作:

自崇拜鬼神的殷商文明被崇拜祖先的周文明取而代之之后,中国文化便通过伟大的礼乐之教从此走上了跟西方始终难以摆脱的原罪传统和萨满传统分道扬镳。虽然在整个文明和文学的演进过程中,因为逐步吸收融合了包括楚、吴越、各少数民族以及异族文化,也会时不时地"不问苍生问鬼神"一下,在文学的犄角旮旯谈一下鬼狐仙怪。但是各个时代被统治阶层视为时代文化主流的始终都是《诗经》《尚书》《礼记》《易经》《春秋》开始为中国原生文学形态的诗歌、应用散文和历史散文写作。

也正是因此,纵观中国文学史,先秦百家的诸子百家跟"文起八代之衰"唐宋八大家其实继承的都是《尚书》《礼记》《易经》"文以载道"的论文或应用文写作传统。而中国作为一个诗的国度,在近代之前,几千年来诗歌和诗人始终都位于中国文学殿堂的宝座之上。

中国小说虽然向来被称之为稗官野史,如班固所著《汉书·艺文志》曰:"小说家者流,盖出于稗官;街谈巷语,道听途说者之所造也。"尽管试图托庇于史家,但由于本身独具魅力的想象力一向跟一板一眼的史家有巨大冲突,所以在近世之前都一直是"小道"。比如当代被赞誉为中国古典小说经典代表作的四大名著,在当年不但未能得到奖掖推广,反而每一本都曾经成为某一时期的禁书。

不过比上不足比下有余，虽然中国传统小说千百年来始终被当时的统治阶层和士大夫阶层不喜，但与西方小说相比，中国传统小说却始终都存在一种通过将诗词歌赋成为文本本身内容（从《西游记》中的各种有诗为证，到现在被世人津津乐道的《红楼梦》中的各种诗词歌赋），或者通过跟历史形成互文来完成宏大叙事的传统（《三国》《水浒》《西游》等或深或浅，程度不一而足）。

上述两种创作传统，前一种内化是个为小说文本本身的传统，在我自己的几部作品，如《缥缈神之旅》《犬神传》和《一代军师》中，都会不时地出现（在2012年左右小白文兴起后，内化诗歌为小说文本这个传统已经式微）。而后一种传统在现代网络文学创作过程中，也被大量网络文学作者在写作实践过程中自觉或不自觉地采用。因为网络文学作品基数实在太多，所以我就不一一枚举了。其实，只有读者有心，随便上任何一个文学网站搜索历史分类就可以看到数量巨大、品质相对而言也非常不错的一批网络文学作品。比如，月关的男频穿越回历史时期作品《回到明朝当王爷》，志鸟村穿越回改革开放初期的《超级学霸》，或者女频中的《步步惊心》《梦回大清》等作品，作者在行文布局谋篇之时无不集成了中国古典传统小说和跟一般读者曾经道听途说过的宏大历史煞有介事地形成互文来增强小说阅读快感这一特点。

除此之外，其实今年发展迅猛的架空穿越小说，其实在某种程度上也可谓是继承了中国传统小说以往的类型构成。比如说借助唐朝部分史诗煞有介事展开小说叙述的《西游记》和《镜花缘》其中跟异域有关的部分，其实都是跟今天的互联网文学架空穿越一样，都可以被视为作者一方面想借助跟真实宏大历史事件、人物或者辉煌年代形成某种程度上的互文，另一方面又不想被真实的历史过程和细节所禁锢，所以便干脆从将“野史”做到极致，将叙述宏观层面的要求降低到只求讲一个具有某种宏大叙述氛围的故事。

而包括现代中国网络小说在内的传统小说之所以会呈现出与西方小说截然不同的特点，这是与中国社会自隋朝开始用科举取士，逐步形成了一个以礼乐教化为目的（与西方中世纪封建社会截然不同）的市民社会传统密不可分的。西方社会缺乏类似于中国礼乐教化的社会精神共识，所以其社会精神的共识始终都是宗教。也正是因此，虽然西方社会试图将自己的文学传统上溯到希腊、罗马时期，但是实际上始终都逃脱不了基督教唱诗班的传统。

也正是基于这种传统，西方的叙事文学始终习惯用基于原罪文化假定的三段式叙述，以一个人物通过经历种种事件最终来完成精神层面的转变（得到救赎），来形成整个文学作品的结构。而没有西方原罪这种文化假定的中国传统小说文化,则更加沉湎于叙述本身所带来的快感,而对于主人公本人精神层面是否发生了本质上的改变并没有多大叙述上或结构上的兴趣。比如,被视为西方小说文学经典的《神曲》《安娜·卡列尼娜》《罪与罚》《高老头》《红与黑》等,其主人公无不在完成了小说家预先的设定种种事件之后,或在精神层面上回归了基督教信仰或反其道而行之丧失了信仰。

而反观中国传统四大名著中的各色主人公,在完成整个文本的叙述过程中性格始终未发生精神层面或者行为模式层面上的变化。张飞、李逵始终都是张飞、李逵,并没有因为经历了什么而性格变得胆怯或者励志。而唐僧在经历完九九八十一难后,也丝毫没有变得坚强或勇敢。也许有人会说,孙悟空在完成西天取经的过程后,整个人已经不再是那只无法无天的猴子。但是考虑到孙悟空一开始打上天庭的去原因,不过就是要一个比较体面的编制,到最后在佛祖这儿获得了该编制,以及对于在西天大雷音寺猴性不改地跟阿难、迦叶两位尊者调侃,他性格其实始终如一的。而四大名著中被当代研究者认为最有现代性的《红楼梦》,由于本身并不是一部由单一作者完成的作品,所以笔者不好评论。

当然在某种程度上来说,西方的侦探小说本身在形式上也存在着中国传统小说特性的叙述特色。重视叙述本身给读者带来的快感,而人物脸谱化、概念化似乎始终如一。但是当我们把柯南道尔笔下的"福尔摩斯"或阿加莎·克里斯蒂笔下的大侦探波罗跟中国传统公案小说中的经典人物形象包拯、狄仁杰等做一比较,我们就会明显地发现两者的不同。

福尔摩斯从小说《血字研究》初登场时彻头彻尾不近人情的怪咖一枚,到后期跟华生之间充满友谊感的互动,人物形象不知不觉发生了巨大变化,整个人越来越人性化,而不只是一个一心沉浸在侦破罪案炫耀知识的怪咖。而大侦探波罗在他最后一次登场《最后一案》时,本人更是由之前几部作品初登场时对正义和法律的坚定卫道者,变成最终选择自己动手杀了一名罪犯的罪犯。(考虑到波罗之前在发现犯罪真相后选择了放过所有罪犯们的《东方快车谋杀案》写作时间和发表时间,我们几乎可以将《东方快车谋杀案》视为波罗性格转变的关键事件和关键点)。而与此相对应是,包拯和狄仁杰不管破获了多少案件,他们本人的性格却都是始终如一。

以这种中国传统文学的小说特点,来考察现代互联网文学,我们会发现其实大部分互联网小说在叙述策略上,几乎都以主线人物不变,然后不断更换地图来完成各自的叙述。唯一的区别就是会为主人公构建一套完整的打怪升级系统,来让整个故事在叙述模式过以类游戏化的荣誉级别系统让读者不会轻易产生厌倦。

现代网络文学中尤其是仙侠类文学中的这套类似游戏的荣誉级别系统，虽然表面上是随着动漫、电子游戏尤其是 RPG 游戏普及最终构成了一种获取读者快感的策略（漫画《龙珠》中在揭示了主人公孙悟空是赛亚人的相关段落中，首次通过赛亚人功能眼镜提出了战斗力值这一概念，以及以孙悟空为代表的各种赛亚人进化成超级赛亚人和超超级赛亚人，皆对普及这一接单直接的爽感叙述策略功莫大焉）。但是现代互联网文学荣誉叙述级别其实有相当一部分是来自于发轫于清朝的中国第一本修仙小说《绿野仙踪》，以及民国时期将仙侠小说发扬光大的还珠楼主。只不过由于之前，中国人还未能养成黄仁宇先生在其史学名著《我的大历史观》中所言的那种从数字上进行管理的习惯，所以直到今天网络文学不断推陈出新之后，才会有越来越多通过建立荣誉叙述系统使读者获得快感的小说出现。比如说，这两年火起来的系统文，便可以视为由于“90 后”甚至“00 后”，在各种数字化生存之后，对于数字越来越敏感，以及当代社会阶层固化和游戏文学成了其文化生活重要构成部分后的一种新潮流。

最后，我想再谈谈现代网络文学对于中国小说传统文学在价值观叙述策略方面的继承。自中国小说被推到了文学殿堂核心位置以后，便不断地试图通过借鉴西方小说的叙述主题、叙述方式和叙述策略来完成时代赋予的历史使命。及至五四运动后，虽然创作出文学性更强的小说、以小说文以载道助力时代的发展和用小说这种文学形式丰富人民群众的文化生活这三个目的本身并没有本质上的冲突。但是由于当时中国各个地域发展并不均衡，文化传统也存在客观差别，加之投身创作的作者本人千差万别，所以不知不觉，中国小说在发展过程中也分出了不同的层次。

而民国时期以张恨水、还珠楼主等人为代表的一批小说家，在小说叙述过程中更追求小说本身叙述带来的快感。在叙述快感、文学性和宣传功能性发生冲突之间，这一批生存状况跟现代网络文学创作者类似的商业化小说作者，往往会牺牲以西方小说本体为尺度来评价作品的思想深度、文学的诗意及社会功能性，从而为了取悦读者来尽可能地完美小说叙述的快感。

也正是因此，这也让中国小说形成了一种不同于西方的中国化伦理行为共识小说叙述传统。这种中国化的伦理行为共识基础，一般表现为“仁义礼智信”“忠孝节义”这些儒家文化价值判断，中间还会杂糅进去一些佛家道家惩恶扬善的价值判断。在这个层面上，已经充分世界化的中国文坛则由于始终致力于探索人性和社会的丰富性和复杂性走上了一条自成一格的探索人生各种可能性文学道路。

具体而言,无论是陈忠实的《白鹿原》,还是莫言的一系列作品,抑或是贾平凹的一系列作品,其如椽巨笔之下,所塑造形形色色的人物都不是能够以传统伦理文化如红脸、白脸那样脸谱化去界定的。换句话说,这些文坛名家越来越世界化的眼光,已经渐渐跟自德国马丁·路德宗教改革之后每个人都可以自己面对上帝相一致(换句话说,每个人都可以通过自己认识上帝,来界定了自己行为原则和底线,以及形成自己的价值观)。

比如说,无论是陈忠实经典作品《白鹿原》中的田小娥,还是莫言《红高粱》中的九儿,我们在阅读作品时会很明确地发现作者对于自己笔下的这些人物是有着不同于中国传统伦理共识下的独特判断与认识的。

虽然两位作者状摹的对象都是传统的农村生活,但是谁也没有按照中国传统伦理共识价值判断标准,在将田小娥或九儿直接定位为荡妇淫娃。在某种程度上来说,作者反而将这两个女子当作可歌可泣的英雄来描写,以此来阐述自己对于人生、对于女性、对于中国传统价值的独特思考。

而这种写法在现代网络小说创作过程中是完全不可能想象的。因为这在相当程度上挑战了当代网络文学主流受众几千年来源远流长的朴素价值观和伦理观。这会让网络小说读者在阅读过程中一方面难以带入角色,另一方面因为要深入思考降低小说述本身带来的沉浸式愉悦感。

所以在面对这一问题时,绝大部分网络作家都会选择一种传承自民国通俗小说家,以及港澳台武侠小说家的中国传统小说叙述策略。即只在中国传统伦理道德共识的基础上界定人物、塑造人物,让网络小说在某种意义上回归了中国传统文化生活的标准审美。以如同京剧一般的脸谱化让观众最快地认识到网络小说中每个人的立场定位,然后通过制造爽感来赢得读者进入一种叙述本身带来的沉浸式快感之中。这可以从某种程度上来解释,为什么各大网络文学网站各个门类排行比较靠前的书籍,基本人物形象、叙述模式、甚至文字表达上的高度统一。

这种人物形象和叙述模式的高度统一,对于文学未来发展来说意味着什么,还需要时间来给予回答。但是从产业角度来说,对于打造有中国特色的超级系列IP,则本身无疑是一件好事。传统文学名家的小说作品各有各的风格,加之每个作者在写作时都会尽可能形成自己的表达,这为形成有统一价值观、人物形象定位甚至叙述风格的产业IP产生了先天上的壁垒。而大量文本风格化不强烈的网络文学,反而没有这些问题。

也正是基于这个考虑,在由我本人担任总编的点众科技打造大运河文化的过程中,我们明确地提出了打造运河天地系列 IP 的目标。并建立了专门网站,组织了一批优秀的网络文学作者,根据我们自己预先设定的世界观、人物和相关风格进行创作。目前,整个创作不但过程比较顺利,而且也受到了读者的欢迎,此外整个运河天地超级 IP 也渐趋成型。

从中年危机看网络文学

唐欣恬

前不久,黑豹乐队的鼓手赵明义端着保温杯的一张照片在微博上火了。评论中有一条说得特别好,他说摇滚乐手端个保温杯算什么中年危机,真正的中年危机是你38岁,大公司中层、总监小了你6岁,新来的应届生是“海归”硕士,月薪八千任劳任怨,大环境不好,隔壁裁员。你觉得你这辈子就这样了,却不敢离职,因为月供一万二,因为老婆要买戴森吹风机,因为儿子要上早教班,因为不改变虽然不好,但改变了没准儿更糟糕。你还没认命,但是真的也快了。

看到这一条评论的时候,我便决定,要把发言的主题和“中年危机”结合起来。原因有两点,第一,我们是中国当代文学研究青年论坛,而我自认为对“中国当代文学”没什么发言权,索性从“青年”下手,争取剑走偏锋。第二,和大家探讨一下网络作家的“中年危机”,也可以引出我给网络文学的两个关键词——包容和残酷。

先从还没有来到中年的时候说起。

我正式开始网络文学写作,是在我24岁那年。那时候,24岁在网络文学中还不算太老,但很快,我就晋升为了姐姐辈儿,而到今天已经有人戏称我为阿姨了。时间对每个人都是公平的,我没有比谁更快老去,但因为投身于网络文学的孩子们年纪越来越小,我和他们之间的年龄差也就以惊人的速度被拉开了。

到今天,连90后都不敢再说青春是自己的本钱了,在一个个如雷贯耳的笔名后,有多少95后的生力军,而00后说话间也追了上来。客观来讲,我不敢保证在这些十几二十岁的孩子当中,会有多少人读过万卷书,行过万里路,也就是传统意义上的可塑之才。却也正因为此,假如没有网络文学的诞生,恐怕这些孩子当中的绝大一部分,会放弃,甚至都不会开始写作。

我在十六七岁的时候也写过很多小故事,投稿给一些杂志社,纷纷石沉大海。就只有一次,我收到回信,说我的小故事可以和其他一些文学爱好者的作品出一本合集。我在欣喜若狂之时,终于,看到了“自费”两个字。

写作是一件孤独的事,也应该是一件不求回报的事。

但我相信对很多人来说,当作品没有出路,没有赞扬和批评,甚至没有读者,当梦想和自费画上等号,也就离放弃梦想不远了。

除了低龄,网络文学也包容了形形色色的专业和职业,理科生大有人在,弃医、弃商、弃政从文的大有人在。假如没有网络文学的诞生,我相信99%的没那么执着的文学梦会被扼杀在摇篮里。或者退一步,不说文学梦,哪怕仅限于写作的欲望,也是值得被鼓励的。

而人近中年,身处网络文学,似乎连中年危机来得都没那么猛烈。毕竟,这是一个相对公平的赛场,是一个什么时候踏进来都不算晚的圈子,同时,也是一个自身就拥有无数分支的领域。

回到我开头举的真正的中年危机的例子。放在网络文学里,38岁不重要;无所谓领导和下属;大环境越来越好;不存在裁员,相反,越来越多的人加入其中;最重要的是,它浩瀚的领域自身就能为你提供改变的无限可能。再者,网络文学鼓励改变和创新,但套路也未必是死路。

说到网络文学的无限可能,大致可以分三个方面。首先是众所周知的类型化,比如玄幻、都市、历史、穿越、青春等,一般每个作者会有最擅长的类型,但跨两三个类型的也是屡见不鲜。

其次可以分为VIP向和IP向,笼统来说也就是更倾向于网络订阅的作品,和更倾向于各类改编的作品。尽管这二者的界限越来越模糊,也就是说一部真正精品的网络文学可以做到鱼与熊掌兼得,但更多时候,这一种分类为网络作家提供了改变的可能。在“迎合”并非贬义词的前提下,是迎合网络订阅的读者,还是迎合改编市场,无疑可以为面临“中年危机”,也就是类似于坐在大公司中层位子上的网络作家提供一种相对低风险的选择。

最后一个方面,是就个体而言。在网络文学飞速发展的这十年中,网络作家也随之脱胎换骨。从最初对于写作的热情,到以此为生,热爱这一份工作,再到把这一份工作,上升到事业的高度,有相当一部分网络作家在心智和行动力上都取得了巨大的进步。

从这个方面来说,写作就更加不再是一件孤独的事了。以作品为基础,网络作家的事业之多样化令人惊叹。有人向编剧、策划、制片等方向发展,有人以公司、工作室、团队等形式扩大化自己的权益,也有人虽看上去退居二线,实则却是以编辑、顾问、导师等角色始终战斗在网络文学的最前线,发挥着比个体写作更无穷无尽的作用。

至此,这一部分网络作家可以说是在写作的同时,也在悉心经营着自己的事业。

而借此,我有一个小小的建议。当大众面对网络作家时,第一个问题可以不再是“你们每天要写多少字啊?”或者“听说你们每天要更新八千到一万字,是不是真的啊?”类似这样的问题始终将网络文学禁锢在一个片面的认识中,而实际上,除了高产量这一个特点,网络文学发展到今天也具备了相当的广度和深度。

以上,是我个人认为的网络文学的包容性。总的来说就是,你无论年纪多轻来试试水也无妨,在庞大的读者群中至少能收获几个粉丝或者几句骂声,也不枉走这一趟;中年危机在这里不能说没有,相对好一点,选择这么多如果再挑不出来,怪也只能怪自己挑花了眼;步入老年的网络作家暂时还不多,但我想我会坚持到最后。

当然,除了包容性,网络文学残酷的一面也不能被忽视。

首先,今天的网络文学竞争之激烈,并非十年前所能预料。我个人的感受是,十年前,如果你有三分的天分和三分的努力,读者和市场一定会给予你回报。但今天,在上千万从事网络文学写作的大军中,即便你的天分和努力加在一起有八分,恐怕也仍须两分的坚持不懈,才会不被无情地淹没。

我相信大家也都有注意到,今天处于金字塔顶端的网络作家们,绝大多数仍是有着十年上下写作经历的“前辈们”。所以说,尽管新人们恰逢网络文学繁荣、昌盛的时代,竞争的残酷却恐怕远远超越了机遇的丰富,以至于这并不是一块谁都能随随便便一炮而红的宝地,并不像很多人以为的那样轻松惬意。

第二,鉴于网络文学的即时性,网络作家们免不了要和万千读者斗智斗勇。最常见的大概就是,你才得意扬扬地埋下一个伏笔,三分钟后就被某个读者识破,并公之于众,而他的预测甚至还比你原本的设计更加精彩。这时你身为作者的自尊心也就使你不得不推翻原本的设计,绞尽脑汁,再更胜他一筹。

还会有这样的情况,读者的期盼和你的构思大相径庭,那么,如何取舍又是一道难题。

最后一点残酷性,也是我最希望表达的一点。现如今,文学界乃至整个社会对网络文学的评价虽日益趋于客观,但我认为,仍过于强调了网络文学在深度上的欠缺,在思想上的浅显,以及精品的稀缺。因为从某种意义上讲,那些恰恰是网络文学独有的优势。在确保作者以及作品“三观正”和“正能量”的前提下,它提供的娱乐性,哪怕仅仅是娱乐性,也不该被完全忽视。

我举一个小例子,大家周末去唱 K,其实也不会从中学到什么人生的哲理。那么,假如将一部分网络文学视为类似于去唱 K 的一种消遣,只要读者能从中获得阅读的快感,能被刺激到笑点、泪点、爽点,那这就是一部合格的作品。

那也就不妨按照这样的标准将网络文学中的一部分定义为娱乐性网络文学。

当这一类作者每天更新一两万字时，不必质疑这样的工作量是否会导致作品质量的下降，也不用强调注水、总裁、意淫等的关键词，因为这些作品的确为读者在“快速浏览”时带来了快感。而在满足了一些少女心和一些英雄主义的同时，它们虽不能作为人生道路的指明灯，却也未必就是绊脚石。

而当一切依托于网络传播的作品都被统称为网络文学时，有深度、有思想的精品势必会越来越广泛，即便是现如今，涉及人性、历史、情怀，或者青春励志的佳作也已经在频频涌现。尽管，往往这些作品的核心、篇幅、文风等，未必适合网络文学读者中较为常见的“快速浏览”模式。

这就又可以回到“中年危机”的主旨了。娱乐性网络文学和文学性网络文学的划分，无疑为网络作家提供了又一个岔路口。从带给读者快感，到带给读者感悟，这似乎是人近中年的网络作家的必经之路。或许不仅限于网络文学，整个文学界的永葆青春，和所有文学人的求变是相辅相成的。而我在此希望每一位今天正值青春的文学人，都可以在求变、进步和突破中，战胜迟早会到来的中年危机。

关于网络文学作品抄袭界定的几点困惑

携爱再漂流

一、导语

随着 IP 热潮,众多网络小说的版权被购买开发,衍生出出版物、影视作品、游戏等版权。然而,抄袭问题也随之呈现,且越演越烈。

当然,抄袭并不是网络文学独有的,但网络文学作品的特殊性,让抄袭界定成为比较难的事情。

先有《寻找前世之旅》抄袭二百多本书的描写,后有《甄嬛传》《花千骨》《三生三世十里桃花》《锦绣未央》的原著小说《庶女有毒》的抄故事梗、抄桥段、抄风格,以及从多本书中摘抄桥段等高级一些的抄袭。

因此,有了喋喋不休的争议及官司,可真正判定抄袭的极少,这让我产生了很大的困惑,在这里和各位老师探讨一下。

二、网文界的常见抄袭方式

常见的抄袭方式分为三种。

第一种是低端的原文抄袭,直接复制粘贴的那种。比如一个作者不擅长故事中的人物样貌、服饰、环境描写,因此复制粘贴其他文章中的这类描写到自己的故事中,这类作者一般是直接照搬,抄袭比较容易发现。

但也有一些作者,自己写一部小说要抄袭上百本小说,每部小说都只抄袭一小部分,这种情况下你很难找到这些抄袭段落,所以原作者维权非常难。

也有抄袭者甚至说出:“难道小时候写作文就没借鉴和摘抄过好词好句吗?”

第二种抄袭,从“摘抄好词好句”升级到了“洗稿”“融梗”。

“洗稿”“融梗”就是看到其他作者作品的情节很好,就将这个情节拿过来,再写一遍复述到自己的作品中,形成具有独创性的表达;或者有的作者抄袭故事的主线,尽管具体文字说法不同,但故事情节推进的结构是一样的,这种抄袭不容易被发现,也需要进一步论证、大量的对比才能判定,所以给了一些作者侥幸的空间。

比如这些年重生文火起来,一个作者重生文的人气很高,可能是因为人物关系设定很出彩,且因重生一次,自带已知后事的金手指,各种将之前算计、羞辱过主角的人打脸。

抑或是同样很火的种田文,比如某朝代一个农户家生了三个女儿,生不出儿子成了这个农户在家族中抬不起头的原因,受到其他人的欺压,在他之上还有爱钱的大哥、爱名的二哥……这种家族关系成了一种模板,之后会产生各种各样的读者喜闻乐见的故事:比如女儿们被认为是赔钱货,导致各种纷争……后来就有其他作者借助这种人物设定、家族关系写自己的小说,导致在这一本小说后出现了很多有着类似设定的种田文。而这个时候就很难证明说是后面的种田文抄袭了最开始的那本,但的确是自某一部作品出来之后大家纷纷开始这么写。

也有很多人会说这种叫跟风,而不是抄袭。

再比如,《庶女有毒》这本小说当时有网友声讨,将这本书与被涉嫌抄袭的作品进行了对比,发出对比图、调色盘(如是君注:调色盘是指将抄袭文与原文进行对比的表格,其中雷同的句子采用鲜艳的颜色进行标明,是解释一篇文章是否抄袭的有用利器,因与现实中的调色盘在某种意义上相似而得名),认为其大量抄袭其他同类作品的情节、设定和人物描写,但也有网友认为这本书是“站在巨人的肩膀上”,最终作品质量比原作好,所以没有关系。

也有作者发现了这个漏洞,就抄袭十个甚至更多不知名作品中的几个小亮点,成为集大成者创作加工出新的作品,即便有人发现,也可以用“如有雷同纯属巧合”来辩解。而且,这种现象也被很多读者接受,甚至不会认为有借鉴、抄袭的问题,觉得有书读就可以了。

第三种是非常难界定的,就是总结升华型。这种是基于原作结构、情节、人物设置等基础上,结合现在流行元素进行再加工创作的,就成为具有作者独创性表达的作品。

晋江网是网络文学网站里规范比较严格的一家,它对抄袭标准有进行明确规定,像是以下类型就属于抄袭:

> 在文字或全文情节走向方面完全雷同,或者基本雷同;背景设定、情节设计、人物设定、物件设定等方面雷同且不属于被涉嫌抄袭文章独创的,或已具

有广泛知名度的。

然而,事实上,维权成本极高,导致很多原创作者没有通过法律来维护自己的版权,而真正维护了版权的,又是怎样的结果呢?

三、到底怎么界定抄袭?

在著作权法中,抄袭、剽窃,是同一个概念,都指将他人作品或者作品的片段窃为己有发表。一般理解为以或多或少变化的形式,将他人作品全部或部分的作为本人的作品来出示或展示的行为。

网络小说,这类作品多为虚构,独创性强。司法实践中,当原、被告作品完全相同或者基本相同、相似的时候,对于是否构成抄袭的认定是比较容易的。

但也有因为篇幅问题,判定原创作者输的先例,就是因为网络小说长达几百万字,他抄袭了这个原创作者不到两千字的内容,比例未达到,所以不视为抄袭。

还有更多的是高级抄袭,改头换面的抄袭,或者被指控抄袭作品仅涉及作品的构思、语言风格、人物特征及关系、主要情节、个别语句等且散落在作品的各个部分、文字等最终表述不尽相同时,对是否构成抄袭的认定就要复杂得多。

前不久,某位作者特意请了鉴定机构来为自己洗白,因为她的小说把原作中发生的故事进程做了修改,起承转合做了不同处理,并且多加了其他线索,最重要的是她抄的是耽美小说,因为把男男关系改成了男女关系,就成功得到鉴定报告,称其没有抄袭。先不说鉴定机构是否专业,就说这种鉴定方法也是有待商榷的。

其实,作为作者,我们知道,单一的一个梗或者说一个桥段不算抄袭。有的梗不是谁写出来就被谁垄断,比如"跳崖遇高人""身负血海深仇的女子爱上了仇人",这样的梗,不能说你写出来了,别人就不能再写,这样的情节模式一旦写出来,就成了共同财富,别人也可以用。

但是,整个剧情的抄袭与单一的一个梗的雷同是不一样的。如果你的整个剧情脉络使用的都是别人的剧情脉络,这样的情况应该就是抄袭。如果你只是化用了别人的桥段或是故事主线,但剧情脉络是自己原创的,虽然让人有似曾相识的感觉,但又算不上抄袭。

我与版权律师进行过探讨,她说,一般网络小说抄袭的判断,应注意以下几个方面:

第一,对被控侵权的情节和语句是否构成抄袭,应进行整体认定和综合判断。对于一些不是明显相似或者来源于生活中的一些素材,如果分别独立进行对比,很难直接得出准确结论，但将这些情节和语句作为整体进行对比，就会发现，具体情节和语句的相同或近似是整体抄袭的体现，具体情节和语句的抄袭可以相互之间得到印证。

第二，在具体作品中，哪些部分属于思想，哪些属于表达，应具体情况具体分析。

第三，对于网络小说而言，即使是以同一时代为背景，甚至以相同的题材、事件为创作对象，不同的作者创作的作品也不可能雷同。

第四，不能简单地将人物特征、人物关系及与之相应的故事情节割裂开来，人物和叙事应为有机融合的整体，在判断抄袭时应综合进行考察。一部具有独创性的网络小说作品，以其相应的故事情节及语句，赋予人物以独特的内涵，则这些人物及故事情节和语句一起成为了著作权法保护的对象。

虽然有这些比较专业的意见，但是在界定上，还是有很大难度的，尤其是还出现了写作软件。

随着人工智能的发展，有的作者已经借助科技手段，使用写作软件自动生成小说了。而由此带来的问题已不是抄袭所能涵盖的了。

早在 2015 年就有读者爆料，网络小说《寒门崛起》是使用小说写作软件拼凑出来的，涉嫌抄袭的主要是背景知识、外貌描写、环境描写、景物描写、场面描写等，其中雪景描写部分就涉嫌抄袭了鲁迅的《故乡》和弱颜的《重生小地主》。

目前，在淘宝网上搜索“写作神器”和“自动写作软件”能找到数百种，据卖家自述，这些软件可以根据需要自动生成文章，有的“自动写作软件”号称每天可以写出 8000 至 10000 字。据软件业内人士介绍，大部分写作软件由素材库和自动写作系统构成，其中素材库基本是各类网络小说以及传统作家作品的描写类片段，而自动写作系统可以自动生成人名、地名、招式、武功、服饰、爱好、特长、误会、巧合乃至情节结构、完整梗概等创作素材，有的高级写作软件会把多个来源的描写融合在一起。作者只需要写出情节的大致脉络，其余具体的描写都可以交给软件自动完成。由于来源驳杂，如果作者使用了其中的素材，很有可能造成抄袭而不自知。

相比于传统意义上的抄袭，写作软件对网络文学的冲击更大。也许在不久的将来，大家比的就不再是创作能力了，而是软件的智能程度。将来人工智能越来越强大，读者需要什么样的文章，软件就自动写一篇。这样一来，版权的归属就更难界定了。

四、作者的职业道德与职业操守

文艺工作者都是拿才华谋生的人。在商业运作包装下,吃相不应太难看。尤其是在版权意识有待提高的大环境下,一个抄袭出身的作家,不仅自己理直气壮,大众还如此广泛的关注、追捧和推崇,一定是我们的价值取向出现了问题。

我从始至终都认为抄袭是可耻的,这是一个人该有的基本是非观。

抄袭的根本原因在人,在于创作者自身能力不足却又功利心重。文化资本的逐利性、商业力量的诱惑力、读者市场的激烈竞争都是抄袭者的直接推手,但它们背后还有价值观在起支配作用。

这需要我们每一个创作者严于自律,少一点急功近利,多一点社会责任、多一点廉耻心、多一点对艺术的追求,写出自己的创新性的作品。

后　记

李林荣

正如书名副题里的"全国当代文学研究首届青年论坛"所示和白烨老师写的序言所说,这本文集源自中国当代文学研究会发起举办的第一次独立成会的青年论坛。而这次论坛最终落定到北京第二外国语学院,并由二外的中国文艺评论基地负责承办,又完全应该归因于2017年初时任二外校长且兼任中国文艺评论基地主任的曹卫东教授的拍板支持。假使将来这样的青年论坛能够延续成一个系列,产生一定的影响,以至于有人会回望、感念它的起点,那么,除了感谢早在论坛单独办会之前,就屡次从紧张的年会日程里为青年开辟专场的白烨、陈福民老师,同时也得感谢一位虽不以当代文学研究为本业,但学术的视野和办事的胸怀绝不限于一己所长或拘于一己所好的校长。

书中所收的27篇论文,多数都在论坛上做过较充分的发言和讨论。编列入集时归为"全局纵横观""个案深纹路""解析新维度"三个主题,既是形式上的处理,也是它们选题、运思的学理取向特点本身的突出反映。当代文学研究作为整个文学研究事业中的新兴领域和鲜嫩分支,已经历了一方面得力于自己的青葱鲜嫩,另一方面也受制于自己的青葱鲜嫩的曲折跌宕和发展变化,积淀下了相对独特的一份传统和一股惯性。对如今正以生力军的姿态活跃于当代文学研究前沿的80后一辈为主体的青年学者来讲,这传统和惯性,正从一份可以通过承袭而受益的资源型和动力型的遗产,蜕变为一种越来越需要挣脱的负担或约束。

因而,他们新近的论作中,开始明朗地显露出在师承有自的话题和话语面目下,努力建构自己的精神骨骼和充实、更新知识框架的迹象。表现在问题意识的设定面向和研究素材的选择范围上,就是“考古”趣味的强化:乍看之下,触碰、翻动、挖掘的,都是零头碎脑的“地下”证据,但借此推开的深究细考,却都有兹事体大的实际寄托。黄平、杨晓帆、袁洪权、李振、王晴飞的论文,可谓这样的“典型”。

或许,这是又一轮的“重写文学史”的试验。相对上一轮的“重写”,现在进行的这些“重写”,方法和诉求都有了更宽广的拓展。它们所关联和指向之处,逸出了文学史的传统边界,落入了社会史、思想史、文化史、政治史甚至经济史的范畴。如果这种方法和诉求上的“走出去”,仍是为了更有力、更深切地回归于重写文学史,那么,可能它们接下来需要处理的问题就是“到底走出多远合适”以及“最后如何稳稳当当地走回来”。

对新人新作和新现象进行同步追踪、共时性把握,一向属于当代文学研究的“当家菜”。大凡当代文学研究的才俊之士,多以这手绝活儿为能事。鲁太光、金理、张涛、闫文盛的论文堪称这方面的样本。它们锁定的对象、瞄准的靶子各异,行文体例也摇曳多姿、风采不一,但同样避开了以往至今流行甚广的所谓文坛时评耽于溢美、溺于吹捧的通病,把冷静的审视和严峻的思辨糅合、渗透进了近距离的热切观察当中。

至于办会东道方二外师生的几篇论文,收进书中,主要为表示向论坛致敬和请方家指正之意。顺便也希望牵连出一个疑问:中外当代文学之间的比较研究是否迄今还陷于理应蓬勃开展、事实上却非常匮乏的状态?即使同在国内,在院校系科体制里名义上和当代文学比邻而居的外国文学或比较文学专业,目前普遍还停留在只研究国外文学和外语文学的封闭格局中,无力或者不愿涉足更具现实意义和学理价值的中外文学现状的比较研究。反倒是海外、国外学者针对中国当代文学的研究著述中,时有运用比较研究和综合研究的方法所获得的新成果涌现。这不能不让我们儆醒:青年一代的当代文学研究者真到了需要反思一下自己的知识背景,尤其是跨语际阅读和思考的能力、素养和习惯的时候了。

谨以这本文集,见证全国当代文学研究首届论坛的圆满成功,并铭记对于用心参会的各位朋友,特别是徐则臣、刘颋、饶翔、付如初、文珍、李兰玉、石彦伟、陈彦池、谢思鹏、唐欣恬、宋丽晅等几位作家和编辑朋友,以及百忙中拨冗到会、发表热情寄语的中国作家协会阎晶明副主席、中国文艺评论家协会路侃副主席、北京第二外国语学院校长兼党委副书记计金标教授等师长的衷心谢忱。

2018 年 6 月 1 日于北二外求是楼

本书作者简介

（以姓氏拼音为序）

白　烨　中国社会科学院文学所研究员,中国当代文学研究会会长

百世经纶　本名陈彦池,阿里文学副总编辑

付如初　人民文学出版社编审,北京第二外国语学院中国文艺评论基地客座研究员

高小弘　大连理工大学人文与社科学部中文系副教授

黄　平　华东师范大学中文系教授

金　理　复旦大学中文系副教授

李林荣　北京第二外国语学院文学院教授,北京第二外国语学院中国文艺评论基地执行主任

李　振　吉林大学文学院副教授

林　玮　北京第二外国语学院2018届中国现当代文学专业硕士,上海师范大学2018级中国现当代文学专业博士研究生

凌云岚　中国传媒大学文法学部文学院教授

刘俐莉　北京第二外国语学院文学院副教授,北京第二外国语学院中国文艺评论基地专职研究员

鲁太光　中国艺术研究院马列文论研究所副所长、研究员

任泽南　北京第二外国语学院2016届中国现当代文学专业硕士,国开童媒(北京)文化传播有限公司策划编辑

师力斌　《北京文学》杂志副主编

唐欣恬　掌阅科技签约作家

王德领　北京联合大学师范学院中文系主任、教授,北京第二外国语学院中国文艺评论基地客座研究员

王晴飞　安徽省社会科学院文学所副研究员

携爱再漂流　本名宋丽晅,掌阅科技签约作家

闫　铭　北京第二外国语学院文学院2016级中国现当代文学专业硕士研究生

闫文盛　山西文学院专业作家

杨晓帆　华中师范大学文学院讲师

杨　早　中国社会科学院文学所副研究员

袁洪权　西南科技大学文学与艺术学院教授

张　涛　吉林大学文学院讲师

张文颖　北京第二外国语学院日语学院教授,北京第二外国语学院中国文艺评论基地专职研究员

张颖俐　北京第二外国语学院2018届中国现当代文学专业硕士

赵　元　北京第二外国语学院英语学院副教授,北京第二外国语学院中国文艺评论基地专职研究员

朱　慧　北京第二外国语学院2017届中国现当代文学专业硕士,中央民族大学2017级中国现当代文学专业博士研究生

朱少华　北京第二外国语学院2015届中国现当代文学专业硕士,北京白马时光影视文化发展公司影视部策划经理